Claudio Paglieri
Keine Pizza für Commissario Luciani

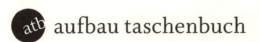 aufbau taschenbuch

Claudio Paglieri, geboren 1965 in Genua, arbeitet bei der Genueser Zeitung »Il Secolo XIX«. Bekannt wurde er durch die humoristischen Biographien der beiden italienischen Comic-Helden Tex Willer und Dylan Dog. 2003 erschien von ihm im Aufbau Taschenbuchverlag der Roman *Sommer Ende Zwanzig*, 2007 sein preisgekröntes Krimi-Debüt *Kein Espresso für Commissario Luciani*, gefolgt von *Kein Schlaf für Commissario Luciani* (2008).

Jahrhundertelang hat sie in den Tiefen des Tyrrhenischen Meeres geschlummert: eine bronzene Themis, die Göttin der Gerechtigkeit, aus den begnadeten Händen des antiken Bildhauers Lysipp. Ende der sechziger Jahre hält sie den Zeitpunkt für gekommen, sich dem italienischen Volk zu zeigen. Aber, ach, die Menschen sind noch nicht bereit: Blut fließt, der Kopf der Statue geht verloren, und ihr Körper verschwindet für weitere vierzig Jahre in einem sicheren Versteck. Doch dann taucht die kopflose Göttin wieder auf – just zum Amtsantritt des neuen Kulturministers Ranieri, der daraus weidlich Profit zu schlagen versteht – und weckt manche Begehrlichkeit, aber auch manches schlummernde Gewissen.

Weit mehr als ein äußerst spannender und unterhaltsamer Krimi voll unerwarteter Wendungen und »italianità«: Claudio Paglieri ist eine brillante Parabel auf das Thema der Gerechtigkeit gelungen.

Claudio Paglieri

Keine Pizza für Commissario Luciani

Roman

*Aus dem Italienischen
von Christian Försch*

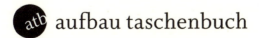 aufbau taschenbuch

Die Originalausgabe mit dem Titel
La cacciatrice di teste
erschien 2010 bei Edizioni Piemme,
Casale Monferrato.

ISBN 978-3-7466-2607-9

Aufbau Taschenbuch ist eine Marke
der Aufbau Verlag GmbH & Co. KG

1. Auflage 2010
© Aufbau Verlag GmbH & Co. KG, Berlin 2010
© Edizioni Piemme 2010
Umschlaggestaltung morgen, Kai Dieterich
unter Verwendung eines Fotos von Peter Schickert/Visum
Druck und Binden CPI – Clausen & Bosse, Leck
Printed in Germany

www.aufbau-verlag.de

Erster Teil

Eins

Ranieri
Assisi, sechzehn Monate zuvor

»*Professore*, Ihr Vater möchte Sie sprechen.«

Ludovico Ranieri schlug die Augen auf, die er seit einer halben Stunde geschlossen hielt, ohne dass er hätte schlafen oder sich zumindest ein wenig entspannen können. Der Arzt und die Krankenschwester hatten ihn aus dem Zimmer geschickt. Er saß im Salon im Sessel und wartete, hoffend, dass dies der letzte Anfall wäre, dass sein Vater nun endlich dahinscheiden und sie in die Freiheit entlassen würde, damit sie raus dürften, sich die Beine vertreten und in dieser brütenden Sommerhitze ein bisschen frische Luft schnappen könnten.

Er rang sich gegenüber der Nachtschwester, einer Polin um die vierzig, die ihn zwanzig Euro die Stunde kostete, ein angestrengtes Lächeln ab. Die Tagschwester war eine Rumänin mit den Muskeln eines Dockarbeiters, die Cousine des Mädchens für alles, das inzwischen schon Jahre im Haus seines Vaters lebte. Sie verlangte hundertzwanzig Euro am Tag, schwarz, und war damit unterm Strich noch günstiger als ihre Base, die Haushaltshilfe, die offiziell angestellt war und ihn fast zweitausend Euro im Monat kostete, Lohn und Sozialabgaben zusammengerechnet. Der Steuerberater hatte ihm gesagt, dass ihr an dem Tag, an dem sie kündigen würde, außerdem eine Abfindung von fast zehntausend Euro zustünde.

Und dann erzählen sie uns, dass das Bruttoinlandsprodukt sinkt, dachte er, während er die Treppe hinaufging, da krieg ich doch das kalte Kotzen. Unser Geld fließt ins Ausland, das ist es. Die Immigranten leben hier, bei freier Kost und Logis, und was sie verdienen, das schicken sie nach Hause.

Auch dagegen würde er etwas unternehmen müssen, sobald er den Sprung ins Parlament geschafft hätte. Eine Gesetzesvorlage einbringen, eine Obergrenze für die Beträge, die Einwanderer in ihre Ursprungsländer transferieren durften. Dreißig Prozent kannst du nach Hause schicken, aber siebzig Prozent musst du hier ausgeben, meine Teure. Da wir dich hier aufnehmen und mit Arbeit versorgen, musst du auch hier dein Geld wieder in Umlauf bringen, unseren Geschäftsleuten unter die Arme greifen.

Er atmete tief durch und trat in das Zimmer seines Vaters, einen gewaltigen Raum mit einer Gewölbedecke, die fast wie eine Kirchenkuppel wirkte. Das Himmelbett, die lombardische Kommode, die Kniebank aus dem fünfzehnten Jahrhundert und das große Gemälde vom Raub der Sabinerinnen, das er als Kind fasziniert über Stunden betrachtet hatte, nach jeder Brustwarze schielend, die unter den gerafften Gewändern hervorlugte, und nach jedem lüsternen Blick der Soldaten. Allein das Zeug hier drinnen dürfte hunderttausend Euro bringen, dachte er. Auf dem Haus lastete eine Hypothek, die Bank machte ihm Feuer unterm Hintern. Nur seinem persönlichen Prestige und dem seines Schwiegervaters war es zu verdanken, dass der Alte bis zum Schluss über seine Verhältnisse leben konnte. Ein kleiner turmbewehrter Palazzo mitten in der Altstadt von Assisi, der war eine Stange Geld wert. Gut möglich, dass am Ende die Bank selbst hier einziehen würde. Aber die Einrichtung konnte er noch verscheuern, die Möbelpacker standen Gewehr bei Fuß. Er hatte bereits mit einem Kollegen seines Vaters geredet, der ihm einen fairen Preis zahlen würde. Auch weil dessen Neffe an Ludovicos Universität studierte, und da war es besser, wenn er sich keine Sperenzchen erlaubte.

»Ludovico«, flüsterte sein Vater und hob fast unmerklich den Arm.

Er trat näher, bezwang seinen Widerwillen und griff nach der ausgestreckten Hand. Der Alte hatte ein ausgezehrtes gelbliches Gesicht, das weiße, schüttere Haar war nach hinten gekämmt. Jedes Mal wenn er die Augen schloss, schien es vorbei zu sein, aber wenn er sie dann wieder aufschlug, rebellierte sein fiebriger Blick.

»Ludovico«, sagte er noch einmal mit festerer Stimme, »du musst mir einen Priester holen.«

»Einen Priester?!«, wiederholte der Sohn fassungslos.

»Ja. Ich will beichten.«

»Aber ... jetzt, mitten in der Nacht?« Er schaute auf die Uhr, es war drei. »Wo kriege ich denn jetzt einen Priester her? Kannst du nicht bis morgen früh warten?«

Der Sterbende schnitt eine Grimasse. Sein Sohn war immer ein Kretin gewesen. Genau wie seine Mutter. »Wenn du in Assisi keinen Priester finden kannst ...«, sagte er mit der Miene eines Menschen, der zum x-ten Mal enttäuscht worden ist.

Ludovico stieg die Schamesröte ins Gesicht, und er ließ die Hand des Vaters los. »Einverstanden, Papa. Ich werde versuchen, einen zu finden.«

Wütend und besorgt verließ er das Zimmer. Einen Priester. Beichten! Falls sein Vater tatsächlich beabsichtigte, all seine Sünden aufzuzählen, dann würde sich das locker bis in den helllichten Tag hinziehen. Vielleicht gar bis zum Folgetag. Dieses Arschloch, das immer nur an sich selbst gedacht hatte, das ihn nie geliebt, nie beachtet und seine Mutter am Tag ihres vierzigsten Geburtstags in die Wüste geschickt hatte! Immerhin hatte er es zu einem der reichsten und angesehensten Antiquitätenhändler Roms gebracht, ehe er alles mit Weibern und Kartenspiel verjubelte. Bei seinem einstigen Lebensstil grenzte es an ein Wunder, dass er überhaupt so alt geworden war. Aber das reichte ihm noch immer nicht, nein, nun wollte er obendrein noch die Absolution von seinen Sünden, damit er sich bis in alle Ewigkeit weiteramüsieren konnte.

»Meinetwegen, soll auch das noch geschehen«, sagte Ludovico sich. Er wollte keine Gewissensbisse, er wollte sich und der ganzen Welt beweisen, dass er für seinen Vater alles Erdenkliche getan hatte, auch wenn der es nicht verdiente. Was Himmel und Hölle anging – daran glaubte er wirklich, und er hatte gewisse Zweifel, dass der Herr dem Alten so ohne weiteres vergeben würde.

Er schaute aus dem Fenster. Die Stadt atmete ganz flach, wie ein Tier, das auf der Seite lag, um die Hitze zu ertragen. Ludovico nahm die Schlüssel und trat aus dem Haus. Das Jesuitenseminar befand sich just am Ende ihrer Straße.

»Pater, verzeiht mir, denn ich habe gesündigt.«
»In nomine patris, et filii, et spiritus sancti.«
»Amen.«
»Wann hast du das letzte Mal gebeichtet, mein Sohn?«

Nervös ging Ludovico vor der Zimmertür auf und ab. Der Priester, ein junger, dürrer Jesuit mit Brille, mit dem er, kaum war er um die Ecke gebogen, praktisch zusammengerannt war, hatte ihn hinausgeschickt, weil er mit dem Sterbenden allein sein wollte. Aber war es wirklich eine gute Idee gewesen, ihn ins Haus zu holen? Wollte sein Vater tatsächlich nur beichten? Oder hatte er irgendeinen bösen Streich im Sinn, wie damals, als er der Zugehfrau seinen Mercedes geschenkt hatte, da er sowieso nicht mehr Auto fahren konnte? Ludovico hatte ihn sich mit viel Mühe wiederbeschafft, wobei er der Frau mit der Ausweisung aus Italien hatte drohen müssen und dass er sie wegen Erschleichung eines Vorteils gegenüber einem Unmündigen drankriegen würde, aber diese Schlampe hatte dagegengehalten, sie würde den Vater wegen sexueller Nötigung anzeigen, und ehe sie klein beigab, hatte sie einen nagelneuen Fiat Cinquecento verlangt – und bekommen.

Wenn er das bisschen, das ihm geblieben ist, jetzt auch noch der Kirche vermacht, dann schwöre ich, dass ich ihn mit meinen eigenen Händen erwürge, dachte er. Aber nein, inzwischen war es zu spät, es würde ein Leichtes sein zu beweisen, dass sein Vater nicht mehr zurechnungsfähig war. Außerdem fehlten die Zeugen, und er kontrollierte immer, dass im Zimmer weder Papier noch Kugelschreiber waren.

Nach einer guten halben Stunde machte der Priester die Tür wieder auf. Er war blass, und das lag nicht nur an der abgestandenen Luft im Zimmer. »Sie können hinein, Professore. Ihr Vater möchte mit Ihnen sprechen.«

Ludovico trat ans Bett. Das Gesicht des Sterbenden sah viel entspannter aus und hatte sogar wieder etwas Farbe angenommen. Beeindruckend, welche Macht die Suggestion ausübt, dachte der Sohn.

»Hör zu, Ludovico. Ich habe mich eben von einer Last befreit, die mir seit vierzig Jahren auf der Seele lag. Der gutherzige Pater hat mir die Absolution erteilt, und ich hoffe, dass auch Gott mir vergeben wird. Ich habe Böses getan, aber ich habe es mit Zins und Zinseszins abbezahlt, indem ich mir noch größeres Leid zugefügt habe, und euch ebenso, dir und deiner Mutter. Ich hoffe, auch du wirst mir verzeihen können.«

Ludovico spürte, dass seine Augen sich mit Tränen füllten.

»Ich habe Pater Antiochus alles erzählt. Sobald wir hier fertig sind, wirst du ihn in den Keller führen. Er wird dir erklären, was zu tun ist.«

»Was womit zu tun ist?«

»Im Keller liegt etwas äußerst Wertvolles. Frucht eines Verbrechens. Es gehört weder dir noch mir. Pater Antiochus wird dafür sorgen, dass es seinem rechtmäßigen Besitzer zurückerstattet wird.«

Die Tränen der Rührung versiegten schlagartig und wichen einer Welle glühenden Zorns.

»Was ist das nun wieder für eine Geschichte?! Warum hast du mir nicht früher davon erzählt?«

Der Vater betrachtete ihn. »Du bist wie ich, Ludovico. Du bist gierig. Und du kannst dich nicht beherrschen. Dieser gute Gottesmann wird dich davor bewahren, Dinge zu tun, die du dereinst bereuen würdest.«

»Aber wie ... wie kannst du ... Du vertraust ihm mehr als mir?! Einem Menschen, den du heute Nacht zum ersten Mal gesehen hast? Glaubst du, dass ich deinen Letzten Willen nicht respektieren würde? Es ist immer das alte Lied, Papa, seit ich denken kann! Alles, was ich getan habe, alles, was ich aus eigener Kraft aufgebaut habe, ohne dich je um Hilfe zu bitten, das alles ist in deinen Augen keinen Pfifferling wert!«

Er war laut geworden. In all den Jahren hatte sich in ihm eine Gereiztheit angestaut, die in diesen letzten drei Tagen, am Bett seines Vaters, einen Sättigungsgrad erreicht hatte und sich nun entlud. Er protestierte noch immer und verlangte eine Erklärung, als der Priester ihm behutsam eine Hand auf den Arm legte.

»Er kann Sie nicht mehr hören, Professore.«

Während Ludovico schlagartig verstummte und das höhnische Grinsen des Vaters und die Augen fixierte, die leeren Blickes an die Decke starrten, holte Pater Antiochus seinen silbernen Weihwasserschwengel aus der Tasche und besprengte den Leib Settimo Ranieris. »Im Namen des Vaters, des Sohnes und des Heiligen Geistes. Nimm, o Herr, diese Seele zu dir auf ...«

Zwei

Marietto Risso
Camogli, heute

»Ach Mensch, jetzt komm schon mit, wir bringen uns ein bisschen auf andere Gedanken.«

»Was, sagst du, ist das für ein Kram?«

»SuperSanremo. Ein Wettbewerb der besten Lieder des Festivals, die Sieger unter den Siegern, seit es Sanremo gibt.«

»Nein, ich habe meiner Nichte versprochen, dass ich das Buch lese, das sie mir geschenkt hat ... Sie fragt mich dann danach und wäre enttäuscht.«

»Das kannst du doch morgen lesen, was macht das für einen Unterschied? Die Zanicchi ist dabei, die Vanoni, Gianni Morandi.«

»Die besten Lieder ... von wegen. Schlagerschmus, Beruhigungspillen für uns Vollidioten. Das einzige gute Lied bei Sanremo war das von Modugno, ach was, Lucio Dalla: ›*Dice ch'era un bell'uomo e veniva, veniva dal ma-a-re ...*‹«

Gaetano lächelte. »Ja, ja, der schöne Seemann, das erinnert dich an was, nicht wahr? Wer weiß, wie viele Mädchen deinetwegen weinen mussten.«

Marietto runzelte die Brauen. Die einzige Frau, die er wirklich geliebt hatte, war nur eine Nacht mit ihm zusammen gewesen, ehe sie ins Gras beißen musste. Nachdem die Faschisten sie abgeholt hatten.

»Da gab es mehr Frauen, die mich zum Weinen gebracht haben«, sagte er mit einem Kopfschütteln.

Sein Zimmergenosse kicherte, dann ließ er sich von ihm aufhelfen.

»Komm, hauen wir ab, diesen Apfel hier kann ich

schon nicht mehr sehen. Allein der Geruch macht mich krank.«

Marietto fasste ihn unter, stützte ihn und war stolz, dass er mit seinen achtundsiebzig Jahren alerter war als die meisten anderen hier drinnen, genau genommen war keiner so fit wie er. Er war der Einzige, der noch eine Arbeit draußen hatte und der ein und aus ging, wie es ihm gerade gefiel. Er war kein altes Eisen, das man im Heim entsorgt hatte, sondern jemand, der aus freien Stücken diesen Ort gewählt hatte, weil er seine Ruhe wollte, einen gedeckten Tisch mit warmem Essen und regelmäßig frische Bettwäsche. Ein bisschen wie im Hotel.

Sie verließen den Speisesaal und kamen ins Fernsehzimmer, wo schon rund zehn Gäste saßen, einige davon waren eingeschlafen. Marietto half Gaetano auf einen Platz, von dem aus er gut sehen und hören konnte.

»Komm, setz dich her und leiste uns Gesellschaft«, insistierte dieser. »Baudo ist einer, der sein Geschäft versteht. Und dann ist da die Dingsda, die Ulzinker. Die ist nett.«

»Baudo, den kann ich nicht ab. Ich mochte Bonolis. Und den anderen da, wie heißt der noch? Der aus dem Radio.«

»Ah, verstehe. Der, der so gut die Leute nachmacht, meinst du?«

»Mhm. Wie heißt der noch?«

»Fiorello«, sagte Signorina Gina, die neben Gaetano saß.

»Genau, Fiorello. Es braucht frisches Blut, die Alten wie wir müssen irgendwann das Feld räumen, wir sind weder geistig noch körperlich mehr auf der Höhe.«

»Ah, reden Sie mal für sich, Signor Mario. Ich fühle mich kein bisschen alt. Wenn die Carrà und Maurizio Costanzo noch im Einsatz sind, dann könnten auch wir noch arbeiten. Der Unterschied ist nur, dass die reich sind, und die Reichen werden niemals alt.«

»Stimmt«, sagte ein anderer Gast aus der ersten Reihe, ohne sich umzudrehen. »Schaut euch doch nur die Politiker an. Ich bin zweiundneunzig, wenn ich nicht Eisenbahner, sondern Minister geworden wäre, dann würde ich heute noch im Palazzo Venezia sitzen.«

»Klar, der denkt, die italienische Hauptstadt ist immer noch Turin. Signor Traverso, Sie wissen aber schon, dass im Palazzo Venezia der Duce regierte, oder?«, sagte Gaetano, womit er ein paar Lacher in der unmittelbaren Nachbarschaft provozierte.

»Eben! Wenn der mich zum Verteidigungsminister ernannt hätte, wären wir doch nicht in diesen Krieg geschlittert. Wir hätten es wie Franco gemacht. Und Mussolini säße immer noch fest im Sattel, das sage ich euch.« Marietto schnaubte genervt und verabschiedete sich von Gaetano. »Ich gehe lieber, bevor ich dem eine reinhaue.«

»Komm, du weißt doch, dass er nur Spaß macht. Der sagt das absichtlich, um dich zu ärgern.«

»Damit treibt man keinen Spaß. Als ich mich fünfundvierzig in den Bergen versteckt hielt ...«

»Ruhe, es geht los.«

»Kann man das nicht ein bisschen lauter machen? Ich höre keinen Ton.«

»Hast du dein Hörgerät drinnen?«

»Häh?«

»Hast du dein Höörgerääääät?«

»Ja, hab ich.«

»Zeig mal. Na, das ist doch abgeschaltet, kein Wunder, dass du nichts mitkriegst. Komm her. Hörst du jetzt was?«

»Hä?«

»Höööörst du waaaas?«

»Ja, ja, ich höre. Was brüllst du denn so?«

Marietto drehte sich um und verließ den Fernsehraum, gerade als die Erkennungsmelodie von SuperSanremo kam.

Alt zu sein ist widerlich, dachte er, egal, ob man reich oder arm ist. Apropos, die Ricchi e Poveri* waren bestimmt auch dabei. Wie hieß gleich dieses tolle Lied von denen? Ah ja, »*Per un'ora d'amore non so cosa dare-e-ei*«, sang er auf der Treppe leise vor sich hin. Es war wirklich wahr, er hätte sein letztes Hemd dafür gegeben, noch einmal jung zu sein, nur für eine Stunde, nur um noch einmal einem phantastischen Mädchen, einem nach seinem Geschmack, in die Augen zu sehen. Aber war das Lied wirklich von den Ricchi e Poveri? Er war nicht mehr ganz sicher, vielleicht war es auch von den Pu.

Marietto Risso ging auf sein Zimmer und schloss die Tür. Eine wunderbare Stille; wenigstens für ein paar Stunden hätte er jetzt seine Ruhe. Wie immer überprüfte er, ob unten auf dem Parkplatz ein fremder Wagen stand. Nichts. Die Faschisten hatten ihn noch nicht gefunden, aber er wusste, es war nur eine Frage der Zeit. Oder vielleicht waren sie auch in seiner Nähe und warteten nur darauf, dass er einmal nicht aufpasste und sich überrumpeln ließ. Aber er war zu schlau, um sich aufs Kreuz legen zu lassen. Er ging an seinen Spind und nahm das Bündel heraus, das er auf dem obersten Brett aufbewahrte. Er legte es auf den Resopaltisch, schlug das Wachstuch auf, dann das Hirschleder und reihte fein säuberlich Öl, Reinigungsbürste, den Putzstock, einen Wischlappen und ein Flanelltuch nebeneinander auf. Dann begann er, langsam und sorgfältig die Pistole zu reinigen.

---

* dt.: die Reichen und Armen

Drei
Luciani
Genua, heute

Commissario Marco Luciani stand am Kaffeeautomaten und versuchte, aus Caffè macchiato und Trinkschokolade irgendetwas Genießbares zu mixen, als Oberwachtmeister Antonio Iannece ankam. Dessen Gesichtsausdruck verriet, dass er ihn gleich wieder zu einem seiner sagenhaften Sonntagsessen in einer Trattoria irgendwo in der Pampa einladen würde, Gattinnen und brüllende Rotznasen inbegriffen. Doch Lucianis Assistent, Fahrer und Mädchen für alles zog einen Block mit Losen aus der Tasche, und dem Kommissar fiel ein, dass in wenigen Wochen Weihnachten war.

»Kaufen Sie mir zwei Lose ab, Signor Commissario? Der erste Preis ist ein 44-Zoll-Fernseher. Garantiert zollfrei.«

»Für wen sammelt ihr dieses Jahr?«

»Äh, steht hier drauf: Hungerhilfe Kindsopfer.«

»Ja, die kenne ich, Iannece. Mir scheint, es werden mehr Kinder Opfer der Hungerhilfe als der Unterernährung. Gib mir zwei Lose.«

Er händigte ihm zehn Euro aus, ohne allzu große Illusionen darüber, wie sie wohl angelegt werden würden, aber zumindest hatte er damit sein weihnachtliches Schmiergeld an die Dritte Welt gezahlt.

»Wenn Sie außerdem noch fünfunddreißig Euro drauflegen wollen, Commissario, für das Weihnachtsessen gibt es noch freie Plätze. Wir gehen in eine Trattoria im Scrivia-Tal. Antipasti, drei erste, drei zweite Gänge, Dessert, Panettone, Wein und Sekt. Alles inklusive. Ein Sonderpreis für uns, aber mit der Anmeldung pressiert es, die reservieren nämlich einen Saal nur für uns, und mehr als fünfzig passen da nicht rein.«

Marco Luciani hatte eine flüchtige Vision der Hölle von Gustave Doré, ein Weihnachtsessen von fünf Stunden, mit all den angetrunkenen Kollegen, den überschminkten, mit Klunkern behängten Ehefrauen und quiekenden Kindern, die im Saal Fangen spielten. Und um sechs Uhr abends, zum krönenden Abschluss, eine gepflegte Kotzerei auf den eisglatten Serpentinen der Valle Scrivia.

»Ich würde sehr gerne kommen, Iannece«, sagte er mit zerknirschter Miene, »aber wie du weißt, ist mein Vater dieses Jahr gestorben ... Die Stimmung zu Weihnachten wird diesmal etwas gedämpft ausfallen, und da werde ich meiner Mutter Gesellschaft leisten müssen.«

»Dann bringen Sie sie doch einfach mit! Da kommt sie auf andere Gedanken. Besser, als wenn Sie zwei allein zu Hause rumhocken und Trübsal blasen. Und vielleicht bringen wir sogar Ihnen, Commissario, die achtzig Gramm Fett auf die Rippen, die einem so gut über den Winter helfen. Ich versuche in der kalten Jahreszeit immer so sieben, acht Kilo über meinem Wettkampfgewicht zu liegen, aus rein gesundheitlichen Erwägungen.«

Marco Luciani warf einen missbilligenden Blick auf die Taille seines Assistenten, die mehr und mehr einem Laib Parmesankäse ähnelte. Dann sah er das eigene Spiegelbild in der Scheibe des Automaten: Seine Brust war nicht breiter als ein Oberschenkel, und die dürren Beine erinnerten an die Stelzen eines Akrobaten. Mit seinen knapp siebzig Kilo auf fast zwei Meter Länge war er auf diesem Gebiet wahrlich der Falsche, um anderen kluge Ratschläge zu erteilen.

»Entschuldige, Iannece, ich muss jetzt wieder an die Arbeit.«

»Denken Sie wenigstens über Silvester nach, Commissario. Wir haben ein schönes Galamenü im Val d'Aveto organisiert. Bis zwölf, eins wird gespachtelt, dann werden die Tische zur Seite geräumt und das Tanzbein geschwungen.

Und wenn es weiter so kalt bleibt, dann liegen da mindestens zwei Meter Schnee, und so kommen auch die Kinder auf ihre Kosten.«

Marco Luciani war bereits im Flur und hob eine Hand zum Zeichen des Grußes. Für Silvester hatte er ganz andere Pläne: Er wollte die Wohnungsräumung feiern, mit einer Tasse Tee, einer halben Scheibe Panettone ohne Rosinen und einem Teelöffel Sahne – als Glücksbringer –, und um halb elf ins Bett gehen.

Zur Mittagsstunde, als er gerade in seinem Büro die Zeitung las, wurde an den Türrahmen geklopft.

»Darf ich stören?«, fragte die nervige Stimme seines neuen Stellvertreters.

»Komm nur, es ist offen, es ist immer offen«, murmelte er.

Das runde rosige Gesicht von Giorgio Livasi lugte zum Büro herein. »'tschuldige, Chef, wollte nur mal fragen, ob du meine Mail schon gelesen hast.«

»Welche Mail?«

»Die ich dir vor fünf Minuten geschickt habe.«

Der Kommissar spürte eine gewisse Gereiztheit in sich aufsteigen. »Nein, die habe ich noch nicht gelesen, Livasi«, sagte er mit einem Fingerzeig auf die Papiere, die er vor sich liegen hatte, wie um zu sagen: Ich bin wahnsinnig beschäftigt.

Sein Gegenüber setzte eine verlegene Miene auf. »Ach so, okay, war nicht eilig, ich schaue dann später noch mal rein.«

Wenn es nicht eilig war, warum kommst du dann hier angetrabt?, dachte Marco Luciani.

Er wartete, bis Livasi die Tür wieder angelehnt hatte, schlug die Zeitung zu und fand sich damit ab, dass er ein paar Berichte, die er seit Tagen auf dem Schreibtisch hatte, in akzeptablem Italienisch abschreiben musste. Ein 19-jähriger Ecuadorianer, der vor einer Diskothek einen Nebenbuhler erstochen hatte, und ein klassischer Fall von Mord mit anschließendem Selbstmord: ein 42-jähriger Steuerberater, der seine Exfrau umgebracht und sich dann selbst aus dem Leben befördert hatte. Einfache Fälle, in wenigen Stunden zu lösen. Dahinter steckten nur Wut oder Verzweiflung, oder blindwütiger Affekt, keine Intelligenz, kein ausgeklügelter Plan, um Spuren zu tilgen oder die Polizei an der Nase herumzuführen. Zwar landeten in solchen Fällen die Schuldigen im Gefängnis oder richteten sich selbst, aber für Luciani war das wenig befriedigend. Die Abwanderung der Intelligenz zieht auch das nach sich, dachte er, neben den begabtesten Freiberuflern, Kreativen und Wissenschaftlern zogen auch die besten Mörder aus der Stadt weg. Vor einigen Monaten zum Beispiel hatte ein in Mailand wohnender Genueser seine Verlobte mit einem astreinen Plan kaltgemacht, so astrein, dass die Kollegen, obwohl sie sicher wussten, dass er es gewesen war, keine Beweise fanden und ihn nicht festnageln konnten. Ein faszinierender Fall, der auch einem Giampieri Laune gemacht hätte, denn es ging dabei unter anderem um Computer und Handys. Marco Luciani spürte, dass sie diesen Fall gemeinsam hätten lösen können, und wieder setzte sich ein Gran Schuldgefühl in seinem Zwerchfell fest und beschleunigte seinen Herzschlag.[*]

Nach einer guten Stunde stand sein Vize erneut auf der Türschwelle. »'tschuldige, Marco, du bist nicht zufällig dazu gekommen ...«

»Nein! Ich bin nicht dazu gekommen, Livasi. Du musst

---

[*] Lucianis Stellvertreter Giampieri kommt im zweiten Band unter mysteriösen Umständen ums Leben. Siehe *Kein Schlaf für Commissario Luciani*.

schon ein bisschen Geduld haben, aber warum schickst du mir die Sachen eigentlich per E-Mail? Du sitzt nebenan, meine Tür steht immer offen, wenn du mir etwas zu sagen hast, kannst du es mir nicht einfach sagen, und damit hat sich's?«

»Nein, das ist, weil ... Es geht um die Versammlungen. Ich hab da mal eine Anregung skizziert ...«

»Aber ist die denn so kompliziert, dass du sie mir nicht mündlich erklären kannst?«

»Nein ... doch ... das heißt, ich krieg das schriftlich besser hin.«

Marco Luciani verfluchte zum hundertsten Mal Polizeichef Iaquinta, der ihm diesen neuen Vize zur Seite gestellt hatte. Das war volle Absicht gewesen, keine Frage, ein Racheakt nach ihren letzten Gefechten. Er wollte ihm das Leben zur Hölle machen. Nicht, dass Livasi unfähig gewesen wäre, aber er hatte genau die Schwäche, die der Kommissar am allerwenigsten ertragen konnte: Er war ein Arschkriecher, der sich immerzu in den Vordergrund spielen musste. Ende Oktober nach Genua gekommen, hatte er schon nach wenigen Tagen der Akklimatisierung angefangen, ihn mit E-Mails und wöchentlichen Thesenpapieren zu belegen, wie man Organisation und Effizienz des Büros verbessern, Schichten und Ferien sinnvoller einteilen und neue Vernehmungsmethoden einführen könnte, die in Skandinavien zu einer Steigerung der Geständnisrate um dreizehn Prozent geführt hätten. Der Kommissar betrachtete Livasis perfekt rasierte Wangen, das geschniegelte Haar und die ebenso gespannte wie zutrauliche Miene, die stark an einen Apportierhund erinnerte.

»Livasi, du bist seit über einem Monat hier. Habe ich je auf eine deiner Mails geantwortet?«

»Nein, Chef.«

»Und, sagt dir das gar nichts?«

»...«

»Ich lese keine E-Mails, Livasi. Ich lese sie grundsätzlich nicht. Ich habe einen Account von der Dienststelle, aber ich nutze ihn nicht.«

»Soll ich lieber an eine andere Adresse mailen?«

»Nein! Du sollst mir lieber sagen, was du mir zu sagen hast, und damit basta!«

»Ja ... aber ... Ich möchte gern, dass auf jeden Fall etwas schriftlich festgehalten wird. Ich könnte das vielleicht grob in zwei Sätzen formulieren und dir schicken.«

Na bitte. Am Ende hatte er ihn aus der Deckung gelockt. Vorschläge zur Verbesserung der Effizienz der Abteilung. Und wenn er einen davon umsetzen würde, würde Livasi mit seiner hübschen schriftlichen Eingabe zum Polizeichef rennen, um nachzuweisen, dass die Idee von ihm stammte. Es ging ihm nicht darum, allen die Arbeit zu erleichtern, sondern nur darum, sich selbst ins beste Licht zu rücken.

»Ja, hervorragend, schreib mir zwei Sätze. Mit Kohlepapier. Mindestens zwei Durchschläge.«

Sein Gegenüber verstand nach ein paar Sekunden, errötete und schloss beleidigt die Tür. Für den Rest des Tages ward er nicht mehr gesehen.

Vier

Ranieri
Assisi, sechzehn Monate zuvor

»Freitagnacht verstarb in Assisi Settimo Ranieri, einundneunzig Jahre, Vater von Ludovico, dem stellvertretenden Rektor der Universität von M. Settimo Ranieri war ein leidenschaftlicher und kundiger Sammler ...«

Ludovico schlug die Zeitung zu. Er hatte keine Lust, den soundsovielten lobhudelnden Nachruf auf seinen Vater zu lesen, zwanzig Zeilen, ein geklitterter Abklatsch der Pressekommuniqués, die von der Universität an die Zeitungsredaktionen gegangen waren. Vorbildlicher Vater und Ehemann, Gelehrter, raffinierter Kunstkenner, hatte er seinem Sohn die Leidenschaft für sein Fach mitgegeben, bla, bla, bla. Gequirlte Scheiße. Ein wahrheitsgetreuer Artikel hätte so geklungen: »Er hat bis in seine Neunziger gelebt, unverwüstlich wie Unkraut: Settimo Ranieri, ein Mann, fast frei von geistigen und moralischen Veranlagungen, dafür aber mit gewaltigem Geschäftssinn gesegnet. Vor allem, was seine eigenen Geschäfte anging. Diesen hatte ihm tatsächlich sein Vater vererbt, Oreste Ranieri, ein Wurstwarenhändler, der durch den Schwarzmarkt in Kriegszeiten und mit dem Baugewerbe in den Fünfzigern reich geworden war. Settimo hatte bis zum dreißigsten Lebensjahr absolut nichts auf die Beine gestellt, bis auf einen mühseligen Studienabschluss in Kunstgeschichte, und auch diesen nur dank der Unterstützung eines Mädchens, das er vor dem Traualtar hatte stehenlassen. Während sein Vater und die Brüder auf dem Bau schufteten, hatte Settimo sein Erbteil genommen, um in Rom ein Antiquitätengeschäft zu eröffnen, Deckmantel für die illegale Verschiebung etruskischer Fundstücke nach Amerika; im Jahre des Herrn 1958 hatte er die Tochter eines Handschuhfabrikanten geheiratet, die er mit Methode und Befriedigung betrog, bis die Ehescheidung per Volksabstimmung eingeführt wurde, woraufhin sich ihre Wege für immer trennten und Settimo die Gelegenheit bekam, sein gesamtes Geld zu verjuxen. Ludovico war sein einziger Sohn und zugleich die größte Enttäuschung seines Lebens. Vollkommen frei von jedwedem Geschäftssinn, vernarrt nur in Bücher und Kunst, hatte er sechs Jahre damit vergeudet, einen Studienabschluss in Literatur und Kunstgeschichte zu erwerben, und weitere zehn damit, einer Professur an der Universität von M. hinterherzurennen. Nur dank der Beziehungen seines Schwiegervaters, eines Senators, dessen einzige Tochter er geheiratet hatte, hatte er endlich die ersehnte Dozentur ergattert und war dann zielstrebig Stufe für Stufe aufgestiegen zum ordentlichen Professor und dann zum Institutsleiter, bis er sich vor einigen Monaten – dem Hirnschlag des historischen Gründers sei Dank – als Stellvertreter in den roten Ledersessel des Rektors setzen durfte, ein Amt, das mit dem neuen akademischen Jahr endgültig ihm gehören würde. Dessen ungeachtet war sein Vater Settimo kein bisschen stolz auf ihn, er betrachtete ihn als eine Art Parasit, der im Grunde weiterhin auf Kosten des Schwiegervaters lebte, welchem er noch nicht einmal einen männlichen Enkel geschenkt hatte, nur zwei Mädchen, verwöhnte Heulsusen, die ebenso sagenhaft hässlich waren wie ihre Mutter.«

Ludovico wusste, dass er nicht den Geschäftssinn von Vater und Großvater geerbt hatte, aber daraus konnte ihm keiner einen Vorwurf machen. Ebenso wenig konnte er etwas dafür, dass in diesem im Niedergang befindlichen Land sämtliche Erwerbszweige in der Krise steckten. Die

Baufirmen seiner Cousins hatten längst dichtgemacht, die Preise für Antiquitäten und Kunst waren in den Keller gerutscht, und selbst sein seliger Großvater hätte wohl Mühe gehabt, mit seiner Wursttheke über die Runden zu kommen. Sich um eine akademische Laufbahn und ein sicheres Einkommen zu bemühen, war eine kluge Entscheidung gewesen, ebenso eine Frau zu heiraten, die zwar wahrlich nicht mit Schönheit, aber mit einem soliden Charakter und einer reichen Familie gesegnet war. Nur ein alter Giftzwerg von neunzig Jahren konnte seine wunderbaren Töchter, Maria Rita und Maria Chiara, als ein Missgeschick betrachten und dem ersehnten männlichen Enkel nachweinen.

Im Gegensatz zu seinem Vater wusste Ludovico, wie man eine Familie zusammenhielt. Er hatte Sinn für Verantwortung, Gerechtigkeit und Anstand. Auch für Verzicht. Er kannte das Leben und seine Versuchungen, wusste aber, wann man nein zu sagen hatte. Und wenn er jetzt an die halb leergeräumten Zimmer seines Vaters dachte und an die Gerichtsbeamten, die wie Schakale darin herumschlichen und nach irgendwelchen Fleischresten suchten, in die sie sich verbeißen konnten, dann sagte er sich, dass der Alte sein Leben zwar bestimmt ausgekostet, dafür aber nur Schulden und Beschuldigungen zurückgelassen hatte. Wer von beiden war also letztlich der Versager? Er schmiss die Zeitung auf den Boden. Zwanzig Zeilen. Für seinen Vater war selbst das noch zu viel. Wenn ich einmal dran bin, dann will ich eine ganze Seite. Oder auch zwei, warum nicht? Seit seiner Kindheit spürte er, dass er nicht geboren war, um wie ein dumpfes Tier sein Dasein zu fristen, sondern um wirklich Großes zu bewirken. Das neue Jahr würde die Wende bringen, er, Ludovico Ranieri, würde endlich den Ertrag für all seine Arbeit und seine Opfer einfahren. Vor fünfzehn Jahren, in den Neunzigern, hatte er, angesichts des Zerfalls des Familienvermögens, seinen ersten Geniestreich gelandet und auf den einzigen im Wachstum befindlichen Erwerbszweig des Landes gesetzt, einen Erwerbszweig, der sichere, ständig wachsende Einkünfte sowie Medieninteresse, Macht und bildschöne Frauen garantierte. Er hatte sich entschieden, ins kalte Wasser der Politik zu springen, was aussichtslos wirkte, ihm in Wahrheit aber ein neues Leben eröffnet hatte: Er hatte den Senator kennengelernt, hatte Elena geheiratet, war im akademischen Leben jemand geworden. Und jetzt, da die Partei bei den kommenden Wahlen auf einen Triumph zusteuerte, würde er seinen Schwiegervater dazu bringen können, ihn ins große Spiel einzuführen. Er hätte gerne den Sitz des Rektors mit dem des Abgeordneten vertauscht. Aber weder das eine noch das andere sah er als Endziel an. Mit knapp fünfzig Jahren stand ein Politiker gerade mal am Anfang seiner Karriere, und für die Zukunft träumte Ludovico Ranieri von einer Ernennung zum Minister für Kunst und Kultur. Sein Ehrgeiz war, die wahre Macht zu erringen, in den engen Kreis der Leute vorzudringen, die für das Land wirklich etwas bewirken konnten, und natürlich für sich selbst. Ihm fehlte es weder an Arbeitswillen noch an guten Ideen, er wartete nur auf eine Gelegenheit, einen Wink des Schicksals, der ihm den entscheidenden Anstoß geben würde. Und dieser Wink war nun gekommen, sagte er sich, während er die Augen schloss und an das zurückdachte, was er zwei Nächte zuvor entdeckt hatte.

Fünf

Marietto Risso
Camogli, heute

Marietto saß neben Gaetano am Tisch. Es gab Spaghetti Bolognese, die er mit Genuss verspeiste. Das Alter hatte ihm vieles genommen, den Appetit zum Glück jedoch nicht, und er freute sich schon auf das Weihnachtsessen mit Ravioli, Puter und Torte.

»Leistest du uns wenigstens heute Abend Gesellschaft? Heute ist das Finale«, fragte Gaetano.

»Welches Finale?«

»Na, von SuperSanremo. Das ist wirklich nicht schlecht. Ich bin für Cristicchi, der hat mich neulich abends echt gerührt. Dieses Lied über die Irren ... Hut ab!«

»Das stimmt«, mischte sich Signora Irene ein, »ist wirklich hübsch.«

»Ne, ne, ich bin für Albano«, erwiderte Signorina Gina. »Seine Stimme ist immer noch die schönste. Und außerdem, der Ärmste, nach allem, was er durchgemacht hat: zuerst die Tochter, dann die Frau und dann noch die andere Frau ... Ich hoffe wirklich, dass er gewinnt.«

Marietto hatte nicht die geringste Lust, hinunter in den Fernsehsaal zu gehen, aber am Ende siegte Gaetanos Hartnäckigkeit. Der Krimi, den die Nichte ihm geschenkt hatte, gefiel Marietto sowieso nicht, er spielte in Skandinavien, und von all dem Schnee bekam er eiskalte Füße. Ein bisschen fernzusehen mochte auch gegen diese merkwürdige Unruhe helfen, die insgeheim in ihm anwuchs, eine Art böser Vorahnung. Wenn du nur von Alten umgeben bist, dann musst du zwangsläufig an den Tod denken, sagte er sich, um sich zu beruhigen.

Während er Gaetano die Treppe hinabhalf, begegnete er Olga, einer ehemaligen Opernsängerin, die Jahr für Jahr, zeitgleich mit dem Sanremo-Festival, von heftigen Eifersuchtsanfällen gebeutelt wurde und sich in ihr Zimmer einschloss, um mit ihrem verstorbenen Ehemann zu konferieren. Gestützt auf den Arm von Schwester Fernanda, erklomm sie die Treppe wie in Trance.

»Die bösen Geister, ich spüre sie«, sagte sie und bohrte ihre Augen in die von Marietto. »Sie kommen deinetwegen.«

»Krepier doch, du alte Hexe!« Gaetano spreizte Zeige- und kleinen Finger ab, um Unheil abzuwenden.

»Nach dir, alter Schwuli«, gab sie zurück. Sie starrte Marietto weiter an und flüsterte: »Du wirst sterben. Am Sankt-Stephans-Tag wirst du sterben.«

»Haust du jetzt endlich ab? Schwester, bringen Sie sie weg, bevor ich …«

»Hör nicht auf sie, Gaetano. Das lohnt doch gar nicht«, sagte Marietto und versuchte, den kalten Schauer zu ignorieren, der ihm über den Rücken gelaufen war.

Die leeren Augenhöhlen der Frau starrten ihn an. Sie wirkte eher enttäuscht als wütend. Sie sprach nicht, aber ihre Stimme hallte in seinem Schädel wider.

»Du hast nichts unternommen, um mich zu retten. Gar nichts. Du wolltest mich lieber vergessen.«

»Ich … ich … was hätte ich tun können? Ich stand allein da, allein gegen alle.«

»Nein. Du hast mich verlassen. Ich hatte mich für dich entschieden.«

Marietto spürte, wie ihm die ersten Tränen über das Gesicht rannen. »Ich bitte dich, verzeih mir! Verzeih mir!«

»Es ist zu spät. Man hat mich gefunden. Ich gehöre nun einem anderen. Und deine Zeit ist fast abgelaufen.«

»Nein!«, schrie er. »Es ist noch nicht zu spät. Ich werde dich retten. Warte auf mich. Ich werde kommen und dich retten.«

Das Gesicht der Frau verschwamm.

»Nein! Geh nicht weg, nein!«

Plötzlich fasste ihn jemand am Arm. Die Faschisten. Wütend riss er sich los. Er tastete nach der Pistole in seinem Gürtel, aber er war wie in einem Netz gefangen, nein, in einem Sack, der ihn daran hinderte, die Beine zu bewegen.

»Marietto! Marietto, ich bin's!«

Mühsam öffnete er die Augen und bedachte Gaetano, der ihn erschrocken ansah, mit einem hasserfüllten Blick. Auch er hatte ihn am Ende verraten.

»Du hast geträumt, Marietto. Du hast geschrien.«

Geträumt? Er schaute sich um. Das Zimmer war dunkel, bis auf das blassblaue Notlämpchen, das stets in einer Ecke leuchtete. Er war im Altersheim. In seinem Bett. Stimmt, er hatte geträumt, auch wenn er wohl noch nie einen so realistischen Traum gehabt hatte. Plötzlich hatte er einen Kloß im Hals und brach in Tränen aus. Das war kein Traum gewesen, das war ein Zeichen. Sie rief ihn, die Vergangenheit war wieder da und verlangte ihren Blutzoll. Für das Blut der Gefährten, die im Kampf gefallen, die gefoltert und verleumdet worden waren, die sich im Gefängnis umgebracht hatten und nun nach Sühne schrien.

Sechs
Luciani
Genua, heute

Um sieben Uhr vierzig, als die Wohnung unter den ersten Hammerschlägen der Bauarbeiter erbebte, stieß Commissario Luciani einen furchtbaren Fluch aus und setzte sich in seinem Bett auf. Gegen elf war er eingeschlafen, aber um Mitternacht hatte ihn schon wieder das Gelächter der Restaurantbesucher unter seiner Wohnung geweckt, die sich offensichtlich darüber freuten, dass sie für vier Würfel rohen Fisch fünfzig Euro ausgegeben hatten. Die Metallrollos besagten Lokals hatten ihn um eins ein weiteres Mal geweckt, das übliche Motorrad ohne Vergaser um halb drei. Um drei war der LKW der Müllabfuhr in die Gasse gerumpelt, um Viertel vor sechs der mit den Zeitungen. Kurz vor sieben waren die Lieferungen für den Milchmann und für die Metzgerei gekommen.

Und nun standen die Bauarbeiter auf der Matte, um das Haus zu renovieren. Bauarbeiter. Eine Horde von Neandertalern, die sich in verlassenen Appartements zusammenrotteten und den lieben langen Tag damit verbrachten, aus Kieselsteinen Pfeilspitzen zu hauen.

Als seine Füße den kalten Boden berührten, wurde er endgültig wach. Er wollte gar nicht nachrechnen, wie viele Stunden er unterm Strich geschlafen hatte. Wenn er seine Gereiztheit nicht den ganzen Tag mit sich herumtragen wollte, dann musste er sich irgendwie abreagieren. Er ging ins Bad und machte sich fertig, zog T-Shirt, kurze Hose und Joggingschuhe an, stürzte zwei Glas Wasser hinunter und verließ die Wohnung, um einen kurzen Lauf auf den Kais hinzulegen. Die Dezemberluft war eisig, und Marco

Luciani bereute, dass er nicht auch die Jacke übergezogen hatte, aber sein Trainingsplan sah heute Tempoläufe vor – da würde ihm schnell warm werden. Wie jeden Morgen hatte er Kopfschmerzen, aber das war wohl normal, bei seinem Schlafdefizit. Wenn ich um halb neun zurückkomme, dachte er, dann erwische ich vielleicht das Zeitfenster, in dem der Bauleiter mit seinem Kontrollgang durch ist und die Maurer frühstücken gehen, und krieg womöglich noch eine Mütze Schlaf.

Er schaute auf die Uhr, überschlug schnell, wie viel Zeit ihm blieb, und nahm sich vor, acht Kilometer in 36 Minuten zu laufen, vier Kilometer in je 4 Minuten 15 und vier Kilometer in je 4:45, immer abwechselnd. Er kam an die Baumwolllager, drückte die Stoppuhr für den ersten Kilometer und zog das Tempo merklich an. Er passierte die Kilometermarke bei 4:22 und schaltete einen Gang runter, aber da er Angst hatte, hinter seiner Marschtabelle zurückzubleiben, lief er auch die Lockerungsrunde in 4:35. Er hatte die Zeit wettgemacht, nicht jedoch die Sauerstoffschuld, und kam immer mehr aus der Puste. Auch ohne Pulsuhr spürte er, dass sein Herzschlag fast bei 170 war. Wenn du den Einstieg versaust, dann kann es nur noch schlechter werden, dachte er und versuchte durchzuhalten. Sein Körper musste sich irgendwie an diese Ausdauerbelastung gewöhnen, wenn er eines Tages einen Marathon bestreiten wollte, ohne am Ende mit den 75-Jährigen über den Zielstrich zu kriechen. Jetzt reicht's, dachte er, versuchen wir, uns auf etwas zu konzentrieren, auf irgendein Detail. Mal sehen, wie viel Durchblick ich noch habe. Am Kino stand ein Typ mit Hund, und Luciani versuchte, sich an alle Hunde zu erinnern, die in Filmen die Hauptrolle spielten. Er wollte auf mindestens zehn kommen. Eins: Lassie, zwei: Rin Tin Tin, drei: sein Kollege Rex, war zwar nur eine Fernsehserie, aber trotzdem, »The Ugly Dachshund«, mit vier

Dackeln und einem Dachshund, den hatte er als Kind in einem Freiluftkino gesehen, wenn die als fünf zählten, dann war er jetzt schon bei acht, aber vom Freiluftkino schweiften seine Gedanken ab zu den Cola-Lutschern, die er dort an der Kasse immer gekauft hatte, und zu einem blonden Mädchen, das jünger war als er und Anna hieß, und erst nachdem er am Ende des Kais umgekehrt war, wurde ihm klar, dass er die Hunde vergessen hatte. Konzentration aufbauen!, dachte er, gleich komme ich an der Caffè-Bar vorbei, wo diese neue hübsche Bedienung arbeitet. Er kontrollierte die Zeit: 4:12 die dritte Runde, das war sogar zu schnell, ich lag zehn Sekunden drüber, habe aber drei gutgemacht, das ist minus sieben, aber in der anderen hatte ich zehn gutgemacht, plus drei, nein, minus drei, halt, muss ich noch mal nachrechnen. Man sollte immer in einem Tempo laufen, bei dem man noch mit seinem Trainingspartner plaudern kann, sagte er sich, aber er konnte nicht einmal stumm mit sich selbst plaudern, er hatte den Faden verloren, nein, die Hundeleine, 4:12, das sind drei weniger als 4:15, aber an die Runde davor erinnere ich mich nicht, jetzt schlug sein Herz wie verrückt, so hatte er sich noch nie gefühlt, ich sollte besser anhalten, ja, ich laufe bis zu dem Mädchen, und dann pausiere ich, die Sonne, kommt gleich, nein, Finsternis, wart mal, Anna, die Finsternis ... Er blieb abrupt stehen, noch einen Schritt, und er würde hinschlagen, nein, die Finsternis, er lehnte sich an die Wand und hatte den vagen Eindruck, dass er zu Boden glitt.

Ein furchtbarer Lärm weckte ihn auf, jemand schrie ihm in die Ohren und spritzte ihm Wasser ins Gesicht. Nein, das war ein Hund, ein Hund, der bellte und ihn ableckte. Er wollte ihn verscheuchen, aber als er die Hand hob und dessen kräftigen Hals spürte, klammerte er sich an ihn wie ein Ertrinkender an den Rettungsring. Du liebes bisschen, ich bin kollabiert, dachte er. Ich Vollidiot.

Das Herrchen des Hundes kam mit der Bedienung und noch zwei Leuten. Der Kommissar hoffte, sie würden ihm aufhelfen, aber einer sagte: »Fasst ihn nicht an!«, und als Luciani sich auf einen Unterarm stützte, schrie ein anderer: »Nicht bewegen! Sie dürfen sich nicht anstrengen.« Das Mädchen sagte: »Ich hole ein Kissen.« Sofort kam sie mit einem schönen, flauschigen roten Riesenkissen zurück, das sie ihm unter den Kopf schob. »Wie fühlen Sie sich? Ist Ihnen kalt? Ich hole was zum Zudecken.« Ein blonder Engel, und so jung, wer lästert eigentlich immer über die heutige Jugend?, dachte Marco Luciani, während er versuchte, die Kälteschauer zu unterdrücken, überleg mal, was die für ein Leben führt, wahrscheinlich wohnt sie noch in Bolzaneto und muss vor sechs Uhr aufstehen, hierherhetzen, um irgend so einem Arsch von Skipper einen Cappuccino zu brauen, und abends fährt sie mit dem Bus oder der U-Bahn nach Hause und lugt verstohlen nach den Babygangs, weil die beschließen könnten, sie zu vergewaltigen. Sie führt ein solches Leben und ist rein geblieben, o wunderbare Kreatur, ich werde sterben und dabei ihr Bild im Herzen bewahren. Aber er wusste, dass die Sache ausgestanden war, er fühlte sich schon viel besser, und abgesehen von den Kopfschmerzen und dem Kältegefühl schien alles zu funktionieren. »Sie haben nicht ein bisschen Wasser für mich?«, fragte er das Mädchen, das ihn mit einem Plaid bedeckt hatte, welches sie irgendwo hergezaubert hatte, und sie antwortete: »Natürlich, ich hole es sofort.« Doch der Mann mit dem Hund sagte: »Ich weiß fei nicht, ob Sie trinken dürfen.« – »Stimmt, das könnte ihm schaden«, sagte ein anderer. Seinem Schmerbauch und den Blicken nach zu urteilen, die er dem Po des Mädchens hinterherschickte, musste das der Besitzer der Bar sein. Du dämlicher, alter Lustmolch, dachte Marco Luciani, ich habe doch keine Operation hinter mir. »Bist du sicher, dass er trinken darf?«, fragte der Mann das Mädchen, das mit einem sagenhaft großen Becher Wasser zurückgekommen war. »Wieso? Er hat doch keine Operation hinter sich«, sagte sie und hob mit einer Hand Lucianis Hinterkopf an, anscheinend ohne sich vor der Schweißschicht zu ekeln, die ihn bedeckte. »Hier, aber trinken Sie langsam, es ist kalt.« Marco Luciani schämte sich seiner selbst, seiner Magerkeit, seiner Hässlichkeit und weil er sich nicht ordentlich gewaschen hatte, ehe er laufen gegangen war. Wer sie von Ferne gesehen hätte, er so dürr, elend und unrasiert, sie auf der Erde kniend, auf den Lippen ein besorgtes Lächeln, hätte sie für Jesus Christus und Maria Magdalena halten können.

»Sollen wir einen Krankenwagen rufen? Oder jemanden, der Sie abholen kann? Ihre Frau, Ihre Freundin …«

»Rufen Sie, um Himmels willen, nicht beide gleichzeitig«, sagte Marco Luciani, und das Mädchen lachte erleichtert. »Wenn Sie schon wieder zu Scherzen aufgelegt sind, dann scheint es Ihnen besserzugehen.« Er nickte und setzte sich auf. Sein Kopf hatte wieder eine ovale Form angenommen, sein Herzschlag hatte sich beruhigt. »Ja, danke«, sagte er zu ihr. »Tut mir leid, wenn Sie meinetwegen Zeit verloren haben.« Er stand auf. Der Bigo* schien einige Arme mehr als gewöhnlich und das Meer sämtliche Kais geflutet zu haben, aber was den Rest anging, war die Situation unter Kontrolle. Er winkte allen zum Abschied und machte sich auf den Heimweg, zuerst im Spazierschritt, dann locker trabend.

---

* Skulptur in Form eines mehrarmigen Ladekrans. Eines der Wahrzeichen der Stadt Genua.

Sieben
Ranieri
Assisi, sechzehn Monate zuvor

»So, nach der Beschreibung Ihres Vaters müsste es hier sein. Hinter dem Klavier.«

Ludovico und Pater Antiochus waren hinunter in den Keller gegangen, kaum dass sich der Arzt verabschiedet hatte, ein Stadtrat und Parteigenosse, der in Rekordtempo aufgelaufen war und versprochen hatte, er würde den Papierkrieg zur Erlangung der Todesurkunde ein wenig abkürzen. Er hatte kondoliert und erklärt, er stehe dem Interimsrektor in jedwedem Bedarfsfall zur Verfügung. Ludovico gewöhnte sich allmählich an das berauschende Gefühl, dass andere sich überschlugen, um ihm gefällig zu sein.

»Das ist kein Klavier. Das ist ein Pianola von Kranich & Bach, erste Hälfte des neunzehnten Jahrhunderts«, stellte er richtig.

»Jedenfalls scheint es sehr schwer zu sein. Wir sollten jemanden rufen, der uns hilft, es wegzurücken.«

»Nein, Pater. Je weniger Leute von dieser Geschichte wissen, desto besser.«

Ludovico krempelte die Hemdsärmel hoch, bedeutete Pater Antiochus, mit anzupacken, und gemeinsam schafften sie es, schwitzend und keuchend, das Pianola so weit zu verrücken, dass sich eine Gasse öffnete. Hinter dem Instrument stand, direkt an der Wand, eine riesige Holztruhe, lang wie ein Sarg und über einen Meter hoch. Verriegelt war sie mit einem soliden Eisenschloss.

»Verdammt. Sie ist abgeschlossen«, sagte Ludovico.

Der Priester schaute ihn mit schuldbewusster Miene an und zog aus der Tasche seines Gewandes einen Schlüssel.

»Den hat mir Ihr Vater gegeben. Er bewahrte ihn in der Nachttischschublade auf.«

Der andere riss ihn ihm fast aus der Hand und steckte ihn ins Schloss, auch wenn er bezweifelte, dass es sich würde öffnen lassen. Nach all den Jahren war der Mechanismus bestimmt eingerostet. Der Schlüssel ließ sich jedoch fast mühelos drehen. Sein Vater musste von Zeit zu Zeit in den Keller gekommen sein, um den mysteriösen Schatz zu kontrollieren.

Ludovico war ziemlich aufgeregt, als er den Deckel hob, aber was er sah, enttäuschte ihn. Bettlaken, Unterwäsche, Spitzendeckchen, leinene Handtücher: eine alte, vergilbte Aussteuer, und darunter nur das Papier, mit dem der Holzboden ausgeschlagen war. Hatte sein Vater sich einen Scherz mit ihm erlaubt?

»Es muss einen doppelten Boden geben«, sagte der Priester, nachdem er mit einem Blick die inneren und äußeren Ausmaße verglichen hatte.

»Sie haben recht. Und der dürfte ganz schön hoch sein.«

Mit Hilfe des Priesters räumte Ludovico die Wäsche aus, hob den dünnen Holzboden an, und schließlich sah er, heftig schnaufend und mit wild pochendem Herzen, wie ein blütenweißes Laken zum Vorschein kam, das etwas verhüllte, was ganz wie eine Statue aussah.

Ludovico Ranieri war in einem Antiquitätengeschäft aufgewachsen und in einem Haus, das besser bestückt war als viele Museen. Er hatte Hunderte, nein Tausende Sammlerstücke gesehen, manche so kostbar, dass man ihren Wert kaum ermessen konnte. Aber noch nie hatte er etwas zu Gesicht bekommen, was man auch nur entfernt mit dieser lebensgroßen bronzenen Frauengestalt, mit ihren weichen, vollkommenen Formen, hätte vergleichen können. Wer behauptete, Schönheit sei relativ, man könne sie nicht messen, sie variiere je nach Kultur und Gebräuchen der unterschiedlichen Völker, der war ein Ignorant und Kleingeist. Angesichts dieser Statue wäre jedem, vom Direktor des Louvre bis zum Eingeborenen im Amazonas-Urwald, der nie einen Weißen gesehen hatte, der Mund offen stehen geblieben, und er hätte ebenso andächtig und schweigend verharrt, wie Ludovico und Pater Antiochus es gut zwei Minuten lang taten.

»Der Kopf fehlt«, sagte schließlich der Priester.

»Das sehe ich«, antwortete Ludovico. Das war ein unschätzbarer Verlust, aber die Grazie und die Harmonie der Skulptur konnten keinen anderen Schluss zulassen, jedenfalls für das Auge des Experten, als dass sie von der Hand eines großen Meisters stammte, vielleicht des größten aller Zeiten. Er hatte die Gestalt einer sinnlichen und gleichzeitig furchteinflößenden Frau geschaffen. Der linke Arm raffte das Gewand, der rechte war angewinkelt, in einer Stellung, die schwer interpretierbar, aber außerordentlich graziös wirkte. Es war ein verstümmeltes Meisterwerk, aber das galt im Grunde auch für die Nike von Samothrake. Wenn seine vielen Jahre des Studiums nicht umsonst gewesen waren, dann könnte Ludovico schwören, dass diese sagenhafte Statue ebenso wertvoll war, denn die weltweit existierenden Bronzeskulpturen dieses Ranges konnte man an den Fingern einer Hand abzählen.

»Was mein Vater Ihnen erzählt hat … darf ich das erfahren?«, fragte Ludovico, kaum dass er sich wieder gefangen hatte.

Der Priester nickte. »Er selbst hat mich darum gebeten. Andernfalls wäre ich an das Beichtgeheimnis gebunden. Aber viel hat er mir nicht gesagt. Nur dass die Statue vor fast vierzig Jahren im Meer vor der Insel Ventotene gefunden wurde. Und dass er, um sie zu bekommen, einen Mann getötet hat. Er sagte mir, es sei ein Unfall gewesen, aber aus Angst, entdeckt zu werden, und wegen seines Schuldgefühls beschloss er, die Statue zu verstecken und zu vergessen.«

»Und kein Mensch hat je nach ihr gesucht? Niemand weiß von dieser Geschichte?«

»Das hat er mir nicht gesagt«, gestand der Priester und breitete bedauernd die Arme aus.

In Ludovico stieg wieder die Wut auf den Vater hoch. Und auf diesen Volltrottel im Talar, der den Alten das Wichtigste nicht gefragt hatte.

Ventotene kannte er gut. Ende der sechziger Jahre, ehe die Krise sein Vermögen aufzehrte, hatte Settimo Ranieri auf der Insel eine wunderschöne Villa gekauft, mit Zugang zu einem Privatstrand und Liegeplatz für eine Yacht. Ludovico hatte dort oft die Ferien verbracht. Nach der Scheidung war die Villa auf seine Mutter überschrieben worden und so dem Ruin entgangen. Es war ein abgelegenes, romantisches Plätzchen, das man von Formia aus per Boot erreichen konnte, ohne durch den Ort zu müssen. Ludovico hatte dort die Wochenenden mit dem besten Sex seines Lebens verbracht, während Frau und Kinder in den Bergen weilten.

»Und was machen wir jetzt?«, fragte er, mehr sich selbst.

»Worum Signor Settimo gebeten hat. Wir bringen diese Statue wieder ans Licht der Öffentlichkeit und geben sie ihrem rechtmäßigen Besitzer zurück: dem italienischen Staat.«

»Ich weiß nicht, ob das eine gute Idee ist, Pater.«

»Es ist der Letzte Wille eines Sterbenden.«

»Eben. Es ist klar, dass mein Vater im Delirium war. Überlegen Sie doch: Weshalb hat er sie nicht selbst schon längst zurückgegeben? Er hatte schließlich vierzig Jahre Zeit dafür.«

Der Priester machte einen steifen Rücken und schaute

ihn streng an. »Was möchten Sie folglich tun? Sie behalten?«

Ludovico blähte den Brustkorb und antwortete mit gekränkter Miene: »Pater, ich werde bald Abgeordneter der Italienischen Republik sein. Glauben Sie, ich könnte meinem Land ein Stück seines legitimen Eigentums vorenthalten?«

Sein Gegenüber hob eine Augenbraue, als wollte er sagen: »Ist alles schon da gewesen.«

»Verzeihen Sie, Pater, verstehen Sie denn nicht, in was für einer Situation ich mich befinde? Ich bin Rektor einer Universität, endlich kommt meine politische Karriere in Schwung, ich stehe kurz davor, die Früchte eines arbeitsreichen Lebens einzufahren. Wenn jetzt diese Statue ans Licht käme – ja, können Sie sich denn nicht den Skandal vorstellen? Mein Vater ein Mörder, sein Name beschmutzt. Und meiner ebenso, als logische Folge. Wie könnte ich je weiter im Kulturleben wirken oder gar in der Rolle eines Abgeordneten, wenn herauskäme, dass meine Familie mit gestohlenen Kunstgegenständen handelte? Überlegen Sie doch mal!«

Der Priester schwieg und betrachtete seine Schuhkappen.

»Mein Vater hat nie für seine Vergehen bezahlt, und jetzt soll ich es tun? Halten Sie das für gerecht? Ist es richtig, den Letzten Willen eines geistig verwirrten Greises zu respektieren, wenn er einem unbescholtenen Menschen zum Schaden gereicht?«

Pater Antiochus ging eine Weile im Raum auf und ab, das Kinn auf die verschränkten Hände gestützt. »Ich verstehe Ihre Beweggründe, Herr Professor«, sagte er schließlich. »Das Einzige, was ich jedoch tun kann, ist, meine Vorgesetzten um Rat zu bitten. Die Statue hat vierzig Jahre hier gelegen, sie kann es auch noch einige Tage länger tun.«

Ludovico atmete erleichtert auf. »Ich danke Ihnen, Pater. Sie werden sehen, wir werden eine Lösung finden, die alle zufriedenstellt.«

»Bis dahin schließen wir die Truhe wieder ab, und ich werde den Schlüssel aufbewahren. Nicht aus Misstrauen, Gott bewahre. Jedoch hat der Herr mir die Verantwortung für diese Angelegenheit auferlegt, und ich habe nicht vor, mich meiner Aufgabe zu entziehen.«

Der Interimsrektor verbeugte sich leicht. Sobald du zur Tür hinaus bist, dachte er, rufe ich den Bischof an. Dann wird es keine vierundzwanzig Stunden dauern, bis du armer Irrer deiner Aufgabe enthoben bist.

Acht
Luciani
Genua, heute

Um sechs Uhr morgens, nach drei mageren Stunden Schlaf, zwängte sich das Klingeln des Handys unter Lucianis Hirnrinde und begann dort stur wie ein Specht zu picken. Er wollte es ignorieren und in seinem Traum verweilen: Er war auf einen Stuhl gefesselt, Maria Scharapova, Ana Ivanovic und Venus Williams versuchten ihn mit Hilfe von hautengen Overalls, Stiefeln und Reitgerten zu einem Geständnis zu bewegen. Aber zum Glück wusste er von nichts.

Das Klingeln ging weiter, erbarmungslos, bis Marco Luciani sich geschlagen gab, eine Hand ausstreckte und auf eine beliebige Taste drückte, ohne ranzugehen. Er hörte die Stimme seiner Mutter, so aufgeregt, dass sie stotterte:

»Marco, du musst sofort kommen. Heute Nacht ist ein Unglück geschehen.«

»Was? Was ist denn passiert?«, murmelte er.

»Der Regen ... das Gewitter ... Es hat ein furchtbares Gewitter gegeben, und der halbe Garten ist heruntergekommen.«

Er duschte sich und zog sich in aller Ruhe an. Seit sein Vater gestorben war, rief seine Mutter alle zwei, drei Tage bei ihm an, um Unglücks- und Notfälle zu melden, die sich am Ende damit beheben ließen, dass man einen Wasserhahn auswechselte oder die Gastherme wieder anwarf. Er verstand, dass Donna Patrizia sich einsam fühlte in dieser riesigen Villa, die wirklich allmählich zerfiel, und in letzter Zeit besuchte er sie so oft wie möglich. Manchmal blieb er auch über Nacht, in seinem einstigen Kinderzimmer, aber er sperrte sich hartnäckig gegen die Vorstellung, dort einzuziehen, denn mit fast vierzig Jahren wollte er wahrlich nicht wieder bei seiner Mutter leben. Auch wenn in Camogli, wie sie immer wieder betonte, Platz für drei Familien war, während er in einer grausigen Zweizimmerwohnung lebte, die er zum 31. Dezember räumen musste.

Gegen Viertel nach sieben kam er an die Mautstelle bei Recco. Er fuhr weiter Richtung Camogli, und als er den Boschetto erreichte, sah er vor dem Tor der Villa Patrizia einen Feuerwehrwagen stehen. Mit einem flauen Gefühl im Magen schälte er sich aus seinem alten Clio und trat in den Garten, wo fünf, sechs Mann in grün-gelben Overalls gerade einen fast zwei Meter hohen Berg aus Erde und Geröll mit Signalband absperrten. Einer der Feuerwehrleute stand bei seiner Mutter und versuchte sie zu beruhigen. »Es ist nichts Schlimmes passiert, Signora. Wir bringen das wieder in Ordnung. Sehen Sie? Jetzt kommt sogar die Sonne raus. Laut Wettervorhersage wird es die nächsten Tage nicht regnen.«

Marco Luciani kam sich vor wie ein Charakterschwein, lief zu seiner Mutter und nahm sie in den Arm.

»Da liegt Papa. Papa liegt da unten«, stammelte sie, und bei dem Feuerwehrmann schrillten sofort die Alarmglocken.

»Wie meinen Sie, Signora? Ist jemand verschüttet worden?«

»Nein, nein«, sagte der Kommissar und winkte ab, »meine Mutter ist etwas durcheinander. Komm, Mama, du solltest besser reingehen. Sonst holst du dir hier noch den Tod. Warum machst du diesen tapferen Herren nicht eine Tasse Tee?«

Er brachte sie in die Küche und ging wieder nach draußen. Der Feuerwehrmann trat mit besorgter Miene auf ihn zu.

»Entschuldigen Sie, besteht die Gefahr, dass da jemand verschüttet wurde?«

»Nein, nein. ›Papa‹ war der Name eines unserer Hunde. Er liegt unter dem Olivenbaum begraben. Oder besser gesagt, unter dem einstigen Olivenbaum.«

Der Feuerwehrmann schaute ihn zweifelnd an, aber als ein Kollege hinzutrat und den Kommissar begrüßte, den er von einem früheren Einsatz her kannte, trat er den Rückzug an und befasste sich wieder mit dem Erdrutsch. Nach zwei Tagen fast ununterbrochenen Regens hatte die Trockenmauer oberhalb des Gartens nachgegeben, und die terrassierte Erde war mit einer solchen Wucht heruntergerutscht, dass sie Oliven- und Mandelbaum entwurzelt und sämtliche Blumen begraben hatte, die seine Mutter mit so viel Liebe pflegte.

»Was für ein Schlamassel«, sagte Marco Luciani. »Was mache ich denn jetzt?«

»Sie müssen sie so schnell wie möglich wieder aufbauen«, sagte der Feuerwehrmann. »Sonst kommt, wenn es wieder zu regnen anfängt, der ganze Rest vielleicht auch noch hinterher. Außerdem fehlt jetzt auch der Schicht darüber die Stütze, und wenn die nächste Mauer ebenfalls nachgibt, dann besteht die Gefahr, dass eine Schicht nach der anderen ins Rutschen gerät und der gesamte Hügel runterkommt.«

Der Kommissar schüttelte den Kopf. »Ich fürchte, das wird nicht billig werden.«

»Darauf können Sie sich verlassen. Trockenmauern baut inzwischen kaum noch jemand. Nun gut, Sie können auch eine normale Mauer hochziehen lassen, aber davon rate ich ab, denn sie filtert nicht so gut. Und außerdem kostet auch das eine Stange Geld.«

»Ich hoffe, meine Eltern waren versichert.«

»Ja, schauen Sie mal nach. Aber dafür brauchen Sie eine ganz spezielle Versicherung, ansonsten wird das als höhere

Gewalt angesehen, und dann ist es Essig. Ich fürchte, das müssen Sie aus eigener Tasche bezahlen. Andererseits, bei so einem schönen Haus ist es die Sache wert«, lächelte er, wie zum Trost.

»Also bist du mit Pasta al Pesto einverstanden? Das Nudelwasser kocht.«

»Ich esse kein Pesto, Mama«, rief Luciani aus dem Wohnzimmer. Das musste so etwa das vierzigste Mal sein, dass er ihr das sagte, er war allergisch gegen Parmesan, aber sie nahm diese Information einfach nicht auf. Wahrscheinlich hielt sie sie für vollkommen absurd.

»Also Butter und Parmesan.«

Da hätten wir's, dachte der Kommissar, unter einem Dach mit der alten Mutter, die uns vergiften will. Na prima.

»Okay«, sagte er, »bestens.«

Er kam zu spät in die Küche, um noch zu verhindern, dass Donna Patrizia fast ein halbes Kilo Spaghetti in den Topf warf.

»Mama, du weißt, dass ich nicht mehr als achtzig Gramm davon esse.«

»Jetzt fang nicht schon wieder damit an, Marco! Du bist dürr wie ein Skelett, du musst was essen. Du tust nichts anderes, als zu rennen und zu arbeiten, da brauchst du Energie. Als zweiten Gang gibt es Fleischröllchen.«

Super, dachte der Kommissar, da ist nicht nur Parmesan, sondern auch Ei drin, für mich noch schädlicher.

Marco Luciani hätte mit seiner Mutter gerne über das Haus geredet, über die anstehenden Renovierungsmaßnahmen. Jetzt, da sie allein geblieben war, war Villa Patrizia einfach zu groß für sie. Sie schaffte es nicht mehr, das Anwesen in Ordnung zu halten, aber jedes Mal wenn er das Thema anschnitt, machte sie dicht. Und er war zu müde oder zu schwach, um weiter in sie zu dringen. Das letzte

Mal, dass er auch nur entfernt angedeutet hatte, man könnte das Haus womöglich verkaufen, war sie in Tränen ausgebrochen und hatte gesagt, dies sei ihr Haus, das Haus, in dem sie immer gelebt habe und in dem sie sterben wolle. Das Haus, in dem sie ihn aufgezogen habe und in dessen Garten die Erde, unter der die Asche ihres Mannes ruhe, noch frisch sei. »Deines Vaters«, hatte sie gesagt, als wäre sie der Ansicht, er hätte ihn umgebracht. Dann war sie mit den Worten aus dem Zimmer gegangen: »Wenn auch ich nicht mehr sein werde, dann kannst du damit machen, was du willst. Keine Sorge, lange wird es nicht mehr dauern.«

Der Kommissar wäre gerne selber im Erdboden verschwunden, gemeinsam mit allen Vorfahren, und hatte das Thema anschließend für längere Zeit gemieden. Aber jedes Mal wenn er auf der Kommode in der Diele eine Gas- oder Stromrechnung sah, traute er seinen Augen nicht und begann wieder mit seiner Zermürbungstaktik. »Achthundert Euro Heizung, Mama. Hältst du das für machbar?«

»Ich habe keine Ahnung. Ist das viel?«

»Aber hallo!«

»Ob das daran liegt, dass du dauernd unter der Dusche stehst?«

Das schlug dem Fass den Boden aus. »Mama, das liegt nicht am Duschen. Wir haben zwölf Schlafzimmer, die du heizt, obwohl sie leer stehen. Dreh doch wenigstens die Heizkörper ab!«

»Au, du kannst aber nicht die Hälfte des Hauses ungeheizt lassen. Da kriecht die Feuchtigkeit ins Mauerwerk. Und zu Weihnachten kommt vielleicht deine Tante Rita, die wirst du doch nicht in ein eiskaltes Zimmer einquartieren wollen. Und außerdem: kümmert sich nicht die Bank um die Rechnungen?«

»Ja, Mama. Aber das ist wie mit der EC-Karte. Wenn du

Geld abheben willst, dann musst du das vorher eingezahlt haben.«

Zwar ließ seine Mutter die Kontoauszüge immer verschwinden, aber einige Male hatte der Kommissar heimlich trotzdem einen Blick darauf werfen können. Der Geldabfluss war weit höher als die Einnahmen, sprich die Hinterbliebenenrente von seinem Vater und die Zinscoupons der Staatsanleihen. Das Girokonto glich einem Alpensee, dessen Wasser ins Tal abfloss, ohne dass der Regen den Pegel ausgleichen konnte. Marco Luciani fiel die verfluchte Mathematikaufgabe ein, die ihn von der Mittelschule bis in die aktuellen Rätselhefte verfolgt hatte: »Aus einem Hahn fließen zehn Liter Wasser pro Minute in eine Badewanne. Aus dem Abfluss entweichen alle drei Minuten sieben Liter. Wenn die Wanne drei Kubikmeter Wasser fasst, nach wie vielen Minuten wird das Wasser über den Rand treten?« Selbst wenn er tausend Jahre alt würde, er würde das Rätsel niemals lösen.

Gerade noch rechtzeitig konnte er Donna Patrizia davon abhalten, ihm reichlich Parmesan über seine Kinderportion Nudeln zu kippen.

»Willst du keinen?«

»Nein, Mutter. Ich bin allergisch dagegen.«

»Das ist ja merkwürdig. Als Kind hast du ihn immer in rauen Mengen gegessen. Hör mal, Marco, das muss jetzt wirklich einmal gesagt werden: Du solltest einen Arzt konsultieren. Nichts kannst du essen, das eine verursacht dir Übelkeit, das andere Magenschmerzen, das nächste Kopfschmerzen … Man kann dir inzwischen überhaupt nichts mehr zu essen machen.«

Der Kommissar begann auf den Spaghetti mit Butter herumzukauen. Sie schmeckten nach nichts, aber wenigstens würden sie ihm keine Beschwerden verursachen.

»Ich habe mir von meiner Freundin Minni die Telefonnummer dieser Ärztin geben lassen, du weißt schon, die diese Analysen zu Lebensmittelallergien macht. Hier habe ich dir die Nummer aufgeschrieben, ruf sie mal an.«

Sie reichte ihm einen Zettel, Marco Luciani steckte ihn ein, ohne ihn anzusehen.

»Okay.«

»Ich meine das ernst. Diese Ärztin ist eine Kapazität. Die Minni ist zu ihr gegangen und hat erfahren, dass sie allergisch gegen Weizen ist. Seit sie den nicht mehr isst, hat sie fünfzehn Kilo abgenommen und ist ein neuer Mensch.«

»Wenn sie mir auch noch den Weizen nimmt, dann kann ich gar nichts mehr essen.«

»Aber nein, was hat das mit dir zu tun? Jeder ist gegen etwas anderes allergisch. Wenn du mir nicht glaubst, dann ruf die Minni an und lass es dir erzählen.«

»Nein, Mama, ich vertraue dir. Ich vertraue dir blind, ebenso der Minni und dieser Guru-Queen aus der Allergiker-Gemeinde.«

Er kam am frühen Nachmittag auf die Dienststelle und traf Calabrò, Iannece und Livasi am Kaffeeautomaten.

»Und wer ist dieser Argenta?«, fragte Livasi gerade.

»Kennst du den nicht? Ein Richter. Ein Richter mit Dachschaden.«

»Warum, was hat er denn getan?«

»Das ist der, der den ›Zigeuner‹ rausgelassen hat«, sagte Iannece. »Da siehst du doch schon am Spitznamen, dass der ein Verbrecher ist. Eines Abends hatte er einen Typen auf der Straße mit einer Flasche abgestochen, wegen einer Weibergeschichte, und wir haben ihn sofort geschnappt. Argenta hat aber gemeint, das war keine Absicht, er wollte ihn nur erschrecken, und dass jedenfalls weder Flucht- noch Rückfallgefahr besteht. Klar, kaum war er wieder draußen, hat er noch einen gekillt, und dann ist er abgehauen. Wer weiß, wo er jetzt steckt. Ich meine, ist es denn so schwer, solche Typen im Knast zu lassen? Die sollte man direkt den Angehörigen der Opfer übergeben.«

Livasi sah, dass der Kommissar kam, schüttelte missbilligend den Kopf und hob ein wenig die Stimme. »Man darf keine Selbstjustiz üben, Iannece. Auch ein Mörder hat das Recht auf einen fairen Prozess.«

»Ich meine ja auch nicht die Mörder, sondern die Richter«, platzte Iannece heraus, »die Mörder zahlen früher oder später die Zeche, sie finden immer einen, der noch fieser ist als sie, die Richter dagegen können sich jeden Bockmist erlauben und werden nie zur Rechenschaft gezogen. Zum Glück arbeiten sie wenig, das begrenzt den Schaden.«

Livasi warf Luciani einen um Einverständnis heischenden Blick zu. »Ich muss schon sagen, Iannece, du lässt wirklich keinen Gemeinplatz aus: kriminelle Zigeuner, faule Richter ...«

Der Oberwachtmeister schaute ihn herausfordernd an: »Bei allem Respekt, Herr Vizekommissar, wenn sie ›Gemeinplätze‹ genannt werden, dann deshalb, weil sie gemeinhin vorkommen. Sonst würden sie ja ›Sonderplätze‹ heißen.«

Marco Luciani lächelte. »Und dasselbe gilt für die Vorurteile, stimmt's, Iannece?«

»Klar. Vor-Urteile. Das sind Urteile, die vorher schon gefällt wurden, in Jahren, Jahrhunderten der Beobachtung bestimmter Phänomene oder Gruppen von Menschen, und über Generationen hinweg weitergegeben, damit die Neulinge vorgewarnt sind.«

Livasi betrachtete sie und wusste nicht, ob sie Spaß machten oder es tatsächlich ernst meinten. Er war an die Kommentare seiner Kollegen über Frauen, Schwuchteln, Neger und Kommunisten gewöhnt, aber dies war ein neues

Niveau der Niveaulosigkeit, auf dem er sich nicht zu bewegen verstand. Er setzte ein schiefes Lächeln auf, das bedeuten konnte, dass er das Spiel durchschaut hatte. Dann fragte der Kommissar, ob es Neuigkeiten gebe, wurde jedoch enttäuscht. Diese Friedhofsruhe setzte ihm allmählich zu, aber er wusste, dass sie nicht lange vorhalten würde. Mit den Feiertagen würden die Familientreffen beginnen, die Umarmungen, die Wiedersehensfreude und das Auspacken der Geschenke. Aber auch die Suizidfälle derjenigen, die allein geblieben waren, die Amokläufe der Exmänner, die Frau und Kinder auslöschten, und die Schlägereien in den Nachtclubs. Er würde eine Menge Arbeit haben und damit einen exzellenten Vorwand, sich nicht um eine neue Wohnung zu kümmern, um seine Mutter, um den Garten, das Erbe.

»Okay, Leute, es gibt immer noch diese *cold cases*, kalte Fälle, die seit Jahren darauf warten, gelöst zu werden.«

»Können die nicht noch ein bisschen länger warten?«, protestierte Calabrò.

»Ich habe genug mit dem kalten Fall bei mir im Bett zu tun, versuchen Sie mal, die Füße meiner Frau warmzukriegen!«, sagte Iannece.

»Außerdem steht Weihnachten vor der Tür, Commissario. Machen Sie uns dieses kleine Geschenk«, bettelte Vitone, der sich inzwischen dazugesellt hatte.

»Keine Ausreden, Jungs. Auch zu Weihnachten wird einem immer wieder mal ein recyceltes Geschenk angedreht.«

Er selbst ging mit gutem Beispiel voran und las zigmal die Akte eines alten Falls mit äußerst mageren Zeugenaussagen. Aber nach nicht einmal einer halben Stunde schlug er sie mit einem Seufzer wieder zu. Es kam ihm keine Eingebung, auch deshalb nicht, weil ihn ein pochender

Kopfschmerz quälte, der ihn immer wieder hinterrücks anfiel. Er musste dann jedes Mal die Augen schließen und reglos abwarten, bis die Attacke nachließ. Er fühlte sich schwach, antriebslos. Vielleicht war tatsächlich der Moment gekommen, zu dieser Wunderheilerin zu gehen. Was konnte sie bei ihm schon noch kaputtmachen?

Neun

Luciani und Risso
Camogli, heute

Marietto zog Segeljacke und Wollmütze über und schulterte den Seesack, den er überallhin mitschleppte. Schwester Andreina, die Pförtnerin des San-Luigi-Heims, warf ihm das übliche milde Lächeln zu. »Wir haben Tramontana, Signor Mario. Ziehen Sie einen Schal an.«

»Von Schals bekommt man Halsweh, Schwester. Ich habe nie einen getragen und bin nie krank geworden.«

Die Schwester lächelte, als handelte es sich um einen Scherz, aber es stimmte.

»Sind Sie zum Mittagessen wieder da?«

»Nein, Schwester. Ich helfe ein bisschen unten am Hafen mit, und da werde ich auch etwas essen. Wir sehen uns heute Abend.«

Schwester Andreina hatte recht, es war wirklich ganz schön frisch, aber die Luft war unglaublich klar und rein. Es war einer dieser Tage, an denen man bis Korsika sehen konnte – wenn man noch gute Augen hatte. Er ging die Treppe hinab, ohne sich am Geländer festzuhalten, was außer ihm im Heim kaum noch einer schaffte. An dem Tag, an dem ich einen Stock brauche, werde ich nicht mehr vor die Tür gehen, dachte er zum tausendsten Mal, lieber sollen sie mich da drinnen beerdigen, aber mit Stock lasse ich mich nicht sehen. Das war inzwischen wie ein Mantra, das er sich jeden Morgen vorbetete, und er war zu der Überzeugung gelangt, dass es ihm Glück brachte. Er überquerte die Straße, ging ein Stück die Aurelia lang und nahm dann eines der Treppchen hinunter ins Dorf. Hier musste er sich wohl am Geländer festhalten, aber nur, weil die Stufen so steil und unregelmäßig waren. Das machten außerdem alle, selbst die Jugendlichen.

Er schaute rasch bei Marcella im Fischgeschäft vorbei und warf einen Blick auf den Fang, den die Fischer gebracht hatten, dann ging er die letzten Stufen hinunter und spazierte auf die Mole. Das Wetter war herrlich. Das Meer azurblau und still, die Fassaden der eng aneinandergeschmiegten Häuser leuchteten in der Sonne. Der Kapitän saß schon draußen an seinem Tischchen, wie jeden Morgen, vor sich die Zeitung und einen Cappuccino. Sie grüßten einander stumm, dann schlenderte Mario weiter bis zur Bar unter den Arkaden. Er nahm einen ungezuckerten Espresso, der ihn endgültig aufweckte, und warf einen Blick auf die Todesanzeigen im »Secolo XIX«. Niemand, den er kannte. Er blätterte in den Lokalteil: ein Artikel über die Restaurierung des Theaters, das im Frühling erneut die Pforten öffnen sollte, und ein kleinerer Beitrag, in dem sich eine Bürgerinitiative für die Wiedereröffnung des Aquariums aussprach. Marietto hatte dort einige Zeit gearbeitet, er hätte gerne mitgeholfen, die Becken wieder mit den künstlichen Korallenriffen auszustatten, so wie vor vielen Jahren. Er verabschiedete sich von dem Barbesitzer, ging hinaus und bereitete sich auf seinen Arbeitstag vor.

Marco Luciani blieb vor den Schaufenstern der Immobilienmakler stehen und betrachtete die Anzeigen. Verschiedene Appartements wurden zum Verkauf angeboten, aber die Preise standen nicht dabei. Er hatte keine Ahnung, wie viel die Villa seiner Eltern wert sein mochte, aber er wollte nicht eintreten und um eine Schätzung bitten, denn das hätte eine Lawine von Gutachten, Telefonaten, Maklerbesuchen und Wohnungsbesichtigungen nach sich gezogen, und das konnte er ohne Wissen seiner Mutter nicht machen. Er hatte das Gratisblatt mit den Immobilienanzeigen gegriffen und wollte es in aller Ruhe in der Sonne lesen, als er auf dem Mäuerchen, das zum Kai des kleinen Hafens führte, einen alten Fischer, einen Freund seines Vaters, sitzen sah. Er besserte die Maschen eines Äschennetzes aus, in dem wohl ein Bonito gewütet hatte. Eine Touristin fotografierte ihn wie eine Attraktion oder eine Sehenswürdigkeit, und in gewissem Sinne war er das. Der Kommissar dachte an seinen Vater Cesare zurück, an das stolze Gesicht, mit dem er vom Fischen heimkam, die prall gefüllte Tüte schwenkend, deren Inhalt er vor den Augen seiner Frau ins Küchenspülbecken leerte, wie ein Höhlenmensch, der den warmen Kadaver eines mit Keulenschlägen erlegten Wildschweins vor die Füße seines Weibes wirft. Ein einziges Mal war der damals neunjährige Marco Luciani mit ihnen hinausgefahren und hatte dabei festgestellt, dass die ganze Arbeit der Fischer tat. Sein Vater wusste bestenfalls, wie man die Leinen losmachte und seinem Sohn sagte, er solle die Klappe halten, sonst vertreibe er die Fische. Sie waren um Mitternacht losgefahren, und bis zwei Uhr hatte Marco sich zu Tode gelangweilt, dann hatte er gefroren wie nie zuvor in seinem Leben, und schließlich hatte er die hartgekochten Eier ausgekotzt, die seine Mutter ihm zur Stärkung in die Tasche gesteckt hatte. Ein zweites Mal hatte er gekotzt, als sie das Netz mit dem Fang an Bord gezogen hatten, einen Haufen Fische, die wie wahnsinnig zappelten und ihren Darm entleerten, während er still weinte und vergebens nach einem Fluchtweg suchte. Kaum an Land, hatte der kleine Marco den Strand geküsst und bei der Madonna del Boschetto geschworen, dass er nie wieder einen Fuß auf ein Boot setzen würde.

»Guten Tag, Signor Marietto, wie geht's Ihnen?«

Der Mann warf ihm einen raschen Blick zu und antwortete nicht, sondern zuckte nur mit dem Kopf, was alles

Mögliche bedeuten konnte. Aufgepasst, sagte er sich und warf einen Blick auf das Fischmesser, das er in der Hand hielt.

»Etwas Schönes gefangen heute?«

»Ach, inzwischen fahre ich kaum noch raus. Aber die Jungs haben einen guten Fang gemacht. Liegt alles bei Marcella«, sagte er in der Hoffnung, den Nervtöter loszuwerden.

»Jungs« nannte er die Seeleute, die ein paar Jahre weniger auf dem Buckel hatten als er. Mit ihnen hatte er viele Jahre lang gefischt, heute half er ihnen beim Flicken der Netze oder bei anderen Arbeiten, um aktiv zu bleiben. Wenn jemand fehlte und das Wetter gut war, nahmen sie ihn manchmal sogar noch mit hinaus.

Der Kommissar fragte, ob er sich setzen dürfe. Sein Gegenüber betrachtete ihn misstrauisch. Marco merkte, dass er ihn noch immer nicht erkannt hatte.

»Wirklich schön hier«, sagte er, ein bisschen lauter. »Mein Vater Cesare hat viel Zeit hier verbracht, erinnern Sie sich?«

Dieser Satz brachte ein Flackern in die Augen des Fischers. Klar doch. Der Sohn des ›Großen Cäsar‹. Fast hätte ich mich blamiert, dachte er und bedeutete Marco, sich zu setzen.

»Na und ob! Wie geht's Ihrem Vater denn? Er war schon eine ganze Weile nicht mehr hier.«

Marco Luciani betrachtete ihn verdutzt. Er wusste genau, dass er den Fischer bei der Beerdigung gesehen hatte.

»Mein Vater ist seit ein paar Monaten nicht mehr.«

»Ist nicht mehr? Sie meinen, er ist tot?«

»Genau.«

Ich hatte wohl so was läuten hören, dachte Marietto. Ich hatte es erfahren und wieder vergessen. Das Beste war jetzt, die Sache zu überspielen. »Das tut mir sehr leid, wissen Sie.

Er war ein guter Mensch, großzügig. Ein echter Signore. Genau: ein Signore.«

Mein Vater war ein Dieb, einer, der Schmiergelder einsammelte, wollte der Kommissar erwidern. Einer, der die Armen bestahl, um es den Reichen zu geben, und er hat weniger im Knast gesessen, als er verdient hätte. Ich kann ihn vielleicht gernhaben, weil er nun mal mein Vater war, aber ich verstehe nicht, wie ein Fischer, der sich sein ganzes Leben lang den Arsch aufgerissen hat, um über die Runden zu kommen, an jemanden wie meinen Vater mit Wehmut zurückdenken kann.

»Mit Ihrem Vater verstand ich mich gut, auch wenn wir nicht gerade dieselben Ansichten hatten. Als ich in den Bergen kämpfte, rannte er in der Uniform der faschistischen Jugend rum. Aber in dem Alter, was soll ein Kind da schon kapieren?«

Er hätte auch als Erwachsener das schwarze Hemd der Faschisten getragen, dachte Marco Luciani. Und wenn es nur um des Geldes willen gewesen wäre, das sich auf jener Seite der Barrikade leichter verdienen ließ.

»Und wissen Sie was? Damals waren die Unterschiede wenigstens klar. Feinde, aber fair, von Angesicht zu Angesicht. Heute dagegen sind alle gleich. Gleich beschissen.«

»Okay, Signor Marietto, aber jetzt sagen Sie nicht, dass die Zeiten damals besser waren, mit dem Krieg, der Armut und allem anderen.«

»Es ging uns besser! Wir wussten wenigstens, gegen wen wir zu kämpfen hatten. Und wir hofften, dass wir etwas verändern würden. Als wir in den Bergen waren, da schossen sie alle auf uns: die Deutschen, die Faschisten, die Katholiken und allen voran die Kommunisten.«

Marco Luciani wiederholte still die Liste und fragte sich, wer da noch übrig war auf dem Schlachtfeld. »Entschuldigen Sie, aber auf welcher Seite haben Sie denn dann gekämpft?«

»Ich? Bei den Anarchisten! Ich war immer Anarchist. Immer auf Seiten der Freiheit, der Gerechtigkeit und der Wahrheit.«

Der Kommissar nickte, wenig überzeugt, während Mariettos Augen sich entflammten.

»Wissen Sie, was dieses Land in den Ruin treibt?«

Die Tatsache, dass jeder treibt, was er will, dachte der Kommissar. Die Tatsache, dass alle Italiener Anarchisten sind.

»Der Staat. Die Kirche. Die Polizei. Der ...« Er hielt schlagartig inne. War Cesares Sohn nicht Polizist? Ein Kommissar. Ja, der Vater hatte das oft genug erzählt. Pass auf, Marietto, pass auf, was du sagst.

Marco Luciani lächelte still in sich hinein. Die Alten waren im Grunde alle gleich. Das Gelbe vom Ei war immer das, was ihnen das Schicksal in ihrer Jugend beschert hatte, auch wenn es nur Not, Unbildung und Bomben waren. Danach war es immer nur bergab gegangen. Er stand auf, wenigstens hatte der andere sich aussprechen können.

»Nehmen Sie's nicht krumm, Marietto. Wie heißt es so schön: Es gibt keine Gerechtigkeit in dieser Welt. Aber Sie sind kerngesund, bei klarem Verstand, und das ist doch das Allerwichtigste.« Er winkte ihm zum Abschied und war froh, dass er diese leicht surreale Unterredung mit einer Reihe von Banalitäten abgewürgt hatte.

Der Fischer drehte sich um und schaute ihm nach. Ein Polizist. Ein Polizist hatte ihn aufgesucht, ein zufälliges Zusammentreffen fingierend. Er fragte sich, wie viel er wohl wusste. Alles, war die Antwort. »Sie sind bei klarem Verstand«, hatte er gesagt. Der Bulle liebte es, Katz und Maus zu spielen. Er hatte ihn von den Anarchisten erzählen lassen, und wenn Marietto sich nicht beherrscht hätte ... Er atmete tief ein und fixierte den Horizont, um sich zu beruhigen. Etwas würde geschehen, das spürte er. Man merkte es an der Konsistenz der Luft, an einem besonderen Geruch, wie dem, der den Säuberungsaktionen der Deutschen in den Bergen vorausging oder einem Sturm auf hoher See.

»Auch Marietto ist nicht mehr unter uns«, dachte der Kommissar, während er die Treppen hinaufstieg, die Aurelia überquerte und weiter bis zum Boschetto kletterte. »Jammerschade.« Zum Glück war seine Mutter noch relativ jung, und ihr Gehirn funktionierte weiterhin einwandfrei. Auch wenn sie sich seit dem Tod ihres Mannes schwächer gab, als sie war. Auf subtile Weise suggerierte sie ihm Schuldgefühle, wenn er sich nicht um sie kümmerte. Er kam zur Villa Patrizia, trat vom Garten durch die Glastür und legte in der Küche voller Stolz eine Tüte mit zwei Fischen auf die Spüle.

»Was ist das?«, fragte die Mutter mit leicht angewidertem Gesichtsausdruck.

»Stöcker. Die habe ich bei Marcella gekauft, sie lässt dich grüßen. Sie hat mir auch ein schönes Rezept mitgegeben.«

»Hätte sie keine Goldbrassen gehabt? Oder Barsche?«

»Ich weiß nicht, Mama, wahrscheinlich, aber die kosten dreißig Euro das Kilo, die hier acht.«

Donna Patrizia betrachtete ihn mit ungespielter Verblüffung. »Seit wann bist du denn so geizig?«

Seit wir mit Pauken und Trompeten den Euro eingeführt haben und ich kaum über die Runden komme, wollte der Kommissar erwidern. »Wieso geizig? Die Stöcker sind exzellent. Wirklich. Die stehen den Brassen in nichts nach.«

»Die sind voller Gräten, Marco. Deswegen sind sie so billig. Denk dran: Wer billig kauft, zahlt meistens drauf.«

Der Kommissar spürte, wie er zunehmend gereizt wurde. »Wer nur das Teuerste kauft, endet meistens am Bettelstab,

Mama. Apropos, wann besprechen wir einmal die Hausfrage? Wir müssen entscheiden, was mit der Gartenmauer passiert. Außerdem habe ich die Stromrechnung auf dem Tisch gesehen und ...«

»Es gibt nichts zu besprechen«, unterbrach sie ihn, »um mein Haus kümmere ich mich. Und an dem Tag, an dem du dich dazu durchringst, hier einzuziehen, statt das Geld für die Miete eines Wohnklos hinauszuschmeißen, wirst du dir auch wieder eine Goldbrasse leisten können.«

Zehn
Ranieri
Dreizehn Monate zuvor

Ludovico Ranieri trat auf den Balkon hinaus und betrachtete die Dächer von M., die bereits in Finsternis gehüllt waren. Der Wind hatte sich gelegt, und die Stadt erholte sich endlich von einem nasskalten Tag. Der Rektor hingegen fand keine Ruhe. Er ging weiterhin auf und ab, trat ins Haus, ging wieder hinaus, um eine Zigarre zu rauchen, schaltete den Fernseher ein und nach zehn Minuten Zapping wieder aus, versuchte, eine CD zu hören. Schließlich schenkte er sich ein halbes Glas torfigen Whiskey ein und dachte zum x-ten Mal über das nach, was ihm gerade widerfuhr. Er war seit Jahren in eine ziemlich komplizierte Pokerpartie verwickelt, bei der er jede Aktion genau überlegt hatte, sich sein Glück erspielt hatte, indem er immer nur eine Karte auf einmal kaufte und jede mögliche Konstellation sorgfältig in Betracht zog. Jetzt hatte das Schicksal ihm plötzlich ein Herzass in den Ärmel geschoben, aber um das auszuspielen, brauchte es zweierlei: Die Karten, um eine Straße zu komplettieren, und dass die anderen glaubten, er hätte dieses Ass regulär vom Stapel bekommen. Bevor er sich aus der Deckung wagte, musste er jedenfalls absolut sicher sein, dass niemand sonst von der Existenz der Statue wusste. Nach dem Tod seines Vaters hatte er, mit der gebotenen Vorsicht, ein paar Dinge überprüft. Ein Fragment der Skulptur, die Settimo damals offensichtlich schon teilweise hatte restaurieren lassen, war in aller Verschwiegenheit einer ersten Kohlenstoffanalyse unterzogen worden, mit befriedigendem Ergebnis. Nach Ludovicos Meinung bestanden beste Aussichten, dass dies das Werk des größten Bildhauers aller Zeiten war, Lysipps, des Lieblingskünstlers von Alexander dem Großen. Der Einzige, dem gestattet war, den Kaiser in offizieller Pose oder während der Löwenjagd zu porträtieren. Was man über Lysipp wusste, hatte man von einigen römischen Marmorkopien seiner Werke abgeleitet, die Originale aus Bronze waren dagegen für immer verloren. In den letzten Jahren hatte man ihm den Athleten von Fano zugeschrieben, den man in den sechziger Jahren aus der Adria gefischt hatte und der heute Gegenstand eines Streites zwischen Italien und dem Getty Museum in Los Angeles war, zu dessen Exponaten er zählte. Ludovico war kein Experte für Bildhauerei, aber die Parallelen zwischen dem Athleten und seiner Bronzeskulptur waren augenfällig. Der Stil, die Technik, die Präsenz des Bildhauers in Italien, alles passte zusammen. Der Fundort Ventotene – eine Insel, auf die man in der Antike Sünder verbannt hatte – ebenso wie einige Charakteristiken der Statue hatten ihn zu der Überzeugung gebracht, dass es sich um eine Göttin der Gerechtigkeit handeln musste. Die »Themis von Lysipp« hatte er sie getauft. Gott allein wusste, wie sehr Italien in diesen Tagen Gerechtigkeit brauchte. Und die Tatsache, dass die Themis sich ihm gezeigt hatte, erschien ihm als ein Zeichen, dass das, was er tat, das Richtige war, dass das Schicksal auf seiner Seite war und ihm das Siegerblatt bescheren würde.

Alles hing jedoch von der ersten Karte ab, die er gezogen hatte, der Kreuzdame. Ludovico hatte ihr versprochen, dass er sie nie wieder betrügen würde. Ein Damenpärchen in Händen zu halten, war eine unwiderstehliche Verlockung, führte am Ende jedoch zu nichts. Wichtiger waren der Familienfrieden, Wohlstand und die Aussicht auf eine politische Karriere. So hatte er die Herzdame abgeworfen und sich in den letzten fünf langen Jahren nur hin und wieder ein bisschen Abwechslung mit Damen vom Gewerbe gegönnt, die höchst verschwiegen und zuverlässig, wenn auch ein wenig kostspielig waren. Und er hatte es vor allem im Ausland getan, wenn ihn irgendeine Konferenz nach Russland oder Nordeuropa führte.

Sicher, Studentinnen waren etwas anderes, sie waren die verbotene Frucht. Noch immer schaute er sich manchmal, in gewissen einsamen Sommernächten, ein paar der Videos an, die er mit ihnen in irgendeinem Hotelzimmer an der Amalfiküste gedreht hatte. Das waren die Glanzpunkte seines Lebens gewesen, wenn er sich auf der Terrasse eine Zigarre ansteckte und daran dachte, dass in seinem Bett der geschmeidige, warme Körper einer jungen Frau auf ihn wartete. Dann fühlte er sich wie der Herr über jenen Küstenstreifen, wie ein Pirat, der die Tochter des Gouverneurs entführt hatte. Er tat etwas Verbotenes, jawohl, aber auch etwas absolut Herrliches. Wenn man ihn entdeckte, würde man ihn aufknüpfen und tagelang baumeln lassen, und die aufgebrachte Menge würde seine Leiche im Namen der gesellschaftlichen Normen, des Kirchenbanns, der heuchlerischen Moralvorstellungen über die Beziehung zwischen Lehrer und Schüler anspucken. Aber in jenen Momenten totalen Glücksrausches wäre jeder, absolut jeder, gerne an seiner Stelle gewesen.

Er merkte, wie seine Frau ihm das Whiskeyglas aus der Hand nahm und einen Schluck daraus trank. Dann pressten sich ihre großen, vom Stillen erschlafften und von Trägern und Drähten gestützten Brüste gegen seinen Rücken.

»Was ist?«, fragte sie. »Kannst du nicht schlafen?«

Er seufzte. »Ich habe gerade an … die Wahlen gedacht. Diesmal muss ich dabei sein.«

»Papa meint, es sei noch zu früh. Du könntest dein Pulver verschießen. Du bist gerade erst Rektor geworden und …«

»Papa hier, Papa da. Zählt denn nur, was dein Vater sagt?

Warum sollte ich noch zehn Jahre in der Provinz herumhocken, wenn doch die eigentliche Partie in Rom gespielt wird? Für deinen Vater wird nie der richtige Moment kommen, er will mich nur auf Abstand halten. Ich aber will nicht länger warten, ich weiß, dass ich so weit bin. Seit fünfzehn Jahren strample ich mich jetzt für die Partei ab, und wenn sie mich nicht aufstellen wollen, dann kandidiere ich als Unabhängiger. Ich werde für mich allein weiterkämpfen.«

Der Ton, mit dem er die letzten Worte gesprochen hatte, ließ sie zusammenzucken. Sie legte ihre Wange an seinen Rücken und schmiegte sich an ihn. »Red nicht so. Du weißt, wie sehr uns Papas Unterstützung zugutekommt, und auch wenn ihr in vielen Dingen nicht einer Meinung seid, so hat er dich doch gern. Zumindest solange du mich gern hast.« Sie legte ihm die Hände auf die Brust und sog tief seinen Geruch ein. Er war noch immer der schönste Mann, den sie je gesehen hatte, er war ihr Mann, und sie wollte nicht riskieren, ihn zu verlieren. Sie ließ die Hände sinken, und als sie seine Erektion spürte, lächelte sie befriedigt.

Ludovico drehte sich um, vom Gedanken an die Mädchen noch erregt. Er drückte ein wenig auf ihren Nacken und zwang sie, sich niederzuknien und ihm einen zu blasen, mitten auf der Terrasse, ungeachtet der Gefahr, dass sie dort jemand sah.

Es gefiel ihr, seinen Schwanz in den Mund zu nehmen, alles an ihm gefiel ihr, und noch nach all den Jahren bekam sie, sobald er sie berührte, eine Gänsehaut und verlor jegliche Beherrschung. Sie war glücklich, dass trotz der unvermeidlichen Höhen und Tiefen, die jede Ehe mit sich brachte, ihre sexuelle Harmonie vollkommen geblieben war.

Sie tat es wie immer viel zu hektisch und eckig, dachte

Ludovico, ohne die Natürlichkeit, die inzwischen jede Zwanzigjährige besaß. Für die Studentinnen war ein Blowjob kein besonderes Zugeständnis mehr oder ein schwieriger Test, sondern die ausgewogene Synthese aus Technik und Leidenschaft, etwas, das so selbstverständlich in den Lebenslauf gehörte wie perfekte Excel- oder Englischkenntnisse. Seine Frau stammte aus einer anderen Generation, sie gab alles, aber die Tollpatschigkeit des verunsicherten Teenies würde ihr ewig anhaften. Er verzichtete darauf, in ihrem Mund zu kommen, und schickte sie ins Zimmer zurück. Ihr größter Vorzug war, dass sie nie lange brauchte, und als sie zu stöhnen anfing, hielt Ludovico ihr den Mund zu, damit die Kinder sie nicht hörten. Er brachte sie noch zwei Mal auf dem Bett zum Höhepunkt. Dann zeigte sie erste Anzeichen von Ermüdung, er rollte von ihr herunter und drehte sich zur anderen Seite.

Elena hatte gespürt, wie sie vorwärtsgepeitscht wurde, immer weiter vorwärts, wie in einer schwindelerregenden Fahrt durch Stromschnellen, und erst jetzt, da sie im ruhigen Wasser eines Sees dümpelte, merkte sie, dass sie allein unterwegs war.

»Schatz, war es nicht schön für dich?«, fragte sie ihn besorgt.

»Tut mir leid, ich schaffe es nicht, mir geht zu viel durch den Kopf.«

Mit geschlossenen Augen streckte sie ihre Hand aus und streichelte ihm das Haar. »Ich werde mit Papa sprechen. Du hast recht, wir müssen diesen Wahlgang ausnutzen, es hat keinen Sinn, noch mal vier oder fünf Jahre zu warten.«

Elf

Luciani

Genua, heute

Via Crespi 13, hatte die Wunderheilerin am Telefon gesagt. Aber unter den Namen an der Klingelleiste der Dreizehn fand sich keine »Raggi«. Er kontrollierte noch einige Male, das Einzige, was ansatzweise passte, war das Schild: »Arztpraxis«. Er klingelte, aber es kam keine Reaktion, bis eine Dame erschien, die Haustür aufschloss und er ihr einfach folgte.

»Entschuldigung«, sagte er, »ich muss zu Frau Doktor Raggi. Sie wissen nicht zufällig, in welchem Stock das ist?«

Die Frau musterte ihn vom Scheitel bis zur Sohle, dann schloss sie ihre Prüfung mit einer Grimasse ab. »Frau Doktor, sagen Sie?«

»Ja, Raggi. Ist das hier der richtige Hauseingang?«

»Schauen Sie, was den Hauseingang betrifft, sind Sie schon richtig. Dumme gibt's ja genug, die darauf reinfallen …«

»Vielen Dank. Welcher Stock, sagten Sie?«

»Dritter«, brummte die Frau. »Aber irgendwann werde ich doch noch bei der Polizei anrufen. Oder bei ›Striscia la Notizia‹*.«

Der Kommissar lächelte: »Wenn Sie etwas zur Anzeige bringen wollen, ist ›Striscia‹ tausendmal besser, Signora, das versichere ich Ihnen.« Dann nahm er jeweils vier Stufen auf einmal, bis er im Vorzimmer einer Arztpraxis stand. Er kontrollierte alle Türschilder, die Faltblätter mit den Praxiszeiten, aber von Doktor Raggi war nirgendwo die Rede. Er

---

* Populäre Satiresendung, in der offizielle Nachrichten parodiert und Betrügereien gegenüber gutgläubigen Bürgern angeprangert werden.

wollte gerade wieder gehen, als eine Frau in mittleren Jahren, gehüllt in einen Seidenschal und in der Hand ein Holzköfferchen, in die Praxis kam. »Herr Luciani? Bitte, kommen Sie mit. Bin ich zu spät?«, fragte sie mit einem Blick auf die Uhr. »Nein, Sie sind zu früh, ein Zeichen für Ängstlichkeit.« Sie betrachtete ihn mit halbgeschlossenen Lidern, schüttelte den Kopf und sagte: »Au ja, au ja, au ja.« Dann schloss sie die Untersuchung mit einem: »Aber seien Sie ganz beruhigt, wir bringen alles wieder hin.«

Frau Doktor Raggi nahm Platz, setzte eine violette Brille auf und redete zehn Minuten lang ununterbrochen, Anekdoten aus ihrem letzten Gebirgsurlaub mit Rechenschaftsberichten über den Gesundheitszustand ihres Gatten mischend, dazwischen schaltete sie Fragen, auf die der Kommissar bestenfalls einsilbige Antworten geben konnte. Derweil hatte sie das Köfferchen geöffnet, in dem sich Dutzende Ampullen mit mysteriösen Flüssigkeiten befanden. Während sie diese aus den entsprechenden Fächern nahm und jene auswählte, die sie besonders interessierten, suchte Marco Luciani die Wände nach irgendeinem Universitätsdiplom, nach einer Urkunde über den Besuch eines Erste-Hilfe-Kurses oder wenigstens einem Post-it mit dem Namen »Raggi« ab. Nichts davon war zu sehen.

Die Wunderheilerin, denn inzwischen hatte er sie innerlich so getauft, stellte ihm nun gezieltere Fragen zu seinen Beschwerden. Zu dem, was er aß und was er nicht aß, aber auch zu seiner Kindheit, zu seinem Verhältnis zu den Eltern, sie fragte, ob er Geschwister habe, eine Freundin, welchem Beruf er nachging. Marco Luciani sagte die Wahrheit in Bezug auf das Essen und seine permanenten Kopfschmerzen, alles andere betreffend, log er mit Stringenz und Methode.

Während er redete, unterbrach die Wunderheilerin ihn hin und wieder und legte ihm eine Ampulle in die Hand. Er musste sie zwischen Daumen und Zeigefinger der rechten Hand klemmen und mit den entsprechenden Fingern der linken einen Ring bilden. Diese Okay-Zeichen musste er mit aller Kraft halten. Während er in der Rechten die Ampulle hielt, versuchte die Wunderheilerin, die Finger der Linken zu öffnen. Gelang ihr das, bedeutete es, er war schwach, weil er eine Allergie oder Intoleranz hatte gegen die Substanz, die er in der anderen Hand hielt. Gelang es ihr nicht, hieß das, die Schwingungen jener Substanz interferierten nicht mit denen seines Körpers, entzogen diesem also keine Energie.

Marco Luciani hatte den deutlichen Eindruck, dass sie das alles nur vorspiegelte. Dass sie eine geheime Technik kannte, um den Ring zu öffnen, wie ein Fischer aus Saint Malo, der mühelos Austern öffnet. Und wenn sie wollte, dass der Ring geschlossen blieb, tat sie so, als schaffte sie es nicht, ihn aufzustemmen. Unterdessen erzählte die Wunderheilerin ihm von den drei Hütern, die über unser Leben wachen, von den drei Grundtypen des menschlichen Charakters, von den sieben Feinden, die unser körperliches Gleichgewicht gefährden.

Ich glaube es nicht, ich glaube es nicht, ich glaube es nicht, dachte Marco Luciani, während er Daumen und Zeigefinger mit aller Kraft zusammenpresste und sah, wie sie sich einen Augenblick später aufbogen wie die eines Säuglings.

»Ihr Feind ist der Weizen«, lautete das Urteil der Wunderheilerin am Ende der Sitzung.

»Der Weizen? Sind Sie sicher? Das ist das Einzige, was ich esse.«

»Leider. Übrigens ist er der Feind von vierzig Prozent aller Menschen. Haben Sie geplatzte Äderchen?«

»Nein.«

»Manchmal Nasenbluten?«

»Nein.«
»Schlafstörungen?«
»Nein.«
»Erektionsprobleme?«
»Nein!«, schrie er fast.
»Gut. Das bedeutet, dass der Weizen Ihren Organismus noch nicht im Kern angegriffen hat. Aber das Risiko besteht. In den siebziger Jahren ist der Weizen mit Gammastrahlen beschossen worden, dadurch ist der Glutenanteil auf achtzehn Prozent gestiegen. Der Weizen ist Ihr Feind, Herr Luciani, und den müssen wir bekämpfen.«
»Und was kann ich da machen? Eine Diät?«
»Die einzig mögliche Diät ist die Abstinenz. Sie werden auf alles verzichten müssen, was Weizenmehl enthält. Aber Kamut-Brot dürfen Sie essen. Das ist exquisit. Ich verschreibe Ihnen auch einige homöopathische Mittel …«
»Nein, hören Sie, das mit den Ampullen ist okay, auch der Fingerring ist okay, aber bitte keine Homöopathie!«, platzte der Kommissar heraus. »Wer auch nur ein bisschen in Chemie aufgepasst hat, weiß, dass das nichts bringt.« Diesen Satz hatte er von einem Chemiker gehört, den er bei einer Drogenrazzia verhaftet hatte. Und obwohl er nicht das Geringste von der Materie verstand, brachte er ihn an, wann immer sich die Gelegenheit bot.
Die Raggi zog eine Augenbraue hoch, eher überrascht als verärgert. »Ich sehe, Sie sind skeptisch. Wie Sie wünschen, das ist Ihr Problem. Ich schreibe sie Ihnen auf, und dann entscheiden Sie selbst. Dienstags Leptandra und Antimonium, samstags Argentum Nitricum und Arsenicum Albium. Die werden Ihnen helfen, Ihren Körper zu entschlacken.«
»Und wie lange soll ich diese Diät einhalten?«
Die Wunderheilerin schaute ihn ein wenig amüsiert an. »Für immer. Wenn Ihr Körper keinen Weizen verträgt, dann verträgt er ihn eben nicht. Und wird es nie tun.«

Marco Luciani dachte an den Streifen Focaccia, den die Bäckerin ihm inzwischen perfekt zurechtzuschneiden verstand, genau sechzig Gramm. An die achtzig Gramm Spaghetti aglio, olio e peperoncino mit den zerbröselten Kräckern im Teller – für ihn der Gipfel der Völlerei. An die Mozzarella im Teigmantel, die seine Mutter ihm in seiner Kindheit zubereitet hatte und die sie ihm jetzt wieder aufnötigte. Wenn er etwas hasste, dann war es Essen, aber nun, da es ihm untersagt wurde, erschien es auf einmal viel verlockender.

»Alles andere kann ich unbeschwert zu mir nehmen? Ich meine, abgesehen von dem, was ich ohnehin nicht esse oder trinke: Eier, Milchprodukte, reifen Käse, Wurst, Weißwein, Bier …«

»Streichen Sie den Weizen, und Sie werden sehen, dass alles andere Ihnen keine Beschwerden mehr bereitet.«

Auf dem Weg ins Büro machte der Kommissar in einer Bäckerei Station und nahm sich satte hundert Gramm Focaccia, schön fettig und knusprig gebacken, mit dicken Salzkörnern, die in der Ölmaserung steckten. Er aß sie gleich auf der Straße, jeden Bissen mit Wollust kauend. »So siehst du aus, du dumme Kuh!«, dachte er. »Alles kannst du mir nehmen, Wein, Wurst, Süßspeisen, kannst du alles haben, aber wehe, wenn du mein Brot und meine Focaccia anrührst.«

Zwölf

Marietto Risso
Camogli, heute

Im Fernsehraum des Altersheims saßen bereits sechs oder sieben Bewohner und schauten Nachrichten.

»T'è capiu? Hast du das verstanden? Am Ende zahlen wir Rentner die Zeche, wie immer. Den hohen Herren passen wir nicht ins Konzept, und wenn wir verhungern, freuen sie sich nur, dass sie uns endlich los sind.« Signor Traverso dozierte wie jeden Abend bei den Fernsehnachrichten. Die Meldungen aus Wirtschaft und Politik brachten ihn besonders auf. Schon bei der ersten Schlagzeile legte er mit seiner Philippika los und scherte sich kein bisschen um das Gezischel derjenigen, die gerne den Rest hören wollten.

Der Sprecher hatte die ersten drei Beiträge angekündigt: eine Ermahnung des Präsidenten, Links- und Rechtsbündnis sollten sich in ihrer Auseinandersetzung um mehr Sachlichkeit bemühen, eine Vorschau auf die neuesten Änderungen im Staatshaushalt und ein Raubüberfall, bei dem ein Tabakhändler getötet worden war. Dann war er aufs Ausland umgeschwenkt, Alarmbereitschaft in den USA wegen möglicher Terroranschläge, und in irgendeinem fernen asiatischen Land hatte es Überschwemmungen gegeben.

»Sag mal, ist das eine Wiederholung? Diese Nachrichtensendung habe ich doch neulich schon gesehen«, sagte Signora Irene.

»Wenn du's genau wissen willst, ich habe die schon letztes und vorletztes Jahr gesehen«, sagte Gaetano. »Ich glaube, die haben für jeden Tag im Jahr eine Folge griffbereit im Archiv, und die senden sie bis zum Sankt-Nimmerleins-Tag. Wie zu Weihnachten, da gibt es doch im ersten Programm auch immer ›Ist das Leben nicht schön?‹.«

»Seid mal still, das ist neu«, sagte Signora Irene und zeigte auf den Monitor.

»… eine der faszinierendsten Inseln des westlichen Mittelmeeres. Der Preis beläuft sich auf zwanzig Millionen Euro. Der Käufer, die Luxemburger Gesellschaft ›Wilhelmina‹, erwirbt das Recht, den bereits vorhandenen Gebäudebestand zu restaurieren, darf diesen aber nicht erweitern. Zudem verpflichtet sie sich zur Pflege der Insel, zur Bewahrung ihrer Landschafts- und Wasserschutzgebiete und zum Schutz der lokalen Fauna und Flora. Besuchern soll der Zutritt zu Studienzwecken gestattet werden.«

»Was ist denn das?«

»Eine Insel. Wir haben sie verscheuert. Wie Korsika. Wie Nizza und Savoyen«, sagte Signor Traverso.

»Und wo liegt die?«

Einen Moment lang herrschte Stille, weil niemand den Namen der Insel verstanden hatte.

Dann sah man auf dem Bildschirm die Insel aus der Vogelperspektive, auf der ein riesiges dunkelgelbes Gebäude in Hufeisenform prangte.

»Die Käufer haben zugesagt, die Gebäude in Staatsbesitz zu restaurieren und deren Erhalt zu sichern, allen voran das Zuchthaus, das Sie auf dem Bild sehen, ein gewaltiges Bauwerk, das König Ferdinand IV., der Bourbone, im Jahr 1795 nach einem Entwurf des Architekten Francesco Carpi errichten ließ. Der ringförmige Grundriss mit dem zentralen Wachturm sollte eine permanente Sichtkontrolle der Gefangenen ermöglichen. Bis zu seiner Schließung im Jahre 1965 beherbergte dieses Gefängnis auch so illustre Persönlichkeiten wie Luigi Settembrini und sogar Sandro Pertini.«*

Gaetano wandte sich zu Marietto, um zu fragen, ob er die Ecke kannte. Der aber starrte nur kreidebleich auf den Bildschirm.

»Was ist denn los mit dir? *Mamma mia*, du bist ja käseweiß!«

Marietto bekam keinen Ton heraus. Seine Hände waren eiskalt, in seiner Brust steckte ein Dolch.

»Schwester! Schwester, schnell! Marietto geht es nicht gut.«

Alle drehten sich um. »Was ist los?« – »Signor Risso, hören Sie mich? Signor Risso!«

Er sprang fast auf, schaffte es ins Bad, schaffte es aber nicht, das Gebiss rauszunehmen, ehe er Pasta und Birne erbrach. Danach war ihm nicht mehr schlecht, dafür schien sein Kopf platzen zu wollen.

»Sie haben das Essen nicht verdaut«, sagte Schwester Pilar. »Vielleicht haben Sie sich ein bisschen verkühlt. Sie legen sich jetzt besser ins Bett. Ich bringe Ihnen noch eine Decke.«

Er ließ sich aufs Zimmer führen. Im Mund hatte er den säuerlichen Geschmack von Erbrochenem. Die Schwester nahm sein Gebiss: »Ich mache das sauber, keine Sorge.«

»Bringen Sie es mir dann gleich wieder, bitte?«

»Wozu denn? Heute Abend sollten Sie besser nichts mehr essen.«

»Aber morgen früh. Morgen früh muss ich zeitig aufbrechen.«

---

* L. Settembrini (1813–1877), ital. Schriftsteller und Politiker, kämpfte gegen den rückständigen Absolutismus der Bourbonen. S. Pertini (1896 bis 1990), ital. Sozialist, später Staatspräsident, wurde von den Faschisten verfolgt und zu jahrelangen Haftstrafen verurteilt.

»Machen Sie Witze? Morgen früh gehen Sie nirgendwohin. Ich verständige jetzt den Arzt, dass der Sie untersucht. Es geht eine böse Grippe um, und ich hoffe nicht, dass das hier der Anfang ist.«

»Aber ich ...«

»Wenn Sie mal ein paar Tage nicht unten am Hafen sind, wird die Welt auch nicht untergehen. Falls Sie jemanden verständigen wollen, können wir das übernehmen. Sie sollen sich nur ausruhen.«

Gaetano erwartete sie auf der Schwelle. Kaum war die Schwester draußen, trat er an das Bett des Freundes.

»Wie geht's?«

»Ein bisschen besser, danke.«

»Du bist schon seit ein paar Tagen nicht ganz auf der Höhe. Du denkst dauernd an diese Geschichte mit dem Sankt-Stephans-Tag, stimmt's?«

»Wie kommst du denn darauf?«, sagte Marietto und schaute ihn böse an.

»Die Olga ist eine alte Spinnerin. Die mit ihren Prophezeiungen.«

Sein Gegenüber seufzte. »Nein, das ist es nicht ... Auch wenn sie oft ins Schwarze trifft.«

Gaetano ließ ein abschätziges »Ach!« hören. »Muss sie ja. Wir stehen alle mit einem Bein im Grab, und wenn sie uns nur dauernd sagt, dass wir bald sterben ... Wie auch immer: Sankt Stephan ist bald. Versuch, die paar Tage noch zu überstehen.«

Marietto lächelte. »Ich werde durchhalten. Es geht schon wieder besser, mir lag nur diese Pasta im Magen.«

»Wart mal, ich hole mir einen Stuhl und bleib ein bisschen bei dir.«

»Nein, nein, geh ruhig runter und schau fern.«

»Ach was, daran liegt mir doch nichts ...«

»Ehrlich. Ich bin sowieso in fünf Minuten eingeschlafen.« Er schloss die Augen, als wollte er unterstreichen, wie müde er war.

»Wie du meinst. Hast du den Alarmknopf greifbar?«

Marietto zeigte ihn ihm. »Schwester Pilar wird noch einmal nach mir sehen. Du kennst sie doch. Kein Grund zur Sorge.«

»Also meinetwegen. Bis später.«

Dreizehn
Ranieri und Luciani
Heute

»Insel von Santo Stefano wird Wellness-Resort für Reiche« – »Staat verkauft Kleinod im Mittelmeer« – »Gefängnis von Pertini wird Luxushotel«.

Die Schlagzeilen der Zeitungen waren verlogen, böswillig und tendenziös. Wie immer, dachte der Abgeordnete Ludovico Ranieri und fegte sie mit einer Armbewegung vom Schreibtisch.

»Da dümpelt diese beschissene Insel seit Jahrzehnten im Mittelmeer herum, keiner nimmt sich ihrer an, keiner interessiert sich für sie, das Gefängnis verfällt, für die Instandsetzung gibt es keinen Heller, aber wenn jemand versucht, etwas in Gang zu bringen, eine Lösung zu finden, dann ist natürlich …«

Sein Parteigenosse, der Finanzminister Fabio Grossi, schüttelte den Kopf.

»Jetzt werden die Naturschützer über uns herfallen und versuchen, alles zu stoppen«, sagte Ludovico.

»Machst du Witze? Hier wird nichts gestoppt. Ich gehe heute Abend ins Fernsehen, bevor die Sache Wellen schlägt, und erkläre die Lage. Sieh zu, damit du was lernst!«

Grossi nahm den Telefonhörer, sagte seinem Sekretär, er solle sofort den Chef des Tg1* anrufen, und stellte den Lautsprecher zum Mithören an. Eine Minute später erklang die flötende Stimme des Nachrichtenchefs. »Herr Minister, guten Tag. Was kann ich für Sie tun?«

---

* Wichtigste Nachrichtensendung des staatlichen Rundfunks RAI, entspricht in etwa unserer »Tagesschau«.

»*Buongiorno, direttore*. Haben Sie die Schlagzeilen über Santo Stefano gesehen?«

»Ja, habe ich. Nun, der eine oder andere zaghafte Protest war wohl unvermeidlich. Wir dagegen sind, wie Sie gesehen haben werden, mit absoluter Unbeschwertheit an die Sache herangegangen. Mit nahezu angelsächsischer Sachlichkeit.«

»Ja, ja, Direttore, aber wenn die Gegenseite jetzt schwere Geschütze auffährt, dann ist es mit Unbeschwertheit nicht mehr getan, da müssen unsere Argumente mit Nachdruck vertreten werden. Denn die Argumente sind auf unserer Seite. Wenn man schon einmal eine Lösung findet, die alle zufriedenstellt ...«

»*Signor ministro*, wenn Sie heute Abend vielleicht in die Sendung kommen wollen ...«

»Ich danke Ihnen, Direttore. Ich möchte aber nicht, dass es wie eine Wahlrede aussieht. Ich hatte eher an die Spätsendung gedacht. Damit man das Thema ein bisschen vertiefen kann, mit einem Gegenpart, durch den sich unsere Gründe besser beleuchten lassen.«

»Das Thema ist zweifellos interessant, Herr Minister. Ich denke, da könnte man eine hübsche Geschichte draus machen. Ich kümmere mich inzwischen darum, dass tagsüber in den Nachrichtensendungen schon einmal der Boden bereitet wird.«

»Hören Sie, wenn Sie für etwaige Hintergrundberichte zur Insel, über archäologische und biologische Besonderheiten, die natürlich unter Schutz gestellt werden, irgendwelche Informationen brauchen, die kann ich Ihnen zukommen lassen. Sorgen Sie dafür, dass Prati oder wer immer Sie wünschen mich anruft.«

»Prati, ja, eine gute Idee. Kein Problem.«

»Ich danke Ihnen, Direttore. Ich würde dieses Thema heute Abend wirklich gerne beenden. Schließlich hat auch die Opposition, als sie an der Regierung war, jahrelang versucht, sich dieses Problems zu entledigen. Und jetzt, da wir eine Lösung gefunden haben, die dem Staat nichts als Vorteile bringt und alle Lasten auf die Privaten abwälzt, da soll das nicht gut sein? So viel sei vorweggenommen: Heute Abend werde ich sagen, dass es sich hier um eine mustergültige Operation gehandelt hat. Mustergültig.«

»Lassen Sie mich nur machen, Herr Minister. Ich sage Ihnen später Bescheid.«

Grossi hängte ein, rief den Sekretär an und sagte ihm, er solle ihn mit dem Chef des Tg5* verbinden.

»Willst du ins Tg5?«, fragte er Ludovico.

Sein Gegenüber strahlte. »Ich? Bist du sicher? Aber wird da De Giovanni nicht sauer sein?«

»Lass ihn ruhig sauer sein. Diesen dementen Sabbergreis haben wir ins Ministerium für Kunst und Kultur gesetzt, weil er als Einziger von seinem Haufen irgendwie vorzeigbar war. In wenigen Monaten wirst aber du seine Stelle einnehmen. Und wenn ich dir das sage, kannst du das schon mal in deinen Terminkalender eintragen.«

»Was den Verkauf der Inselfläche angeht, das heißt, das offene Gelände und die wenigen noch existierenden Gebäude – kaum mehr als ein Haus und ein paar Stallungen –, da konnten und durften wir nicht intervenieren. Es handelte sich dabei nämlich um ein absolut legitimes Geschäft zwischen Privatpersonen. Wir haben vielmehr interveniert, um die neuen Eigentümer dazu zu bewegen, uns bei der Restaurierung des Zuchthauses und der entsprechenden Nebengebäude zu unterstützen. Die Insel Santo Stefano ist für Mensch und Material nicht leicht zu erreichen, jede Maßnahme ist also sehr kostenintensiv, und wenn wir im Zusammenspiel mit den neuen Eigentümern agieren,

---

* Wichtigste private Konkurrenzsendung der staatlichen Fernsehnachrichten.

werden wir die Ausgaben deutlich senken können. Allen unseren Kritikern sei noch einmal gesagt, dass der Staat das Objekt über Jahrzehnte sich selbst überlassen hat. Und damit meine ich sowohl die Regierungen der Rechten wie der Linken. Und jetzt, da ein privater Investor bereit ist, sich seiner anzunehmen, und zwar mit eigenen Mitteln, jetzt gehen alle an die Decke und protestieren, als wollte man uns etwas wegnehmen. In diesem Land ist nur wichtig, dass man Taten ankündigt. Aber wehe dem, der wirklich etwas anpackt«, schloss Ludovico Ranieri mit festem Blick in die Kamera. Mach genau so weiter, sagte er sich, die Hände nur langsam bewegen, und nicht auf den Monitor schauen!

Giada Focesi, die Schattenministerin der Opposition, schüttelte den Kopf und lächelte süffisant: »Wenn die Kulturgüter des Landes an Privatleute verschleudert werden, dann ist das ein höchst gefährliches Zeichen. Ich weiß, dass die zur Verfügung stehenden Ressourcen begrenzt sind, aber dann muss man eben neue auftun. Die Schätze der Vergangenheit müssen in Italien bleiben und allen Italienern zugänglich sein.«

»Genau dafür sorgen wir«, erwiderte Ranieri, »das Zuchthaus wird in neuem Glanz erstrahlen, zum Nulltarif für den Staat, und mit den anderen bedeutenden Stätten auf der Insel wird dasselbe passieren. Ich weiß sehr gut, welchen Wert unsere Kunstschätze und Antiquitäten haben, so gut, dass wir zum Beispiel in dem neuen Gesetzentwurf, der meinen Namen trägt, eine angemessenere Belohnung für diejenigen vorsehen, die ein bedeutendes Kunstwerk finden. Die Ausgleichszahlungen sind heute jämmerlich und für die Leute eher eine Ermunterung, einen wertvollen Fund zu vertuschen oder Schätze, die eigentlich in unsere Museen gehören, womöglich ins Ausland zu verkaufen. Wir wollen nicht, dass sich so ein schmerzhafter Verlust wie bei der Venus von Morgantina oder dem Streitwagen von

Monteleone di Spoleto wiederholt. Von jetzt an werden wir, wenn es sich bei einem Fundstück um ein Meisterwerk handelt, dem Finder den Marktwert bezahlen und es für uns behalten. Wenn das Werk nur einen begrenzten, keinen herausragenden Wert hat, dann werden wir dem Finder die Möglichkeit einräumen, es zu einem Vorzugspreis zu kaufen. Er kann es dann behalten oder weiterverkaufen, auch ins Ausland, ohne dass er fürchten muss, nach dreißig oder vierzig Jahren von irgendjemandem zur Rechenschaft gezogen zu werden, so wie es jetzt geschieht. Wir haben in Italien bereits Hunderte Museen. Es hat keinen Sinn, alles zu behalten, allem den Staatsstempel aufzuprägen, um es dann in irgendeinem Depot verrotten zu lassen. Meine Idee ist, viele kleine Dinge zu verkaufen, nicht zu verschleudern, damit wir uns die wenigen echten Schmuckstücke leisten können.«

»Aber die Insel Santo Stefano ist ein Schmuckstück«, schaltete sich die Schattenministerin ein, »und das Gebäude des alten Zuchthauses ein nationales Denkmal. Es ist das Gefängnis Pertinis, ein Symbol des Antifaschismus. Genau das Objekt, das mit öffentlichen Geldern restauriert und allen Bürgern zugänglich gemacht werden sollte. Wenn man es dagegen einem Privatmann überlässt, der daraus ein Luxushotel oder sonst was macht ...«

Ranieri unterbrach sie: »Schauen Sie, diese Geschichte mit dem Luxushotel, ich weiß nicht, wer die aus dem Hut gezaubert hat. Wir haben sie schon tausendmal dementiert, und immer wieder wird sie aufs Tapet gebracht. Wenn Sie es genau wissen wollen, ich würde vorschlagen, dass das Gefängnis von Santo Stefano wieder das wird, was es immer war: ein Zuchthaus. Restauriert und reformiert. Ein Vorzeigeprojekt. Unsere Gefängnisse platzen aus allen Nähten, und wir müssen neue bauen.«

»Die Gefängnisse platzen aus allen Nähten, weil sie voll

armer Schlucker sind«, fuhr Vito Anzalone hoch, ein Richter, der Senator geworden war und sich dann wieder dem Richteramt zugewandt hatte, solange er darauf wartete, dass man ihn irgendwann wieder auf irgendeine Liste setzen würde, »während die wahren Verbrecher, die in Schlips und Kragen, draußen sind.«

Ranieri wurde laut: »Wer tatsächlich draußen frei herumläuft, das sind Mörder, Vergewaltiger und Trunkenbolde, die ins Auto steigen und die Leute auf der Straße totfahren. Die Einzigen, die in Haft bleiben, sind Verdächtige, die nicht gestehen wollen. Wer euch dagegen erzählt, was ihr hören wollt, den lasst ihr gleich wieder laufen. Die Richter meinen, ihre Aufgabe beschränke sich darauf, die Wahrheit festzustellen, und sobald diese Wahrheit geklärt ist, sind sie zufrieden, mehr interessiert sie nicht, die Bestrafung ist für sie inzwischen nutzloses und langweiliges Beiwerk. Das ist in unserem Land das größte Übel. Früher hieß es, es fehle die Gewissheit der Bestrafung, aber inzwischen ist es die Bestrafung an sich, die fehlt.«*

Aus dem Augenwinkel sah er sich auf dem Monitor und merkte, dass er sich zu sehr echauffiert hatte. Den Reaktionen des Saalpublikums nach zu urteilen, hatte er jedoch wieder gepunktet.

»Sie machen die Gesetze. Wir wenden Sie nur an«, erwiderte der Richter.

»O nein! Das ist nur eine Ausrede, um sich aus der Verantwortung zu stehlen. Sonst könnte man das Strafmaß auch per Computer festlegen. Der Richter ist dagegen genau dazu da, den ...«

---

* Die italienische Zivilgesellschaft leidet seit Jahren darunter, dass aufgrund der zunehmenden Ineffizienz des Justizapparates und der vielen Schlupflöcher im Rechtssystem nur ein geringer Prozentsatz der Kriminellen seine Strafe abgelten muss.

Marco Luciani schaltete den Fernseher ab, stand vom Sofa auf und ging in die Küche, um sich einen Tee zu machen. Er sah sich selten diese Sendungen an, das war nur hohles Geschwätz, das nirgendwo hinführte. Er hatte es satt, immer dieselben Phrasen zu hören, dieselben Verhohnepipelungen, die am Ende in ein lächerliches Gesetz mündeten, das den großen Betrügern den Arsch rettete, oder in eine Amnestie, die die Bestien dieser Erde wieder in die freie Wildbahn entließ. Vor zehn Jahren hatte er bei der Polizei angefangen, in der Überzeugung, die Spielregeln wären einfach: Du begehst eine Straftat, ich versuche dich zu erwischen, ein Richter verurteilt dich, du wanderst ins Gefängnis und hast Zeit zum Nachdenken, und wenn du wieder rauskommst, musst du entscheiden, was du tust. Entweder bleibst du kriminell, oder du versuchst, ein neues Leben anzufangen. Er hatte sich keine Illusionen gemacht, ihm war klar gewesen, dass er niemals alle schnappen würde, dass die Welt nicht vollkommen war. Aber in zehnjähriger Berufserfahrung hatte er feststellen müssen, dass die Welt doch weiter von der Vollkommenheit entfernt war, als er geglaubt hatte.

Vierzehn
Marietto Risso
Camogli, heute

Marina kam pünktlich, wie jeden Sonntag. Sie war ein junges, hübsches Mädchen, auch wenn sie nicht viel aus sich machte. Mit ihren niedrigen Absätzen, den grauen Pullovern, der Leserattenbrille und dem hausbackenen Schnitt ihrer schwarzen Haare würde sie weder an der Universität noch am Arbeitsplatz den Sprung in die entscheidenden Kreise schaffen. In einem Heim dagegen, das nur Schwestern und Senioren beherbergte, löste ihr Erscheinen jedes Mal eine Woge der Lebensfreude aus. Und wenn die Bewohner sie zum Lachen brachten, wenn ihr Schutzwall fiel und sie ihre Schüchternheit ablegte, dann erstrahlte ihr ganzes Gesicht, und sie wurde fast ein anderer Mensch, schön und selbstsicher.

Für Marietto war sie eine späte Entdeckung, aber seit sie einander begegnet waren, erfüllte sie tatsächlich sein Leben. Und nicht nur seines. Auch diesmal holte Gaetano, kaum war das Mädchen ins Zimmer getreten, tief Luft, dann setzte er sich an den Tisch und bot ihr einen Platz auf seinem Bett an. Er hoffte, er würde dort später noch eine Spur von ihrem dezenten Parfum finden.

»Und, Onkel Mario, wie fühlst du dich heute? Schwester Pilar hat mir gesagt, dass es dir nicht gutging«, sagte sie, während sie Schal und Mantel ablegte.

Er betrachtete sie aufmerksam, mit merkwürdiger Miene.

»Was ist los, Onkel?«

Marietto fixierte weiter das Gesicht des Mädchens, als würde er sie nicht erkennen. Sie bemerkte, dass er abgemagert war.

»Ich bin es. Marina. Was hast du denn?«

»Nichts, nichts«, sagte er. Marina. Die Tochter seines Bruders Piero. Die Tochter der Sünde.

»Hast du noch Fieber, Onkel?«

»Mir geht es bestens«, sagte er verärgert. »Ich sag das denen dauernd, dass es mir bestens geht, aber sie hören nicht auf mich. Die wollen mich nicht einmal vor die Haustür lassen.«

»Du musst dich gedulden. Draußen ist es außerdem dermaßen kalt ... fühl mal«, sagte sie und legte eine Hand auf die seinen. »Die Sonne scheint zwar, aber es geht ein eiskalter Wind, vor dem sollte man sich hüten.«

»Mir tut die Luft gut«, brummte er. »Ich habe jahrelang im offenen Meer gefischt, bei Wind und Wetter, und ich hatte nie auch nur einen Schnupfen.«

Sie lächelte. »Du bist jetzt aber kein Jungspund mehr, Onkel. Du musst ein bisschen aufpassen. Also, erzähl mal, wie war's zu Weihnachten?«

»Weihnachten? Davon habe ich gar nichts mitgekriegt. Ich war hier eingesperrt, habe auf die Faschisten gewartet. Oh, ich weiß, dass sie mich gefunden haben. Die warten nur darauf, dass ich herauskomme, das ist der Grund, warum ich es noch nicht getan habe. Ich würde mich doch sonst nicht von einer Handvoll Nonnen aufhalten lassen. Aber ich will selbst entscheiden, wo und wann wir aufeinandertreffen.« Er schwieg einen Moment. »Ja. Wenn die glauben, sie könnten mich wieder ins Gefängnis werfen, das können sie sich abschminken.«

Marina seufzte. Es war besser, das Thema zu wechseln. Oder auch nicht, vielleicht sollte man ein bisschen darauf eingehen.

»Welches Gefängnis denn, Onkel?«

»Wie, welches Gefängnis? Santo Stefano! Das Zuchthaus. Sie wollen es wieder eröffnen, diese Schufte, hab ich in der Zeitung gelesen.«

Gaetano hatte sich an das Tischchen gesetzt und las im Fernsehprogramm. »Er redet von nichts anderem mehr«, sagte er zu Marina, als ob Marietto ihn nicht hören würde. »Es ist diese Geschichte, die ihn so aus dem Häuschen bringt.«

»Warst du denn dort im Gefängnis? Das hast du mir gar nicht erzählt. Warum denn?«

»Weil Herrn Mussolini die Anarchisten nicht schmeckten. Aber wem haben wir je geschmeckt? Auf uns ist immer von allen Seiten geschossen worden: von Faschisten, Katholiken, Kommunisten. Die stecken uns heute immer noch ins Gefängnis und lassen die Mörder frei herumlaufen. Wenn einer seine Eltern umbringt, ist er am nächsten Tag schon wieder auf freiem Fuß, und das Erbe schmeißen sie ihm auch noch hinterher. Wenn aber einer schreit, dass die wahren Verbrecher die da oben sind, die Politiker, die Bankiers, die Geheimdienste, dann kannst du dich drauf verlassen, dass er schnurstracks in den Bau wandert. Die Ideen sind es, die den Mächtigen Angst einjagen!«

Während der Fischer weiterredete, überschlug Marina ein paar Zahlen. Marietto war 1930 geboren, wie also sollte Mussolini ihn eingesperrt haben? 1943, beim Sturz des Regimes, war er dreizehn gewesen, bei Kriegsende fünfzehn. Auch an seine Vergangenheit als Partisan, von der er immer sprach, wollte sie nicht so recht glauben.

»Entschuldige mal, Onkel, als Mussolini an der Macht war, warst du noch ein Kind. Bringst du da nicht etwas durcheinander?«

Gaetano dachte: Ojemine, was tust du nur?! Instinktiv zog er den Kopf ein, um einigermaßen heil durch den Sturm zu kommen, der jetzt losbrechen würde.

Marietto hatte sich stocksteif im Bett aufgesetzt, sein Gesicht war krebsrot, vor Wut oder vielleicht vor Scham.

»Und du, wie alt bist du denn eigentlich?«

»Ich? Was hat das damit zu tun?«
»Wie alt bist du?«, schrie er.
»Neunundzwanzig. Und weiter?«
»Und weiter sagst du mir, wie du die Tochter meines Bruders Piero sein willst, wenn der seit über dreißig Jahren tot ist!«

Marina blieb der Mund offen stehen. »Aber Onkel, was erzählst du denn da?«

»Wer bist du? Du bist nicht meine Nichte!«

»Onkel, jetzt beruhige dich, dein Bruder Piero ist später gestorben, 1982 war das. Mama …«

»Ich weiß genau, wann mein Bruder gestorben ist!«, schrie er. »Ich bin doch nicht verblödet! Was willst du von mir? Wer hat dich geschickt? Haben sie dich geschickt? Sag ihnen, sie sollen mich in Frieden lassen, oder nein … Sag ihnen, wenn sie sie nicht in Ruhe lassen, wenn sie ihr auch nur ein Haar krümmen, dann bringe ich sie um, verstanden?! Sie gehört mir! Mir! Ich werde nie zulassen, dass sie sie in dieses grauenhafte Gefängnis werfen!«

Das Mädchen war vom Bett aufgestanden, hielt die Hände vor den Mund und zitterte. Gaetano war ebenfalls aufgestanden, er gab ihr einen Wink, sie solle aus dem Zimmer gehen. Dann redete er beschwichtigend auf Marietto ein.

»Das ist nicht meine Nichte! Frag sie, wer sie ist! Sie ist eine Hure! Eine Spionin der Faschisten. Solche brachten wir um, Spione wie die! Mit Genickschuss!«

Marina griff sich Mantel und Schal und lief weinend zur Tür hinaus, sie war wütend, eher auf sich denn auf ihn. Sie setzte sich ins Wartezimmer, und als sie sich beruhigt hatte, ging sie zur Direktorin.

Schwester Maura saß in ihrem Arbeitszimmer am Schreibtisch und spielte mit einem Stift herum. »Es tut mir leid, dass Ihr Onkel Sie erschreckt hat. Seit dem Fieber ist er nicht mehr er selbst. Er ist aufgewühlt. Sein Gedächtnis hat gelitten, er verwechselt Daten und redet wirres Zeug. Und dann hat ihn dieser Verfolgungswahn befallen. Signor Gaetano hat mir gesagt, dass er nachts aufwacht und im Zimmer herumwandert. Er versteckt seine Sachen, weil er meint, man stehle sie ihm. Er hat sehr abgebaut.«

»Aber so auf einen Schlag?«

»Das kommt in diesem Alter leider vor.«

»Signor Gaetano sagt, dass eine alte Geschichte ihn so aufregt. Soweit ich verstanden habe, geht es um das Gefängnis Santo Stefano.«

Die Direktorin nickte.

»Das stimmt. Ich sollte Ihnen das vielleicht nicht sagen, wenn er es nicht selbst getan hat ... Ihr Onkel hat eine Tätowierung, die aus jenem Gefängnis stammt.«

»Eine Tätowierung?«

»Ja. Eine große Tätowierung auf der Brust. Gaetano hat es mir gesagt, er hat sie gesehen. Er hat sich nicht getraut, ihm Fragen zu stellen, aber er hat gesehen, dass zwei Daten eintätowiert sind: 1960–1965.«

»Dann hat das also mit den Faschisten gar nichts zu tun«, dachte sie laut. »Es kam mir sowieso merkwürdig vor.«

Die Direktorin nickte. »Es ist höchst merkwürdig, wie das Gedächtnis alter Menschen arbeitet. An manches erinnern sie sich ganz genau, anderes vergessen oder vermengen sie. Und bestimmte Erfahrungen können sie, wenn sie unvermittelt wieder hochkommen, total aus der Bahn werfen.«

Marina seufzte. »Vielleicht habe auch ich ihn aus der Bahn geworfen. Im Grunde hat er erst vor kurzem von meiner Existenz erfahren, und die Geschichte seines Bruders ... Entschuldigen Sie«, fügte sie hinzu, als ihr einfiel, dass sie eine Schwester vor sich hatte.

»Hören Sie, Signorina, heute sollten Sie besser nicht mehr zu ihm ins Zimmer. Lassen wir ihn ausruhen. Sobald es Ihrem Onkel bessergeht, können Sie ihn wieder besuchen.«

Sie dachte einen Moment nach. So wie der Alte sich jetzt fühlte, konnte sie sicher sowieso nicht mit ihm sprechen.

»Einverstanden. Ich rufe in den nächsten Tagen an, um zu hören, wie es ihm geht.«

»Habe ich Ihre Telefonnummer? Eine Adresse? Ich möchte nicht pessimistisch sein, aber falls sein Zustand sich verschlimmern sollte ...«

»Natürlich. Allerdings fahre ich demnächst in Urlaub. Ich verreise ins Ausland und werde kein Handy mitnehmen. Ich lasse Ihnen meine E-Mail-Adresse da, die müsste ich kontrollieren können.«

Gaetano fuhr aus dem Schlaf hoch. Er öffnete die Augen und sah im Halbdunkel, dass Marietto aufgestanden war, seinen Spind geöffnet und kontrolliert hatte, ob alles am rechten Ort war. Schon zum dritten oder vierten Mal in dieser Nacht.

»Geh wieder ins Bett, Marietto. Keiner hat dir was geklaut, sei ganz beruhigt.«

Von wegen, sei beruhigt, dachte dieser. Gaetano hatte ja nichts Wertvolles, nichts, was sie ihm klauen konnten. Er dagegen hatte einen Schatz zu verteidigen, und die Faschisten waren nah. Er trat ans Fenster und schaute hinunter auf den Parkplatz. Drei Autos, keines davon verdächtig. Sie waren schlau, sie lagen irgendwo auf der Lauer und warteten, bis er abgelenkt war und zur leichten Beute wurde. Aber er war schlauer als sie. Er würde einen Schachzug machen, mit dem sie nicht rechneten.

Fünfzehn
Luciani
Genua, heute

Am 31. Dezember, Punkt neun Uhr, machte Marco Luciani den x-ten Rundgang durch die Wohnung. Er konnte einfach nicht fassen, wie viel Zeug er angesammelt hatte und wie viel er schon weggeworfen hatte. Die letzten fünf großen Müllsäcke füllten den Flur. In die einzige weiße Tüte, aus steifem Papier, hatte er Bettlaken, Decke, Pyjama und Zahnbürste gesteckt. Sonst musste er nichts mitnehmen: Kleider, Schuhe und Sportsachen hatte er schon in den letzten Tagen ins Auto geladen und zur Villa Patrizia geschafft, genau wie die Stereoanlage. Den Rest – Möbel, Töpfe, Lampen, Matratze und Pflanzen – hatte er beim Einzug in der Wohnung vorgefunden, und er hatte sich nie die Mühe gemacht, sie zu erneuern. Der Jahreswechsel und der Umzug hatten ihn melancholisch und übellaunig gestimmt, und das wollte er bleiben, er wollte sich noch ein wenig im Selbstmitleid suhlen. Jetzt, da die Bauarbeiter Urlaub machten, herrschte eine wundervolle Stille, und außerdem war er sowieso als einziger Bewohner des Gebäudes übrig geblieben. Die Alte über ihm war ins Heim abgeschoben worden, und der Neapolitaner unter ihm hatte die Abfindung der neuen Hauseigentümer eingestrichen und es sich ein paar Straßen weiter in einer Sozialwohnung gemütlich gemacht. Keiner hatte so lange durchgehalten wie der Kommissar, wenn er es auch eher aus Faulheit denn aus Prinzip getan hatte. Als ihm die Kündigung zugestellt worden war, hatte er beschlossen, sich eine andere Wohnung zu suchen, aber in den Vierteln am Meer waren die Mieten zu hoch. Also hatte er mit dem Gedanken gespielt, die kleine Wohnung in Mailand, die er von seinem Großvater geerbt hatte, zu renovieren und seine Versetzung zu beantragen. Aber dann war sein Vater gestorben, und er brachte es nicht mehr über sich, so weit wegzuziehen und seine Mutter ganz allein zu lassen.

Ausreden. Nichts als Ausreden. Weil er sich vor einer Entscheidung drücken wollte und lieber die Zeit an seiner Stelle entscheiden ließ. Die Wahrheit war, dass er allein nicht den Mut hatte, seinem Leben eine andere Richtung zu geben.

Er ließ sich zum letzten Mal in das durchgesessene Sofa fallen, vor die abgeblätterte Wand, stellte den iPod an und schloss die Augen. Filippo Gattis Stimme war der beste Abschiedsgruß aus dieser Wohnung.

> *Alles wird sich ändern*
> *Ein Körper ist gar nicht schlecht*
> *Für das, was mir gehört*
> *Im Baum der Samen*
> *Im Wassertropfen das Meer*
> *Im Wassertropfen das Meer*
> *Alles wird sich ändern*
> *Denk dran, dir niemals zu nehmen*
> *Was du nicht lassen kannst*
> *Was du nicht lassen kannst*

Er hörte das Lied zu Ende, dann nahm er die Tüten und rannte fast aus der Wohnung, ohne sich umzudrehen, ohne an all das zu denken, womit er jetzt, auf der Türschwelle, abschloss. Das schäbige Appartement, in dem er die letzten Jahre gelebt hatte, war ganz allmählich in sich zusammengefallen, genau wie sein Leben. Und auch Letzteres hatte eine Kernsanierung nötig.

In solch trübe Gedanken versunken, wanderte Commissario Luciani ziellos durch die Gassen der Altstadt, als müsste er für immer von ihnen Abschied nehmen. Gewöhnlich rannte er mit Scheuklappen hindurch, unempfänglich für die Häuser, die Geschäfte und die Gesichter der Menschen, aber diesmal verzögerten seine langen Beine den Schritt, sie schweiften immer wieder ab, wandten sich einem Schieferportal zu, oder sie hielten vor einem Telefonshop, wo Luciani sich fragte, was für ein Geschäft hier bis vor einer Woche gewesen sein mochte. Dreißig Jahre lang, um dann innerhalb weniger Tage zu verschwinden, ohne die geringste Spur in seinem Gedächtnis zu hinterlassen.

Es war kalt, obwohl die Sonne schien. Vielleicht strahlte und glänzte die Straße deshalb so, und nicht nur wegen der bevorstehenden Feiertage. Die Ladenbesitzer schienen zu lächeln, ebenso die Afrikaner, die vor einer muslimischen Metzgerei warteten. Vor einem Hauseingang lungerten ein paar Südamerikaner herum, rauchten und pfiffen den Mädchen nach, die verärgert taten und den Schritt beschleunigten. Er kam an einem Fischgeschäft vorbei, wo mindestens zehn Leute anstanden und in Genueser Dialekt darüber debattierten, wie man am besten Bonito, Makrele und Blaubarsch zubereitete. Wenn das Leben immer so wäre, dachte Marco Luciani, wenn man diesen magischen Augenblick einfrieren und ihn unendlich oft wiederholen könnte, wie in »Und täglich grüßt das Murmeltier«, ein kleiner perfekter Tag, eine Multikulti-Altstadt, in der die Experimentierphase endlich abgeschlossen war und jeder seinen Platz gefunden hatte.

Er musste zugeben, dass es ihm, der er diese Gassen tausendmal verflucht hatte, nun leidtat, sie zu verlassen, ihm war, als verließe er den Schützengraben im alles entscheidenden Augenblick, von dem das Schicksal eines Viertels oder einer ganzen Stadt abhing. Niederlagen hatte er aber inzwischen reichlich eingesteckt, und wie diese Schlacht hier ausgehen würde, das konnte man sich leicht ausmalen. Er ging weiter durch die Via del Campo, mit all den schönen restaurierten Häusern, die man den Immigranten überlassen hatte. Er dachte an »Superciuk«, den Müllmann, der die Armen bestahl, um den Reichen zu geben, weil die Reichen keinen Dreck machten. Und er dachte an das Abenteuer, in dem Superciuk seine Strategie ändert, einem Bauunternehmer zwei komplette Wolkenkratzer klaut und sie Obdachlosen schenkt, die sie im Handumdrehen in einen Saustall verwandeln.

Er passierte die Via Fossatello, schob sich in die Maddalena und fand sich im vertrauten Ambiente wieder, Dutzende geschlossene Metallrollos, Dutzende schwarzafrikanische und marokkanische Prostituierte, die aus den Hauseingängen hervorlugten, Angestellte und Rentner, die sich umsahen, als würden sie einen bestimmten Laden suchen, während sie in Wahrheit nur auf ihre Lieblingshure warteten.

Ich bin einfach nur niedergeschlagen, weil das Jahr zu Ende geht, sagte er sich und beschleunigte den Schritt Richtung Piazza De Ferrari, wo er endlich wieder ein Stück offenen Himmels sehen würde. Und weil ich in den letzten sechs Monaten zu viel Zeit zum Nachdenken hatte. Keine kniffligen Fälle, keine Ferien, nur endlose Stunden in Büro und Wohnung, in denen ich mich mit meinen Gewissensbissen wegen Giampieris Tod und den wehmütigen Gedanken an die Tage mit Sofia Lanni* herumgequält habe.

»Morgen ist ein neuer Tag«, sagte er sich laut, »morgen ist ein neues Jahr.« Er wünschte sich, dass es mit einem schönen Mord beginnen würde, mit einem dieser schwierigen Fälle, die Wut und Adrenalin in seine Venen pumpten und ihn an nichts anderes denken ließen.

---

* Die Versicherungsdetektivin verdreht dem Kommissar in *Kein Espresso für Commissario Luciani* gehörig den Kopf und lässt ihn dann eiskalt fallen, als er ihren Zwecken nicht mehr dienlich ist.

Als er gegen zehn auf die Dienststelle kam, sah er Livasi in dessen Büro mit Calabrò und Iannece vor dem Computer stehen.

»Schauen Sie sich das mal an, Commissario. In Rom haben sie eine Journalistin umgebracht.«

Sie lasen die Homepage des »Corriere della Sera«. Am Vorabend war ein Mädchen in seinem Wohnzimmer erschossen worden, eine Kugel in den Kopf und zwei in den Rücken. Marco Luciani betrachtete das Foto des Opfers. Wahnsinnsbraut. Sabrina Dongo, neunundzwanzig Jahre alt. Einstmals Schauspielerin in einer Vorabendserie, jetzt freie Journalistin für die RAI. Auf der Seite stand schon eine kleine Galerie von Fotos aus dem Internet. Auf einigen trug sie nicht besonders viel, wie übrigens auch am Mordabend. Im Moment der Tat, erläuterte der Artikel, war sie nur mit einem seidenen Hausmantel und einem schwarzen Spitzentanga bekleidet gewesen. Man hatte sie am Morgen gefunden, aber der Tod war am Abend davor eingetreten. Eine Nachbarin hatte Schüsse gehört, diese aber für Knallkörper gehalten. Es war ja kurz vor Silvester.

»Armes Mädchen«, seufzte Livasi.

»Wer ein so schönes Mädchen umbringt, ist schlimmer als ein Killer. Der ist ein Hinterlader«, sagte Iannece und schüttelte den Kopf.

Marco Luciani spürte, wie Neidgefühle an ihm nagten. Dieser Fall hatte alle Ingredienzen eines Spitzenthrillers: eine junge, attraktive Journalistin, Sex und unbequeme Ermittlungen. Der Mörder konnte ein enttäuschter Liebhaber sein, ein perverser Fan oder ein Dealer, der durch einen Fernsehbeitrag enttarnt worden war.

Luciani ging in sein Büro, nahm das Telefon und rief die Dienststelle in Rom an. Mit Auro Valerio, einem der Vizekommissare in der Mordkommission, war er gut bekannt.

»Ej Lucio, ausgerechnet heute musst du mir auf die Eier gehen!«, begrüßte ihn dieser.

»Ich habe Langeweile. Nie krieg ich mal so einen schönen Fall ab wie ihr.«

»Ach der? Längst gelöst, mein Gutster.«

»Ach was?!«

»Tja. Die Nachbarin hat gestern Abend einen Neger aus dem Haus des Mädchens kommen sehen. Der liegt schon in Ketten wie Kunta Kinte. Du hast mich gerade in einer Pause des Verhörs erwischt.«

»Und was ist das für ein Typ?«

»Trainer in einem Fitnesscenter. Halt: ›Personal Trainer‹, wenn es nach ihm geht. Scheiße noch eins. Ganz schöner Stier, meint, er hätte es ihr regelmäßig besorgt. Auf mich wirkt er eher wie 'ne Schwuchtel. Diese ganzen Fitness-Hänschen sind doch Schwuchteln.«

In diesem Fall hätte Iannece recht gehabt, dachte der Kommissar. »War sie jetzt eigentlich Schauspielerin oder Journalistin?«

»Was? Willst du mich verarschen? Oscar-Statuetten habe ich bei ihr zu Hause jedenfalls keine gesehen. Und Pulitzer-Preise noch weniger. Dafür hatte sie aber zehn Paar Stiefel im Schrank, und zwar für achthundert Euro das Stück. Und in einer Kommode, da haben wir noch das Beste gefunden: Handschellen, Perücken, Vibratoren und Gugelhupfslips, weißt schon, mit dem Loch in der Mitte. Jetzt bringen wir den Neger erst einmal dazu, dass er uns ein paar Spirituals singt, und dann amüsieren wir uns mit dem Terminkalender der Kleinen und sorgen dafür, dass der eine oder andere brave Ehegatte einkackt«, sagte er lachend.

»Du bist das übliche Sackgesicht.«

»Wozu rede ich überhaupt mit dir? Bist doch nur neidisch. Müsstest mal sehen, was das für ein Geschoss war. Ich sage dir, da musstest du schon einen Tausender hinlegen, wenn du an die Zündhülse wolltest. Okay, Lucio, ich muss, der Neger ruft nach der finalen Kopfnuss.«

»Gut. Halt mich auf dem Laufenden«, sagte der Kommissar und legte auf. Er bedauerte, dass der Fall bereits gelöst war. Aber womöglich war das ein Zeichen, vielleicht würde die klassische Neujahrsleiche zum Ausgleich für ihn abfallen. Es waren ja immer noch zwölf Stunden Zeit.

Kurz vor drei verließ Marco das Büro, ging in die Tiefgarage, holte seinen alten Clio und fuhr Richtung Corso Italia. Er hatte keine Eile, nach Camogli zu kommen, und da der Tag klar war, wollte er die herrliche Fahrt die Küste entlang auf der Via Aurelia in vollen Zügen genießen. Er hatte seiner Mutter versprochen, dass er am Nachmittag in der Villa Patrizia vorbeikommen, seine Sachen einräumen und sie, gemeinsam mit Tante Rita, zu Freunden bringen würde. Diese würden sie nach dem Mitternachtssekt wieder zu Hause abliefern. Nachdem er den ganzen Dezember abwechselnd in Genua und in Camogli genächtigt hatte, konnte er sich jetzt nichts mehr vormachen: Mit seinen achtunddreißig Jahren war er wieder unter Mamas Fittiche gekrochen. Als ersten Vorsatz fürs neue Jahr schwor er sich, dass dieser Einzug in die Villa Patrizia kein Dauerzustand sein würde. Er setzte sich eine Frist von maximal drei Monaten, als Übergangslösung während der Wohnungssuche.

Es herrschte kaum Verkehr, gegen halb vier erreichte er Recco, nahm die Abzweigung nach Camogli und überlegte, ob er kurz am Supermarkt anhalten sollte. Gleich hinter der Kurve an der Cala dei Genovesi sah er jedoch einen Polizeiwagen stehen, mit Blaulicht, davor einen Rettungswagen. Ein Beamter stand neben der offenen Fahrertür und sprach ins Funkgerät. Marco Luciani passierte die Stelle, parkte den Clio, stieg aus und fragte, was passiert sei.

»Eine Leiche im Meer, Commissario«, sagte der Beamte, der ihn sofort erkannt hatte.

»Wir haben sie gerade geborgen, ich habe den Leichenwagen angefordert und den Staatsanwalt verständigen lassen.«

Eine böse Vorahnung setzte sich im Hirn des Kommissars fest. »Ich schaue mir das mal an. Liegt sie unten am Strand?«

»Ja, wenn Sie dieser *creuza* bis ans Ende folgen, kommen Sie direkt hin.«

Mit bangem Herzen stieg er den schmalen, steilen, ziegelsteingepflasterten Weg hinunter ans Wasser. Das erste, durch Häuser und Vegetation beschattete Stück verlief parallel zur Eisenbahnlinie; hier war es kühl und feucht. Nach einigen hundert Metern machte die Creuza einen Rechtsschwenk, und der Horizont weitete sich über einer kleinen Kiesbucht, die auch im Sommer relativ ruhig und im Winter praktisch verlassen war.

Die Männer mit der Bahre und ein weiterer Polizist standen um einen aufgequollenen Leichnam. Sie redeten mit einem Mann, der Gummistiefel und eine grüne Regenjacke trug.

»Commissario. Sie haben sich extra hier heraus bemüht?«, fragte einer der Beamten.

»Nein, ich kam zufällig vorbei. Was ist passiert?«

»Der Herr hier hat uns informiert, dass eine Leiche im Wasser trieb. Wir haben sie gerade an Land gezogen.«

Marco Luciani warf einen flüchtigen Blick auf das bläulichweiße, aufgeschwemmte Gesicht des Toten. Dann musterte er den Zeugen.

»Wissen Sie, wer das ist?«, fragte er, auf die Leiche deutend.

»Das ist Marietto. Marietto Risso, ein alter Fischer.«

Der Kommissar riss die Augen auf, ging neben der

Leiche in die Hocke und betrachtete das aufgedunsene Gesicht genauer. Und ob er das war! Luciani führte eine erste Inaugenscheinnahme des Leichnams durch. Schwer zu sagen, ob er Verletzungen hatte, aber in der Kleidung waren keine Löcher, und auch nicht am Kopf. Über den Daumen gepeilt, musste er einige Stunden im Wasser getrieben haben, wahrscheinlich seit dem Vorabend.

»Wie haben Sie ihn denn sehen können? Von der Straße aus?«

»Nein. Ich war heruntergekommen, um ein bisschen Treibholz zu suchen, ich sammle gerne ausgefallene Sachen am Strand.« Er schwieg einen Moment, weil ihm klar wurde, welch bittere Ironie in seinen Worten lag. »Sicher, etwas so Ausgefallenes hatte ich natürlich nicht erwartet. Ich habe ihn entdeckt, weil er fast schon am Ufer war, da drüben bei dem Felsen. Ich habe ihn umgedreht, gemerkt, dass er tot war, und dann habe ich ihn nicht mehr angefasst und sofort die Polizei verständigt.«

»Ist es lange her, seit Sie ihn das letzte Mal lebend gesehen haben?«

»Ach, armer Marietto. Das letzte Mal hatte ich ihn gesehen ... keine Ahnung, vor Weihnachten, glaube ich. In letzter Zeit war er ein bisschen komisch. Ich glaube, er wollte Schluss machen mit allem.«

Marco Luciani seufzte. Da ist er also, mein Silvesterkrimi. Ein alter Mann, der allein nicht mehr den Mut hat weiterzuleben. Besser, ich fahre zu meiner Mutter, alles Weitere sollen die Beamten hier alleine regeln.

Während er die Creuza wieder hochstieg, klingelte in seiner Hosentasche das Handy.

»Commissario? Hier ist Doktor Sasso.«

Der größte Stinkstiefel in der ganzen Staatsanwaltschaft, dachte Marco Luciani. »Buongiorno, Dottore. Was kann ich für Sie tun?«

»Ich habe heute Dienst, ausgerechnet heute! Ich bin soeben benachrichtigt worden und wollte kommen, aber man hat mir gesagt, Sie seien schon vor Ort.«

»Ja, ich war gerade unterwegs zu meiner Mutter, und ...«

»Was meinen Sie? Ist es ratsam, dass ich dazustoße?«

»Das scheint mir nicht notwendig, Herr Staatsanwalt. Ich kannte das Opfer. Ein alter Mann, der schon ein bisschen wunderlich war.«

»Sie meinen, er hat sich ertränkt?«

»Nun, das ist wahrscheinlich. Vor allem kann ich mir nicht vorstellen, dass jemand ihm Böses wollte. In jedem Fall sollen die Beamten sich den Strand einmal anschauen, und dann warten wir, was die Autopsie sagt. Die muss ja auf jeden Fall gemacht werden.«

»Einverstanden. Ich verlasse mich ganz auf Sie. Und frohes neues Jahr, natürlich.«

Scheiß auf dein frohes neues Jahr, dachte der Kommissar.

Zweiter Teil

Sechzehn
Luciani
Genua, heute

»Doktor Sasso? Hier ist Commissario Luciani. Ich hoffe, ich habe Sie nicht geweckt.«

Es antwortete eine Grabesstimme, Marco Luciani hatte also einen Volltreffer gelandet. Es war neun Uhr morgens am ersten Januar, der Staatsanwalt schien vor höchstens drei, vier Stunden ins Bett gekommen zu sein, während der Kommissar um sieben putzmunter erwacht war und schon von einer Trainingseinheit zurückkam. »Wissen Sie, ich dachte, wenn Sie noch schlafen, dann ist Ihr Handy sicher abgeschaltet. Aber wenn Sie wollen, rufe ich später noch einmal an.« – »Nein, nein«, brummte Sasso, der ihn herzlich verfluchte, und sich obendrein, weil er das Handy angelassen hatte. »Was gibt es?«

»Sie hatten mir gesagt, ich solle Sie auf dem Laufenden halten, betreffs der Leiche, die gestern Nachmittag in Camogli angeschwemmt wurde. Ich kann Ihnen bestätigen, dass es sich um Giuseppe Risso, genannt Marietto, handelt, achtundsiebzig Jahre, aus Camogli. Die Beamten haben mit der Leiterin des Seniorenheims, in dem er lebte, gesprochen, außerdem mit seinem Zimmergenossen, und es gibt keinen Grund, nicht von Selbstmord auszugehen. Risso war in letzter Zeit ein bisschen durcheinander. Er hatte am 28. Dezember das Heim verlassen, um eine Nichte in Rom zu besuchen, wie er sagte, aber dort ist er womöglich nie angekommen. Oder vielleicht ist er hingefahren und wieder zurückgekehrt, das ist noch nicht geklärt.«

»Fragt doch die Nichte danach«, knurrte der Staatsanwalt. Alles muss man denen vorkauen, dachte er.

»Machen wir, sobald wir sie erreichen können. Sie ist nämlich im Ausland, auf Urlaub. Für die Autopsie warten wir nur noch auf Ihren Antrag, Herr Staatsanwalt, dann könnte die Leiche schon morgen oder übermorgen obduziert werden.«

»In Ordnung«, gähnte der Staatsanwalt, und Marco Luciani dachte mit Bedauern daran, dass dieser, wenn er sofort einhängte, sicher wieder einschlafen würde.

»Wenn Sie meine Meinung hören möchten«, insistierte er, »das dürfte keine komplizierte Sache werden. Ich sehe keine Alternative zum Selbstmord. Aber ich weiß, dass Sie in solchen Fällen immer mit äußerster Umsicht vorgehen.«

»Das ist keine Frage der Umsicht«, platzte Sasso heraus. Seine Stimme gewann allmählich an Volumen. »Wir dürfen nur nicht oberflächlich verfahren. Wenn ein Mensch sein Leben verliert, so kann man das nicht einfach als Suizid archivieren, ehe man nicht ab-so-lut sicher ist, dass er es sich wirklich aus freien Stücken genommen hat.«

Marco Luciani lächelte, entzückt, dass er einen blankliegenden Nerv getroffen hatte. Staatsanwalt Sasso war nämlich zum Gespött der gesamten Dienststelle geworden, seit er die Beamten gezwungen hatte, über ein Jahr lang zu einem völlig offensichtlichen Suizid zu ermitteln, in dem allein er partout einen möglichen Mordfall sehen wollte. Vielleicht weil es ein sehr bequemer Fall war, und solange man ihn in die Länge zog, war man vor anderen, heikleren, sicher.

»Dieser Mann, das Opfer … wie, sagten Sie, hieß er?«

»Risso. Giuseppe, genannt Marietto, das war sein Deckname, als Partisan. Ein Mann, der für die Freiheit gekämpft hat, für das Vaterland.«

Noch ein Seitenhieb. Doktor Sasso hatte im Vorjahr versucht, ein Ermittlungsverfahren wegen Kriegsverbrechen gegen einen 95-jährigen ehemaligen Partisanenführer einzuleiten. Er hoffte, auf den fahrenden Zug des Revisionismus aufspringen und sich damit in Politikerkreisen einschmeicheln zu können, aber der Nationalverband der italienischen Widerstandskämpfer ANPI und die jüdischen Organisationen waren sofort auf die Barrikaden gestiegen und hatten ihn in der Luft zerrissen, die Rechte war auf Abstand gegangen, und selbst der Oberste Richterrat, der sich immer und überall vor Ermittlungs- und Anklagebehörden stellte, hatte ihn abmahnen müssen.

Die Stimme des Staatsanwalts sprang in die höchsten Register, als sie Marco Luciani empfahl, sämtliche Begleitumstände von Herrn Rissos Ableben skrupulös zu überprüfen. Der Kommissar hängte befriedigt ein. Mit den beiden Nägeln, die er ihm ins Hirn getrieben hatte, würde Sasso bestimmt nicht mehr in den Tiefschlaf finden.

Er kam gegen elf auf die Dienststelle. Falls nicht gerade ein Marokkaner zu tief ins Glas geschaut und einen Rivalen auf der Straße abgestochen hatte, war der erste Januar für die Mordkommission immer ein ausgesprochen geruhsamer Tag. Ihr Stockwerk lag halbverlassen und still da; Marco Luciani schloss seine Bürotür und warf einen Blick auf den Bericht zum Tod des Fischers. Es war ein Routinefall, den auch gut ein einfacher Inspektor hätte bearbeiten können, aber aus Neugier – und vielleicht weil sein Vater Giuseppe Risso gekannt hatte – schaute er sich die Sache etwas näher an. Rissos Zimmergenosse, ein gewisser Gaetano Perfumo, hatte ausgesagt, Marietto habe in den letzten Tagen aufgeregt und nervös gewirkt. Körperlich dagegen ging es ihm gut, an Heiligabend hatte er einen Schwächeanfall gehabt, sich aber wieder erholt. Sowohl ihm wie der Direktorin hatte er wenige Tage später erzählt, er wolle seine Nichte besuchen. Mit einer schnellen Überprüfung am Bahnhof hatte man den Schalterbeamten ermittelt, der am Morgen des 28. Dienst hatte. Der Mann kannte Risso, er konnte sich erinnern, dass er ihm ein Ticket nach Rom verkauft und Neujahrsglückwünsche mit ihm gewechselt hatte. Die Nichte, Marina Donati, hatte man dagegen noch nicht aufgespürt. Man hatte ihr eine E-Mail geschickt, allerdings noch keine Antwort bekommen. Merkwürdig war jedoch, was eine Recherche in der Datenbank der Polizei ergeben hatte: Giuseppe Risso hatte keine Verwandten ersten Grades mehr. Und eine Marina Donati von etwa dreißig Jahren, mit Wohnsitz in Rom, gab es auch nicht.

Marco Luciani nahm das Telefonbuch und rief die Leiterin des San-Luigi-Heims an. Nach den üblichen Höflichkeitsfloskeln und Kondolenzbezeigungen kam er sofort zur Sache.
»Entschuldigen Sie, aber die Nichte ... Wir können sie nicht erreichen, und es gibt keinerlei Hinweis darauf, dass sie überhaupt existiert. Risso war nicht zufällig so ein ›Onkel‹, der, sagen wir ...«
»Was meinen Sie, ich verstehe nicht?«
»So einer, der, sagen wir, das Verwandtschaftsverhältnis nur vorgab.«
Schwester Maura schwieg eine Weile, peinlich berührt.
»Nein, Commissario. Absolut nicht. Was kommt Ihnen denn in den Sinn? Glauben Sie, ich könnte hier in meinem Heim ... Und dann ausgerechnet Herr Risso. Er war ein absolut integrer Mensch, mal ganz abgesehen von seinem Alter ...«
»Sicher, natürlich. Ich weiß, aber wenn beim Meldeamt keine Daten ...«
Die Direktorin seufzte. »Das hat ... sehr private Gründe. Ihnen kann ich es natürlich erzählen, aber ich bitte Sie um äußerste Diskretion. Ich möchte nicht, dass die Presse ... Wenn unser Institut in einen Skandal verwickelt würde ...«

Marco Luciani setzte sich auf seinem Stuhl zurecht. Der Presse war ein Achtzigjähriger, der ins Wasser gegangen war, so was von schnurz.

»Machen Sie sich keine Sorgen. Erzählen Sie mir die Geschichte.«

»Das Mädchen ist die illegitime Tochter von Mariettos Bruder, einem Priester. Sie selbst hat das erst letztes Jahr, beim Tod ihrer Mutter, erfahren. Der Vater war bereits verstorben. Sowohl der leibliche als auch ihr Ziehvater. So stand sie also plötzlich mit dieser Wahrheit, die sie entdeckt hatte, allein da. Sie fing an, nach lebenden Verwandten zu suchen. Und ist schließlich hier bei uns gelandet.«

»Was ist sie für ein Mensch?«

»Marina? Oh, sie ist ein anständiges Mädchen. Sie lebt in Rom, kam ihn aber oft besuchen. Das letzte Mal direkt nach Weihnachten.«

»Sie sagten, Risso sei zu ihr nach Rom gefahren. Tat er das oft?«

»Nein, nie. Aber so wie ich ihn kenne, wollte er sich bei ihr entschuldigen. Er hatte sie nämlich sehr schlecht behandelt, ich weiß nicht, warum.«

»Hatten sie Streit?«

»Nein, er war verwirrt gewesen, hatte Fieber, erkannte sie nicht und jagte sie davon. Danach muss ihm klargeworden sein, dass er etwas wiedergutzumachen hatte.«

Der Kommissar nickte. Auch ihn selbst hatte Marietto nur mit reichlich Mühe wiedererkannt.

»War er einer solchen Reise denn noch gewachsen?«

»Sehen Sie, er hatte einen kleinen Schwächeanfall gehabt, aber er war wieder auf dem Damm. Ich habe trotzdem eine E-Mail an Signorina Donati geschickt, und sie hat geantwortet, sie werde ihn am Bahnhof abholen. Ich war also beruhigt.«

»Und danach haben Sie nichts mehr von ihr gehört?«

»Nein. Ich dachte, er wäre planmäßig angekommen. In letzter Zeit war Herr Risso ein bisschen durcheinander, aber körperlich war er auf der Höhe.«

»Das stimmt«, sagte der Kommissar und versuchte, den Ablauf der Ereignisse zu rekonstruieren. Marietto war in Rom ausgestiegen, dann nach Camogli zurückgekehrt und hatte sich umgebracht. Man musste herausfinden, ob der Entschluss schon vorher feststand oder ob da unten etwas vorgefallen war. Vielleicht noch ein Streit.

Er bat Schwester Maura, ihm die Antwortmail von Marina weiterzuleiten, und versprach, sie auf dem Laufenden zu halten.

Siebzehn

Ranieri
Ein Jahr zuvor

»Herr Professor, da ist diese Journalistin von der RAI.«

»Ach ja, bitten Sie sie herein.«

Eine junge Frau trat in den Raum. Sie blieb sofort wie gebannt stehen und schaute sich mit offenem Mund um. »Sie gestatten …«, sagte sie und ließ den Blick über die Deckenfresken und die Stilmöbel schweifen. Das schien weniger ein Büro als vielmehr der Rauchsalon eines Adligen aus dem achtzehnten Jahrhundert zu sein, ein Schmuckkästchen, das Geschmack und Savoir-vivre seines Besitzers offenbarte. Sie ging zwei Schritte vor, drehte auf ihren hochhackigen Stiefeln eine Pirouette, wie um all den Prunk mit einem Blick zu erfassen. In Wahrheit gab sie dem Professor Gelegenheit, mit einem Blick all den Prunk ihres durch jahrelange harte Arbeit auf Steppern und vibrierenden Plattformen vollendet gerundeten und nun durch hautenge Jeans bestens zur Geltung gebrachten Gesäßes zu erfassen.

Auch dem Rektor war der Mund offen stehen geblieben, angesichts dieses Kunstwerkes, das er gut kannte, lange aber nicht mehr gesehen hatte. Damals war sie dreiundzwanzig gewesen. Also war sie jetzt achtundzwanzig, überschlug er schnell. Einen Meter fünfundsiebzig, honigblondes Haar, frisch geschnitten. Große graue Augen, perfekte Nase, ein Mund, der durch den geschickten Einsatz des Lippenstiftes noch voller wirkte. Ein naives Mädchen war sie nie gewesen, sondern eine Frau, die genau wusste, was sie wollte. Und nach ihrer selbstsicheren Miene zu schließen, hatte sie das auch bekommen.

»Guten Tag, Herr Rektor«, sagte sie, mit Betonung auf den letzten Worten.

»Guten Tag, Sabrina«, antwortete er, mit leicht kehliger Stimme. »Ich hätte nicht erwartet, dass ... Es sollte ein gewisser Herr Riva kommen.«

»Den Namen benutze ich für Reservierungen im Restaurant, falls ich sie nicht einhalte. Es sollte eine Überraschung sein.«

Ludovico Ranieri lächelte. »Nun, das ist es.«

»Ich sehe, dass Sie endlich ein Büro haben, das diesen Namen verdient.«

Er nickte. Das erste Mal hatte er sie noch als Privatdozent in seinem schäbigen Kabuff empfangen, mit Nullachtfünfzehn-Bürogarnitur und Botticelli-Drucken an den Wänden.

»Ich habe einige Möbel meines Vaters hierherbringen lassen. Ich bin gerne von Schönheit umgeben«, sagte er, während er auf sie zutrat und ihr in die Augen sah. Sie reichte ihm die Hand und legte den Kopf leicht zur Seite, so dass er ihr die Wangen küssen und ihren vertrauten Duft einsaugen konnte. Dann löste Sabrina sich, setzte sich auf das Sesselchen, das für Besucher vorgesehen war, und schlug die Beine übereinander.

»Nun, wie läuft es für Sie, Herr Professor?«

»Siezt du mich jetzt?«

»Ich habe Sie auch damals gesiezt. Jetzt sagen Sie nicht, Sie erinnern sich nicht daran.«

Ludovico war überrascht. Das stimmte nicht. Oder doch? Tatsächlich hatten sie sich vor den anderen Studenten gesiezt, um sich nicht zu verraten, und jetzt, da sie es ihm gesagt hatte, fiel ihm ein, dass sie sich auch oft in intimeren Momenten gesiezt hatten. Diese Distanz zwischen Professor und Studentin aufrechtzuerhalten hatte sie beide erregt. Er dachte an einen Satz, den er ihr oft gesagt hatte, und bekam prompt eine Erektion, so wie es ihm mit ihr immer ergangen war.

»Was kann ich für Sie tun, Signorina Dongo?«

»Ich arbeite an einer Sendereihe über italienische Universitäten. Als ich vorschlug, Sie mit ins Programm aufzunehmen, hat der Chefredakteur sofort zugestimmt.« Ludovico lächelte, weil sie versuchte, dafür die Meriten einzuheimsen. Wie er dagegen wusste, hatte seine Frau ihren Vater dazu gebracht, einige Telefonate mit den richtigen Leuten zu führen. Denn die Fernsehsendung war für Ludovico eine hübsche Gelegenheit, die Aufmerksamkeit auf sich zu ziehen, und die musste er geschickt ausnutzen. Er musste mit einer starken Botschaft aufwarten, um sich den Leuten einzuprägen. Seinen zukünftigen Wählern.

Sabrina schaute sich erneut um. »Das Licht in diesem Raum ist günstig. Wir könnten hier mit dem Interview anfangen und dann vielleicht noch einen Teil im Freien drehen.«

»Es wäre schön, wenn wir es direkt in Ventotene machen könnten. Was halten Sie davon, Signorina Dongo?« Dort hatten sie sich zum ersten Mal geliebt, nach dreiwöchigen Scharmützeln. Sie hatte ihm sofort klargemacht, dass sie nicht der Typ für Quickies in der Prärie war, und auch nicht für Provinzabsteigen. Sie wollte Yacht und Familienvilla, mit allen damit verbundenen Risiken. Ganz ohne Risiko war das Leben nun mal sterbenslangweilig.

Sabrina schüttelte den Kopf und verzog den Mund.

»Sie haben mich schon einmal abserviert, Herr Rektor. Glauben Sie nicht, dass Sie mich ein zweites Mal aufs Kreuz legen können.«

»Ich habe dich abserviert?«, antwortete Ludovico. »Du hast doch Schluss gemacht!«

»Ich? Warum hätte ich das tun sollen?«

»Wie, warum? Weil ich nicht reich und mächtig genug war.«

Sabrina lachte aus vollem Herzen. »Ach komm! Habe ich das wirklich gesagt? Nicht schlecht für ein Mädchen von ... wie alt war ich? Zwanzig, zweiundzwanzig?«

Er starrte sie schweigend an.

»Schauen Sie mich nicht so vorwurfsvoll an, Herr Rektor. Sie waren wirklich sehr faszinierend, aber auch sehr verheiratet. Zum Glück war ich zwar jung, aber schon klug genug, um meine besten Jahre nicht zu vergeuden. Und ich bin sicher, dass Sie sich mit vielen anderen armen, naiven Studentinnen getröstet haben.«

Sie war wie immer: fies, sarkastisch, manipulativ, und vielleicht hatte sie sogar recht. Zumindest teilweise. Aber in einem irrte sie sich gewiss: Ihre besten Jahre waren noch lange nicht vorbei.

»Gut«, seufzte sie, »ich sollte jetzt besser den Kameramann holen. Wir haben für das Ganze maximal zwei Stunden Zeit, dann müssen wir schnell wieder nach Rom.«

Nach Rom zum Chefredakteur?, dachte Ludovico. Oder zu wem sonst? Von wem lässt du dich zurzeit bumsen? Der Schmerz über den Verlust, den er all die Jahre an einer verborgenen Stelle zwischen Leber und Magen begraben hatte, überraschte ihn hinterrücks mit einem heftigen, brutalen Stich. Sabrina war noch schöner als bei ihrer Trennung, und nun, da er sie wiedergesehen hatte, konnte er die Vorstellung nicht ertragen, dass sie einem anderen gehörte. Er wollte sie wieder für sich haben. Für sich allein. Und diesmal würde er sie nicht mehr hergeben.

Achtzehn
Luciani
Camogli, heute

Er rannte, ohne aufs Tempo zu drücken, vom Rückenwind getrieben und von der eintönigen Musik David Grays. Der iPod, den die Jungs von der Mordkommission ihm zu Weihnachten geschenkt hatten, war eine Wucht, das war ein ganz anderes Leben als damals mit dem Discman. Er war leicht, passte gut in die warme Laufweste, und man konnte eine schier unbegrenzte Zahl an Songs darauf speichern. Falls man es konnte, natürlich. Beim ersten Mal hatte er sich von einem Techniker helfen lassen. Er hatte sieben seiner Lieblings-CDs ins Büro mitgenommen, und der Mann hatte sie ihm im Handumdrehen auf den iPod geladen. Marco Luciani hatte ihm gedankt und versichert, er habe die Technik vollkommen verstanden, von nun an würde er es selbst schaffen, neue Titel auf das Gerät zu laden. Natürlich war er nicht im Geringsten dazu imstande, geschweige denn gewillt.

Der Rhythmus von David Gray war ihm für den Trainingsauftakt passend erschienen. Doch nach zwanzig Minuten Dauerlauf dachte Luciani, dass sich bei dem Kerl alle Lieder irgendwie gleich anhörten. Das machen sie alle so, sagte er sich, wenn sie mit einem Ding mal Erfolg haben, dann bleiben sie bei ihrem Rezept, die Schriftsteller machen es im Grunde auch nicht anders. Der Song endete, und als der nächste begann, hörte er genauer hin. Er war wirklich ähnlich, allzu ähnlich. Das hieß, genau genommen, war es sogar derselbe wie vorher. Er zog den iPod aus der Tasche und betrachtete, während er versuchte, das Tempo zu halten, das Display. Da waren zwei Pfeile, von denen einer nach rechts und einer nach links zeigte, aber sie waren nicht, wie gewöhnlich, durch zwei gewellte Linien verbunden. Er musste irgendeine komische Taste gedrückt haben, und jetzt hing der iPod auf »Repeat« fest und wiederholte immer wieder manisch »*Please forgive me*«. Vier Mal hatte er den Song schon gehört, bevor er etwas gemerkt hatte.

Er schrieb das der Tatsache zu, dass er sich ganz aufs Laufen konzentriert hatte. Während er versuchte, den Kilometer weiterhin in fünf Minuten zu laufen, drückte er auf gut Glück die verschiedensten Tasten, bis er ein Lied von Snow Patrol hörte, er lächelte und spulte weiter seine Kilometer ab, mit dem Vorsatz, jeden einzelnen davon zu genießen. Es war der Tag der langen Ausdauereinheit. Der Trainingsplan sah zwanzig Kilometer vor, leicht über Wettkampftempo, dem Tempo, das er bei seinem ersten Marathon halten wollte. Er war die Strecke mit dem Auto abgefahren, von der Villa seiner Mutter im Boschetto musste er runter nach Camogli und weiter Richtung Recco und Sori, von dort bis nach Bogliasco, das war der Wendepunkt. Danach ging es zurück, im Berg-und-Tal-Lauf. Zwar verlangte der Trainingsplan eine flache Strecke, aber er wollte für das Rennen so gut wie möglich präpariert sein, und da konnte das eine oder andere Zusatzhandicap nicht schaden.

Er kam an die Wendemarke bei zehn Kilometern, erleichtert, dass schon die halbe Distanz hinter ihm lag. Der iPod sprang, völlig willkürlich, zwischen der CD von Snow Patrol und der von Jovanotti hin und her und schaltete ab und an einen lahmen, bleischweren Song von Carmen Consoli dazwischen. Er musste eine »Random«-Funktion aktiviert haben, traute sich aber keine der Tasten mehr anzufassen. Ich muss Giampieri bitten, mir das Ding mal zu erklären, dachte er, und sofort fiel ihm ein, dass sein Vize nicht mehr da war. Die Schuldgefühle nahmen ihm den Atem, während sein Puls auf über einhundertsechzig stieg.

Er versuchte durchzuhalten, auch wenn er merkte, dass sein Tempo nicht mehr das Anfangstempo war. Unter Aufbietung all seiner Willenskraft kämpfte er sich bis zur 15-Kilometer-Marke, und dann hatte er plötzlich das Gefühl, durch eine Unterwasserhöhle zu tauchen, ohne Sauerstoff. Geräusche und Farben drangen nur noch gedämpft in sein Bewusstsein, und die Beine schlurften einfach willenlos weiter. Ein paar Autos fuhren haarscharf an ihm vorbei, und aus der Ferne hörte er das Echo einer Hupe. Er rannte auf dem Mittelstreifen, der plötzlich wie wild zu tanzen anfing, bevor er sich überschlug und sich wie ein Kondensstreifen über den Himmel zog. Der Kollaps kam vor der Steigung zwischen Recco und Camogli. Wie durch ein Wunder entging er der Kollision mit einer gelben Ape, dann schlug er der Länge nach auf der Insel im Kreisverkehr hin.

Ein Schwall kalten Wassers und zwei nicht gerade zärtliche Ohrfeigen brachten ihn wieder zu Bewusstsein. Wie er merkte, befand er sich in einem fahrenden Rettungswagen, unter einer Decke. Diesmal war er länger ohnmächtig gewesen. Ein Sanitäter maß seinen Blutdruck und meinte: »Besser, ja, deutlich besser. Wie geht es Ihnen?« Marco Luciani nickte, wollte aufstehen, aber der Mann drückte ihn sanft, aber bestimmt zurück auf die Liege. Der Kommissar leistete keinen Widerstand. Sein Kopf wog zwanzig Kilo, und er war nicht in der Verfassung, den Helden zu spielen.

In der Notaufnahme war fast niemand, und der diensthabende Arzt, ein Bursche von höchstens dreißig Jahren, schaute ihn sich sofort an.

»Erinnern Sie sich, was passiert ist?«

»Ich war joggen, und ich muss wohl ein bisschen übertrieben haben.«

»Hatten Sie Schmerzen in der Brust? Ein Gefühl, als erstickten Sie?«

Marco Luciani schüttelte den Kopf. »Nein, nur Herzrasen.«

»Haben Sie Ihr Essen nicht vertragen? Was haben Sie heute gefrühstückt?«

»Ich frühstücke nicht, nur einen Kaffee.«

»Hmm ... und gestern Abend? War das Abendessen üppig?«

»Nein, absolut nicht. Sechzig Gramm Pasta mit etwas Öl und eine Birne.«

Der Arzt betrachtete ihn mit zusammengekniffenen Augen. »Wie lange waren Sie schon gelaufen?«

»Ich war fast durch mit dem Programm, so bei Kilometer sechzehn.«

»Sechzehn Kilometer mit einer halben Portion Pasta und einer Birne? Wollen Sie sich umbringen?«

»Nein, ich esse nun mal wenig. Sehen Sie? Ich bin dünn. Aber es geht mir gut.«

»Entschuldigen Sie, ich bin selbst Läufer, ich laufe Halbmarathon und manchmal auch einen ganzen Marathon. Sie dürften, so über den Daumen gepeilt, sechzig Kilo wiegen, bei fast zwei Meter Körpergröße, und Sie haben nicht das kleinste bisschen Fettgewebe. Wenn der Körper kein Fett und keinen Zucker mehr verbrennen kann, dann frisst er sich selbst auf. Er verbrennt Muskelmasse.«

Marco Luciani lachte höhnisch auf. »Sagen Sie das mal den Radfahrern, dass Fettgewebe nützlich ist. Die tun alles, um es loszuwerden.«

»Sicher, die Radfahrer sind schnell. Und wissen Sie, wie sie das bewerkstelligen? Sie dopen sich. Dopen Sie sich auch?«

»Ich? Das fehlte noch!«

»Also, dann legen Sie sich wieder hin, bevor Sie noch mal umfallen. Und Sie stehen nicht auf, bevor Sie nicht diese ganze Infusion im Leib haben.« Er schob ihm ohne viel

Federlesens eine Kanüle in den linken Arm, öffnete den Hahn und kontrollierte den Tropfenfluss. »Ich komme in einer Stunde wieder. Schlafen Sie ruhig, das wird Ihnen helfen, wieder zu Kräften zu kommen.«

Er wollte auf keinen Fall mit dem Rettungswagen transportiert werden, und so stieg er mühsam, Schritt für Schritt, die Straße nach Camogli hoch. Genau so würde er es auch beim Marathon machen: Meinetwegen krieche ich auf allen vieren, sagte er sich, aber ich werde ins Ziel kommen. Ihm war jedoch klar, dass er nicht bei jedem Lauf kollabieren konnte. Er ging auf dem Zahnfleisch, und vielleicht sollte er sich doch, zumindest ein, zwei Wochen lang, an die Ratschläge der Wunderheilerin halten. Oder sich wenigstens zwingen, ein bisschen mehr zu essen, ohne sich danach ins Bad einzuschließen, um alles wieder auszuspeien. Als er den Torbogen am Rand des Dorfes passierte, dachte er, ein paar Proteine würden ihm guttun. Aufs Geländer gestützt, ging er die wenigen Stufen hinunter zum Fischgeschäft, wo er auf der Schwelle stehen blieb.

Marcella empfing ihn mit dem gewohnten Lächeln, das nur leicht überschattet war.

»Gibt es Neuigkeiten in Sachen Marietto, Commissario?«

»Was soll es schon für Neuigkeiten geben? Das ist leider immer wieder dieselbe traurige Geschichte ...«

»Was sagt denn die Autopsie, wenn man fragen darf?«

»Sie müsste heute Vormittag durchgeführt werden. Während der Feiertage waren alle ausgeflogen. Erwarten Sie aber nicht wer weiß welche Erkenntnisse.«

Marcella schüttelte den Kopf. »Tss. Die Geschichte überzeugt mich gar nicht. Marietto war nicht der Typ, der sich umbringt. Er war aufbrausend, manchmal richtig streitsüchtig, aber nicht depressiv.«

»Niemand ist der Typ, der sich umbringt. Bis er es eines Tages doch tut.«

»Und vor allem«, sagte Marcella, als hätte sie gar nicht zugehört, »bringt sich ein Fischer nicht im Meer um. Dazu hat er viel zu viel Respekt davor.«

Marco Luciani seufzte. Das Alter konnte auch die heitersten Gemüter niederdrücken. Wenn einer vom Charakter her sowieso schon ein Einzelgänger, kompromisslos und kleinlich war, was sollte aus dem dann erst mit achtzig werden? Das Alter muss man bekämpfen, solange man noch jung ist, dachte er.

»Also, was bekommen Sie, Herr Kommissar?«

»Geben Sie mir eine Brasse, Marcella. Die größte und schönste, die Sie haben.«

Neunzehn
Ranieri
Ein Jahr zuvor

Ludovico Ranieri saß in der Bibliothek und durchforstete den Mikrofilm des »Messaggero«. Er hatte mit seiner Recherche im Jahr 1963 angesetzt und wollte sich wenigstens bis ins Jahr 1975 vorarbeiten, so würde er auf keinen Fall das entscheidende Datum auslassen. »Vor vierzig Jahren«, hatte sein Vater bei der Beichte gesagt, aber so eine runde Zahl sollte man einigermaßen flexibel auslegen. Vor ungefähr vierzig Jahren war die Statue in Ventotene gefunden worden, und um sie zu bekommen, hatte sein Vater einen Menschen umgebracht. Das waren die einzigen Hinweise, über die er verfügte, und theoretisch konnte es auch sein, dass sie nirgendwo hinführten. Aber es war auf jeden Fall die Mühe wert, in den Zeitungen von damals nach Spuren zu suchen, die vielleicht irgendeinen Namen zutage förderten. Bevor der Rektor hinausposaunte, dass er die Statue gefunden hatte, wollte er sicher sein, dass es keine Zeugen mehr gab, die ihn widerlegen konnten.

Er schloss die Augen und massierte sie leicht, nachdem er den Transport des Rollfilms gestoppt hatte. Diese Mikrofilmtechnik war eine schnelle und praktische Methode, Zeitungen zu überfliegen, aber nach einer gewissen Zeit wurde einem übel davon. Er verließ den Lesesaal und ging hinaus in den Hof, um sich eine Zigarette anzuzünden. Auf den Bänken saßen viele Studentinnen, die plauderten und rauchten. Einige senkten die Stimme, als sie ihn sahen, andere lächelten. Er grüßte eine Deutschlektorin, die seit zwei Jahren eine Beziehung mit einem verheirateten Kollegen unterhielt, und zum x-ten Mal landete er in Gedanken bei Sabrina, bei ihrem Verhältnis, bei der Unverschämtheit, mit der sie ihn benutzt hatte, und wie er sich sehenden Auges hatte benutzen lassen.

Als Sabrina Dongo fünf Jahre zuvor sein Büro betreten hatte, erleuchtete sich Ludovicos Geist wie damals, als er zum ersten Mal die Olympischen Spiele im Farbfernsehen gesehen hatte. Er wusste heute noch, wie sie angezogen war: Stiefel, enger Rock, weiße Bluse. Der Professor liebte die Frauen, und er tat es wie ein echter Kunstkritiker: Das Zusammenspiel von Form und Inhalt war entscheidend für sein ästhetisches Urteil. Form hieß in diesem Fall: Kleidung, Frisur, Gang und Stimme, der Inhalt waren das Fleisch, die Kurven und der Blick. Tiefer sollte man gar nicht dringen. Eine Frau auf der Grundlage ihrer Gefühle oder ihrer Intelligenz zu beurteilen, das war, als wolle man das Werk eines Malers auf der Grundlage seiner politischen Überzeugungen oder sexuellen Vorlieben beurteilen: absurd. Schönheit musste man genießen, nichts weiter. Die Schönheit war die Antwort auf alle Fragen. Es war die Venus, nicht Minerva oder Juno, der der Mann immer den Apfel schenken würde.

Sabrina hatte seine Veranstaltungen nicht besucht, aber darum gebeten, dass er ihre Magisterarbeit betreute. Und als Ludovico darauf hinwies, dass sie mindestens eine Prüfung bei ihm machen musste, sagte sie lächelnd: »Kein Problem, der unterziehe ich mich gern.«

Der Blick, den sie ihm dabei zugeworfen hatte, ließ ihn sofort in Wallung geraten.

Sie hatten sich auf ein simples Diplomthema geeinigt. Den Abschluss brauchte sie nur, um ein Versprechen an ihren Vater zu halten. Ihre Ambitionen waren andere. Sie war nicht scharf auf einen Sekretärinnenjob für tausend Euro im Monat, sie wusste, dass sie noch andere Trümpfe in der Hand hatte, und die wollte sie am richtigen Tisch ausspielen. In diesem Moment war der richtige Tisch der Schreibtisch von Ludovico Ranieri.

Anfangs hatte er versucht, sie selbständig arbeiten zu lassen, aber das Ergebnis war ernüchternd gewesen. Das Mädchen war eher verschlagen als intelligent, es hatte Intuition, konnte Zusammenhänge aber nicht rational durchdringen. Ludovico widmete ihr immer mehr Zeit, führte sie an der Hand in die Archive, erklärte ihr, wie sie vorgehen musste, und schließlich hatte er sie, in einer Woche, in der seine Frau mit den Kindern in die Berge gefahren und er wegen der sommerlichen Prüfungstermine in der Stadt geblieben war, heimlich nach Ventotene gebracht. Am nächsten Morgen waren die Kräfteverhältnisse auf den Kopf gestellt, und nicht zu seinen Gunsten. Er hatte bekommen, was er wollte, aber nur um festzustellen, dass er ohne ihren Duft nicht mehr sein konnte, ohne die Art, wie sie sich seinem Mund hingegeben, wie sie ihre Beine um seine Taille geklammert hatte, während sie ihn zum Höhepunkt trieb. Wie sie gemeinsam, auf wunderbare Weise, gekommen waren.

Er brauchte sechs Monate, um ihre Magisterarbeit zu schreiben, denn er fürchtete, dass sie sich, sobald sie hatte, was sie wollte, nicht mehr blicken lassen würde. In Wahrheit hatte die Arbeit ihn nur sechs Tage gekostet, so lange hatte es gedauert, im Archiv eine fünfundzwanzig Jahre alte Diplomarbeit über ein einfaches Thema zu finden, das seither nicht mehr behandelt worden war. Er hatte am Computer die Kapitelfolge und ein paar Passagen umgestellt, hatte manches umformuliert und die Bibliographie aktualisiert. Jede Minute dieser langweiligen Beschäftigung war voll vergolten worden.

Auch an den Morgen der Verteidigung konnte er sich bestens erinnern. Sabrina war geistreich, sie bezauberte die Kommission und kam mühelos auf die maximale Punktzahl. Ein Diplom mit Auszeichnung konnte sie nicht bekommen, weil der Schnitt der Vorschlagsnoten zu niedrig war, aber am selben Abend waren sie zum Feiern in ein schönes Restaurant gegangen und dann ins Hotel, und danach hatte sich die frischgebackene Magistra Artium ihre Auszeichnung doch noch verdient.

Ludovico spürte, wie ihm ein warmer Schauer den Rücken hinunterlief, und zündete sich noch eine Zigarette an. Auch nach all den Jahren betörten ihn diese Erinnerungen noch – und taten weh.

Jene Liebesnacht mit Sabrina war ihre letzte gemeinsame Nacht gewesen. Zu ihrem nächsten Treffen war sie mit einer Miene erschienen, in der eine unumstößliche Entscheidung geschrieben stand. Er durfte sie nicht einmal anfassen und wurde mit einer einfachen Wahrheit konfrontiert: »Wir sind zwei ehrgeizige Menschen, Ludovico, doch zusammen kommen wir nicht weit. Du brauchst die Unterstützung deiner Frau und deines Schwiegervaters. Ich brauche einen Mann mit Macht und Geld, der bereit ist, beides für mich einzusetzen.«

»Was für ein romantisches Weltbild!«, hatte er zurückgegeben. Sabrina machte das Gesicht, das er am meisten an ihr hasste: Sie betrachtete ihn wie ein kleines Kind, dem man recht gibt, damit es zu heulen aufhört.

»Och, armer Kleiner, er liebt mich wirklich. Er will wirklich mit mir fliehen. Okay, er ist nur ein Dozent ohne Festanstellung, mit weniger als zweitausend Euro im Monat, er hat eine schöne Villa und eine Yacht, die von der Frau bezahlt werden, und wenn er sich von ihr trennt, wird er alles verlieren, wird vielleicht sogar Alimente bezahlen müssen. Aber ich bin sicher, dass er mit tausend Euro ein putziges Häuschen finden wird, in dem wir zusammen leben können, ein Liebesnest, in dem wir unsere zehn Kinder aufziehen werden.«

Ludovico hatte den Kopf gesenkt, gedemütigt und zornig. »Du tust mir unrecht. Ich liebe dich wirklich. Das ist nicht nur ein schmuddeliges Verhältnis zwischen Professor und Studentin.«

»Du liebst mich, sagst du? Vielleicht stimmt das. Oder vielleicht liebst du nicht mich, sondern wie du dich fühlst, wenn du mit mir zusammen bist. Jung, voller Begeisterung, voller Pläne. Fähig, den Träumen nachzujagen, die du mal hattest und dann begraben hast. Du liebst mich, weil ich den Teil an dir zum Leben erwecke, den du liebst.«

»Was ist daran verkehrt? Jedenfalls ist mir das nur mit dir passiert, und deshalb liebe ich dich und keine andere in deinem Alter.«

»Sicher, verkehrt ist das nicht. Wir Frauen müssen die Schokoladenseite der Männer bedienen, dafür sorgen, dass sie sich wichtig fühlen. Aber was bekomme ich im Gegenzug von dir? Warum sollte ich dich lieben? Auch eine Frau verliebt sich in das Leben, das du ihr eröffnest. Wir Frauen sind praktisch veranlagt, Ludovico, weil letzten Endes wir dafür sorgen müssen, dass der Laden läuft. Ihr träumt weiter, bis vierzig, bis fünfzig, bis zum Schluss. Aber du hast recht, ich bin nicht die Studentin, die sich das Leben von der Midlife-Crisis ihres Professors ruinieren lässt. Ich weiß, was ich will, und ich kann es alleine erreichen oder mit jemand anderem. Ich kann es aber nicht erreichen, wenn ich bei dir bleibe.«

Ludovico hatte geschwiegen. Was gibt es Demütigenderes, als zu lieben, ohne dass diese Liebe erwidert wird? Was gibt es Demütigenderes, als sich nicht auf der Höhe der Frau zu fühlen, die man liebt, und sich von einem 22-jährigen Mädchen Belehrungen über das Leben anhören zu müssen? Wenn er reich und mächtig wäre, dann würde sie ihn lieben. Aufrichtig oder nicht, was spielte das für eine Rolle, wer würde den Unterschied schon merken? Auch er und seine Frau wurden über all die Jahre sicher nicht durch die Liebe zusammengehalten, sondern durch ein Tauschgeschäft: Sie hatte eine reiche, einflussreiche Familie, ein traumhaftes Haus im Zentrum, sie kümmerte sich um die Kinder und ließ ihm Zeit, sich seiner Karriere zu widmen. Er war ein charismatischer, geistreicher Mann, mit ausgezeichnetem Geschmack, und er entschädigte sie für eine Jugend, in der ihre Freundinnen mit den hübschesten Jungs ausgingen und sie nur Zaungast war.

Am Ende war Sabrina aufgestanden und hatte ihm ein heiteres Lächeln geschenkt. »Jetzt, da ich den Abschluss habe, wird mein Vater mir für eine gewisse Zeit ein Leben in Rom finanzieren. Ich werde zu Castings gehen, und ich denke, in einem Jahr werde ich mich allein über Wasser halten können. Du wirst unterdessen auch vorwärtskommen, Ludovico. Das weiß ich. Du hast es drauf, und wenn du dich auf deine Karriere konzentrieren kannst, wirst du Erfolg haben. Ich hätte dich nur abgelenkt.«

Ludovico saß auf seinem Stuhl wie festgenagelt, denn wenn er aufstand, würde es ein Abschied für immer sein. Dazu war er noch nicht bereit. Er war nicht bereit, verflucht. Sie konnte nicht so in sein Leben platzen, alles auf den Kopf stellen, ihn zu der Überzeugung bringen, dass er alles falsch gemacht hatte, ihm Kraft und Selbstvertrauen für einen Neuanfang geben, den Mut, wieder alles in seine Träume zu investieren, um dann zu sagen: Sorry, war nur ein Scherz, zurück auf Los! Er konnte nicht mehr zurück, zurück zu Frau und Kindern, als ob nichts gewesen wäre. Er suchte nach einem schönen Satz, einem von denen, die dich mit fünf Worten in Stücke hauen, die dich völlig bloßstellen und die du bis an dein Lebensende nicht mehr vergisst. Ihm fielen aber nur vulgäre Beleidigungen ein, die sie nicht getroffen hätten. Hure. Schlampe. Viel zu simpel, zu oberflächlich.

»Viel Glück, Professore. Es war eine wichtige Beziehung für mich, aber sie ist vorbei. In ein paar Monaten, wenn Sie drüber weg sind, werden Sie erkennen, dass ich recht hatte.«

Er hatte zugesehen, wie sie hinausgegangen war, unfähig zu sprechen, hatte versucht, sich diese sieben, acht Schritte, die sie bis zur Tür brauchte, genau einzuprägen. Ihren Gang, ihren in weiße Jeans gemeißelten Hintern, ihre hochhackigen Sandalen, die sie gern anbehielt, wenn sie einander liebten. Fick dich ins Knie, hatte er gedacht, fick dich doch selbst. Fahr nach Rom, lass dich von irgendeinem notgeilen Regisseur nageln. Eines Tages wirst du zurückkommen, und dann werde ich dich bluten lassen.

Rektor Ludovico Ranieri drückte die Zigarette in einem der großen Ascher aus, die im Hof standen, und ging wieder in den Lesesaal zurück. Diese Statue war ein Vermögen wert, der Herr hatte sie ihn finden lassen, damit er sein Schicksal in andere Bahnen lenken konnte, und vielleicht auch das Schicksal des Landes.

Zwanzig

Luciani
Genua, heute

Marco Luciani erreichte fast im Laufschritt die Leichenkammer des San-Martino-Krankenhauses. Kaum war er nach Hause gekommen, hatte er das Handy eingeschaltet und Professor Dionigis Stimme auf der Mailbox gehört: »Kommen Sie so schnell wie möglich.« Er hatte das sofort mit dem bösen Traum der letzten Nacht in Verbindung gebracht: Sein Vater, er und Marietto waren mit dem Boot draußen, auf stürmischer See, umgeben von Haien. Sein Vater fiel ins Wasser, danach der Fischer, und er war so voller panischer Angst, dass er nur tatenlos zusehen konnte und nicht den Mut fand, sie zu retten.

Er schaute in den Obduktionssaal. Professor Dionigi begrüßte ihn, indem er die Kreissäge, mit der er gerade den Brustkorb einer männlichen Leiche öffnen wollte, leicht anhob und ihm bedeutete, dass er gleich kommen würde. Fünf Minuten später trat er heraus, zog die Maske vom Gesicht, ließ sich auf einen Stuhl fallen und zündete sich eine Zigarette an.

»Hier bin ich, Dottore. Ich bin so schnell wie möglich gekommen. Ich hatte auch versucht, Sie zurückzurufen, aber ...«

»Ach ja, der Klingelton ist leise gestellt, manchmal höre ich ihn nicht.«

»Was ist los?«

Der Pathologe stieß eine endlose Rauchwolke aus. »Los ist, dass dieses neue Jahr nicht gut anfängt.« Mit Professor Dionigi zu arbeiten, war ein Alptraum, denn er kam nie zum Punkt.

»Sie hatten angedeutet, dass es um den Fall Risso geht.«
»Da gibt es eine wichtige Neuigkeit, Commissario.«
»Das heißt?«
»Nun, etwas, das Sie überraschen wird. Und Ihre Überzeugungen über den Haufen werfen könnte ...« Jetzt hör schon auf mit dem Ratespiel, und sag mir, was du entdeckt hast, du Trottel, dachte der Kommissar. Aber er sagte nur: »Heraus damit!«

»... wenn auch gleichzeitig die erste Rekonstruktion Bestand haben könnte«, beendete der Professor mit verschmitztem Gesicht seinen Satz.

Marco Luciani setzte ein diabolisches Grinsen auf und fixierte ihn. »Dottore, entweder Sie teilen mir auf der Stelle diese beschissene Neuigkeit mit, oder einer Ihrer Kollegen wird bald eine weitere Autopsie vorzunehmen haben.«

Dem anderen blieb der Mund offen stehen, dann sagte er schnell: »Herr Risso hat sich eine Kugel in den Kopf gejagt.«

Der Kommissar schaute ihn an: »Sie wollen mich auf den Arm nehmen.«

Der Pathologe schüttelte den Kopf.

»Und wie ist es möglich, dass das bisher übersehen wurde?«

»Die Kugel ist durch den offenen Mund ein- und am Genick ausgetreten, ohne den Schädel zu verletzen. Das ist weiches Gewebe, und durch das Wasser und den Fischfraß ... Jetzt ist das Loch jedenfalls deutlich zu erkennen.«

»Aber wie können Sie sicher sein, dass ...«

»Dass der Schuss in seinem Mund abgefeuert wurde? Die Schmauchspuren am Gaumen sind evident.«

»Dann ist er also nicht ertrunken, sondern an der Schussverletzung gestorben?«

»Nein, Kommissar. Tod durch Ertrinken, da gibt es keinen Zweifel. Ich habe den Schaum gefunden, der typisch ist für jemanden, der unter Wasser noch zu atmen versucht. Das beweist, dass er, als er ins Meer fiel, noch am Leben war. Der Pistolenschuss selbst war nicht tödlich, er hat keine lebenswichtigen Organe verletzt.«

Marietto hatte sich also zuerst einen Kopfschuss gesetzt und war dann ins Wasser gefallen, dachte der Kommissar und stellte sich den Küstenstreifen bei Camogli vor. Gab es da eine abgelegene Stelle, wo man ungestört mit allem Schluss machen konnte? Von der aus Marietto ins Wasser gefallen sein konnte? Er musste auf einen Felsen gestiegen sein. Schwierig, für einen Mann in seinem Alter, aber Marietto war noch rüstig. Und wenn jemand erst einmal beschlossen hatte, sich umzubringen ... Die Leiche hatten sie in der Cala dei Genovesi gefunden, und die Strömung ging normalerweise von Osten nach Westen. Wenn er nicht in dieser Bucht gelandet wäre, hätte man ihn vielleicht erst in Frankreich gefunden. Jetzt musste festgestellt werden, wie lange er im Wasser gelegen hatte. Einen Tag? Zwei Tage? Es waren kaum Boote auf dem Meer, und im Winter ging selten jemand an diesen Strand hinunter.

»Möchten Sie die Leiche sehen?«, fragte der Arzt.

Luciani wollte ablehnen. Wasserleichen waren nicht gerade sein liebster Zeitvertreib. Aber so wie Dionigi arbeitete, war es wohl besser, wenn er selbst einen Blick darauf warf, falls der Pathologe noch andere Hinweise übersehen hatte.

Er setzte die Maske auf, um sich ein wenig gegen den Gestank nach Fäulnis und Exkrementen zu schützen, der den Saal erfüllte. Der Professor schob die Liege mit der Leiche, die er gerade obduzierte, beiseite und holte Marietto Rissos sterbliche Überreste ins Licht der Strahler. Das Alter, die Einwirkungen des Wassers und die Obduktion hatten ihn in eine unförmige Zellmasse verwandelt, und was von seiner Seele übrig war, schien nur darum zu betteln, im Feuer des Krematoriums davon befreit zu werden. Auf der Brust bemerkte der Kommissar im Muster blauer Venen eine große, ziemlich verblichene Tätowierung, ein Hufeisen, mit einem Wort, das man kaum lesen konnte, vielleicht »Stefano«, darunter ein Datum, das besser erhalten war: 1960–1965. Wer wusste, was das zu bedeuten hatte? Dass sein Sohn mit fünf Jahren gestorben war? Wenn dem so war, hatte das Hufeisen ihm sicher kein Glück gebracht.

»In dieser Tüte steckt alles, was für Sie nützlich sein könnte, Commissario.«

»Haben Sie unter den Fingernägeln etwas gefunden?«

Der Arzt lächelte schwach. »Nach all diesen Stunden im Wasser? Aus Gewissenhaftigkeit habe ich nachgeschaut, aber das Einzige, was ich gefunden habe, waren diese Steinchen, die er in der Faust hielt.« Der Kommissar nahm die Tüte und untersuchte sie im Gegenlicht. Eine Handvoll stinknormaler grauer und weißer Kiesel, ein paar kleine braune Algenfäden und ein wunderschönes, fast quadratisches blaues Glasstückchen. Marietto musste sich das in den letzten Sekunden seines Lebens gegriffen haben.

»Anzeichen von Gewalt?«

»Ein Schlag gegen die rechte Schläfe. Stark genug, um Haarrisse im Schädelknochen zu verursachen ...«

Der Kommissar spürte, wie sich sein Magen zusammenzog.

»... aber bevor Sie mich fragen: Es ist unmöglich zu sagen, ob er dem Opfer vor oder nach Eintritt des Todes versetzt wurde.«

»Mögliche Erklärungen?«

Der Doktor zuckte mit den Achseln. »Ich konstatiere die Tatsachen. Sie zu interpretieren ist Ihre Sache.«

»Der Gegenstand, mit dem ihm der Schlag versetzt wurde?«

»Wer weiß. Ein Knüppel, ein Stein. Es kann auch sein, dass eine Welle ihn gegen einen Felsen gespült hat.«

»Das ist eine Interpretation«, bemerkte Luciani. Sein Gegenüber lächelte, ohne etwas zu erwidern.

»Aber der Schlag war nicht tödlich«, setzte der Kommissar wieder ein.

»Nein, absolut nicht.«

»Und ebenso wenig der Pistolenschuss, haben Sie gesagt.«

»Genau. Hätte jemand Erste Hilfe geleistet, hätte er wohl überlebt.«

Marco Luciani nickte. Sich in den Mund zu schießen war nicht empfehlenswert, zumindest sollte man die Pistole nicht waagrecht halten, sondern fast senkrecht, damit man auch sicher das Hirn traf. Daher war die Schläfe vorzuziehen, allerdings brauchte man in diesem Fall, da man den Lauf nicht mit den Zähnen fixieren konnte, eine sehr ruhige Hand.

»Wie lange war er Ihrer Meinung nach im Meer?«

»Schwer zu sagen. Die Fische hatten gerade erst angefangen, Fingerkuppen und Ohrläppchen abzunagen. Grob geschätzt würde ich sagen: vierundzwanzig Stunden. Es könnten aber auch zwölf oder sechsunddreißig gewesen sein.«

Marco Luciani rechnete schnell nach. Marietto fährt am Morgen des 28. nach Rom, geht zu seiner Nichte, dort passiert etwas, er kehrt am 29. oder am 30. nach Camogli zurück und bringt sich um. Einen Tag lang treibt er im Meer, und am Nachmittag des 31. finden wir die Bescherung. Der zeitliche Ablauf passte mehr oder weniger zusammen, aber neue Fragen verlangten nach einer Antwort. Zum Beispiel: Wo hatte er die Pistole her? Und wie konnte er sich zuerst in den Kopf schießen, dann halbtot auf dem Strand liegen, wo seine Hand sich um die Steinchen krampft, um schließlich ins Wasser zu stürzen? Vielleicht hatte die aufgewühlte See ihn erfasst und weggespült.

Am späten Nachmittag machte er nicht den üblichen Spaziergang durch die Via XX Settembre Richtung Altstadt, sondern er holte das Auto aus der Garage. Seine schäbige Zweizimmerbude fehlte ihm jetzt schon, vor allem aber fand er idiotisch, dass er fast zwei Stunden pro Tag im Auto saß, um ins Büro und wieder nach Hause zu fahren. Wieder nahm er sich vor, eine Mietwohnung zu suchen, auch wenn in seinem Kopf die Idee herumspukte, die Wohnung von Großvater Mario in Mailand zu verkaufen, um etwas Ordentliches in Genua zu erwerben.

Auf dem Weg nach Hause hielt er an der Cala dei Genovesi, um noch einmal den Strand zu kontrollieren. Und er sah bestätigt, was er in Erinnerung hatte: Es gab dort Kieselsteine, sie waren allerdings viel größer als die aus Mariettos Faust. Außerdem war sowieso fast ausgeschlossen, dass das Meer ihn weggespült und an derselben Stelle wieder angeschwemmt hatte. Luciani musste ein bisschen weiter östlich nach einem Strand suchen. Eine Stelle, wo der Fischer sich in den Kopf geschossen hatte, wo er eine Weile mit dem Tod gerungen hatte und schließlich ertrunken war. Kompliziert. Vielleicht zu kompliziert. Aber ein Mord schien noch weniger plausibel. Wer hätte den alten Fischer töten sollen? Und warum?

Einundzwanzig
Ranieri
Zehn Monate zuvor

Ludovico Ranieri lag auf dem Bett, in einem Hotelzimmer auf Capri, das ihm eine Nacht gehört hatte. Unter den Gästen des Hotels war einst auch Paolina Bonaparte gewesen. Neben einer nicht unerheblichen Anzahl Studentinnen der Universität von M. Es war sündhaft teuer, dafür war die absolute Diskretion inklusive. Bevor er Elena heiratete, hatte er verschiedene Abenteuer gehabt, die letzten, als sie schon verlobt waren, aber nach der Hochzeit hatte er sich immer ordentlich betragen, er hatte nie zugelassen, dass seine kleinen Eskapaden ihre Ehe in Frage stellten. Zumindest bis zu Sabrinas verheerendem Auftritt. Nachdem das Mädchen ihn verlassen hatte, hatte Ludovico alles seiner Frau erzählt, vielleicht hoffte er unterbewusst, dass sie ihn in die Wüste schicken und zwingen würde, seinem Leben eine neue Wendung zu geben. Dieses bequeme Nest aufzugeben und wegzugehen, von vorn anzufangen, in Rom oder sonst wo.

Elena hatte ihm stattdessen verziehen. Es hatte Tränen gegeben, Drohungen, sie war mit Pauken und Trompeten ins Elternhaus zurückgekehrt, die Kinder im Schlepptau. Ludovico hatte sich von seinem Schwiegervater den Kopf waschen lassen müssen, mit Sätzen wie aus »Der Pate« (»Wenn du meine Tochter nicht glücklich machst, breche ich dir die Knochen« – »Wir sind Männer von Welt, wir alle haben unsere Abenteuer gehabt, aber man muss Diskretion walten lassen und darf es vor allem nie, aber auch niemals beichten« – »Sieh zu, dass du spurst, und dann werden wir dafür sorgen, dass du an der Universität die Bestätigung erfährst, die du verdienst, bald weht ein anderer Wind, und dann werden fähige Leute gebraucht werden«). Ein abgenudeltes, allzu bekanntes Drehbuch, das mit der Versöhnung endete, der Heimkehr nach Hause, dem Wiederaufflammen der Leidenschaft.

Er wollte nicht denken, dass diese fünf Jahre vergeudet waren. Lieber betrachtete er sie als fünf Jahre im Fegefeuer, nach denen er seinen Lohn bekommen hatte und wieder zum Tor des Paradieses vorgelassen worden war. Gennaro Fierro. Das war der entscheidende Name. Gennaro Fierro. Ludovico sagte ihn sich immer wieder vor, während er an die Decke des Hotelzimmers starrte. Nach langwieriger Recherche im Zeitungsarchiv war er endlich auf die richtige Meldung gestoßen. Am 15. Oktober 1968 hatte man die Leiche Gennaro Fierros in der Nähe der Insel Santo Stefano, vor Ventotene, gefunden. Getötet durch einen Messerstich und einen Gewehrschuss. Fierro war Bootsführer auf einem Fischkutter, der unter Schmuggelverdacht stand. Dies zumindest war die Vermutung, die die Carabinieri geäußert hatten, was andere Motive nicht ausschloss, auch private nicht: Rache, Eifersucht, Frauen. Der einzige Verdächtige war ein Fischer namens Giovanni Quondampietro, der für ihn gearbeitet hatte und seit der Tatnacht verschwunden war. Dies war der einzige Mordfall in Ventotene und Umgebung, der zur Erzählung seines Vaters passen konnte. Der »Messaggero« hatte den Fall einige Tage lang verfolgt und ihm dann immer weniger Platz gewidmet. Angesichts einer gewissen »Omertà« der Inselbewohner mussten die Ermittlungen zum Erliegen gekommen sein, oder vielleicht wusste allein der verschollene Matrose, wie die Sache sich wirklich zugetragen hatte, und die anderen hatten der Polizei schlicht nichts zu sagen. Nachdem Ludovico das Datum gefunden hatte, hatte er auch die Mikrofilme des »Mattino« durchforstet, war zügig bis ins Jahr 1973 vorgedrungen, aber auch dort stand nichts über den weiteren Verlauf der Ermittlungen. Schließlich hatte er sich geschlagen gegeben. Es war ja logisch, dass man den Schuldigen nicht gefunden hatte, wenn der Schuldige sein Vater war.

Niemand schien ihn jemals verdächtigt zu haben, sonst hätte Settimo nicht ausgerechnet am Tatort ein Haus gekauft, auch ein Jahr später nicht. Ludovico spürte, dass er auf der richtigen Fährte war. Er erinnerte sich auch daran, wie sein Vater urplötzlich sein Boot, die »Pinuccia«, verkauft, dafür ein anderes gekauft und sich so den Zorn seiner Frau zugezogen hatte, die er nicht einmal nach ihrer Meinung gefragt hatte. Als Kind hatte diese Geschichte ihn kein bisschen gekümmert, aber nun schien auch das ein wichtiges Indiz zu sein: Blut, das man auf einem Boot vergossen hat, bringt Unglück, und sein Vater war sehr abergläubisch gewesen.

Jetzt musste die ganze Geschichte mit äußerster Umsicht rekonstruiert werden, ohne Fehltritte. Er hatte ein Datum und einen Namen. Besser gesagt, zwei Namen. Er brauchte jemanden, der die Spuren dieser Personen verfolgen konnte, ohne Verdacht zu erregen. Er konnte sicher nicht die Polizei um Mithilfe bitten, und ebenso wenig seine politischen Freunde. Vielleicht den Bischof. Aber ihm gegenüber war das Kräfteverhältnis sowieso schon aus der Balance geraten. Sicher war nur, dass er in seiner Position nicht in Ventotene herumspazieren und Fragen zu einem vierzig Jahre alten Mordfall stellen konnte.

Er seufzte, wenn er an die Schönheit der Statue dachte, die an einem sicheren Ort ruhte. Pygmalion, König von Zypern, hatte sich in eine Statue verliebt, und er konnte ihn inzwischen verstehen, auch wenn er derzeit immer noch knackige und weiche Körper bevorzugte. Er drehte sich auf die Seite, lüftete das Laken und betrachtete die Silhouette von Sabrinas Körper. Um diesen als Meisterwerk zu deklarieren, fehlte nur die Signatur eines großen Künstlers.

Er näherte sich ihr, um den Duft ihrer Haare einzuatmen, legte eine Hand auf ihren Oberschenkel und streichelte ihn andächtig. Er war sicher, dass auch der erhabene Lysipp, wenn er den Gips modellierte, die Augen schloss und an die Kurven zurückdachte, die er in der Nacht zuvor liebkost hatte. Vielleicht bevorzugte auch der Bildhauer, wie sein Mentor, der Kaiser, die Knaben. Das waren dekadente Zeiten gewesen, wie übrigens auch die jetzigen, in denen sämtliche Grenzen verschwammen. Die Grenzen zwischen Staaten, die Grenzen zwischen den Geschlechtern, die Grenzen zwischen Gut und Böse. Was ihn anging, er hatte keine Angst, die Orientierung zu verlieren. Er wusste genau, was richtig und was falsch war, und die richtigste Sache überhaupt war diese scharfe junge Frau, dort in seinem Bett.

Als er zu ihr unter die Decke kroch, schob sie instinktiv ihren Po nach hinten und schmiegte sich an ihn. Der Kontakt mit ihrem warmen, duftenden Körper versetzte ihn sofort in Erregung. Der Gedanke lag natürlich nahe, dass sie nur aus Berechnung mit ihm zusammen war, weil sie eine Nutte war, weil er jetzt eine Machtposition innehatte. Aber was war, alles in allem, verkehrt daran? Wenn die Männer von der Schönheit angezogen wurden und die Frauen von der Macht, dann waren die Männer doch fein raus, denn Schönheit war eine Gottesgabe, während sich die Macht anstreben und durch Hartnäckigkeit erobern ließ, so wie er es getan hatte. Und erst jetzt wurde ihm bewusst, dass er es vor allem getan hatte, um sie, Sabrina, zurückzuerobern.

Er zog ihr den Slip aus und hörte sie im Halbschlaf winseln. Das konnte ein Protest sein oder die Aufforderung fortzufahren. Er optierte für Letzteres, schob eine Hand unter ihr schwarzes Seidentop und streichelte sanft ihren vollendeten, frisch getunten Busen. Er spürte, wie die Brustwarze zwischen seinen Fingern steif wurde. Sabrina seufzte, Ludovico ließ die Hand nach unten gleiten, um ihre Hüfte zu streicheln, dann den Schenkel, der gar nicht enden wollte. Er schob ihr Bein nach vorne und betrachtete von hinten die feuchte, leicht geöffnete Vagina. Sie war bereit, sie war immer bereit für ihn. In seinem Arbeitszimmer hatte er sich noch gefragt, was sie in jenen Jahren getan hatte, mit wem sie zusammen gewesen war, aber kaum hatten sie einander geliebt, war ihm das völlig gleichgültig geworden, denn es war, als wären sie nie getrennt gewesen. Die ganze Zeit hatte er, wenn er mit seiner Frau oder anderen Frauen schlief, immer nur an sie gedacht, und Sabrina musste es genauso ergangen sein. Er schob sein Bein unter das ihre, hob es ein wenig an, und nachdem er sie einige Sekunden stimuliert hatte, schob er ihn fest rein. Er hörte ein tieferes Seufzen und spürte, wie sie sich verengte, um ihn aufzuhalten. Doch das währte nur einen Augenblick. Sabrina war jetzt wach, sie stieß einen langen kehligen Laut aus, entspannte die Muskulatur und ließ ihn eindringen. Sie begannen sich langsam zu bewegen, bis sie den richtigen Rhythmus und die perfekte Position fanden.

»Verzeih, dass ich dich geweckt habe, aber ich habe es nicht mehr ausgehalten.«

»Ich weiß.«

»Wieso bist du so feucht? Wovon hast du geträumt?«

»Von dir. Davon, wie du mich nimmst.«

Sie schob die rechte Hand auf seinen Hintern und drückte, damit er noch tiefer in sie eindrang. Ludovico knetete wieder heftig ihre Brust.

»Und wo waren wir?«

»In Santo Stefano.«

»In Santo Stefano?«

»Ja. Im Gefängnis. Du warst ein Wächter. Du hast mich gezwungen und mich von hinten genommen.«

Sie löste sich von ihm und erhob sich in den Vierfüßlerstand, bot ihm den Anblick ihres runden Hinterns und der Biegung ihres Rückens, die einem Sprungbrett glich, das ihn in den Himmel katapultieren würde, und danach in den Abgrund.

»Ja, so ist's genau richtig, du Nutte.«

»Nein. Bitte, ich will nicht!«

»Und ob du willst. Denk dran, hier bestimme ich«, sagte er und drang mit einem einzigen Stoß bis zum Anschlag ein. Sie schnappte nach Luft.

»Du kannst mich dazu zwingen, aber du wirst mir keine Lust bereiten.«

Ludovico erhöhte die Schlagzahl. »Und ob ich das werde. Wollen wir wetten, dass ich es schaffe?« Sabrina stieß ein langes »Ooo« aus, und als sie spürte, dass er gleich kommen würde, tastete sie schnell mit der Hand nach seinen Hoden und drückte sie, damit sie sich leichter entleeren konnten. Sie dachte, dass es wirklich schien, als wären diese fünf Jahre nie vergangen, sie hielt ihn heute genau wie damals an den Eiern.

Zweiundzwanzig
Luciani
Genua, heute

Wieder im Büro, rief Marco Luciani einen Experten für Meeresströmungen an, mit dem er früher schon zusammengearbeitet hatte. Dieser bestätigte, was Luciani bereits vermutet hatte, und zwar, dass eine Leiche, die in der Gegend von Rom ins Wasser gefallen war, auf keinen Fall an einem Strand in Ligurien landen konnte. Und schon gar nicht innerhalb weniger Tage. Er sagte, im fraglichen Gebiet könne eine Leiche etwa 15 bis 20 Kilometer am Tag zurücklegen, was bedeutete, dass Marietto, wenn er zwischen 24 und 36 Stunden im Wasser gewesen war, auch auf der Höhe von Sestri Levante ins Meer gestürzt sein konnte. Aber natürlich hing das alles von den Strömungen und dem Wellengang ab. Dann rief er die Wetterwacht an und ließ sich die Daten für Ligurien zum 28., 29. und 30. Dezember schicken. In der Nacht vom 29. auf den 30. hatte es Seestärke vier gegeben, das bedeutete, die Dünung hatte den Strand so weit überspült, dass sie einen wehrlosen Körper hätte fortschwemmen können.

Nach der Auskunft vom Wetteramt rief er Inspektor Valerio an, seinen Freund in Rom.

»Ciao, Vale, wie läuft's? Neuigkeiten zu dem Mädchen?«

»Hey, Meister Lucio. Hier ist die Kacke am Dampfen. Die Richterin hat gerade den Neger rausgelassen. Meint, wir hätten keine Beweise. Beweise wofür denn, frage ich da nur. Dass du 'ne Arschgeige bist? Der war in ihrer Wohnung und hat mehr Spuren hinterlassen als eine Wildschweinherde, wovon labert die eigentlich?«

»Wo liegt denn das Problem?«

»Das Problem ist, dass diese Schlampe von Richterin es sich von dem Neger besorgen lassen will, das sage ich dir. Die weiß nicht, dass der 'ne Schwuchtel ist.«

»Komm, wenn er schwul ist, warum hätte er sie dann umbringen sollen?«

»Weil er es nicht gebracht hat, sie richtig zu pimpern, und er wollte nicht, dass sie das in der Gegend herumposaunt.«

Das sagte alles: Marco Luciani wusste jetzt, dass sie in Wahrheit nichts in der Hand hatten, weder die Tatwaffe noch das Motiv. Theoretisch hatte der Kerl Zeit und Gelegenheit gehabt, sie zu töten, aber wenn man weder die Umstände noch die Beweggründe kannte, konnte man ihn kaum in Haftverwahrung lassen.

Valerio wetterte weiter gegen die Richterin: »Die fragt mich: ›Wo ist die Tatwaffe?‹ Ja Scheiße noch eins, was weiß ich, wo er die hinhat? Der hatte Zeit genug, sie auf den Mond zu schießen. Und was soll ich da machen? Mich aufs Fahrrad setzen und zum Mond fahren?«

»Und das Motiv?«

»Und das Motiv, das wird er schon wissen, nicht ich. Ist doch verdammt noch mal seine Sache, warum er sie gekillt hat, das soll *er* uns mal sagen.«

»Okay, Vale, wenn es mal bei der Polizei nicht mehr so gut läuft für dich, dann sehe ich für dich eine große Zukunft als Untersuchungsrichter«, lachte Marco Luciani.

»Scheiß drauf, und ob es hier gut läuft für mich. Aus meiner Sicht funktioniert die Sache so: Du warst am Tatort, ich hab dich erwischt und eingebuchtet, und wenn du jetzt wieder rauswillst, dann erzählst du mir alles von A bis Z. Nicht, dass ich mir jetzt auch noch 'ne Geschichte ausdenken muss, und wenn sie irgendwo hakt, bist du aus dem Schneider!«

»Hör mal, was sagt denn der Obduktionsbericht?«

»Dass das Mädchen schwanger war.«

»Au weh! Das ist ein sauberes Motiv.«

»Wohl. Nur für wen? Bei der war so oft Stoßzeit wie auf der Ringautobahn.«

»Und weiter?«

»Weiter ist diese Pistole komisch. Ein altes Schießeisen. Zumindest den Kugeln nach zu urteilen. Kaliber 7,63: Schrott, vielleicht noch aus dem Zweiten Weltkrieg. Dieser Hungerleider, der hat sich noch nicht mal 'ne anständige Knarre besorgt.«

Marco Luciani schwieg.

»Hör mal«, sagte er nach einer Weile, »würdest du mir ein paar Bilder von dem Mädchen schicken? Von vor ihrem Tod, meine ich.«

»Wozu brauchst du die denn? Für Reibeschwänzchen?«

»Nein, nur aus Neugierde.«

Er saß im Selbstbedienungsrestaurant in der Nähe der Dienststelle, als plötzlich Livasi mit einem voll beladenen Tablett vor ihm stand.

»Chef. Ich wollte gerade einen Happen essen. Stört dich doch nicht, wenn ich mich setze, oder?«

»Natürlich«, sagte Marco Luciani, womit er eigentlich meinte, dass es ihn natürlich störte, aber Livasi verstand das Gegenteil und setzte sich.

Verblüfft betrachtete der Vizekommissar Lucianis Tablett, auf dem sich ein kleiner Salat, ein genauso kleiner Obstsalat, eine Flasche Mineralwasser und ein Brötchen befanden. Auf seinem standen Pasta Bolognese, Braten mit Soße, Ofenkartoffeln, ein Stück Schokoladentorte und eine große Cola.

»Machst du 'ne Diät, Chef?«

»Ich esse grundsätzlich wenig, in letzter Zeit aber noch weniger. Ich war bei einer Wunderheilerin, und die meinte, ich solle mich auch bei Pasta und Brot zurückhalten.«

»Ach so, die Schleim-frei-Diät.«

»Die was?«, fragte Marco Luciani mit schiefem Gesicht.

»Ja, die hat heute vielleicht einen anderen Namen, aber es ist immer noch dieselbe, eine berühmte Diät aus dem neunzehnten Jahrhundert. Man versucht dabei, alle Speisen auszuschalten, die sich an der Darmwand festsetzen, uns aufblähen und schwächen, weil sie die korrekte Aufnahme der anderen Speisen verhindern. Der Weizen ist der Hauptverantwortliche dafür«, sagte er und wickelte rund fünfzig Gramm Nudeln mit der Gabel auf, »er enthält viel Gluten, das kommt von *glue*, Leim. Wusstest du, dass man an den Darmwänden von Toten manchmal bis zu drei, vier Kilo Schleim findet, der da klebt? Ein bisschen wie das Karamell im Marsriegel, kannst du dich an den erinnern?«

»Mhhh … Ein wunderbares Bild, danke für diese Assoziation. Meine Kindheitserinnerungen werden nicht mehr dieselben sein.«

Livasi lächelte und kaute genüsslich seine Pasta.

»Hast du nie von den Hollywoodstars gehört, die sich irgendein Gemisch in den Darm schießen lassen, um abzunehmen? Das macht nichts anderes, als den Leim aufzulösen. Deshalb nimmst du so schnell ab, wenn du auf Brot und Pasta verzichtest.«

»Ich muss aber nicht abnehmen. Ich muss höchstens zunehmen.«

»Wenn du die Darmwände befreist, können sie die Nährstoffe wieder aufnehmen. Und du kannst Speck ansetzen.«

Marco Luciani aß schnell seinen Salat und das Brötchen auf, nahm dann den Obstsalat zu sich, um schließlich gut zwanzig Minuten lang der Spachtelei seines Stellvertreters zuzusehen.

»Übrigens«, sagte Livasi, ehe er die Torte in Angriff nahm, »Dionigi hat angerufen, um dir zu sagen, dass sie Rissos Blut untersucht haben, und …«

»Und ...?«

»Keine Spuren von Alkohol. Auch nicht von Drogen.«

Der Kommissar hatte das Gegenteil gehofft, maß dem Ganzen aber nicht allzu viel Aussagekraft bei. Er zog seine Schlussfolgerungen, die er schließlich laut wiederholte. »Es ist also ausgeschlossen, dass er sich Mut angetrunken hat, um sich zu erschießen. Aber auch, dass man ihn betäubt hat, um ihn zum Beispiel zu berauben, oder dass man ihn vergiftet hat. Und trotzdem schmeckt mir dieser Kopfschuss nicht.«

»Wenn er dir nicht schmeckt, dann mach weiter. Mörder müssen rational vorgehen, dürfen nichts Unüberlegtes tun. Ein guter Ermittler muss sich dagegen immer auf seinen Instinkt verlassen.«

Marco Luciani dachte genauso darüber, aber es nervte ihn, das aus Livasis Mund zu hören.

Es gab da irgendetwas, was er übersah. Etwas, das verhinderte, dass er das Gesamtbild erkannte. Und in solchen Momenten hätte er, statt eines nervigen karriweregeilen Arschkriechers, der ihm immer recht gab, lieber seinen Vize Giampieri an seiner Seite gehabt. Dessen sarkastische Bemerkungen fehlten ihm, die Art, wie er immer für Erdung sorgte. Nicola hätte gesagt, Marco solle Phantasie und Instinkt vergessen und sich lieber mal genau die einzelnen Pinselstriche anschauen, anstatt nur vage nach dem Gesamtbild zu schielen. Denn so erkannte man Fälscher: an einem kleinen Strich, der aus der Reihe tanzte. An einem Farbton, der auf einem industriell gefertigten Pigment basierte, das es zur Zeit des Künstlers noch gar nicht gegeben hatte. Die Stümper verrieten sich schon durch ihr Weiß, andere durch das Rot. Wiederum andere durch ihr Blau.

Dreiundzwanzig
Ranieri
Neun Monate zuvor

Sie gingen hinunter ins Souterrain, und Ludovico Ranieri trat an den riesigen Kamin, der einen Großteil der Längswand einnahm. Als er klein war, hatte er einmal gefragt, ob sie nicht Feuer darin machen könnten, aber sein Vater hatte geantwortet, der Kamin sei nur Attrappe, sei nur aus ästhetischen Gründen da. In Wahrheit gab es einen Abzugsschacht, der jedoch durch eine Eisenluke verschlossen war. Ludovico hatte einige Jahre zuvor entdeckt, dass diese Luke wie ein Lastenaufzug auf und ab fahren konnte, und zwar mit beachtlicher Beladung. Ludovico nahm eine Abdeckung von der Wand, die nach Sicherungskasten aussah, hinter der sich in Wahrheit aber ein Schalter verbarg. Er hielt ihn gedrückt, und die Bronzestatue schwebte durch den Kamin herab wie der Weihnachtsmann.

»Dieses Versteck habe ich vor vielen Jahren durch Zufall entdeckt«, sagte er und strahlte die Skulptur mit der Taschenlampe an. »Ich wusste nicht, wozu es gut war, aber ich glaube, es wurde extra für sie hier eingerichtet.«

»Ist es nicht unvorsichtig, sie hierzubehalten?«

»Nur ganz wenige wissen, wo sie ist. Und keiner von denen wird etwas sagen.«

»Wie willst du da so sicher sein?«, fragte Sabrina.

»Sie können nicht. Sie alle sind an das Beichtgeheimnis gebunden.«

Armer Spinner, dachte sie. Du glaubst tatsächlich noch, dass die Priester sich daran halten!

Ludovico verbeugte sich leicht vor der Statue. »Göttin

der Gerechtigkeit, ich stelle Ihnen eine Freundin vor: Sabrina Dongo.«

Das Mädchen stand lange schweigend und bestaunte die vollendeten Formen der Statue. Alles an ihr drückte Anmut und Harmonie aus. Sie gab dem Betrachter das Gefühl, ihr niemals das Wasser reichen zu können, aber gleichzeitig entfachte sie in ihm den Wunsch, so zu werden wie sie. Unglaublich, wie ausdrucksstark sie war, obwohl sie doch kein Gesicht hatte.

»Sie ist ... wunderschön, Ludovico. Ich weiß nicht, was ich sonst sagen soll. Wunderschön. Darf ich sie ... anfassen?«

Er nickte. »Vorsichtig.«

Sabrina berührte mit ihren Fingerspitzen die der Statue und schloss die Augen. Sie strich sanft über das Handgelenk, den schwarzen, glatten Unterarm.

»Wann wirst du den Fund melden?«

»Darüber muss ich mir noch Gedanken machen. Vorher will ich sicher sein, dass es keine Zeugen für diese alte Geschichte mehr gibt. Genau deshalb brauche ich dich.«

»Und der Kopf?«

»Was meinst du?«

»Wo ist der Kopf geblieben?«

»Wer weiß. Ich glaube, der wurde nie gefunden. Andernfalls wüssten wir davon.«

»Er könnte folglich noch im Wasser liegen oder auf der Insel«, sagte sie und legte ihre Hand auf die Hüfte der Statue.

»Vielleicht. Die Skulptur hat so schon einen unschätzbaren Wert, wenn wir aber auch noch den Kopf finden würden ...«

»Was gibst du mir?«, flüsterte Sabrina. Ihre Finger verweilten einen Moment andächtig auf der Brust der Statue, dann knöpfte sie sich die Bluse auf.

»Wie?«

»Was gibst du mir, wenn ich den Kopf für dich finde?«

Er lachte laut auf. »Wir wissen ja nicht einmal, ob er existiert. Vielleicht ist er schon vor Jahrhunderten zerstört worden. Womöglich hat Lysipp selbst ihn weggeworfen, weil er ihm nicht gefiel.«

Sie drehte sich um. »Oder weil eine hirnlose Frau ihm besser gefiel. Bei euch Männern ein Klassiker.« Ludovico lächelte und trat auf sie zu. Brüste aus Marmor, Brüste aus Bronze. Sabrinas weißer Körper neben dem dunklen der Statue erregte ihn.

»Hm-hm«, sagte sie und hielt seine Hände fest, »zuerst antwortest du auf meine Frage.«

»Okay«, seufzte er, »wenn du den Kopf findest und ich ins Parlament gewählt werde, dann werden wir genug Geld haben, um alles hinter uns zu lassen. Um gemeinsam ein neues Leben anzufangen.«

Vierundzwanzig
Luciani
Camogli, heute

Der Kommissar lud gerade seine Einkäufe in den Kofferraum, als er aus dem Augenwinkel eine Nonne sah, die direkt auf ihn zuzusteuern schien. Er achtete nicht weiter darauf und räumte seine Tüten ein, aber als er den Kofferraumdeckel zuschlagen wollte, stand sie plötzlich neben ihm und schaute ihn mit dieser für Schwestern typischen Miene an, in der sich Verständnis, Eifer und Vorwurf mischen.

»Commissario Luciani?«

Er nickte. »Der bin ich.«

»Ich bin Schwester Maura. Die Direktorin des San-Luigi-Heims. Wir haben neulich am Telefon miteinander gesprochen. Haben Sie fünf Minuten Zeit?«

Der Kommissar dachte an die Milch und die Tiefkühlkost, die sofort nach Hause in den Kühlschrank mussten.

»Sicher. Was gibt es?«

»Haben Sie etwas dagegen, wenn wir an einen … gemütlicheren Ort gehen? Wir könnten einen Kaffee trinken.«

Er ließ sie ins Auto einsteigen. Sollte er sie zum Abendessen einladen? Dann hätte er seine Sachen in den Kühlschrank räumen können. Vielleicht aber gehörte es sich für eine Schwester nicht, einen Mann nach Hause zu begleiten, und er wollte sie nicht in Verlegenheit bringen. Er beschloss, hinunter in den Ort zu fahren, parkte bei den Theatern, und als sie schon an der Tür zum Bahnhofslokal waren, sagte die Schwester: »Ein Stück weiter gibt es eine viel nettere Bar, mit Tischen im Freien. Wollen wir nicht das schöne Wetter ausnutzen, was meinen Sie?«

Marco Luciani hatte seit seiner Kindergartenzeit nicht mehr mit Nonnen zu tun gehabt. Er konnte sich an eine erinnern, die ihn bis nachmittags um vier vor einer zur Hälfte aufgegessenen Portion Leber hocken ließ. Eine andere verbiesterte alte Hexe hatte seine Unterhose mit einer Drahtbürste geschrubbt, nachdem er beim Faschingsfest hineingepinkelt hatte.

Der Kommissar bestellte ein Lemonsoda, Schwester Maura »einen Marocchino mit viel Schaum«, was ihm ein Lächeln abrang. Er betrachtete sie genauer. Da man die Haare nicht sah, konnte man ihr Alter schlecht schätzen, aber sie musste wohl zwischen fünfzig und sechzig sein. Das weiße Gewand sah frisch gewaschen und gebügelt aus, die Brille war kein Kassengestell aus den Siebzigern, sondern etwas Anspruchsvolleres, und Schwester Maura trug auch nicht die typischen Gesundheitsschuhe, sondern ein Paar klassisch-elegante schwarze Slipper.

»Die Sonne ist die schönste Gottesgabe, meinen Sie nicht? Und erst recht im Januar ... Wir haben wirklich Glück, dass wir hier leben«, sagte die Schwester und genoss jeden Löffel ihres Marokkaner-Schaums.

»Stimmt«, sagte Marco Luciani, der das Lemonsoda auf ex gekippt hatte und so schnell wie möglich wegwollte.

»Ich habe heute Morgen versucht, Sie auf der Dienststelle zu erreichen, Commissario, später bei Ihrer Mutter. Sie hat mir gesagt, wo ich Sie finden könnte, und da der Supermarkt direkt unter unserer Einrichtung liegt ...«

»Schon gut. Was gibt es denn so Dringendes, Schwester?«

»Ich weiß, dass Sie Marietto persönlich kannten.«

»Ein bisschen, vom Sehen. Er war mit meinem Vater befreundet.«

Die Schwester nickte. »Ich kann mich gut an Ihren Vater erinnern. Ein anständiger Mann, großzügig, stets bereit, einem Bedürftigen zu helfen.«

Marco Luciani fragte sich, ob sie von derselben Person sprachen.

»Jedenfalls, Commissario, ich habe mir erlaubt, Sie zu stören, weil unsere Gäste seit dem Unglück, das Herrn Risso, also Marietto, widerfahren ist, sehr aufgeregt sind. Sie haben Angst, schlafen schlecht und verweigern das Essen. Sie streiten. Die Alten sind wie Kinder, jede noch so kleine Veränderung in ihren Gewohnheiten bringt sie aus der Fassung. Und Mariettos Tod war weit mehr als eine kleine Veränderung.«

»Sicher. Aber wie könnte ich …«

»Seit in den Zeitungen etwas von einer Schussverletzung stand … Ich weiß nicht, wie und warum, aber unter ihnen hat sich das Gerücht verbreitet, dass Marietto nicht … selbst Hand an sich gelegt hat, sondern dass jemand ihn ermordet hat. Ich habe versucht, sie zu überzeugen, dass das absurd ist, dass es niemanden geben konnte, der ihm Böses wollte. Einem so lieben Menschen, immer hilfsbereit, immer freundlich. Aber sie hören nicht auf mich. Inzwischen kursieren die unglaublichsten Geschichten.«

»Zum Beispiel?«

»Ach, alte Geschichten vom Krieg, von den Partisanen, von Racheakten. Aber auch von eifersüchtigen Ehemännern, stellen Sie sich mal vor! Heute Morgen schließlich hat das Gerücht die Runde gemacht, es gehe ein Serienmörder um, der es auf Rentner abgesehen habe, und alle sind vollkommen verängstigt. Einige wollen nicht einmal mehr hinaus in den Garten. Deshalb habe ich gedacht, wenn Sie kommen und sie ein wenig beruhigen könnten, wenn Sie ihnen sagen würden, dass sie nichts zu befürchten haben …«

Marco Luciani hatte nicht die geringste Lust, den Babysitter für Tattergreise zu spielen.

»Gut, Schwester. Ich werde Ihnen einen meiner Beamten schicken, Sie werden sehen …«

Die Nonne sah ihn vorwurfsvoll an. »Entschuldigen Sie, wenn ich insistiere, aber die Beamten sind bereits da gewesen und haben alle in helle Aufregung versetzt. Wenn Sie persönlich kommen würden, Herr Kommissar, wäre das etwas ganz anderes.«

Marco Luciani dachte an den stets hilfsbereiten Marietto und an seinen Vater, der, zumindest anderen gegenüber, so generös gewesen war. Konnte er sich da gegenüber dieser braven Frau und ihrer Rentnertruppe wie ein Schuft benehmen?

»Einverstanden, Schwester. Ich komme so bald wie möglich vorbei. Morgen früh, spätestens übermorgen.«

»Oh, Sie sollten das besser nicht aufschieben, Herr Kommissar. Wir sind praktisch schon da. Sehen Sie diese Treppe? Das Heim liegt gleich oberhalb. Zehn Minuten mit meinen alten Beinen, fünf mit ihren. Der Ausblick ist traumhaft, es lohnt sich.«

Das tapfere Nönnlein war stur wie ein Leutnant der Marines. Der Kommissar setzte ein gezwungenes Lächeln auf und gab sich geschlagen.

Die Alten hatten sich im Fernsehsaal versammelt. Aller Augen, zumindest die nicht vom Grauen oder Grünen Star getrübten, musterten Marco Luciani misstrauisch.

»Vor ein paar Tagen«, begann der Kommissar, »ist einer Ihrer Mitbewohner, Ihrer Freunde unter tragischen Umständen verschieden. Ich kannte Marietto, wenn auch nicht so gut wie Sie, und was ihm zugestoßen ist, hat mich ehrlich berührt. Hinter seinem Tod verbirgt sich aber kein Mysterium. Wäre das Gegenteil der Fall, wüsste das niemand besser als ich, da ich die Ermittlungen leite.«

»Haben Sie denn die Obduktionsergebnisse vorliegen?«, fragte ein Heimbewohner aus der letzten Reihe.

»Sicher. Ich selbst hatte die Untersuchung angeordnet,

um auch den leisesten Zweifel auszuräumen. Aber ich wiederhole, es gibt nicht das geringste Verdachtsmoment.«

Der Alte ließ nicht locker: »In den Zeitungen steht, dass er sich erschossen hat. Und dass er eine Schädelverletzung hatte. Am Anfang dagegen hieß es, er wäre ertrunken. Wenn das kein Verdachtsmoment sein soll ...«

Der Vater von Ellery Queen, der hat uns gerade noch gefehlt, dachte Marco Luciani und lächelte ihn weiter an.

»Vermutlich ist sein Kopf gegen einen Felsen geschlagen, als er bereits tot war. Die Obduktion hat bestätigt, dass Herr Risso ertrunken ist. Wir gehen davon aus, dass er sich ... in den Kopf geschossen hat und dann ins Meer gestürzt ist. Es gibt keinen Grund anzunehmen, dass er ermordet wurde.«

»Ach nein? Und woher hatte er die Pistole?«

»Es ist leider nicht schwierig, sich eine Pistole zu beschaffen.«

»Und wo ist sein Parka hingekommen?«, fragte der Krakeeler.

»Welcher Parka?«

»Als er von hier aufgebrochen ist, trug er seinen Parka. Als er gefunden wurde, war er nicht mehr da. Wo hat er ihn ausgezogen? Und warum?«

Er sprach in einem Ton, als hätte er ein verblödetes Kind vor sich, und Marco Luciani schwoll allmählich der Kamm. Wenn der Alte mit harten Bandagen kämpfen wollte, bitte schön.

»Ich verstehe«, sagte er in sarkastischem Ton. »Gut, dass Sie mir das gesagt haben. Jetzt bin ich sicher, dass es sich nicht um Suizid, sondern um Mord, um Raubmord handelt. Man hat ihn umgebracht, um ihm den Parka zu stehlen.«

Ein beleidigtes Gemurmel ging durch die Reihen.

»Wenn ihr so mit der Hilfestellung eurer Steuerzahler verfahrt ...«

»Sag ihm das mit dem Deutschen.«
»Mit wem?«
»Mit dem Nazi.«
»Dem Ratzi?«
»Dem NAZI!«

»Ach ja, genau. Sie würden sich Ihren ironischen Ton verkneifen, wenn ich Ihnen sagte, dass just vor einer Woche ein Naziverbrecher im Ort gesehen wurde.«

»Wer soll das sein?«, fragte Luciani mit aufrichtiger Neugierde.

»Den Namen weiß ich nicht. Aber die Lina hat ihn wiedererkannt, es war einer von den Partisanenjägern, einer von diesen Schweinen. Lina, sag's ihm, dem Kommissar.«

Alle drehten sich zu einer alten Frau um, die über einem Auge ein Pflaster trug und deren Gesicht zur Hälfte von einer furchtbaren Krankheit gezeichnet war.

»Ja, ja, genau so ist es. Ich habe ihn nicht gesehen, aber meine Enkelin, die mit dem Kiosk, die hat ihm eine deutsche Zeitung verkauft. Sie hat mir auch gesagt, wie die Zeitung hieß, ich habe es hier aufgeschrieben, damit ich es nicht vergesse«, sagte sie und suchte die Taschen ihres Hausmantels ab, bis sie endlich einen Zettel hervorzog. »›Di Zait‹, genau, ›di Zait‹.«

Marco Luciani verdrehte die Augen. »Ihrer Meinung nach ist also dieser – mindestens neunzigjährige – Deutsche nach Camogli in den Urlaub gekommen, hat in Marietto zufällig den ewig flüchtigen Partisanen wiedererkannt, den sie jahrelang erfolglos gejagt hatten, hat sich mit ihm am Strand zum finalen Showdown verabredet und ihn erschossen.«

Der Tonfall des Kommissars war sarkastisch gewesen, aber die Rekonstruktion schien die Alten in Fahrt zu bringen. »Ja, das ist möglich.« – »Klar.« – »Genau so war es, ja, genau so.« – »Er hat ihn mir umgebracht, dieser alte Hurensohn, ja, das hat er!«, sagte einer der Ältesten und erhob sich mit geballter Faust. »Ich sorge dafür, dass ihm dasselbe Schicksal zuteilwird wie seinen faschistischen Freunden.«

Ein anderer Bewohner stand auf und schwenkte nun seinerseits den Stock. »Warum, was für ein Schicksal hast du den Faschisten denn zuteilwerden lassen, du feiger Ziegenpeter! Der du dich in die Berge verkrochen hast, damit du nicht nach Russland musst?«

Kurz darauf brüllten alle aus vollem Hals. Schwester Maura versuchte vergebens, ihre Schäfchen zu beruhigen, und warf Luciani einen flammenden Blick zu. Der Kommissar musste seine ganze Autorität einsetzen, um wieder für Ordnung zu sorgen. Dann fragte er, wer mit Risso das Zimmer geteilt habe. Und als Gaetano schüchtern die Hand hob, bot er ihm den Arm und ließ sich zu den Schlafräumen führen.

Fünf Minuten später saß der Kommissar auf Mariettos Bett, während Gaetano ihn vom Lager gegenüber anlugte wie ein Dackel, den man auf dem Autobahnrastplatz ausgesetzt hat.

»Die Direktorin hat mir gesagt, dass Marietto an den Feiertagen krank war.«

»Ja, kurz vor Weihnachten. Er hatte Verdauungsprobleme. Merkwürdigerweise, der verträ... vertrug sonst nämlich alles, ich nannte ihn immer ›Stahlranzen‹.«

Der Glückliche, dachte Marco Luciani, ich bin nur halb so alt und kann gar nichts essen. Das Brötchen vom Vortag hatte ihn fast umgebracht. Aber das war nur Einbildung, wiederholte er sich stumm, alles nur Einbildung.

»Die Direktorin hat mir außerdem gesagt, dass er in letzter Zeit sehr aufgeregt war. Vielleicht hatte ihm das auf den Magen geschlagen.«

»Mag sein. Er redete die ganze Zeit von Verschwörungen, von Faschisten. Er behauptete, sie verfolgten ihn. Er werde beschattet. Aber er kam mir nicht verängstigt vor, sondern ... erschüttert und gleichzeitig erregt. Als hätte er ein Gespenst gesehen. Wissen Sie, mir ist das auch einmal passiert, mit meiner armen Mama, kurz nach ihrem Tod. Ich war im Wohnzimmer, hatte mich zum ersten Mal in ihren Sessel gesetzt ...«

Marco Luciani seufzte, ließ ihn aber seine Geschichte zu Ende erzählen und lauschte artig mit geheucheltem Interesse. »Entschuldigen Sie«, sagte er schließlich, »wo bewahrte Marietto eigentlich seine Pistole auf?«

Der Alte riss die Augen auf, schaute instinktiv zum Spind und senkte dann gleich wieder den Blick. Die Frage hatte ihn überrumpelt.

»Welche Pistole?«, stammelte er.

Marco Luciani sah ihn an, als wollte er sagen: »Lassen Sie uns nicht unnötig Zeit verlieren!« Gaetano schwieg eine Weile, stieß einen tiefen Seufzer aus und entschloss sich schließlich zur Beichte.

»Ich musste ihm schwören, dass ich es niemandem sage. Aber inzwischen ... Ja, Marietto hatte eine Pistole. Als ich sie das erste Mal sah, traute ich meinen Augen nicht. Eines Abends war ich runter in den Fernsehraum gegangen, er kam fast nie mit, er mochte das Fernsehen nicht. Oder vielleicht mochte er lieber allein sein. Was will man machen, die Einsamkeit ist schlimm, aber wenn man nie einen Augenblick zum Alleinsein hat ... Zum Beispiel, als ich beim Militär war ...«

»Die Pistole, Signor Gaetano.«

»Ach ja, entschuldigen Sie. Wie gesagt, ich bin noch einmal hoch ins Zimmer, weil ich meine Brille vergessen hatte, und da sehe ich ihn am Tisch, wie er die Pistole ölt. Eine von diesen alten, wie aus dem letzten Weltkrieg, aber sie sah aus, als wäre sie absolut funktionstüchtig.«

»Und er, was tat er?«

»Nichts, er sagte nur, sie sei ein Souvenir, nein, eine Trophäe, und er wolle sie gerne sauber halten. Als ich ihm sagte, er sei nicht recht bei Trost, es könne gefährlich sein, sie hierzubehalten, meinte er, ich brauche mir keine Sorgen zu machen, sie sei nicht geladen. Ich kann mich nicht mehr an den genauen Wortlaut erinnern, aber aus seiner Bemerkung ging hervor, dass er die Patronen irgendwo anders aufbewahrte.«

»Und wo bewahrte er die Pistole auf?«

»In seinem Spind, fein säuberlich in ein Stück Hirschleder und ein Wachstuch gewickelt.«

Der Kommissar stand auf und ging zum Spind.

»Sie brauchen gar nicht reinzuschauen. Sie ist nicht mehr da. Und das Geld ist auch weg. Dafür hat er dauernd das Versteck gewechselt.«

»War es viel?«

»Ich glaube, rund tausend Euro, höchstens. Seine gesamten Ersparnisse.«

Jetzt schwieg Marco Luciani. Dieses Unbehagen, das er im Obduktionssaal angesichts der Leiche des alten Fischers gespürt hatte, war wieder da, nur viel stärker. Eine Pistole. Tausend Euro. Vielleicht wollte er die der Nichte bringen, damit sie ihm verzieh. Oder um sie ihr zu überlassen, ehe er sich umbrachte.

»Wissen Sie, warum wir alle so aus dem Häuschen sind?«, fragte Gaetano. »Weil wir Marietto kannten und er nicht der Typ war, der sich umbringt.«

Marco Luciani machte eine Grimasse, und der andere kam seinem Einwand zuvor. »Ich weiß, Herr Kommissar. Wahrscheinlich ist das ein Satz, den alle Freunde und Verwandten von Selbstmördern anbringen. In diesem Fall ist es aber wahr, glauben Sie mir. Marietto hatte nie und nimmer einen Grund, Schluss zu machen. Klar, er war alt, aber auf die Idee, dass man sich deswegen umbringen könnte, kommen nur junge Leute. Wenn du erst so weit bist, dann klammerst du dich an jedes bisschen Leben, das dir noch bleibt.«

Sie schwiegen eine ganze Weile. Der Kommissar trat ans Fenster, und Gaetano schien seine Gedanken zu lesen.

»Hier ist sogar die Aussicht deprimierend. Wer mehr bezahlt, hat ein Zimmer mit Meeresblick, wer sich das nicht leisten kann, wie wir, schaut auf den Parkplatz. Signor Commissario, wenn aber stimmt, dass zumindest der Tod uns alle gleichmacht, dann bitte ich Sie, diesen Fall zu betrachten, als wäre ein Mann im besten Alter zu Tode gekommen, oder sogar ein achtzehnjähriger Bengel.«

Marco Luciani drehte sich um. »Wie können Sie unterstellen ...« Doch die Worte blieben ihm im Hals stecken, als er sah, dass Gaetano weinte. Tränen der Ohnmacht, der Einsamkeit, der Scham über die eigene Lage. Dieser alte Mann bat ihn um Hilfe, er erniedrigte sich, damit seinem Freund Gerechtigkeit widerfuhr.

»Signor Gaetano«, sagte er und trat ans Bett, »die Ermittlungen sind nicht abgeschlossen, und sie werden es nicht sein, bis wir nicht hundertprozentig sicher sind, dass es ein Unglück war. Ich werde weitere Nachforschungen anstellen. Sie müssen mir aber alles sagen, was mir weiterhelfen kann. Diese Nichte zum Beispiel. Was ist sie für ein Typ? Können Sie sie beschreiben?«

Nur noch wenige Meter trennten Marco Luciani vom Ausgang des Altersheims und damit von der frischen Luft, nach der er sich sehnte, seit er eingetreten war. Er hoffte, dass die Tüte mit der tiefgekühlten Minestrone noch kalt genug war, um sie sich auf die Stirn zu packen und damit den brutalen Kopfschmerz zu lindern, der ihn befallen hatte. Was habe ich heute gefrühstückt?, überlegte er. Einen

Espresso und zwei Kekse. In den Keksen ist Weizenmehl. Einbildung, sagte er sich, alles nur Einbildung.

»Signor Commissario, auf ein Wort, wenn Sie gestatten?«

Er drehte sich um, entschlossen, sich nicht aufhalten zu lassen. Eine kurios aufgemachte Alte, um den Hals einen Seidenschal und einen Turban auf dem Kopf, hatte sich in gekünsteltem Tonfall an ihn gewandt. Nun schaute sie ihn mit halb zusammengekniffenen Augen an, als wollte sie seine Seele ergründen.

»Bitte.«

»Es handelt sich um eine höchst vertrauliche Angelegenheit. Wenn Sie einen Moment mit auf mein Zimmer kommen könnten ...«

»Nun, offen gestanden wollte ich gerade gehen. Ist es dringend?«

Die Frau sah ihn abschätzig an. »Das müssen Sie selbst beurteilen. Wollen Sie Mariettos Mörder finden oder nicht?«

Juhu, die nächste Irre, dachte der Kommissar. »Weshalb glauben Sie, dass er ermordet wurde?«

Die Alte lachte kurz und trocken auf. »Ich glaube es nicht, ich weiß es. Und ich hatte ihn auch gewarnt, dass er an Sankt Stephan sterben würde. Er hat aber nicht auf mich gehört. Egal, wenn die Sache Sie nicht interessiert ...«, sagte sie, machte auf dem Absatz kehrt und wandte sich der Treppe zu.

Okay, lassen wir auch das noch über uns ergehen, sagte sich der Kommissar und hielt ihr den Arm hin, um ihr die Stufen hinaufzuhelfen. Sie lehnte sich mit dem ganzen Oberkörper gegen ihn und lächelte schmachtend: »Ach, wie lange schon habe ich keinen Mann mehr mit aufs Zimmer genommen ...«

Ihr Lebenslauf als aufstrebender Mezzosopran, die Scheidung vom ersten Mann und der Tod des zweiten nahmen fast eine halbe Stunde in Anspruch. Signora Olga changierte geschickt zwischen Gesagtem und Ungesagtem, sie warf für den Kommissar einen Köder Richtung Marietto aus und schweifte dann wieder in ihr Privatleben ab, das die anderen Bewohner inzwischen wohl in- und auswendig kannten. Ein neuer Gesprächspartner war in diesem Altersheim so wertvoll wie in der Badesaison eine Sonnenliege direkt am Wasser. Als sie sich anschickte zu erzählen, wie übel ihr Impresario ihr mitgespielt hatte, schaute Marco Luciani auf die Uhr und sprang auf. »Gnädige Frau, es war ein Vergnügen, mit Ihnen zu sprechen, aber ich muss jetzt wirklich gehen.«

»Wie denn, über Marietto wollen Sie nichts erfahren?«

»Wenn es etwas zu erfahren geben sollte, ja. Ich habe jedoch nicht den Eindruck, dass Sie mir weiterhelfen können.«

Olga setzte eine grantige Miene auf, öffnete ihre Nachttischschublade und zog einen Brief heraus. »Bitte, für Sie ganz allein.«

»Was ist das?«, fragte der Kommissar und griff danach.

»Ein Brief, den Herr Risso mir am Vorabend seines Verschwindens anvertraut hat. Er bat mich darum, Ihnen den Umschlag auszuhändigen, falls er nicht zurückkommen sollte.«

»Der ist offen. Haben Sie ihn gelesen?«

»Natürlich habe ich ihn gelesen.«

»Und worauf haben Sie danach noch gewartet?«

Olga hob eine Augenbraue. »Dass Sie kommen und ihn abholen würden. Glauben Sie, ich spiele hier den Postboten? Ich wusste ohnehin, dass Sie heute auftauchen würden.«

Marco Luciani seufzte und zog das Papier aus dem Umschlag. Es war mit zittriger Hand beschrieben, in einer Schrift, die er selbst als Schulkind verwendet hatte. Das große C hatte einen kleinen Aufstrich, das A war ein absurdes Oval, ebenfalls mit Stützstrich, das P hatte einen völlig sinnlosen Schnörkel. Der Kommissar spürte eine Woge heftiger Wehmut in sich aufsteigen. Er unterdrückte sie, um sich auf den Inhalt des Briefes zu konzentrieren.

»Caro Commissario Luciani,

ich bitte Sie um Entschuldigung, wenn ich mich der Verhaftung entziehe. Aber die Faschisten sind zurückgekehrt, und das bedeutet, dass meine Stunde endlich gekommen ist.«

Verhaftung?, dachte Marco Luciani. Warum hätte ich ihn denn verhaften sollen? Und die Faschisten? Was zum Kuckuck meinte er damit?

»Wir haben aus der Geschichte nichts gelernt. Der Mensch ist nach wie vor der größte Feind des Menschen. Wir zerfleischen einander und vergessen Solidarität, Freundschaft und Brüderlichkeit. Wer etwas besitzt, verteidigt es wutschnaubend gegen den, der nichts besitzt. Er errichtet Mauern, zieht Grenzen und baut Gefängnisse. Niemand denkt daran, die Gesellschaft gerechter zu gestalten, und die Klassengegensätze wachsen, statt abzunehmen.«

Wie konnte so jemand mit meinem Vater befreundet sein?, fragte sich Marco Luciani kopfschüttelnd.

»Sehen Sie, Commissario, in diesen Tagen habe ich an Ihren Vater zurückgedacht, und meinem alten kranken Hirn sind viele Dinge wieder eingefallen. Zum Beispiel, wie stolz er auf seinen Sohn war, den Kommissar. Als Sie damals in der Sache mit dem Fußball ermittelten, hat der ganze Ort über Sie geredet. In meinem Alter kann ich nicht ins Gefängnis zurück, aber ich kann diese Geschichte noch zu Ende bringen. Und um Ihnen zu beweisen, dass ich Ihnen vertraue, werde ich Ihnen ein Geheimnis verraten: Das Leben ist genau wie ein Fußballspiel zwischen zwei Mannschaften, die eine aus Reichen, die andere aus Armen. Auch wenn man in der Mannschaft der Armen spielt, glaubt man, sobald man auf dem Rasen aufläuft und die

Fans einem zujubeln, wenn die Fahnen winken und die Schlachtengesänge erschallen, dass man Großes bewirken kann. Das Spiel gewinnen, das entscheidende Tor schießen oder die Vorlage dazu geben. Es ist egal, ob du in der schwächeren Mannschaft bist, in der des Abschaums, der Parias, die in zerfetzten Trikots spielen und mit löchrigen Schuhen. Wenn man aufläuft, sagt man sich immer wieder, dass letztlich elf gegen elf spielen, dass die Ausgangsbedingungen für alle gleich sind. Solange der Ball im Anstoßkreis liegt, ist noch alles möglich. Das ist ein magischer Punkt, und ein magischer Zeitpunkt, der einzige, an dem die Waagschalen der Gerechtigkeit in absolutem Gleichgewicht sind. Dann pfeift der Schiedsrichter, und wenige Minuten später weißt du, wie die Sache ausgehen wird. Die Reichen werden gewinnen, weil sie taktisch klug agieren, weil sie stark und gemein sind. Und sollte für die Armen der Sieg ausnahmsweise doch einmal in Reichweite geraten, dann sorgt der Schiedsrichter dafür, dass sie dennoch verlieren. Sie wissen das genau, Commissario. Oder es wird ein Verräter dafür sorgen, einer der Kameraden, mit denen man gemeinsam gekämpft hat und der nur darauf wartet, in die gegnerische Mannschaft zu wechseln, einer von ihnen zu werden, sich auf Kosten der anderen zu bereichern. Mein Leben lang habe ich geglaubt, dass alle Menschen gleich sind, Commissario, und ich habe gehofft, dass eine Mannschaft aus armen Schluckern auf Augenhöhe mit den Reichen spielen könnte. Aber so ist es nicht. Den Aufstieg schafft immer nur ein Einzelner, und wenn man aufgestiegen ist, dann werden die einstigen Kameraden zur schmählichen Erinnerung, die man schnell auslöschen muss. Ich aber habe mich nie auch nur um eine Stufe erhöhen wollen, und meine Kameraden habe ich nie vergessen.«

»Er konnte gut schreiben, für einen Fischer«, sagte der Kommissar.

»Oh, er war kein einfacher Fischer. Er hatte viel gelesen. Und er tat es immer noch«, sagte Olga.

Marco Luciani las den letzten Satz: »Jetzt verabschiede ich mich von Ihnen, Commissario. Ich zähle auf Sie, auf einen ehrlichen Schiedsrichter, damit am Ende die Gerechtigkeit siegt.

Giuseppe ›Marietto‹ Risso

PS: Und wenn der Herr mir verzeiht, werde ich Ihren Vater grüßen.«

Marco Luciani las noch einmal den ersten Satz. »... ich mich der Verhaftung entziehe ... meine Stunde endlich gekommen ist.« Dann las er wieder den letzten: »Und wenn der Herr mir verzeiht ...« Der klassische Abschiedsbrief eines Selbstmörders, der um Vergebung bittet für das, was er zu tun gedenkt. Aber auch der Brief eines Mannes, der Angst hat, vielleicht vor seiner eigenen Vergangenheit. Vor einer wirklichen oder eingebildeten Bedrohung, die ihn lieber in den Tod als womöglich noch einmal, warum auch immer, ins Gefängnis gehen ließ.

»Signora Olga, ich danke Ihnen. Dies ist ein äußerst wichtiges Indiz«, sagte er und schob den Brief in die Jackentasche.

Die Frau nahm seine Hände und schloss die Augen. »Sie werden ihn finden, Signor Commissario. Sie sind fähig, und aufrichtig. Ich spüre, dass Sie seinen Mörder finden werden.«

Er stieg ins Auto und fuhr nach Hause. Als er dort ankam, war die Pappe der Tiefkühlware fast durchgeweicht. Sollte er sie als aufgetaut betrachten und sofort essen? Oder konnte man sie noch einmal einfrieren? Er entschied sich für die zweite Option, streckte sich mehr schlecht als recht auf dem Sofa aus und schloss die Augen in der Hoffnung auf ein bisschen Ruhe vor den Kopfschmerzen.

Fünfundzwanzig
Sabrina
Ventotene, acht Monate zuvor

»Und dieses Foto? Das ist wirklich wunderschön.«

Salvatore Fierro nickte. »Ja, da muss hinten auch das Jahr draufstehen. Lassen Sie mal sehen … Ich war nur ein kleiner Steppke, aber ich kann mich noch genau an den Tag erinnern, als sie diesen Schwertfisch fingen. Schauen Sie mal, was das für ein Kaventsmann war, der war fast so lang wie ein Boot.«

Sabrina Dongo saß am Wohnzimmertisch der Familie Fierro. Sie hatte sich als Journalistin der RAI vorgestellt, die für eine Reportage über die Insel Ventotene recherchierte, vor allem über ihre Geschichte, ihre Traditionen und ihre Bewohner. Sie war am Morgen mit dem ersten Tragflächenboot aus Formia gekommen, hatte eine schnelle Runde über die Kais gedreht und mit den zwei, drei Fischern geredet, die es noch gab. Sie hatte in ein paar Bars und kleinen Läden Fragen gestellt, und die Kunde von ihrer Anwesenheit hatte sich schnell herumgesprochen. Hin- und hergerissen zwischen Neugierde, Diskretion und der Lust, sich zu zeigen, hatten viele jeden ihrer Schritte beobachtet. Ein prächtiger Anblick war dieses Mädchen allemal. Zur Mittagszeit war Sabrina endlich auf Salvatore Fierro gestoßen, den Sohn von Gennaro, und sie hatte ihn schnell so weit, dass er sie nicht wieder aus den Klauen ließ.

Salvatore hatte sie zum Mittagessen in das Restaurant eines Cousins eingeladen, und bei einem Teller Spaghetti mit Meeresfrüchten hatte er ihr sein Leben erzählt. Den Beruf des Vaters hatte er nicht übernommen, denn dank des Tourismusbooms konnte man mit viel weniger Mühe viel mehr verdienen. Anfangs hatte er eine kleine Pension geführt und dann allmählich einen der besten Hotelbetriebe auf der Insel aufgebaut. Sabrina hörte ihm zu und sah ihm dabei in die Augen, als würde er ihr das Mahabharata aufsagen, und mit jedem Wimpernschlag blähte er sich ein bisschen mehr auf wie ein Gockel. Als das Dessert kam, brachte das Mädchen die Sprache noch einmal auf die schönen Traditionen vergangener Zeiten. Sie fragte, ob sein Vater zufällig ein Logbuch hinterlassen habe, Notizen oder vielleicht Fotos, die man in dem Fernsehbeitrag verwenden konnte.

Salvatore rührte die Vorstellung, dass eine Journalistin das Leben seines Vaters für wichtig erachtete, eines armen Fischers, der sich jahrelang abgerackert und seine Haut auf dem Meer riskiert hatte, ehe er wie ein Hund abgeknallt worden war, aus Gründen, die keiner in der Familie je verstanden hatte. Er hatte sie auf einen Kaffee zu sich nach Hause eingeladen, und nun ging Sabrina minutiös den ersten der beiden Schuhkartons durch, in denen die Erinnerungen von Gennaro Fierro aufbewahrt waren. Da waren die Fotos von der Hochzeit seiner Eltern, von seiner Erstkommunion und von seiner eigenen Hochzeit. Vor 1960 verschwendete man keine Aufnahme, wenn es sich nicht um ein wirklich wichtiges Ereignis handelte. »Meine Mutter lebt mit meiner Schwester in einem Vorort von Rom«, hatte Salvatore auf eine ihrer Fragen geantwortet. »Seitdem man meinen Vater umgebracht hatte, wartete sie nur auf eine Gelegenheit, die Insel zu verlassen. Jetzt wartet sie nur auf eine Gelegenheit zu sterben.«

»O mein Gott, Ihr Vater wurde umgebracht? Wieso denn das ... wenn ich so direkt fragen darf?«

Salvatore kniff die Lippen zusammen. »Das würde ich auch gerne wissen. Niemand hat es je herausgefunden.«

Er erzählte ihr von jener verfluchten Nacht, von den Ermittlungen der Carabinieri.

»Die Theorie, die schließlich aufkam, aber nie bewiesen wurde, war, dass mein Vater in Schmuggelgeschäfte verwickelt war. Ich glaube nicht daran, aber selbst wenn dem so wäre ... Jeder versuchte, irgendwie über die Runden zu kommen und zu Hause die Mäuler zu stopfen. Jedenfalls hat der Handel ein böses Ende gefunden. Einer seiner Gefährten verschwand ebenfalls, aber man hat nie feststellen können, ob er der Mörder war oder selbst auch ermordet wurde.«

Sabrina schüttelte mitfühlend den Kopf. »Und wer sind diese Leute neben Ihrem Vater? Fuhren sie mit ihm zur See?«

»Ja, das war seine damalige Bootsbesatzung. Er sagte immer, ihr Kutter sei der schönste im ganzen Tyrrhenischen Meer. Er war hier der Zweite, der einen Motorkutter anschaffte. Und der Erste, der ehemaligen Strafgefangenen Arbeit und damit die Chance zu einem Neuanfang gab. Vielleicht hat er diesen Großmut mit dem Leben bezahlt.«

»Nicht einmal die Besatzung weiß, was passiert ist?«

»Nein. Jedenfalls haben sie das beschworen.«

Sabrina beugte sich wieder über das Foto. Vor dem an der Mole vertäuten Boot hatte man einen erbeuteten Schwertfisch an einem Haken aufgehängt, daneben posierten sechs Fischer mit nacktem Oberkörper. Zwei barfuß, die anderen in Stiefeln. Direkt neben dem Fang stand, mit stolzem Gesicht und Kapitänsmütze, der Bootsführer. Ein bisschen älter und deutlich fülliger als auf dem Hochzeitsfoto. Neben ihm ein Männchen mit deformiertem Schädel und fiesem Grinsen. Die zwei Männer daneben mussten Brüder sein, denn sie glichen einander wie ein Ei dem anderen. Dann noch ein kleiner, sehniger Kerl mit pechschwarzem Haar und Schnurrbart, eine Schlägermütze auf dem Kopf; er saß neben der Motorluke. Der sechste Mann stand zwei Schritte entfernt, er hatte eine Zigarette zwischen den

Lippen und versuchte als Einziger nicht zu lächeln. Unter der gestreiften Wollmütze steckte ein kantiges Gesicht, Schultern und Brust waren kräftig.

»Was ist aus all diesen Männern geworden? Leben sie noch?«, fragte sie beiläufig.

Salvatore schüttelte den Kopf. »Die Brüder Gugliano sind vor Jahren gestorben. Sie hatten auf der ›Moby Prince‹ angeheuert, weil sie einen sicheren Job wollten, die Ärmsten. Der mit dem Kürbiskopf, aus der Gegend von Taranto, ist derjenige, der in der Mordnacht verschwunden ist. Der mit dem Schnurrbart ist der Kalabreser, der Einzige, der noch hier lebt, oder besser gesagt, wieder: Er ist vor ein paar Jahren zurückgekommen. Und der Letzte, den kenne ich nicht, wahrscheinlich hat er nicht lange hier gewohnt.«

In der zweiten Schuhschachtel waren Postkarten, ein paar Briefe und Lohnbücher. Und der Durchschlag des Berichts einer Inspektion, der das Boot 1968 durch die Finanzpolizei unterzogen wurde, eingetragen waren auch die Namen der Besatzungsmitglieder. Sabrina gähnte und reckte die Arme, so dass Salvatores Blick ungehindert durch ihren Ausschnitt wandern konnte. Sie erinnerte ihn an den Kaffee, den er ihr versprochen hatte, und während er in der Küche war, schlug sie ihr Notizbuch auf und schrieb die Namen und Geburtsdaten der Seeleute ab.

»Diese Geschichte fasziniert mich, wissen Sie«, sagte sie und nippte an ihrem Espresso. »Ich glaube, daraus kann man wirklich einen exzellenten Beitrag machen. Ich würde auch gerne ein paar Worte mit dem Kalabreser wechseln.«

Antonio Lorenzo empfing sie in einem kleinen düsteren Wohnzimmer, das nicht oft gelüftet wurde. Salvatore hatte sie bis an das Haus gebracht und war dann wieder zur Arbeit gegangen, denn mit dem Kalabreser wollte er nichts mehr zu schaffen haben. Er war sicher, dass dieser etwas über den Tod seines Vaters wusste, aber weder durch Flehen noch durch Drohungen hatte er sich zum Reden bringen lassen.

Sabrina akzeptierte noch einen Espresso und tastete sich vorsichtig an das Thema heran. Wieder bewegte sie sich durch einen Schwarzweißfilm, der auf einem anderen Kontinent zu spielen schien. Nach einer halben Stunde hatte sie jedoch das deutliche Gefühl, dass sie im Versteck einer Spinne gelandet war, die sie umgarnte und in ein schleimiges Speichelnetz wickelte. Der Kalabreser war ein Mann, der Frauen ohne falsches Schamgefühl zu betrachten pflegte, manchmal schickte sein Blick animalische Signale aus, während er sich über den nikotingelben Schnurrbart strich. Sie ließ ihn gewähren, denn ihre Nägel waren scharf genug, um dieses Spinnennetz zu durchtrennen, und nachdem sie Fragen zum Leben auf der Insel, zum Fischfang und den Gewohnheiten der Fischer gestellt hatte, versuchte sie, das Thema auf das tragische Ende des Bootsführers zu bringen.

Der Alte lächelte sie an und gab zu verstehen, dass er genau wusste, worauf sie hinauswollte.

»Mein Gedächtnis ist nicht mehr das, was es einmal war, Signorina.«

»Aber bei so einem einschneidenden Ereignis ... dem Tod eines Kameraden ...«

»Sie sind jung und schön, Sie Glückliche, Sie können sich nicht vorstellen, wie grausam das Alter ist. Manche vergessen sogar den Namen der eigenen Mutter, andere wissen nicht einmal mehr, wie eine Frau gebaut ist«, sagte er und starrte schamlos auf ihren Busen.

Sie errötete, dann antwortete sie trocken: »All das, was man im Fernsehen geboten bekommt, dürfte dem Gedächtnis wieder ein bisschen auf die Sprünge helfen.«

Der Kalabreser winkte ab, als wollte er sagen: Vergiss doch die Glotze!, dann kniff er die Augen zusammen und begann sie mit seinen Blicken auszuziehen. »Wenn Sie Hunger haben, Signorina, wollen Sie dann lieber einen Teller Spaghetti essen oder eine Kochsendung sehen?«

Sabrina wollte aufstehen. Alter Lustmolch, dachte sie. Ekliger alter Sack. Aber noch bevor ihr perfekt gerundeter Hintern sich vom Stuhl gelöst hatte, hielt sie inne. Der Kalabreser war der Einzige, der etwas von der Statue wissen konnte. »Wichtig ist nicht, wie du eine Information bekommst, wichtig ist nur, dass du sie bekommst«, sagte ihre Kollegin immer.

»Tut mir leid, Signor Lorenzo, aber wenn Sie nichts wissen, sollte ich besser nach Rom zurückfahren«, bluffte sie.

»Wer behauptet denn, dass ich nichts weiß? Vielleicht weiß ich nichts, vielleicht aber doch. Ich brauche nur ein bisschen Unterstützung, um meinem Gedächtnis auf die Sprünge zu helfen.«

Sabrina betrachtete ihn. Das war nicht mehr der einstige Maschinist Antonio Lorenzo, er war weder alt noch jung, weder schön noch hässlich. Er war nur ein primitives Männchen mit einer Information, die sie brauchte.

Sie hob eine Augenbraue und öffnete den ersten Knopf ihrer Bluse. »Fangen Sie ruhig an zu erzählen. Je mehr Sie bieten, desto mehr biete ich. Wenn ich aber sehe, dass Sie mir irgendwelche Märchen auftischen, dann verschwinde ich auf Nimmerwiedersehen durch diese Tür.«

Der Alte fuhr sich mit der Zunge über die Lippen. »Wer den Bootsführer umgebracht hat, das weiß ich vielleicht, vielleicht aber auch nicht. Das kann euch aber scheißegal sein. Ich weiß, dass ihr hinter der Statue her seid.«

Sabrina öffnete den zweiten Knopf.

Sie lief eilig Richtung Hotel, ihre Absätze knallten auf das Pflaster. Nie wieder, dachte sie, nie wieder so etwas. Und wenn er weitere hundert Jahre leben sollte, dieses alte Ekelpaket würde immer noch nach Fisch und Dieselöl stinken. Wer weiß, wie er vor vierzig Jahren war, bestimmt ein ganzer Kerl, der Frau und Kinder schlug, wenn er welche hatte, und dann aus dem Haus lief, zu den Nutten. Sie freute sich schon auf das heiße Bad, mit dem sie die Erinnerung an diesen Nachmittag auslöschen würde, und sie freute sich auch auf das Gesicht, das Ludovico machen würde, wenn er hörte, was sie herausgefunden hatte. Sie war eine Kopfgeldjägerin. Die beste. Nie hatte eine Definition besser gepasst als diese.

Als sie später in der mit Schaum gefüllten Wanne lag, betrachtete sie noch einmal das Foto, das sie sich von Fierros Sohn hatte geben lassen. Inzwischen kannte sie diese Männer genau. Den harten, unbeugsamen Charakter des Bootsführers. Die zwei Brüder aus Ventotene, die klassischen Wasserträger, die jedem Konflikt aus dem Weg zu gehen suchten. Den brutalen Blick des Mannes aus Taranto, den lüsternen und selbstsicheren des Kalabresers. Und den Genueser, der sich ein wenig abseits hielt, alle beobachtete und nie redete. Der sechste Mann, der auf der Ersatzbank blieb, die Schwachstellen seiner Kameraden und Gegner studierte, und wenn er aufs Feld auflief, erzielte er den alles entscheidenden Treffer.

Sechsundzwanzig
Luciani
Genua, heute

Im Büro des Staatsanwalts herrschte eine hochexplosive Atmosphäre. Die beiden konnten einander einfach nicht ausstehen.

»Entschuldigen Sie, aber warum haben Sie es so eilig, den Fall abzuschließen?«, wiederholte Marco Luciani. »Sie selbst hatten angeordnet, sämtliche Fakten zu überprüfen, nichts auszulassen.«

»Und das haben Sie getan, Commissario. Aber jetzt scheint es mir nicht angezeigt, weiter zu insistieren. Ich habe so schon genug Arbeit, da brauche ich mir nicht noch eine sinnlose Untersuchung aufzuhalsen«, sagte Staatsanwalt Sasso.

»Ich will ja nicht ewig weitermachen. Nur bis ein paar unklare Punkte ausgeräumt sind.«

Sein Gegenüber zog eine Grimasse. »Die Sache liegt klar auf der Hand, wie mir scheint: Signor Risso hat sich in den Kopf geschossen und ist ins Meer gestürzt, Punkt. Das tragische Ende eines depressiven Greises, Punkt. Ich weiß nicht, wonach Sie noch suchen.«

»Erstens einmal nach dem Ort, an dem er sich umgebracht haben soll. Wenn er ins Meer gefallen ist, müsste man logischerweise annehmen, dass er von einem Felsen gestürzt ist, in der Hand hielt er aber Kieselsteinchen, die es auf den Felsen nicht gibt.«

»Die werden in seine Hand geraten sein, als das Meer ihn an den Strand gespült hat.«

»Da war er schon tot und konnte nichts mehr greifen.«

Der Staatsanwalt schnaubte. »Hören Sie, Commissario,

seien wir ganz offen: Dieser Herr war achtzig Jahre alt, keine Angehörigen, keine Zukunft. Er hat vorgezogen, allem ein Ende zu setzen, respektieren wir seine Entscheidung und setzen auch wir dem ein Ende.«

Der Kreuzzug des Justizministers gegen Herde der Ineffizienz in der Staatsanwaltschaft trug erste Früchte. Da man endlich den Berg von offenen Vorgängen abbauen wollte, die den Rechtsapparat verstopften, hatte man eine Mindestanzahl an Fällen festgelegt, die jedes Jahr abgeschlossen werden mussten, außerdem eine Quote für zu archivierende alte Fälle. Alle Richter hatten dieses Mindestziel zu erreichen, andernfalls drohten Inspektionen, Disziplinarverfahren und mögliche Gehaltskürzungen. Wer dagegen einen zweiten, weit höheren Richtwert überstieg, dem winkten Anreize wie Leistungsprämien und Beförderung. Doktor Sasso war offenbar an diesen Prämien interessiert. Und bestimmt wollte er sich nicht das Gehalt kürzen lassen. Er hatte schon ordentlich ausgemistet unter den alten Fällen und in einem Monat sieben davon abgeschlossen. Um dieses Tempo zu halten, musste er den Zeitaufwand für neue Fälle auf ein Minimum reduzieren. Das Patentrezept sah so aus: Man eröffnete simple Verfahren, die auf geringen Verdachtsmomenten und Kinkerlitzchen basierten, und nach drei oder vier Wochen schloss man sie ab mit dem Fazit, die Ermittlungsarbeit habe jeden Verdacht auf eine Straftat zerstreut. So kam man in geringstmöglicher Zeit auf eine hohe Erfolgsquote. Der Fall Giuseppe Risso passte bestens in dieses Schema, und Gegenindikationen gab es nicht. Die Presse interessierte sich nicht für den Selbstmord eines alten Fischers, und es existierten keine Angehörigen, die eine ausgefuchste Lösung erwarteten. Der Richter hatte den Stempel für den Verfahrensabschluss in die Hand genommen und tat, als würde er noch einmal den Bericht zu Rissos Tod überfliegen.

Marco Luciani hatte nichts Konkretes in der Hand. Er konnte lediglich einen Kompromiss suchen, auf Zeit spielen.

»Sie haben viel Arbeit, Doktor Sasso, was für mich im Moment nicht gilt. Offensichtlich sind die Menschen dieses Jahr die reinsten Engel. Was schadet es, wenn ich ein bisschen von meiner Zeit auf diese Geschichte verwende? Lassen Sie mich ermitteln, zumindest bis wieder ein richtiger Mordfall reinkommt.«

Der Richter betrachtete ihn. Er mochte den Kommissar nicht, er war ihm zu stolz und anmaßend, wollte partout immer nach eigenem Gutdünken verfahren. Doch musste er eingestehen, dass Luciani äußerst fähig war, und auf so einen Mann würde Sasso in Zukunft vielleicht noch einmal angewiesen sein. Er zögerte ein paar Sekunden, den Stempel in der Schwebe haltend, dann legte er ihn mit jovialer Geste beiseite.

»Wenn Sie so viel Wert darauf legen, Commissario ... Jeder kann mit seiner Zeit machen, was er will. Solange er andern nicht die Zeit stiehlt. Stellen Sie Ihre Nachforschungen an, ich will davon nichts wissen, und vor allem will ich nicht mit Anträgen behelligt werden. Denken Sie daran, dass ich zum Monatsende, wenn es nichts Neues gibt, den Fall abschließe«, sagte er und stempelte mit Verve ein leeres Blatt Papier.

Am Nachmittag ging Marco Luciani hinunter in den Ort. Er war fest entschlossen, mit einem Immobilienmakler zu reden, der in seinem Tennisclub in Bogliasco spielte. Er musste den Rat eines Freundes einholen, wenn er Villa Patrizia verkaufen und für seine Mutter etwas Kleineres erwerben wollte, etwas, das leichter zu unterhalten war. Aber kaum stand er vor dem Schaufenster, spürte er in der Kombination der Wörter »Freund« und »Immobilienmakler«

einen gewissen Widerspruch. Noch dazu war der Typ einer von der Sorte, die auf dem Tennisplatz korrekt waren, solange es 1:5 oder 5:1 hieß, aber wenn das Match auf Messers Schneide stand, dann legte er umstrittene Bälle immer für sich aus. Wer dich auf dem Spielfeld linkt, linkt dich auch außerhalb, sagte sich der Kommissar.

Vielleicht war es keine gute Idee, das Haus zu verkaufen, vielleicht war es besser, alles noch einmal zu überdenken. Er blieb auf dem Kirchplatz stehen, mit dem Rücken zur Bar, in der die Geschichte mit Sofia Lanni begonnen hatte. Jedes Mal wenn er hier vorbeikam, musste er an sie denken. Um genau zu sein, nicht nur, wenn er hier vorbeikam.

Auch in der Nacht, als sie zusammen nach Camogli gekommen waren, hatte es wie verrückt gegossen, und dann war ein klarer, heiterer Morgen aufgezogen. Sicher, das war im Mai gewesen, nicht im Januar, aber auch jetzt war es schön hier, nein, es war sogar noch schöner, weniger Touristen, weniger Chaos, das Dorf war fast wieder wie früher. Die Temperatur war angenehm, der Kommissar zog sogar seinen Anorak aus und lief in Hemd und Pullover herum. Er blieb vor dem kleinen Fischereihafen stehen, in dem es vor Booten wimmelte, davor die Fassadenfront aus bunten Häusern, die in der Sonne strahlten, als wären sie alle frisch gestrichen. Es war nur zu verständlich, dass sein Vater so an diesem Ort gehangen hatte und dass seine Mutter nie von hier würde fortgehen können. Vielleicht konnte man versuchen, Villa Patrizia zu behalten und in eine stete Einnahmequelle zu verwandeln. Einen Teil zu vermieten oder in einen *Agriturismo* umzubauen. Noch war er aber nicht bereit, sich aufs Land zurückzuziehen und sich um den Gemüsegarten zu kümmern. Er war gerade mal achtunddreißig und ein Ermittler, genau genommen sogar ein exzellenter Ermittler. Er musste seinen Weg gehen, den kleinen Samen in seinem Inneren hegen, der inzwischen gekeimt und sich in einen kleinen Baum verwandelt hatte. Es war nicht richtig, dass er seine Berufung vernachlässigte, um seine Mutter zu versorgen. Er würde die Wohnung von Großvater Mario verkaufen und eine Einzimmerwohnung in Genua erwerben, vielleicht sogar am Meer. Eine traditionsbewusste, sichere, solide Wahl, wie der Name seines Großvaters und des alten Fischers. Seine Mutter würde ein bisschen ihre Ausgaben reduzieren müssen, aber sie würde es schaffen. Während er mit wenig über die Runden kommen würde, wie immer. Er war allein, trug weder für Frau noch Kind Verantwortung und hatte keine kostspieligen Laster. Und dabei sollte es bleiben.

Während er über die anstehenden Entscheidungen nachgrübelte, war er bis an den Strand gegangen, hatte sich einen Meter vor der Wasserlinie hingesetzt und den Blick aufs Meer gerichtet. Dann hatte er völlig unbewusst angefangen, den Kies mit der Hand glattzustreichen, wie in Kindertagen. Die monotone Rotationsbewegung des Armes beruhigte ihn, hin und wieder fokussierten seine hypnotisierten Augen ein einzelnes Steinchen von besonderer Form oder Farbe, das er dann aus dem Chaos hob und in die Ehrenriege überführte: eine Reihe von Kieseln auf seinem linken Oberschenkel. Marco Luciani hatte auch angefangen, die Glasscherben herauszulesen, ein Automatismus, der ebenfalls aus seiner Kindheit stammte. Irgendwo im Haus seiner Eltern waren vermutlich noch die Eimer und Gläser, in denen er sie gesammelt hatte. Er fand ein weißes, fast vollkommen rund geschliffenes Glasstück, dann ein grünes längliches, ein hellgrünes und noch ein weißes, das ins Azurblaue spielte.

Er blieb fast eine Stunde am Strand, zwischen den Kieseln nach Glasstücken suchend. Er dachte an Marietto, an dessen Zimmergenossen und an Signora Olga mit ihrem

Turban. Ob es stimmte, dass Frauen mit einem Tuch um den Kopf fast immer ein bisschen exaltiert waren? Zigeunerinnen, Hexen, Seherinnen. Alte Schauspielerinnen, alte Sängerinnen, junge Hausbesetzerinnen. Ein bisschen wie Männer, die am Steuer einen Hut trugen. Er versuchte, sich auf den Fall zu konzentrieren, und dachte wieder an das San-Luigi-Heim zurück. Er würde nie zulassen, dass seine Mutter in so einer Einrichtung landete, aber ihm wurde klar, dass dieses »nie« wohl etwas zu dogmatisch war. Vielleicht würde seine Mutter ihn eines Tages nicht einmal mehr erkennen, vielleicht würde sie rund um die Uhr Pflege brauchen. Marietto hatte erfahren, dass er eine Nichte hatte, Marco Luciani hätte gerne erfahren, dass er eine ledige Schwester hatte. Eine dieser hehren Frauen, die ihr Leben den kranken Eltern widmen. Das war kein edler Gedanke, aber es war auch nicht erhebend, Einzelkind zu sein und sich alleine dem Ende eines Vaters, einer Mutter, einer ganzen Dynastie zu stellen. Vielleicht sollte ich ein Kind zeugen, sagte er sich, dem widersprechend, was er eine Stunde vorher gedacht hatte. Ich müsste einen Sinn, eine Perspektive suchen, die über das bloße Überleben von einem Tag zum nächsten hinausgeht. Solange er mit Greta zusammen gewesen war, hatte er nicht im Traum daran gedacht, aber vielleicht mit einer anderen Frau ... Es war unvermeidlich: er war wieder bei Sofia Lanni angelangt. Zwar war sie nicht der Typ Frau, den er sich als Mutter für seine Kinder erträumte, aber trotzdem legte er für sie eine Reihe Glasscherben aus, abwechselnd weiß und grün, und in die Mitte eine hellblaue. Doch Sofia war eine extrem kostspielige Frau, und diese Perlen hätten nicht einmal eine Squaw hinter dem Ofen vorgelockt.

Siebenundzwanzig
Ranieri
Rom, sieben Monate zuvor

»Glückwunsch, Herr Abgeordneter. Oder muss ich Sie noch werter Rektor nennen?«

»Herr Abgeordneter gefällt mir.«

»Mir auch«, sagte Sabrina und kam auf ihren hohen Absätzen näher, einen Fuß vor den anderen setzend und ihn mit ihrem Hüftschwung hypnotisierend. »Wer ist eigentlich dieser Gorilla, den du vor deiner Tür platziert hast?«

»Ein Leibwächter. Es gibt leider Leute, denen mein Wahlsieg gar nicht schmeckt.«

»Hmm. Sieht aus wie der junge Jean-Paul Belmondo. Nicht schlecht. Der ist mir mit seinem Blick richtig an die Wäsche gegangen, ich dachte schon, jetzt kommt gleich die Leibesvisitation«, sagte sie, weil sie wusste, dass ihn das erregte.

»Das ist meine Aufgabe«, erwiderte Ludovico, »apropos, ich prüfe gerade, welche Kandidatin für den Posten meiner persönlichen Referentin in Frage kommt.«

»Sehr persönlich, nehme ich an.«

»Genau. Ich brauche einen Menschen, der mich gut kennt, der jedem meiner Wünsche zuvorkommt.«

Sie hob eine Augenbraue, überwand die Distanz, die noch zwischen ihnen lag, und presste sich an ihn. Während ihre Zungen einander neckten, griff sie mit der Rechten nach seiner Krawatte und schob ein Knie zwischen seine Beine.

»Mal sehen, ob ich draufkomme«, flüsterte sie. Sie zog die Krawatte so weit auf, dass sie die beiden oberen Knöpfe seines Hemdes öffnen konnte, dann riss sie es mit Gewalt herab, und die restlichen Knöpfe sprangen davon.

»Vorsicht!«, sagte er, aber Sabrina spürte mit ihrem Schenkel, dass er hart wurde. Sie biss ihm in den Hals, und er sagte: »Pass auf Spuren auf.« Sie dachte: Du machst dir Sorgen wegen deiner Frau, du Schwein. Und während sie sich vor ihn hinkniete, grub sie ihre Nägel in seine Brust und zog sie ihm bis zur Hüfte durch die Haut, dass er aufschrie.

»Du Nutte!«, sagte er, und während das Mädchen ihm den Gürtel und den Hosenstall öffnete, packte er ihren Kopf. »Jetzt musst du ihn lutschen, du Nutte. Bis zum Ende.«

Er kam in weniger als einer Minute, der Orgasmus nahm ihm den Atem.

Sie dachte, mehr kriegt er nicht für diesen Tag, auch wenn es ihr ein bisschen leidtat, denn bei der Vorstellung, wie er sie von hinten nahm, auf den Schreibtisch gestützt, war sie feucht geworden. Sie stand auf, wischte sich den Mund mit seiner Krawatte ab und sah ihm herausfordernd in die Augen. »Du bist wie ein Schuljunge gekommen, Herr Abgeordneter.«

Ludovico senkte den Blick. »Entschuldige. Ich war übererregt. Ich warte schon seit einer Woche.«

»Lügner. Als ob du die Ernennung nicht mit deiner Frau gefeiert hättest.«

Der Abgeordnete Ranieri zog sein Hemd aus. Es war mit Lippenstift verschmiert, drei Knöpfe fehlten. Aber das war es wert gewesen. Er wischte sich mit dem Hemd sauber, knüllte es in den Papierkorb und holte ein neues aus der Schublade. Zum Glück hatte er auch eine Reservekrawatte.

»Ich habe dir gesagt, dass ich mit meiner Frau ... Wir haben es schon seit Monaten nicht mehr getan.«

»Wirklich eine tolle Ehe. Die sollte man unbedingt retten.«

»Hör mal, versuch realistisch zu denken. Vor den Wahlen

hätte ich sie bestimmt nicht verlassen können. Das wäre glatter Selbstmord gewesen.«

»Und jetzt?«

»Und jetzt ist, wenn wir den richtigen Moment abwarten, alles möglich. Gib mir Zeit, mich zu akklimatisieren und ein paar Sachen anzuschieben. Mich bei den Leuten beliebt zu machen. Für einen Politiker bin ich noch jung, aber ich habe gute Chancen, Minister zu werden.«

Sie schaute ihn skeptisch an. »Minister?«

»Kulturminister. Gut, das ist alles noch nicht spruchreif, aber die eine oder andere Bemerkung ... Ich habe einen guten Draht zu Tommasi, dem zukünftigen Innenminister, und zu Grossi, der wird Finanzminister. Auch der große Häuptling hat mich begeistert aufgenommen. In dieser Runde sind erst einmal die anderen am Zug, es ist noch zu früh, aber beim nächsten Mal ...«

»Du meinst, in fünf Jahren.«

»Das ist nicht gesagt. Es gibt Regierungsumbildungen. Und die Posten als Staatssekretär. Man darf sich nur keinen Fehltritt erlauben.«

Sabrina seufzte. Man kann einen Klepper nicht in ein Vollblut verwandeln, dachte sie, aber einen gutaussehenden, mäßig intelligenten Mann zum Minister zu machen, das ging durchaus. Sicher, ihre Schachzüge wollten wohldurchdacht sein, nicht, dass ihr nach all der Mühe eine andere die Früchte ihrer Arbeit vor der Nase wegschnappte.

»Ach, übrigens«, sagte er, »ich habe den sechsten Mann gefunden.«

»Wirklich?!«

»War nicht einfach. Ich musste einen Freund im Innenministerium einschalten und mir eine glaubwürdige Geschichte ausdenken.«

»Und wo lebt er?«

»In Camogli, in einem Altersheim.«

Achtundzwanzig
Luciani
Varigotti, heute

Bei Spotorno fuhr Marco Luciani von der Autobahn ab, dann brauchte er eine halbe Ewigkeit, bis er auf die Aurelia kam, der er in derselben Richtung weiter folgte. Zu seiner Linken lag die See, er öffnete das Seitenfenster und sog tief die klare, milde Luft ein. An solch einem Tag wusste man, warum man auch im Winter gerne am Meer lebte. Die westliche Riviera unterschied sich stark von der im Osten, es gab lange Sandstrände, weniger Felsküste und somit viel mehr Massentourismus. Aber auch hier fehlt es nicht an malerischen Örtchen, dachte er, während er die lange Gerade bei Noli passierte, um dann vorsichtig die Kurven vor der Baia dei Saraceni zu nehmen. In Varigotti angelangt, ließ er das Auto an der Aurelia stehen und ging Richtung Strand. Dort gab es nur ein rotes dreistöckiges Haus. Die Haustür, die ganz aus bunten Glasstückchen bestand, räumte auch den letzten Zweifel aus. Luciani hatte noch nicht geklingelt, als schon die Tür aufsprang und von oben Ciro Mennellas Stimme ertönte.

»Nur hereinspaziert, Commissario. Ich habe Sie kommen sehen. Gehen Sie die Treppe ganz hoch, ich bin auf der Terrasse.«

Marco Luciani stieg die ungewöhnlich schmalen und steilen Stufen hoch, wobei der feuchte Wandputz an seiner Jacke hängenblieb. Das Gebäude hätte ein paar Renovierungsmaßnahmen vertragen können, die Zimmer waren aber, soweit er von der Treppe aus sehen konnte, hübsch eingerichtet und penibel aufgeräumt. Als er auf die Terrasse trat, stockte ihm kurz der Atem: Das Panorama war phantastisch. Vor ihm das Meer, davor ein menschenleerer Kiesstrand, zur Linken die üppig bewachsene Felsspitze, die mit großzügiger Geste einen winzigen Nudisten-Strand verbarg, den man nur schwimmend oder zu Fuß über die steilen Klippen erreichen konnte.

Ciro Mennella gab ihm die Rechte und wischte mit der Linken den Putz von Lucianis Jackenärmel. »Sie müssen verzeihen, ich habe erst letztes Jahr die Wände gestrichen, aber das ist eine Katastrophe hier, die Seeluft frisst alles auf: Wände, Rohre und Mobiliar. Darf ich Ihnen einen Aperitif anbieten?«

Er bat ihn an ein schmiedeeisernes Tischchen, in dessen dunkle Tischplatte grüne und weiße Glasstücke eingelassen waren. Dort standen Flaschen, Gläser, Salzgebäck und Kartoffelchips bereit. Auch die Stühle waren aus Schmiedeeisen und farblich auf den Tisch abgestimmten, wenn auch um einen Braunton erweiterten Glasstückchen. Marco Luciani beobachtete aufmerksam seinen Gastgeber, der zwei Gläser Aperol einschenkte: ein kleines Männchen mit weißem Bart und ebenso weißem, schulterlangem und ausgesprochen gepflegtem Haar. Er trug einen grauen Anzug und an den Füßen ein Paar Ledersandalen, die zwar ausgelatscht waren, aber vermutlich teurer als alle Schuhe des Kommissars zusammen. Ausgenommen natürlich seine kostbaren Saucony-Laufschuhe.

Ciro Mennella fing an, übers Wetter zu reden, und zwar nicht mit der banalen Oberflächlichkeit, mit der man das Schweigen überspielt, sondern mit dem Wissen des Möchtegernmeteorologen, einer brandgefährlichen Spezies, die der Kommissar immer gehasst hatte.

»Wir haben den mildesten Winter der letzten hundert Jahre, wussten Sie das? Der Dezember lag im Schnitt 1,4 Grad über dem Vorjahreswert, und der war schon rekordverdächtig. Was den Januar angeht, ich glaube, da lehne ich mich nicht zu weit aus dem Fenster, wenn ich sage, der wird klar über dem 1966er-Wert liegen, wenn nicht sogar über dem berühmten Jahr 1990. Und das Problem betrifft keinesfalls nur Italien: In Sibirien sollen die Bären schon aus dem Winterschlaf erwacht sein, wissen Sie, was das heißt?«

Marco Luciani dachte nur: Na und, wen kümmert's? Sollen sie doch aufwachen. Ihm war es sowieso immer auf den Senkel gegangen, dass die Bären monatelang schliefen, während er sich den ganzen Winter hindurch abrackerte.

»Ich frage mich oft, was wir unseren Kindern für eine Welt hinterlassen werden, Commissario«, seufzte Mennella, ehe er sich eine Handvoll Chips in den Mund stopfte.

Ist mir scheißegal, ich habe keine Kinder, dachte Marco Luciani, während er so tat, als nippe er an dem Aperol, den er verabscheute. Für ihn schmeckte er wie eine Mixtur aus abgelaufener Orangenlimonade, Rhabarbersaft und Industriealkohol. Er zog das Plastiktütchen aus seiner Jackentasche und drehte es in den Fingern.

»Entschuldigen Sie, wenn ich sofort zum Punkt komme, Herr Mennella. Leider wächst mir im Moment die Arbeit über den Kopf, ich muss schnellstmöglich zurück nach Genua.«

»Oh, natürlich, Sie haben vollkommen recht. Sie wollten mich schließlich nicht als Hobbymeteorologen konsultieren – auch wenn ich, offen gestanden, etwas mehr als nur ein Amateur auf dem Gebiet bin, ich nehme an, Sie lesen meine Zeitungsrubrik –, sondern als Fachmann für Glasfragmente. Und auf dem Gebiet darf ich mich, wenn Sie gestatten, als Profi bezeichnen. Und Künstler. Oder vielleicht sollte ich zuerst Künstler sagen und dann Profi. Meine Passion entwickelte sich aus der Idee, aus Glasstückchen Kunst zu schaffen. Aber dann musste, das liegt auf der Hand, der Künstler dem Wissenschaftler weichen, denn Kunst, die diesen Namen verdient, kann ohne vollkommene Kenntnis und Beherrschung des Materials nicht geschaffen werden. Alle großen Maler der Vergangenheit rührten sich die Farben selber an, Michelangelo fuhr persönlich nach Carrara, um den Marmorblock für seine Pietà auszusuchen. Der Künstler mag ein Bild im Kopf haben, sicherlich, aber bis es Form angenommen hat … Um es auf den Punkt zu bringen: Für mich ist der Laie jemand, der in seinem Kopf ein Bild entwickelt, das, einmal Gestalt geworden, meilenweit entfernt ist von dem, was er ursprünglich entworfen hatte. Während der Künstler von Format, glauben Sie mir, die zu formende Materie so gut kennt, dass er sie, schon im Augenblick des Entwurfes, nicht vom Bild des künftigen Werks trennen kann. Deshalb muss ein Künstler heute an sein Werk nicht einmal mehr Hand anlegen, es reicht, dass er es entwirft, andere können es dann Gestalt werden lassen.« Er lächelte und verschnaufte. »Aber das gilt nicht für mich, absolut nicht. Ich liebe die Materialien, und ich liebe es, sie zu formen, zu bearbeiten. Kommen Sie, ich weiß, Sie haben wenig Zeit, aber ich möchte Ihnen gerne meine Arbeiten zeigen. Das Tischchen werden Sie schon bemerkt haben. Es ist so gestaltet, dass es das Licht der unterschiedlichen Tageszeiten einfängt und die je besondere Aura, seine Seele, reflektiert.«

Was für ein Hirnie, dachte der Kommissar. Ich habe einen absoluten Hirnie vor mir. Einen erbärmlichen Nerd, der Scherben sammelt, sie mit Uhu irgendwo aufpappt und sich für die Reinkarnation von Vermeer hält.

Bevor er sein Fundstück vorzeigen konnte, musste er noch eine ausgiebige Besichtigungstour über sich ergehen lassen: dekorierte Spiegel, Dessertschüsseln mit Intarsien, Mosaiken mit Jagdszenen und als Krönung, in einem wie ein kambodschanischer Puff eingerichteten Schlafzimmer, ein Basrelief aus Glassteinchen, das fünf verschiedene Positionen des Kamasutra zeigte. Als der Kommissar ihm endlich das Plastiktütchen mit dem blauen Glasfragment unter die Nase halten und erklären konnte, was es mit diesem Fundstück auf sich hatte, wurde sein Gastgeber ernst:

»Also sind Sie, wie ich bereits vermutete, nicht zum Künstler, sondern zum Wissenschaftler Mennella gekommen. Gehen wir ins Labor.«

Er stapfte voraus in ein großes Zimmer im ersten Stock, das er noch nicht vorgeführt hatte. Es hatte zwei große Fenster, die auf den Strand gingen. Im Gegensatz zum Rest des Hauses war es karg eingerichtet. Ein langer weißer Arbeitstisch, Büroschränke aus verzinktem Metall und ein Wandbrett, auf dem fein säuberlich die Arbeitsinstrumente aufgereiht waren. Ein Mittelding zwischen Zahnarztpraxis und Chemielabor einer Schule.

Mennella nahm eine Plastikpinzette und fischte das Glasstück aus dem Tütchen. Er nickte mehrmals und gab schwer zu interpretierende Grunzlaute von sich, dann betrachtete er es im Gegenlicht und nickte erneut, schließlich fragte er, ob er es »mit einer Lösung aus destilliertem Wasser« befeuchten dürfe, woraufhin er es zuerst mit einer Lupe und dann unter dem Mikroskop studierte.

»Das ist Glas, keine Frage«, urteilte er am Ende. Und bevor der Kommissar die Pistole, die er im Übrigen gar nicht dabeihatte, zücken und ihm das Licht ausblasen konnte, fuhr er fort: »Von einer dickwandigen Glasflasche gehobener Qualität. Fünfziger Jahre, nach der Rundheit zu schließen; sechziger, wenn es nach dem Erhaltungsgrad geht. Der Fundort ist ein Sandstrand, nehme ich an.«

»Nein, Kiesstrand.«

»Hmm ... das ist merkwürdig. Es scheint eher von Sand berieben zu sein. Sind Sie sicher?«

»Was den Fundort angeht, ja. Dass es dort auch herstammt, überhaupt nicht. Sonst wäre ich nicht hier. Ich bin kein Fachmann, aber ich war schon als kleines Kind immer am Strand von Camogli, und ich kann mich an solche blauen Glasstückchen nicht erinnern. Ich habe neulich versucht, ein paar aufzulesen, das heißt, genau genommen habe ich den Strand stundenlang abgesucht. Nichts. Nur Grün, Weiß und Braun. Hin und wieder ein azurblaues und ein gelbes.«

Er holte ein weiteres Plastiktütchen aus der Tasche, in das er eine Handvoll vom Meer geschliffener Scherben gefüllt hatte, wobei er auf ein repräsentatives Mischverhältnis und die typische Qualität geachtet hatte.

Mennella nahm eine beliebige, grüne, heraus und hielt sie gegen das Licht. »Mineralwasser, Santa Rita. Auch aus den sechziger Jahren, würde ich sagen. Und die weiße hier ist wahrscheinlich von einer dieser Limonadenflaschen mit dem Punkt, erinnern Sie sich? Nein, natürlich nicht, Sie sind zu jung. Das Dunkelbraun ist Dreher-Bier, extrem verbreitet, apropos, sind Sie mit denen eigentlich verwandt?«

»Mit wem?«

»Mit den Lucianis der Firma Dreher? Offensichtlich nicht, Ihrer Miene nach zu urteilen. Diese gelbe hier ist interessant, samtweich, da steckt sogar ein Stückchen Alge mit drin. Kurioses, aber gar nicht seltenes Phänomen. Das ist kein Flaschenglas, sondern von irgendeinem anderen Lebensmittelbehälter, schwer zu bestimmen, früher wurde ja alles in Glas aufbewahrt, und mir wird jetzt schon Angst, wenn ich an die zwanziger, dreißiger Jahre des neuen Jahrhunderts denke.« Er wartete, dass der Kommissar ihn nach dem Grund fragte, und dieser tat ihm den Gefallen. »Das werden Jahre ohne Glassteinchen sein. Dem Meer und den Stränden wird der Rohstoff zu deren Herstellung ausgehen, denn die achtziger und neunziger Jahre waren die Hochzeit dieses vermaledeiten Plastiks. Fast kein Glas, keine Transparenz, keine Poesie. Die Kinder, die auf den Stränden keine Glasstückchen mehr finden, was werden das für Menschen werden? Trocken, grau und hart wie Stein, ohne die Hoffnung, die genährt wird von den unverhofften Fundstücken, die zwischen den Kieseln aufblitzen. Danach wird es sogar noch schlimmer kommen. Wollen Sie wissen, warum, werter Commissario?« Diesmal schwieg Marco Luciani, aber Mennella ließ sich auch durch diese Hürde nicht aus dem Tritt bringen. »Ich werde es Ihnen sagen: Recy-cling. Das Glas ist zwar wieder da, wird aber nicht mehr weggeworfen, es landet nicht mehr im Meer. Es wird wieder und wieder benutzt, eingeschmolzen, komprimiert und vergewaltigt.«

»Nun, das Meer braucht tausend Jahre, um eine Flasche abzubauen ...«

Sein Gegenüber schaute ihn mit zusammengekniffenen Augen an. »Und die Kohle braucht Jahrtausende, um sich in Diamant zu verwandeln«, sagte er und gab dem Kommissar seine Glasfragmente zurück, mit einer Geste, die sagen wollte: Die hätten Sie genauso gut zu Hause lassen können. Dann öffnete er die erste von vier langen Schubladen, die die halbe Breite des Arbeitstisches einnahmen. Darin standen, in perfekter Ordnung, mindestens zweihundert Gläser für Babynahrung, randvoll mit Glassteinchen. »Die erste Schublade ist ausschließlich Ligurien gewidmet«, sagte er. »Schauen Sie ruhig hinein, Herr Kommissar. Für manche Orte habe ich nur einen Behälter, in diesem Fall habe ich die Scherben im Proportionalsystem gesammelt, das heißt, ihre Verteilung auf dem Terrain beachtend. Hier zum Beispiel, das ist Pietra Ligure: Untere Schicht: Grün, üppig, dann eine Schicht Weiß, was nicht ganz so häufig vorkommt, dann Braun und schließlich Hellblau, das findet man hier selten. Ich denke, das müsste weitgehend den Ablagerungen in Camogli entsprechen, ganz Ligurien hat übrigens recht ähnliche Charakteristiken.«

»Und dunkelblaue Scherben, wo findet man die?«, fragte der Kommissar, während er die Farbpalette danach absuchte.

Mennella tat, als hätte er ihn nicht gehört. Er war von jenem Schlag, der jede noch so langweilige Erklärung sturheil bis zum bitteren Ende führte. Von dieser Sorte hatte Marco Luciani viele anhören müssen, als er noch zur Schule ging. »Das Material von anderen Stellen ist reichhaltiger, da sind die Fragmente farblich geordnet. Wissen Sie, dass von denen, die ein Laie schlichtweg grün nennt, in Wirklichkeit mindestens vierzehn signifikante Varianten existieren, die ihrerseits noch einmal rund zehn verschiedene Nuancen haben? Das muss des Künstlers Auge berücksichtigen: So ein weißes Seepferdchen, wie das eben gesehene, aus Glasfragmenten eines einzigen Farbtons, das ist zwar leicht zusammenzusetzen, aber das Material zu sammeln, das ist verflixt schwer. Ein Splitter mit einer rosa Maserung oder einem Hauch von Hellblau reicht, und das Gesamtbild ist unrettbar zerstört.«

Die Waffe!, dachte Marco Luciani. Warum habe ich sie nur nie dabei? Ich könnte sie jetzt ziehen, ihm in den Mund schieben und schreien: »Sag mir, wo du diese verschissenen DUNKELBLAUEN Scherben herhast!«

Die Welle unterdrückten Hasses schien den Meister erreicht zu haben. »Um auf Ihre Frage zurückzukommen, Herr Kommissar, in Ligurien sind dunkelblaue Scherben schwer zu finden. In seltenen Fällen nahe der Grenze, hier, sehen Sie, Bordighera? In dem Behälter sind drei davon, das reicht nicht einmal für eine Schicht. Es ist kein Zufall, dass ich kaum mit Dunkelblau arbeite.«

»Aber wenn Sie es brauchen, wo beschaffen Sie es sich dann?«

»In Bristol natürlich. Dort hat dunkelblaues Glas eine lange Tradition. Kennen Sie Ty Nant?«

Der Kommissar schüttelte den Kopf. Das war vollkommen ab vom Schuss. »Ihre Scherbe, Commissario, könnte meiner Meinung nach Apothekerglas sein. Und das wurde vielerorts hergestellt, auch in Altare zum Beispiel, nicht weit von hier.«

»Hmm ... ich bräuchte einen Ort im östlichen Ligurien. Maximal an der Grenze zur Toskana.«

Mennella öffnete die zweite Schublade. »Norditalienische Küsten. Suchen Sie ruhig, so lange Sie wollen, aber Sie werden höchstens ganz sporadische Spuren von Dunkelblau finden.« Er zog die dritte Lade auf. »Die ist den süditalienischen Küsten gewidmet.« Er öffnete die vierte Lade. »Europa und restliche Welt. Hier gibt es ein bisschen was. Aber weniger, als man annehmen sollte. Italien ist in vielerlei Hinsicht von einzigartiger Schönheit, auch was unsere Glasscherben angeht, liegen wir mit Riesenabstand vorn. Es gibt Gegenden, wo man sie in rauen Mengen findet, wie Chesapeake Bay oder bestimmte Strände in Galizien. Aber die Qualität der unsrigen, wie zum Beispiel in Scalea, sucht ihresgleichen. Ich bin sogar überzeugt, dass der Reichtum an Glassteinchen an unseren Stränden unseren einzigartigen Kunstverstand, unsere Genialität besser erklärt als viele geschichtliche und soziologische Ansätze.«

Der Kommissar hatte seine Aufmerksamkeit auf ein Glas mit ungewöhnlichen Farben in der dritten Lade konzentriert. Dort leuchtete eine dunkelblaue Schicht hervor, die ungefähr mit seinem Fundstück übereinzustimmen schien. Er las die Aufschrift und nickte, obwohl er sich noch keinen Reim darauf machen konnte.

»Etwas gefunden?«

»Nichts«, seufzte er. »Das liegt zu weit ab.«

Sie verließen das Labor, und der Kommissar blieb stehen, um das Mosaik eines Segelbootes auf hoher See zu betrachten. »Das Blau des Wassers und das des Himmels sind verschieden hier«, sagte er. »Nicht nur die Farbe, sondern auch die Qualität. Oder irre ich mich?«

Ciro Mennella lächelte verschmitzt.

»Man sieht, dass Sie der geborene Detektiv sind. Das ist ein Jugendwerk. Ich werfe es nicht weg, weil ich daran hänge, aber man erkennt den Unterschied zwischen dem Originalglas und dem künstlichen.«

»Die Scherben des Himmels sind gleichmäßiger, glatter.«

»Genau. Das Meer hinterlässt auf dem Glas unverwechselbare Spuren, wie kleine Ces. Das sind die Steinschläge, die man unmöglich künstlich nachbilden kann oder, besser gesagt, konnte.«

»Sagen Sie nicht, Sie haben es hingekriegt!«, rief der Kommissar mit übertriebener Begeisterung aus.

Der Künstler lief vor Stolz rot an. »Mein kleines Betriebsgeheimnis, aber ...« Er schwieg, und einen Moment fürchtete der Kommissar, Mennella wäre verstummt und er dürfte diesen Trip nicht bis zum bitteren Ende durchleben. Für Mennella schien es aber ein göttliches Manna zu sein, so lange über Glassplitter dozieren zu können, noch dazu vor einem Polizeikommissar. »Ich könnte es Ihnen vorführen, baue aber selbstredend auf Ihre Diskretion. Im Grunde sind Sie wie ein Priester, oder?«

Ohne die Antwort abzuwarten, öffnete er die Tür zu einem anderen Raum, die der Kommissar für einen Wandschrank gehalten hatte. »Ich zeige Ihnen eine kleine Erfindung, auf die ich sehr stolz bin. Ich habe sie patentieren lassen, auch wenn sie heute sicher noch keinen großen Marktwert hat. Wenn aber die Glassteinchen erst einmal ausbleiben werden, wenn die Leute sich danach zurücksehnen werden, wer weiß ...«

Vor dem Kommissar stand eine Art Riesenaquarium ohne Fischbesatz, ungefähr zu einem Drittel mit Wasser gefüllt. Im Innern befand sich ein Schieber, so ähnlich wie in den Spielautomaten auf den Rummelplätzen, die der Kommissar die »Bauernfänger« nannte und die so taten, als würden sie Münzen in einen Auswurf schieben. Mennellas Schieber war viel größer und mischte unentwegt eine beachtliche Menge an Steinen und Sand, die gegen die Glaswand schlugen. In dem Gemenge erkannte der Kommissar ein buntes Glitzern.

»Hier, bitte, meine Diamantenfabrik. Was sagen Sie dazu?«

»Pfiffig.«

»Stimmt. Ich suche mir Flaschen oder andere Behälter in für mich interessanten Farben, vor allem Dunkelblau und Rot, die in der Natur selten vorkommen ...«

In der Natur?, dachte Marco Luciani.

»... ich zerschlage sie vorher in kleine Scherben, und den Rest der Arbeit überlasse ich den Steinen, dem Meerwasser und dem Sand.«

Der Kommissar lauschte dem Brummen des Motors, der den Schieber bewegte. Wenn es dreißig Jahre dauert, um ein Glasstück zu schleifen, dachte er, wie viel Energie verpulvert dann dieser Vollidiot?

»Ich weiß, was Sie jetzt denken. Dass es lange dauert. In Wahrheit geht es schneller, als man meint. In meiner Fabrik findet ein Glasfragment sofort die idealen Bedingungen vor, um sich zu verwandeln, und es hat nicht einen Moment Ruhe, das Ärmste. Oft reichen schon wenige Monate, und sie sind wunderhübsch, von denen am Strand nicht mehr zu unterscheiden.«

»Entschuldigen Sie die Frage, aber ist das nicht ein bisschen ... teuer?«

Sein Gegenüber lachte herzlich. »Sicher ist es das. Aber Schönheit hat eben ihren Preis. Und ich habe zum Glück keine Geldsorgen. Davon abgesehen, werden meine Werke auf dem Kunstmarkt inzwischen hoch gehandelt. Das Rot und das Blau, die ich gerade herstelle, brauche ich für eine Votivgabe, die ein Fan vom FC Genua in Auftrag gegeben hat. Ein besonderer Fan, dessen Namen ich nicht nennen kann, für den Geld allerdings keine Rolle spielt.«

Sie redeten noch ein paar Minuten, dann begleitete Mennella den Kommissar an die Tür und reichte ihm die Hand: »Ich bitte Sie, ich verlasse mich auf Ihre Diskretion. Meine Scherben sind absolut natürlich, durch Wasser, Sand und Kieselsteine geschliffen. Meine Kunden haben aber keine Ahnung von der Existenz dieser Maschine, und ich weiß nicht, wie sie es aufnehmen würden, wenn …«

»Wenn sie entdecken würden, dass ihre Schmuckstücke weniger wert sind als gedacht. Ich schweige wie ein Grab, Sie können beruhigt sein.«

Er verließ das Haus am Meer, schlug aber nicht gleich den Weg zum Auto ein, sondern ging an den Strand. Es war einer der schönsten in ganz Ligurien, und außerhalb der Saison war er noch schöner. Marco Luciani ging über die vom Meer geschliffenen Kieselsteine, erreichte die Wasserlinie, blieb stehen und dachte nach, während er den Sarazenenturm auf der Höhe des Felsvorsprungs betrachtete. Ihm fiel ein, was er im Buch eines Genuesers über die Funktion von Türmen gelesen hatte. Danach dienten Türme nicht nur dazu, einem Wachtposten einen möglichst weiten Ausblick zu eröffnen, so wie aus dem Ausguck am Schiffsmast, sondern ihre Hauptfunktion bestand darin, aus der Ferne gesehen zu werden, besonders vom Meer aus. An einer gleichförmigen Küste erkannten die Seeleute auf der Rückfahrt die richtige Bucht zuerst an den Türmen. Dies war es, was zählte. Für jemanden, der von einer fünfzig Meter hohen Klippe aus das Meer nach Sarazenenschiffen absuchte, hingegen machte es kaum einen Unterschied, wenn er noch auf einen zehn Meter hohen Turm kletterte.

Dasselbe galt für die Türme in Städten: Ihr Zweck war es, aus der Ferne gesehen zu werden, von Pilgern, die womöglich über weite, unbekannte Wege wandern mussten, sogar querfeldein, ehe die Römer ihre Straßen bauten. Sie brauchten Orientierungspunkte, um nicht von der Route abzukommen. So gab es zum Beispiel auch einen »Weg der Türme«, für den Almabtrieb von den Alpen Richtung Mittelitalien, durch Städte, deren Namen auf »ona« endeten: Antrona, Cremona, Ancona, Cortona, Poplona.

Die Theorie schien unanfechtbar und hatte ihm sofort eingeleuchtet. Und doch war ihm das vorher nie in den Sinn gekommen. Es ist unwichtig, ob eine Erklärung falsch ist oder der Wahrheit sogar diametral entgegengesetzt. Wenn man sie nur oft und überzeugend genug wiederholt, dann wird sie zum Credo. Die Menschen werden sich mit ihr zufriedengeben und weiterhin denken, dass Türme allein dazu dienen, das Panorama zu studieren.

Nur wenige hatten die Gabe, eine Perspektive auf den Kopf zu stellen. Aber Marco Luciani war insgeheim überzeugt, dass er diese Gabe besaß. Er dachte an Marietto zurück, an dessen Verfolgungswahn, an seine Ängste und den Entschluss, allem ein Ende zu setzen.

Und wenn alles ganz anders war? Wenn das Gesamtbild, das Luciani sah, in Wahrheit nur eine Kruste war? Wenn er, sobald er diese Kruste abschlagen würde, darunter ein viel schöneres Bild finden würde? Er fing an zu grübeln und sich einen Pinselstrich nach dem anderen wegzudenken. Marietto war nicht der Typ, der Angst hatte. Vor nichts und niemandem. Er hatte im Leben alles Mögliche durchgestanden, vom Krieg bis zu Seestürmen. Dass er noch dazu gekommen war, als Partisan zu kämpfen, glaubte Luciani nicht, das passte vom Alter her nicht. Aber wenn er wirklich Anarchist, wenn er im Gefängnis gewesen war, dann musste er schlimme Momente erlebt haben.

Es begann das Spiel mit den Hypothesen, Lucianis Lieblingsspiel, mit dem man seiner Meinung nach mehr Fälle löste als mit DNA-Tests. Vielleicht hatte Marietto tatsächlich einen Geist aus der Vergangenheit gesehen. Aber vielleicht hatte dieser Jemand ihn nicht gesehen. Erblicken sich die Wachtposten auf dem Turm und im Mastkorb gleichzeitig, oder sieht einer den anderen zuerst? Vielleicht hatte Marietto einen alten Freund wiedererkannt, oder einen alten Feind. Und war gar nicht abgehauen, sondern auf die Jagd gegangen. Und die Pistole brauchte er nicht, um sich umzubringen, sondern jemand anderen. Deshalb hatte er also Angst gehabt, ins Gefängnis zu wandern: nicht wegen einer Sache, die er getan hatte, sondern wegen einer, die er zu tun gedachte. »Dass meine Stunde endlich gekommen ist«, hatte er geschrieben. Vielleicht hatte er nicht die Stunde des Todes, sondern die der Rache gemeint.

Der Kommissar merkte, dass er auf den Sarazenenturm zurannte, und blieb stehen. Auch seine Phantasie ging mit ihm durch. Er musste sich auf die Fakten stützen, sonst würde er bald zu dem Schluss kommen, dass Marietto den alten Nazi-Kriegsverbrecher wiedererkannt hatte, der »Die Zeit« kaufte, und dass er sich an dessen Fersen geheftet hatte, bis die Organisation Odessa gekommen war und ihn gestoppt hatte.

In aller Ruhe ging er zurück zum Auto und kratzte dabei weitere Details des Bildes ab. Es steckte wirklich etwas dahinter, aber es war zu früh, sich festzulegen. Ihm schien jedoch, als sähe er einen Fetzen Himmel durchschimmern, eine Landschaft. Vielleicht einen Strand. Dieser Aufkleber auf dem Glas mit dem Schriftzug »Ventotene« übte eine unwiderstehliche Anziehungskraft auf ihn aus.

Neunundzwanzig

Sabrina
Drei Monate zuvor

»Also? Wann wirst du mit deiner Frau reden?«

Ludovico seufzte: »Bald, habe ich doch gesagt.«

Sabrina lachte bitter. »Himmel, ich hätte nie gedacht, dass ich eines Tages solche Sätze sagen würde. Wir wirken wie zwei Figuren aus einer Vorabendserie.«

»Genau. Wie in ›Denver Clan‹.«

»Das ist Kram aus deiner Zeit. Ich würde eher sagen: ›Dirty Sexy Money‹. Egal, am Ende ist es immer dasselbe Strickmuster. Verheirateter Mann, langweilige Ehefrau, junge Geliebte.«

»Dasselbe wie vor sechs Jahren. Vor sechs Jahren war ich bereit, alles aufzugeben, aber du dachtest überhaupt nicht daran, weil ich ein Loser war. Jetzt, wo ich Macht habe, wo ich im Parlament sitze, da stehst du wieder auf der Matte.«

Sie riss die Augen auf. »Denkst du wirklich so darüber? Ist dir nicht klar, dass unsere Beziehung damals keine Zukunft hatte und dass das jetzt nicht mehr gilt? Wenn ich dich nicht verlassen hätte, dann wärst du ein Loser geblieben, Ludovico. Das weißt du genauso gut wie ich. Ich behaupte nicht, dass ich es für dich getan hätte, ich habe es für uns beide getan. Damals brauchtest du deine Frau und ihre Familie noch, jetzt hast du aber gelernt, auf eigenen Beinen zu stehen, und ich auf meinen. Du verdienst gut, und wenn wir diesen verdammten Kopf finden ...«

»Wenn wir ihn finden!«

»Wir finden ihn. Gib mir noch ein bisschen Zeit, und ich serviere ihn dir auf dem Silbertablett. Dann werden wir mehr Geld haben, als wir je ausgeben können.«

Sie kam näher und schmiegte sich an ihn. »Sehen Sie, Herr Abgeordneter? Es gibt keinen Grund, warum wir nicht zusammen sein sollten.«

»Meine zwei Töchter sind ein exzellenter Grund«, sagte er und löste sich aus ihrer Umarmung.

Sie zuckte mit den Achseln. »Es würde ihnen besser gehen, wenn ihre Eltern getrennt wären, statt einander anzuöden.«

»Das behauptest du. Und die Tatsache, dass du mich nicht liebst, ist noch ein exzellenter Grund.«

»Woraus schließt du, dass ich dich nicht liebe?«

»Zum Beispiel aus der Tatsache, dass du es mir noch nie gesagt hast.«

»Ich sage es vielleicht nicht, aber zeige ich es dir denn nicht zur Genüge? Spürst du nicht, wenn du mit einer Frau schläfst, ob sie dich liebt?«

Ludovico antwortete nicht. Dessen war er sich tatsächlich nicht sicher. Und jedenfalls hatte Sabrina recht: Der entscheidende Punkt war inzwischen nicht mehr die Liebe, entscheidend war, was sie beide vom Leben wollten.

»Im Januar oder Februar wird das Kabinett umgebildet werden«, sagte er, »vier oder fünf Minister werden ihren Hut nehmen müssen, und ich glaube, der Kulturminister gehört dazu. Du könntest die Sache langsam bei deinen Kollegen in der RAI durchsickern lassen und dafür sorgen, dass mein Name unter den Nachfolgekandidaten gehandelt wird. Ich setze inzwischen, mit Hilfe von Grossi und anderen, ein paar Hebel in Bewegung, damit klar wird, dass ich zur Verfügung stehe und dass ich neue, konkrete Ideen einbringe. Wenn aber mein Schwiegervater mich auffliegen lässt, wenn die anderen mitbekommen, dass ich familiäre Probleme habe …«

Sabrina setzte sich im Bett auf: »Wer hat die nicht? Eure Obermacker leben alle in Scheidung oder getrennt. So etwas zählt doch heute gar nicht mehr. Wenn schon, dann ist es eher ein Pluspunkt.«

»Du machst Witze.«

»Ich meine es ernst, Ludovico. Die Wähler haben keine Lust, immer dieselben Visagen zu sehen. Sie wollen neue Politiker oder solche, die für Erneuerung sorgen. Eure Führungsfiguren suchen sich alle jüngere Mädchen und zeugen Kinder oder machen zumindest glauben, sie hätten die verrücktesten Affären. Niemand verurteilt sie, im Gegenteil, man beneidet sie, die männlichen Wähler wären gern an ihrer Stelle, und die Wählerinnen würden sich gern von ihnen verführen lassen. Ihr Politiker seid mittlerweile zu Fernsehstars geworden und müsst euch entsprechend geben: Ihr braucht eine junge, hübsche Geliebte, eine schöne Villa, eine Yacht. Du musst zeigen, dass du auf allen Gebieten reüssierst, dass du Pläne hast, nie auf der Stelle trittst. Und auch, dass du ein Kind zeugst, warum nicht?«

Ludovico erwiderte: »Ein Kind ist kein Statussymbol, Sabrina. Es erlegt dir Verantwortung auf. Ich komme jetzt schon nicht mehr dazu, meine Töchter zu sehen.«

Sie seufzte. »Ich meine ja nicht sofort, vergiss es. Daran denke ich gar nicht.«

»So ist es recht, denk gar nicht daran«, sagte er und drehte sich zur anderen Seite. Jetzt, da der Testosteronspiegel wieder gesunken war, konnte er klarer denken. Verheiratet war er schon, was er brauchte, war eine Geliebte, mit der er sich amüsieren konnte, nicht eine weitere Frau, die ihm vorschrieb, was er zu tun hatte. Vielleicht war manches wahr von dem, was Sabrina sagte, er hatte aber nicht die geringste Lust, sich einen Fehltritt zu erlauben, nicht jetzt, wo er sich in Rom eingelebt und an der Macht Geschmack gefunden hatte. Hier wollte er bleiben, Minister werden, in den erlauchten Kreis derer aufsteigen, die wirklich das Sagen hatten. Und er wollte seine Karten ausspielen, wenn der

Moment für die Nachfolge des Großen Häuptlings gekommen war, in vier, fünf Jahren. Keiner von den aktuellen Statthaltern war wirklich glaubwürdig, alle gingen stramm auf die sechzig zu und hatten ihre politischen Leichen im Keller, Jugendsünden oder ideologische Frontenwechsel. In dieser Hinsicht war er unbefleckt. Er war ein gemäßigter, kultivierter Mensch, und das Land hatte weiß Gott Mäßigung und Kultur nötig. Er war aber auch jemand, der den Kontakt zum Volk nicht verloren hatte. Und der den Frauen gefiel, ein Aspekt, der nicht zu vernachlässigen war, wenn man gewählt werden wollte. Vielleicht doch, vielleicht würde er sich eines Tages, wenn seine Töchter groß genug waren, eine neue Frau und eine neue Familie gönnen. Aber nicht mit Sabrina. Sie hatte auch schon zu viele Affären hinter sich. Auf der Titelseite der »Vanity Fair« zu erscheinen, am Arm einer Schauspielerin oder reichen Erbin, das war eine Sache, eine ganz andere Sache war es, auf YouTube alte Videos der First Lady zu sehen, die mit zwanzig bei irgendeinem Fernsehcasting herumhampelt.

Sabrina lag auf der anderen Seite des Bettes und kämpfte mit den Tränen. Sie war wütend auf sich selbst, weil sie den Kinderwunsch zur Sprache gebracht hatte. Ein Fehler, das hatte ihn verschreckt. Aber sie spürte schon seit geraumer Zeit, dass Ludovico sich von ihr entfernte. Nach all der Mühe musste sie aufpassen, dass er ihr nicht entglitt. Sie legte Wert auf ihre Freiheit, aber sie wusste auch, dass ihr nächster Geburtstag ein runder war: der dreißigste. Es hatte keinen Sinn, weiter zu schuften, sich abzurackern, mit absurden Leuten ins Bett zu steigen, um langsam, Stufe für Stufe, aufzusteigen und weitere zehn- oder zwanzigtausend Euro auf die hohe Kante zu legen. Was sich ihr hier bot, das war *die* Chance ihres Lebens. Es war Zeit für den großen Coup, sie musste den vermaledeiten Kopf finden und die

Operation abschließen. Wenn sie ein so gewichtiges Geheimnis teilten, musste Ludovico mit ihr zusammenleben oder sich ihr Schweigen mit viel, viel Geld erkaufen.

Sie wusste selbst nicht, was ihr lieber war. Sie war bereit, in Ludovico zu investieren, ein Kind mit ihm zu zeugen und vier, fünf Jahre bei ihm zu bleiben. Vielleicht auch sieben oder acht. Er war ein attraktiver Mann, der ihr ein adäquates Leben bieten würde, aber auch ein sehr beschäftigter Mann, der ihr gewisse Freiräume lassen würde, und vielleicht würde sie die auch nutzen. Ja, sie war bereit für den Sprung von der Geliebten zur offiziellen Gefährtin, mit allen Vorteilen und Kompromissen, die dazugehörten. In Rom boten sich ihm Gelegenheiten zuhauf, um die Parlamentarier schwirrten Heerscharen von Flittchen herum, die zu allem bereit waren. Sabrina spürte, dass es Zeit war, die Leine ein bisschen kürzer zu fassen, das Guthaben einzufordern, das sie sich im letzten Jahr erworben hatte mit dem, was sie am besten zu tun verstand. Sie hatte ihn, zum x-ten Mal, zu einem rasenden Orgasmus getrieben, und zum x-ten Mal hatte sie so getan, als hätte sie ihn geteilt. Ihre Mutter hatte ihr oft gesagt, dass eine Frau, zum Wohl ihres Mannes, ein bisschen zurückzustehen hatte sie musste dafür sorgen, dass er sich für den größten Liebhaber der Welt hielt, und musste selbst in seinem Schatten wandeln.

Sabrina war aber nicht für Opfer geboren, und mit dem Schattenplatz fand sie sich nur deshalb ab, weil sie wusste, dass sie sich in Bälde in der Sonne räkeln würde. Sie schaute auf die Uhr, ging ins Bad und duschte. Dann verließ sie das Zimmer, einen Blick auf den weißen Leib des schlafenden Ludovico werfend. Sie wollte jetzt nur noch eins: Patrick am Fitnesscenter abholen und sich bumsen lassen, bis der Arzt kam.

Dreißig

Luciani

Genua, heute

Von Marina Donati fehlte noch immer jede Spur. Weder im Außenministerium noch bei Interpol gab es Hinweise darauf, dass sie die italienische Grenze passiert hatte, und ihre Adresse in Rom hatte man auch nicht ermitteln können. Es hätte einer ganzen Reihe richterlicher Anordnungen bedurft, um den Computer zu orten, von dem aus die Mail geschickt worden war. Marco Luciani war aber nicht sicher, dass er Sasso überhaupt darum bitten wollte, denn wenn die Mail von einem Internetcafé aus geschickt worden war, kamen sie dadurch sowieso keinen Schritt weiter. Er griff sich das Telefon und rief Valerio in Rom an.

»Hey, Vale, störe ich?«

»Und ob du störst, Meister. Ich wollte gerade den Neger versenken.«

»Schon wieder?«

»Den doch nicht! Was denkst du denn? Das ist nur eine vornehme Formulierung für: Ich muss aufs Scheißhaus.«

Marco Luciani zerriss es fast vor Lachen. Valerio war zwar nicht der Gipfel der Diplomatie, aber so jemand wäre ihm als Vize allemal lieber gewesen als Livasi. »Ich rufe in zehn Minuten noch einmal an.«

»Nein, sag schon, wo brennt's?«

»Nirgends, ich wollte nur wissen, was aus der Geschichte mit der Dongo geworden ist.«

»Was soll draus geworden sein? Wir hängen fest. Den Bimbo dürfen wir uns nicht zur Brust nehmen, und andere Verdächtige gibt es nicht. Jetzt hat sich auch noch der Geheimdienst reingehängt …«

»Hä?«

»Holla, Lucio, ich habe nichts gesagt, verstanden? Ich hab nur das unbestimmte Gefühl, dass ein gaaanz großes Tier unter ihren Freunden war. Mehr sage ich nicht.«

»Das heißt?«

»Das heißt, es gibt Probleme. Der Terminkalender ist verschwunden. Und das einzige Handy, das wir gefunden haben, ist fast leer. Aber die hatte mindestens zwei, das ist klar. Eine andere Spur, abgesehen von dem Neger, gibt es nicht. Inzwischen bin ich aber selbst der Überzeugung, der war es gar nicht.«

»Warum?«

»Weil es wie saubere Arbeit wirkt. Und der ist dazu viel zu bekloppt. Du weißt doch: dumm fickt gut.«

»Ach, das wusste ich gar nicht. Ist das so?«

»Normalerweise schon. Es gibt natürlich auch Ausnahmen, wie meine Wenigkeit.«

Marco Luciani lächelte. »Hör mal, du könntest mir nicht zufällig die Fotos von dem Mädchen schicken?«

»Au ja, Lucio, sorry, in dem ganzen Chaos habe ich das total verpennt. Ich setz mal meinen Kaktus, und dann kriegst du sie sofort.«

Zwanzig Minuten später meldete der Account des Kommissars, dass eine neue Mail eingegangen war. »Schön die Hände oben lassen«, stand in der Betreffzeile.

Ein Anhang war mitgekommen. Valerio hatte Wort gehalten, es waren mehrere Fotos von dem Mädchen. Wirklich attraktiv, dachte Luciani und öffnete die Dateien. Um absolute Gewissheit zu erlangen, hätte ihm allerdings beschieden sein müssen, sie einmal im Morgengrauen, kurz nach dem Aufwachen zu sehen. Wer schön ist, ist auch schön, wenn er aus dem Bett aufsteht, hatte Opa Mario immer gesagt. Wenn Schminke, Frisur und Parfum die

Sinne des Mannes noch nicht benebeln. Er drückte auf die Taste für die interne Leitung zu Giampieri, sah dessen Namen auf dem Display und legte schnell wieder auf. Was bin ich für ein Idiot! Wie lange würde es dauern, bis er sich endlich daran gewöhnt hatte? Ein Jahr? Zwei? Hundert? Er hob wieder ab und forderte einen Techniker an, der ihm in seinem Büro zur Hand gehen sollte.

Am späten Nachmittag hielt er auf dem Nachhauseweg am San-Luigi-Heim. Die Pinselstriche ergaben allmählich ein deutliches Bild. Und das Sujet, das sich langsam abzeichnete, gefiel ihm, gefiel ihm sogar sehr. Allerdings brauchte er noch eine Bestätigung.

»Guten Tag, Signor Gaetano. Wie geht es Ihnen?«, sagte er, als er ins Zimmer trat.

Der Alte ließ das Buch sinken, in dem er gerade las, und betrachtete ihn überrascht. Es war keine Besuchszeit, und er bekam sowieso nie Besuch. »Die üblichen Schmerzen, Herr Kommissar. Aber was soll's, wenigstens leisten sie mir Gesellschaft«, sagte er mit einem Blick auf Mariettos Bett.

»Ich brauche Ihre Hilfe«, sagte Luciani, was den Mann mit Stolz erfüllte.

»Wirklich? Was immer Sie wollen. Ich stehe zu Ihrer Verfügung.«

Der Kommissar zog eine Pistole aus der Tasche. Eine alte Mauser C 96, die er sich von einem Kollegen, einem Sammler, geliehen hatte.

»Erkennen Sie sie wieder?«

»Ist das Mariettos Pistole? Wo haben Sie die her?«

»Sie ist es nicht. Es könnte aber so eine gewesen sein. Oder eine ähnliche. Was meinen Sie?« Gaetano dachte eine Weile nach. »Das ist jetzt schon ziemlich lange her. Für mich sieht sie aber wirklich gleich aus. Vor allem dieses Kästchen vor dem Abzug, das hat sich mir eingeprägt.«

»Das ist das Magazin«, nickte Marco Luciani. Er schob eine Hand in die andere Tasche, holte den vergrößerten Ausdruck eines Fotos von Sabrina Dongo heraus und reichte ihn Gaetano. »Kennen Sie diese Frau?«, fragte er.

»Nein. Nie gesehen.«

»Denken Sie gut nach. Wir haben es nicht eilig.«

Gaetano schaute das Bild noch einmal an. »Sollte ich sie kennen? Ist sie aus dem Fernsehen?«

Marco Luciani schüttelte den Kopf. »Wenn Sie sie getroffen haben, dann persönlich.«

Der Alte schüttelte den Kopf. »Wohl kaum. So ein schönes Mädchen ... daran würde ich mich erinnern.«

Der Kommissar zeigte ihm ein weiteres Bild. Es war eigentlich dasselbe, mit dem Unterschied, dass der Techniker, mit einer simplen Computer-Retusche, die Haare schwarz gefärbt, die Schminke und das Make-up entfernt und ihr eine eckige Brille aufgesetzt hatte.

»Marina!«, rief Gaetano aus, als er sie sah.

Einunddreißig
Marietto Risso
Camogli, sechs Monate zuvor

»Herr Risso, hier ist Besuch für Sie.«

»Was für Besuch?«, wunderte Marietto sich. Komisch. Niemand hatte ihn je im Heim besucht. Er hatte keine Verwandten, und seine Freunde sah er fast täglich unten am Hafen.

»Wer soll das sein?«

»Ihre Nichte.«

»Meine Nichte? Da muss ein Irrtum vorliegen.«

»Erinnern Sie sich nicht an sie?«

»Was soll das heißen, ob ich mich nicht erinnere? Ich habe weder Nichten noch Neffen.«

Schwester Pilar fasste ihn unter. »Kommen Sie, ich bringe Sie runter.«

Marietto zog den Arm weg. »Ich kann alleine gehen. Und ich weiß, das ich keine Nichte habe.«

Er kam in den Wartesaal. Ein Mädchen, das einen leichten Buckel schob, mit glatten langen Haaren und einer riesigen Maulwurfbrille, stand am Fenster und schaute hinaus in den Garten.

»Das ist sie«, sagte die Schwester.

Das Mädchen hörte sie kommen, drehte sich um und lächelte. »Onkel Giuseppe?«

Giuseppe. Wie lange hat man mich schon nicht mehr so genannt, dachte Marietto. Er hatte seinen Taufnamen oben in den Bergen gelassen, im Krieg, und seitdem führte er seinen Kampfnamen.

»Verzeihen Sie, Fräulein, aber …«

»Ich weiß, dass Sie mich nicht kennen. Bis vor einem

Monat wusste auch ich nichts von Ihnen. Von dir. Und in gewisser Weise wusste ich auch von mir nichts.«

Sie öffnete ihre schwarze Kunstledertasche und holte ein Foto heraus. Ein Mann um die fünfzig war darauf zu sehen, mit kurzen Haaren. Er lächelte gutmütig und trug ein schwarzes Priestergewand. Mariettos Augen füllten sich mit Tränen. Der Mann war sein Bruder Piero, und das Foto war das gleiche, das er ihm auf den Grabstein hatte setzen lassen, als er von ihm gegangen war, vor vielen, vielen Jahren.

»Und wer, bitte, sind Sie?«

»Die Tochter von Piero. Von Ihrem Bruder«, sagte das Mädchen, weiterhin zwischen du und Sie wechselnd.

»Die ... Tochter?! Setzen wir uns einen Moment«, sagte Marietto, dessen Beine weich wurden.

Sie saßen lange so und redeten. Das Mädchen, Marina, war sympathisch und nett, wenn auch sehr verlegen. Sie sagte immer wieder: »Ich weiß nicht, ob ich recht daran getan habe hierherzukommen.« – »Vielleicht wäre es besser gewesen, Ihnen nichts zu sagen.« – »Es tut mir leid, dass ich Sie so in Aufregung versetzt habe, Sie wollten hier in aller Ruhe leben, und jetzt ...«

Marietto sagte immer wieder, nein, sie habe recht getan, auch wenn er insgeheim weiterhin dachte, dass die Sache absurd war, eine von diesen Geschichten, die im Fernsehen, in den peinlichsten Sendungen, breitgetreten werden. Er foppte immer Gaetano damit, dass er sich von solchen Ammenmärchen einseifen ließ, die alle erstunken und erlogen, am Reißbrett entworfen waren. Dass das eines Tages ihm widerfahren könnte, nein, das hätte er sich niemals träumen lassen. Sein Bruder Piero. Der Priester. Es verblüffte ihn nicht, dass ein Priester ... Ein Mann blieb nun einmal ein Mann, auch wenn er in den Talar schlüpfte, und Piero war eher aus Notwendigkeit denn aus Berufung Priester geworden. Aber dass er ihm nie ein Sterbenswort gesagt hatte, das war wirklich unglaublich. Oder vielleicht auch nicht, vielleicht war es logisch. Marietto hätte sich vielleicht genauso verhalten.

»Also hat er Ihnen nie etwas von mir gesagt. Oder von meiner Mutter«, sagte Marina, sichtlich enttäuscht.

»Nein, tut mir leid.«

Sie presste die Lippen aufeinander und schüttelte den Kopf. »Auch meine Mutter hat nie den Mut gefunden, mir davon zu erzählen, bis kurz vor ihrem Tod. Ich nehme an, sie tat es, um mich zu schützen. Ich hatte eine glückliche Kindheit, mit ihr und meinem Vater, das heißt, mit dem Mann, den ich immer als meinen Vater betrachtete.« Sie schwieg einen Moment. »Und als solchen betrachte ich ihn immer noch. Aber, ich weiß nicht, ich würde gerne so viel wie möglich über meinen leiblichen Vater erfahren. Die Hälfte meines Ichs habe ich von ihm geerbt, ich muss herausfinden, wer er war, damit ich mich selbst verstehe. Blut ist dicker als Wasser, und bestimmte Seiten meines Charakters stammen, wenn ich genau darüber nachdenke, weder von meiner Mutter noch von meinem Ziehvater ab. Ich weiß nicht, ob Sie mich verstehen.«

»Weiß er es denn? Dass du nicht seine Tochter bist?«

»Er ist an Krebs gestorben, als ich fünfzehn war. Und genau das verzeihe ich meiner Mutter nicht. Sie hätte es mir damals schon sagen müssen.«

Marietto dachte eine Weile nach. Als Waise zurückzubleiben, war hart. Aber herauszufinden, dass derjenige, der gestorben ist, nicht dein Vater war, und dass du das Kind eines Fehltritts bist, den deine Mutter mit einem Priester begangen hat, wäre noch schlimmer gewesen. »Ich bin sicher, dass sie dir das nicht auch noch zumuten wollte. Du hattest gerade deinen Vater verloren … Vielleicht hatte sie Angst, du könntest eine Dummheit begehen. In dem Alter ist man sehr labil.«

Marina holte ein Taschentuch hervor und trocknete zwei kleine Tränen.

»Es tut mir wirklich leid, dass ich Sie gestört habe. Es ist nur, ich habe keine Geschwister, keine anderen Verwandten. Meine Mutter war meine ganze Familie, und der Gedanke, jetzt allein zu sein ...«

»Du musst doch einen Freund haben. Ein so hübsches Mädchen.«

Sie errötete. »Ja, es gibt da jemanden, aber wir sind noch jung. Ich sehe ihn nicht als meine Familie an.«

Sie schwiegen eine Weile.

»Deshalb habe ich gedacht, wenn Sie mir ein bisschen von meinem Vater erzählen könnten, damit würden Sie mir wirklich ein großes Geschenk machen.« Dann fügte sie hinzu, als hätte sie Angst, einen Fauxpas begangen zu haben: »Und natürlich auch über dich, Onkel. Jetzt, da von der Familie nur noch wir übrig sind.«

Sie redeten bis zum Mittag, dann kam die Schwester, um Bescheid zu sagen, dass das Essen fertig sei. Marietto fragte Marina, ob sie bleiben wolle.

»Danke, Onkel, vielleicht ein andermal. Mein Freund wartet unten auf mich. Ich würde aber nächsten Sonntag gerne wiederkommen, wenn ich dich nicht störe.«

»Was heißt hier stören? Wie du siehst, habe ich nicht viel zu tun. Komm, wann immer du willst, in der Zwischenzeit schaue ich, ob ich etwas zu Piero finde. Fotos oder Unterlagen. Ich muss noch etwas in einem Karton haben, den sie in den Keller geräumt haben. Warst du schon in seiner Gemeinde?«

»Nein. Ich habe herausgefunden, wo sie ist, aber ich traue mich nicht. Was soll ich denen denn sagen? Guten Tag, ich bin Don Pieros Tochter?« Sie lächelte bitter. »Aber das macht nichts, jetzt freue ich mich erst einmal, dass ich dich gefunden habe.«

Sie drückte ihm zwei Küsschen auf die Wangen. Marietto wandte sich hastig ab, damit sie nicht merkte, wie gerührt er war. Dann trat er wieder ans Fenster und sah, wie sie auf ihren flachen Schuhen die Treppe hinuntereilte. Sie stieg in ein dunkles Auto, das in zweiter Reihe parkte, dann flitzte es davon.

»Und? Wie ist es gelaufen?«, fragte der Mann auf dem Fahrersitz.

Das schwarzhaarige Mädchen strahlte über das ganze Gesicht. »Ich sage nur eins: Ich hätte einen Oscar verdient.«

»Hat er dir etwas erzählt?«

»Immer langsam, für wen hältst du mich? Für Mata Hari? Ich muss vorsichtig sein, der Mann ist alt, fürs Erste bin ich froh, dass er keinen Herzinfarkt bekommen hat. Er ist aber noch heller, als wir gedacht hatten.«

»Verdacht hat er aber nicht geschöpft?«

»Nein, das Foto hat den Ausschlag gegeben. Zum Glück hatten wir uns das besorgt.«

Sie ließ sich in den Sitz sinken, ohne sich anzuschnallen, und nahm Brille und Perücke ab. Die honigblonden Haare konnten endlich wieder frei atmen. Sabrina Dongo massierte sich die Kopfhaut und strich sich ausgiebig das Haar glatt. Langsam entspannte sie sich.

»War die Verkleidung denn wirklich nötig?«, fragte Ludovico.

»Hey, ich bin es, die hier ein Risiko eingeht. Die ihr Gesicht verlieren kann. Besser, wenn es nicht mein richtiges ist. Und überhaupt, ist das eine Art, mich zu empfangen? Statt zu sagen, toll gemacht ...«

»Entschuldige, ich bin nur nervös. Es kam mir wie eine Ewigkeit vor.«

»Wem sagst du das.«

Er lächelte. »Komm, lass uns essen gehen. Ich habe in einem netten Lokal in Santa Margherita reserviert.«

Sie schaute aus dem Seitenfenster. »Ich habe ihm gesagt, dass ich nächsten Sonntag wiederkomme.«

»Gut. Aber du weißt, dass ich dich nicht fahren kann. Schon um mich heute loszueisen, musste ich Elena erzählen ...«

»Hör mal, lass uns jetzt nicht über deine Frau reden, okay? Wenigstens heute kannst du dich ein wenig auf mich konzentrieren.«

Er legte ihr eine Hand auf den Oberschenkel. »Ich habe mich schon gestern Abend auf dich konzentriert, will mir scheinen.«

Sie zog ihr Bein weg. Da musst du schon etwas mehr bieten, dachte sie.

Zweiunddreißig
Luciani
Genua, heute

Staatsanwalt Sassos Augen sprangen hin und her zwischen dem Foto von Sabrina und dem am Computer rekonstruierten Bild von Marina.

»Was soll ich sagen, Commissario? Ich bin sprachlos«, brachte er schließlich voller Bewunderung hervor. »Wie zum Teufel sind Sie nur darauf gekommen?«

Marco Luciani lächelte. »Ermittlerinstinkt. Zwei Verbrechen in so geringem Abstand, zwar nicht räumlich, aber zeitlich. Herr Risso, der nach Rom gefahren war. Marina Donati, die nirgendwo registriert war. Und dann die Sache mit der merkwürdigen Munition und dieser Wehrmachtspistole, die der Fischer besaß und die bei dem Mord an der Journalistin wieder auftauchte.«

»Stimmt. Im Nachhinein betrachtet, erscheint alles ganz logisch. Dann brauchen wir also diese vermeintliche Marina nicht mehr zu suchen und können den Rest den Kollegen in Rom überlassen.«

»Warum?«, fragte der Kommissar alarmiert.

Sasso breitete die Arme aus. »Wie, warum? Es ist doch offensichtlich, dass das erste Verbrechen dort unten verübt wurde. Folglich fällt auch Herrn Rissos Selbstmord unter deren Kompetenz. Außerdem sind doch bei dem Fall, wie mir scheint, sowieso keine Fragen mehr offen.«

»Entschuldigen Sie, Herr Staatsanwalt, für mich sind durch diese Entdeckung keine Fragen beantwortet. Es stellen sich eher neue.«

»Ich verstehe nicht recht.«

»Auch wenn wir annehmen, dass Marietto nach Rom

gefahren ist, um das Mädchen umzubringen, was hat er dann zwischen dem Morgen des 28. und dem Abend des 30. gemacht? Abgesehen davon, dass ich noch immer kein Motiv erkennen kann.«

Sein Gegenüber lachte verkrampft. »Und was für ein Motiv gedenken Sie zu finden? Dieser Herr war mittlerweile nicht mehr bei sich, ein Amokläufer. In einem klaren Moment hat er dann gemerkt, was er angestellt hatte, und Schluss gemacht.«

Marco Luciani zog eine Grimasse. »Und um sich umzubringen, hat er den weiten Weg bis nach Camogli auf sich genommen? Außerdem musste er nach dem Mord sofort zum Bahnhof hetzen, um den letzten Zug zu erwischen.«

»Zeitlich ist das möglich, Commissario. Das belegen im Übrigen auch die Fakten, und auf die müssen wir uns beschränken. Wer sich in das Hirn eines Verrückten hineinversetzen will, schießt übers Ziel hinaus.«

»Wenn Sie die Akten nach Rom schicken, Herr Staatsanwalt, dann werden wir die Wahrheit vielleicht nie erfahren.« Er hatte es kaum ausgesprochen, da war ihm auch schon klar, dass Sasso genau darauf aus war.

Der Staatsanwalt legte die Fotos hin. »Hören Sie, Commissario, Sie haben hervorragende Arbeit geleistet, und Sie können beruhigt sein, das wird entsprechend gewürdigt werden. Wir haben einen kniffligen Fall gelöst, und wenn wir den nach Rom überstellen, heißt das nicht, dass die Meriten denen zukommen. Im Gegenteil.«

Marco Luciani schaute ihn an. Natürlich wollte er nicht anderen seine Meriten überlassen, aber das war nicht der Punkt. Der Punkt war, dass dieses Arschgesicht von Richter es nicht erwarten konnte, den Fall abzuschließen, und dass Sassos Pendant in Rom, wenn Valerio die Wahrheit gesagt hatte, das ganz genauso sah. Es war ein Fehler hierherzukommen, dachte er, aber andererseits konnte ich meine Erkenntnisse schlecht für mich behalten.

»Einverstanden, Dottore«, sagte er und stand auf, »der Fall gehört Ihnen.« Er ging so schnell wie möglich hinaus auf die Straße, bebend vor Gereiztheit. Es war immer dieselbe Leier, wenn man die kleinen Fische fing, dann ließen die Richter sie vorzeitig vom Haken; und wenn man sich an die großen herangewagt hatte, dann durfte man sie noch nicht einmal an Bord holen. Wenn sich tatsächlich der Geheimdienst eingeschaltet hatte, dann hieß das, sie mussten jemanden decken. Und Marietto Risso war der perfekte Sündenbock.

Luciani rief Polizeichef Iaquinta an, obwohl er wusste, dass er damit nicht viel erreichen würde. Ihr Verhältnis war schon seit längerem äußerst gespannt, und Marco Luciani hatte es nur seinen exzellenten Ermittlungsergebnissen zu verdanken, dass er noch immer die Mordkommission leitete. Der Polizeichef ließ ihn gut drei Minuten am Handy warten, um schließlich mit genervter Stimme zu antworten: »Was ist los, Commissario?«

»Los ist, dass Sasso die Akte Risso nach Rom überstellen will, wo sie mit der von dem Mädchen zusammengelegt und geschlossen werden wird.«

»Gut. Wo liegt das Problem?«

»Dass mich das kein bisschen überzeugt. Ich kann schwerlich glauben, dass der Alte das Mädchen umgebracht hat.«

Iaquinta seufzte. »Commissario, Sie sind nie zufrieden. Nicht einmal, wenn Sie zwei schwierige Fälle auf einen Schlag lösen. Immer suchen Sie das Haar in der Suppe. Seien Sie ganz unbesorgt, Sie haben hervorragende Arbeit geleistet, und die Fälle werden in guten Händen ruhen.«

»Ich habe aber …«

»Machen Sie mal wieder einen Trainingslauf, Commissario. Führen Sie ein Mädchen aus. Gehen Sie feiern. Dieser

Fall ist abgeschlossen. Nehmen Sie ein paar Tage Urlaub und entspannen Sie sich. Das ist kein Vorschlag, das ist ein Befehl«, sagte er und legte auf.

Marco Luciani fluchte. Staatsanwalt wie Polizeichef konnten es gar nicht erwarten, die Sache zu beerdigen, und er hatte sich wie ein Anfänger einspannen lassen.

Zurück im Büro, fand er eine Nachricht von Valerio vor. Eine Bitte um Rückruf, der er sofort nachkam.

»Ah, Lucio, du Schweinepriester. Gerade erfahre ich, dass du unseren Fall gelöst hast.«

»Jawohl.«

»Na ja, ich hatte immer den Verdacht, dass du ein Schleimscheißer bist. Der Klappergreis, wer hätte das für möglich gehalten? Wenn ich an diesen armen afrikanischen Mitbürger denke, den man zu Unrecht verdächtigt hat ... Da wird's mir ganz eng ums Herz, und auch ums Hinterteil.«

»Tut mir leid, dass ich euch vorgegriffen habe, Vale.«

»Soll das ein Gag sein? Wir sind heilfroh, dass wir die Scheiße vom Hacken haben. So einen Zinnober habe ich noch nie erlebt. Die hingen wie die Sackratten an uns dran.«

»Na ja, sieht so aus, als wäre die Sache abgeschlossen. Nur das Motiv werden wir wohl nie erfahren.«

»Auf das Motiv ist doch geschissen. Wenn dir einer eins in die Zähne gibt, fragst du ihn doch nicht, warum, du haust zurück, und fertig ist die Laube. Mach dich locker, Lucio, komm mich mal besuchen, dann essen wir zusammen Bucatini all'amatriciana, ich kenn da so einen Laden.«

»Ich kann's gar nicht erwarten«, sagte Marco Luciani. Am Vortag hatte er einen Streifen Focaccia gegessen, und nach einer schlaflosen Nacht hatte er sich geschworen, dass er es jetzt ernsthaft mit der Schleim-frei-Diät probieren würde.

Dreiunddreißig
Sabrina
Rom, Dezember

»Ich habe Angst, Ludovico. Ich bin bei dem Alten aufgeflogen, er hat mich bedroht.«

»Wie, du bist aufgeflogen?«

Sabrina wurde rot vor Scham, wenn er sie am Telefon auch nicht sehen konnte. »Ja, er hat mich nach meinem Alter gefragt, und so aus dem Stegreif habe ich mich vertan und mein richtiges Alter genannt. Daraus hat er geschlossen, dass ich nicht Pieros Tochter sein kann.«

»Du lieber Himmel.«

»Zum Glück halten ihn da drinnen alle für durchgeknallt, und so hat keiner Verdacht geschöpft. Aber ich setze da keinen Fuß mehr rein.«

Er hätte am liebsten das Handy an die Wand geschmissen und losgebrüllt. »Komm, jetzt beruhig dich erst mal«, sagte er stattdessen. »Wir wollen nichts überstürzen.«

»Von wegen überstürzen, Ludovico! Geh doch du ins Altersheim und such diesen verschissenen Schädel! Was kümmert mich der ganze Mist? Was hab ich davon? Wann tust du eigentlich endlich mal was für mich?« Nicht einmal ein Jahr, dachte Ludovico Ranieri. Nicht einmal ein Jahr hatte sie gebraucht, um wie seine Frau zu werden. Oder schlimmer.

»Hör mal, Kleines.«

»Nenn mich nicht Kleines! Ich bin nicht klein. Ich bin eine erwachsene Frau und habe das Recht zu erfahren, ob ich hier nur meine Zeit verschwende oder mir eine Zukunft aufbaue. Unsere Zukunft. Ich habe wichtige Arbeitstermine versäumt, um jedes Mal, wenn du gerade frei warst, zu dir zu rennen. Ich habe kein eigenes Zuhause, sehe meine Freunde nicht mehr. Und jetzt werde ich wieder einmal allein Silvester feiern, während du bei deiner Frau sitzt, die du angeblich schon vor sechs Jahren verlassen wolltest.«

Dumme Kuh, dachte Ludovico wütend. Er ertrug sie nur noch, weil er hoffte, diesen verfluchten Kopf zu finden, und jetzt, da das Spiel aufgeflogen war, brachte sie ihm keinerlei Nutzen mehr.

»Ich hätte sie verlassen, vor sechs Jahren. Aber jetzt ist es nicht mehr so einfach.«

Er hörte, dass Sabrina leise zu weinen begonnen hatte. Die Nerven gingen mit ihr durch. Er musste mit ihr Schluss machen, bevor sie irgendeine Dummheit anstellte.

»Ich muss dich sehen, Ludovico. Warum kommst du an Silvester nicht zu mir? Nur ich und du, ich koche uns was Schönes. Es gibt so viel, worüber wir reden müssen.«

»Hör mal, an Silvester kann ich nicht, daran ist nicht zu rütteln. Ich kann aber versuchen, mich am Abend davor freizumachen. Ich komme zu dir, und wir bereden alles in Ruhe.«

»In Ruhe?«, sagte Sabrina. »Ich glaube, ich habe genug Geduld gehabt. Ich werde nicht noch ein Jahr warten, Ludovico. Ich werde nicht einmal mehr sechs Monate warten. Denk dir irgendeinen Vorwand aus, mach, was du willst, aber dieses Silvester musst du mit mir verbringen!«

Sie legte auf, spürte wieder die Übelkeit hochsteigen und rannte ins Bad, um sich zu übergeben. Du bist ein verfluchtes Arschloch, dachte sie. Und dein Kind scheint ganz nach dir zu geraten.

Vierunddreißig
Luciani
Genua, heute

»Ein alter Fischer, der sich in Ligurien das Leben genommen hat, und eine unter mysteriösen Umständen in Rom ermordete junge, attraktive Frau. Zwei scheinbar für sich stehende Bluttaten geraten nun durch eine sensationelle Entdeckung in Zusammenhang: Der 78-jährige Giuseppe Risso, genannt Marietto, dessen Leiche am 31. Dezember auf einem Strand bei Camogli gefunden wurde, kannte Sabrina Dongo, die 29 Jahre junge Journalistin, die am Abend des 30. mit drei aus unmittelbarer Nähe abgegebenen Pistolenschüssen in ihrem Wohnzimmer getötet wurde. Die bildhübsche junge Frau, eine ehemalige Schauspielerin, war vor einigen Monaten in dem Seniorenheim aufgetaucht, in dem Risso lebte, und hatte sich als seine Nichte ausgegeben, von deren Existenz dieser bis dato nichts wusste. Sie hatte sich das Vertrauen des geistig nicht mehr ganz klaren alten Mannes erworben, vermutlich in der Hoffnung, von ihm Informationen über eine lange zurückliegende Geschichte aus Kriegszeiten zu bekommen. Irgendwie musste Risso den Betrug jedoch entdeckt haben, denn Zeugen berichten, dass er der jungen Frau gedroht habe. Wenige Tage später stöberte er sie in Rom auf und tötete sie mit einer Pistole, die er wohl seit dem Krieg illegal aufbewahrte. Nach Ligurien zurückgekehrt, muss er sich seiner Tat bewusst geworden sein, und so nahm er sich mit derselben Waffe das Leben.

Dies ist die Rekonstruktion der Staatsanwaltschaft in Genua, zwei Tötungsdelikte betreffend, die womöglich nie aufgeklärt worden wären, hätte Kommissar Lucianis außerordentlicher Spürsinn nicht dafür gesorgt, dass sie schnell zu den Akten gelegt werden können. Von jedem Verdacht reingewaschen ist dagegen Patrick Diakhaté, der bis dahin einzige Mordverdächtige im Fall Sabrina Dongo. Der senegalesische Mitbürger unterhielt eine Beziehung zu dem Mädchen und war bis wenige Minuten vor der Tat mit ihr zusammen, wodurch zwangsläufig der Hauptverdacht auf ihn fiel.

Staatsanwalt Giacomo Sasso hat die Akte an die Staatsanwaltschaft in Rom überstellt, in deren Kompetenzbereich sie jetzt fällt, weil das erste Verbrechen in der Hauptstadt verübt wurde. Da die Kugel, durch die Giuseppe Risso getötet wurde, nicht gefunden wurde, ist ein Abgleich mit denen in Frau Dongos Leiche nicht möglich. Aber auch ohne diesen letzten Beweis können kaum noch Zweifel über den Ablauf der Taten bestehen. Den Männern der Mordkommission in Rom müssten wenige Tage genügen, um die letzten Puzzlesteine einzufügen.«

Marco Luciani schlug die Zeitung zu. Er war nicht zur Pressekonferenz erschienen, denn es wäre unschön gewesen, hätte er Punkt für Punkt die Behauptungen des Staatsanwalts widerlegt. Dass aber die Zeitungen seinen Namen so herausgestellt hatten, war ziemlich aufschlussreich: Sasso und Iaquinta mussten den Reportern eingeschärft haben, dass der Kommissar zitiert und gelobt werden müsse, und da alles auf der Welt seinen Preis hatte, war nur zu offensichtlich, dass er mit diesem Zuckerl handzahm gemacht werden sollte. Er durfte die Komplimente kassieren und die feierliche Belobigung, die ihm Polizeichef Iaquinta versprochen hatte, schön hübsch gerahmt, damit er sie sich gleich an die Wand nageln konnte.

Am liebsten würde ich euch an die Wand nageln, ihr Arschgeigen, dachte Luciani. Die ihr immer bereit seid, die

Fälle mit der simpelsten, bequemsten Erklärung abzuhaken, zu Frommen des Publikums und eurer politischen Überväter. Ob es die Wahrheit oder ein kolossales Kuckucksei ist, das geht euch sonst wo vorbei.

Er wollte sich gerade einen Kaffee holen, als sein Handy klingelte. Mit der Nummer auf dem Display konnte er nichts anfangen. »Hallo«, sagte er, und kaum hörte er die Stimme am anderen Ende, wurde sein Blut so flüssig wie das von San Gennaro.
»Sofia?«
»Keine Namen, bitte. Ruf mich über eine sichere Verbindung unter dieser Nummer an«, sagte sie, ehe sie auflegte.
Marco Luciani blieb einige Sekunden wie angewurzelt sitzen. Alles war so schnell gegangen. War es wirklich passiert? Oder hatte er so lange und intensiv an sie zurückgedacht, dass er schon halluzinierte? Sein Herz schlug wie wild, also konnte er es nicht nur geträumt haben. Sofia Lanni hatte angerufen.
Was zum Geier will die denn jetzt?!, fluchte er und hieb mit der Faust auf den Tisch. Was meint die denn, wem zum Henker sie Befehle geben kann?! Sichere Verbindung, sagt sie. Weil sie gern Geheimagent spielt. Leck mich doch, du dumme Zicke. *Vaffanculo!* Was glaubst du denn? Dass du dich monatelang tot stellst, und kaum rufst du an, stehe ich Gewehr bei Fuß? Leck mich! Ich hoffe, du steckst bis zum Hals in der Scheiße. Das heißt, ich weiß, dass es so ist, warum sonst hättest du mich angerufen? Sieh zu, wie du klarkommst. Du weißt so gut, wie man die Leute in die Scheiße reitet – ich hoffe, dass es diesmal dich erwischt hat. Nicht ums Verrecken werde ich auch nur einen Finger rühren, um dich da rauszuholen.
Er fluchte ungefähr noch satte fünf Minuten, genau so lang, wie er brauchte, um seine Jacke zu greifen, in den erst-

besten Tabakladen zu rennen und eine Telefonkarte zu kaufen, eine Telefonzelle zu suchen und die vom Handy gespeicherte Nummer anzurufen.

»Das hat aber gedauert!«, sagte sie.

»Hör mal, Sofia, weißt du, was du mich kannst ...«

»Keine Kraftausdrücke, Marco. Ich muss dir etwas äußerst Wichtiges sagen.«

Ihr Tonfall verriet Angst, nein Panik, und die absolute Tragweite dieses Telefonats. Der Kommissar beschloss, seine Vorwürfe auf später zu verschieben, und sagte nur: »Ich höre.«

»Ich habe gerade gelesen, dass du die Ermittlungen zum Tod des Fischers praktisch eingestellt hast. Und folglich auch die zu Sabrina Dongos Tod.«

»Das war nicht meine Entscheidung.«

»Dachte ich mir. Du bist zu gut, um nicht zu merken, dass diese Geschichte viel komplexer ist, als sie scheint.«

»Kanntest du sie?«

Sofia seufzte. »Sabrina? Nicht persönlich. Aber jemand, der sie kannte, hat mich kontaktiert und um Hilfe gebeten.«

»Warum gerade dich?«

»Weil wir beide in derselben Branche tätig sind. Offiziell arbeitete Sabrina als freie Journalistin, sie hatte gute Verbindungen zur RAI, in Wirklichkeit hatte sie aber eine Agentur.«

»Was für eine Agentur? Privatermittlungen?«

»Ja, unter anderem. Es wurden aber auch Dienstleistungen im weiteren Sinn angeboten. Lösung von Problemen. Aufspüren verschwundener Personen. Hilfe bei Geschäftsabschlüssen. Die Ohren offenhalten und Informationen sammeln. Wir Frauen kommen in diesem Bereich viel weiter als Männer. Wir sehen uns als ... Kopfgeldjägerinnen.«

Der Kommissar lachte auf. Er kannte die besonderen

»Dienstleistungen« nur zu gut, mit denen sie Informationen einholten. »Und wie nennt ihr euch? Zwei Engel für Charlie? Oder: Tutti frutti?«

Sofia Lanni liebte Marco Lucianis Sinn für Humor. Manchmal jedoch überschritt er die schmale Grenze zwischen Zynismus und Boshaftigkeit.

»Okay. Es war ein Fehler, dich anzurufen. Du bist immer noch zu sauer auf mich.«

Marco Luciani wollte schon sagen, nein, er sei kein bisschen sauer, aber das stimmte nicht, das stimmte ganz und gar nicht. Und das war auch richtig und gesund, während falsch und ungesund war, dass er, trotz allem, allein schon beim Klang von Sofia Lannis Stimme wie ein Schulbub hochschreckte.

»Hör mal. Wenn du Informationen zu dieser Geschichte hast, dann sprich mit meinen Kollegen in Rom. Der Fall liegt jetzt bei ihnen.«

»Aber die wollen ihn so schnell wie möglich abschließen. Du dagegen könntest ...«

»Was könnte ich? Ich habe es satt, den Don Quichotte zu spielen! Ihre Rekonstruktion ist logisch, deine Freundin Sabrina hat irgendeine krumme Tour versucht – was für eine, will ich gar nicht wissen – und ist dabei an den falschen Rentner geraten.«

»Komm, Marco, du glaubst doch nicht ernsthaft, dass er es war.«

»Mir bleibt nichts anderes übrig, Sofia. Noch einmal: Wenn du weißt, dass es jemand anders war, dann zeig ihn an.«

»Mir sind die Hände gebunden, Marco. Ich habe ein dickes Problem. Und ich habe Angst. Ich will nicht wie Sabrina enden. Ich kann dir aber die Telefonnummer von jemandem geben, der vieles weiß und dir alles erklären kann. Kannst du nach Rom kommen?«

Der Kommissar gab ein sarkastisches »Ach!« von sich. »Weiter nichts? Nein, ich kann nicht nach Rom kommen. Ich habe einen Job, und mein Urlaub ist aufgebraucht.«

Sofia schwieg. Marco Luciani hörte einen Moment ihrem Atem zu, wie er es getan hatte, wenn sie neben ihm schlief und er, auf einen Ellbogen gestützt, ihr Profil betrachtete und nicht glauben konnte, dass dieses sagenhafte Geschöpf die Nacht in seinem Bett verbrachte.

»Einverstanden«, sagte er schließlich, »gib mir Namen und Nummer von diesem Typen.«

Sie diktierte sie ihm. »Ruf ihn so schnell wie möglich an, Marco.«

»Eigentlich wollte ich das den Kollegen in Rom überlassen.«

»Nein!«, schrie Sofia Lanni mit Panik in der Stimme. »Nein, Marco, bloß das nicht. Schwör mir, dass du das nicht tust!«

»Okay, beruhige dich. Ich wollte nicht ... Da unten gibt es einen Inspektor, dem ich vertraue und ...«

»Das ist eine finstere Geschichte, Marco. Äußerst finster. Wenn du dir nicht zutraust, die Sache anzupacken, dann lass es. Verbrenn die Nummer und vergiss alles.«

Marco Luciani schwieg eine Weile. Sein Herz pumpte das Blut jetzt schneller durch die Adern, er fühlte sich quicklebendig. Sein Hirn aber sagte ihm, er solle Sofia nicht auf den Leim gehen, sofort auflegen und sich Schererein ersparen. So wie er sie kannte, brauchte es ihr nicht wirklich um Sabrina zu gehen. Vielleicht hatte sie sich mit dem Anruf nur vergewissern wollen, dass die Ermittlungen tatsächlich abgeschlossen waren.

»Eben, vergessen wir's«, sagte er. »Der Fall geht mich nichts mehr an, und diese Sabrina kannte ich noch nicht einmal. Warum sollte ich mich ihretwegen in die Nesseln setzen?«

»Weil du, als ich dich kennenlernte, ein guter Mensch warst. Ein aufrechter Kerl«, fuhr Sofia ihn an.

»Nein, ich war nur ein naiver Trottel.«

Wieder folgte langes Schweigen.

»Sie war, auch wenn sie Fehler gemacht hat, ein anständiges Mädchen.« Sofias Stimme war nur noch ein Flüstern.

Na logo, dachte Marco Luciani, genau so ein anständiges Mädchen wie du.

»Dann mach dir keine Sorgen: Sie ist jetzt schon im Paradies«, sagte er und legte den Hörer auf.

Fünfunddreißig
Ranieri
Rom, 28. Dezember

»Hallo?«

»Ich bin's.«

»Ach du, mein Lieber. Wie? In Rom bist du? Wer? Ich verstehe nicht. Moment, ich kann dich kaum hören, hier ist so ein Lärm, ich gehe mal in ein anderes Zimmer.«

Ludovico Ranieri winkte seiner Frau, die mit den Gattinnen zweier Parlamentarier plauderte, verließ den Raum mit dem Buffet und zog sich in einen stillen Flur zurück.

»Ich hatte gesagt, du sollst mich nicht anrufen«, flüsterte er, »und schon gar nicht unter dieser Nummer.«

»Es ist ein Notfall«, sagte Sabrina tonlos.

»Das heißt?«

»Ich habe eine Mail von Schwester Maura bekommen.«

»Wem?«

»Schwester Maura, die das Heim leitet, in dem der Alte wohnt. In Camogli.«

»Sag nicht, er ist tot.«

»Nein, im Gegenteil. Risso hat ihr gesagt, dass er mich für ein paar Tage in Rom besucht, und sie wollte wissen, ob das stimmt.«

»Davon hatte ich keine Ahnung.«

»Ich auch nicht. Das ist es ja. Der Alte hat ihr erzählt, dass er nach Rom fährt, und ich habe es ihr bestätigt, aber sicher kommt er nicht zu mir. Er weiß ja nicht mal, wo ich wohne.«

Ludovico seufzte. »Ich kann dir nicht folgen.«

»Der ist achtzig, Ludovico, das ist nicht normal, dass er mal kurz irgendwo hinfährt. Und dass er es ausgerechnet tut, nachdem er gemerkt hat, dass ich ihn linken wollte. Ich glaube, er hat kapiert, woher der Wind weht, und hat einen Schreck gekriegt. Wahrscheinlich macht er sich auf, um die Sache zu holen.«

»Aber wenn er weiß, wo sie ist, warum hat er sie dann nicht früher geholt?«

Sabrina schwieg einen Moment. »Keine Ahnung. Vielleicht weiß er ja, wer sie geholt hat, und jetzt will er denjenigen warnen. Ich meine, man sollte ihn jedenfalls im Auge behalten und schauen, wohin er fährt.«

»Kannst du das nicht machen?«

»Ich? Er kennt mich doch!«

»Nicht als Marina. Als Sabrina.«

»Nein, Ludovico. Ich schlage mich mit anderem herum. Und ich habe keine Lust mehr, für dich die Kastanien aus dem Feuer zu holen.«

Zicke, dachte Ludovico.

»Okay, ich kümmere mich darum«, sagte er und beendete die Verbindung.

Sabrina Dongo legte den Hörer auf und biss sich auf die Unterlippe. Ludovico versuchte sie loszuwerden, das hörte man aus seinem Ton heraus, aber zum Glück hatte sie es rechtzeitig gemerkt. Vor Silvester würde sie ihm die freudige Nachricht überbringen, und ihr gemeinsames Kind würde alles ändern. Männer mochten es nicht, wenn man sie in die Enge trieb, aber manchmal musste man sie einfach zwingen, sonst schoben sie Entscheidungen in alle Ewigkeit auf. Er würde jetzt wählen müssen, und er würde sie wählen, da hatte sie keinen Zweifel. Er würde sie wählen, weil sie jünger und schöner war als seine Frau, weil sie ihn im Bett auf Touren brachte und weil sie beide, letzten Endes, vom Leben dasselbe wollten. Der Kopf, dachte sie, wenn der Alte uns zu dem Kopf führt, dann kommt alles ins Lot. Sie lächelte und dachte, wie komisch das Leben doch war. Sie hatte Monate damit zugebracht, sich Rissos Vertrauen zu erarbeiten, und nichts erreicht. Dann hatte ihr erster Fehler die lang ersehnte Wendung herbeigeführt. Sie zündete sich eine Zigarette an, machte zwei Züge und drückte sie sofort wieder aus. Innerlich bat sie ihr Kind um Verzeihung. Es wird hart sein, hier tatenlos herumzusitzen, ohne zu rauchen, dachte sie. Hoffen wir nur, dass Ludovico nicht alles verbockt.

Der Alte war in Aktion getreten, und Sabrina hatte recht, man musste herausfinden, was er vorhatte. Marietto Risso war der einzige Faden, der ihn zum Kopf der Themis führen konnte, und den durfte er nicht verlieren.

Ludovico drehte sich um und sah Belmondo vor der Wohnzimmertür stehen. Sein Leibwächter hatte bemerkt, dass er den Raum verlassen hatte, und sich so platziert, dass er ihn im Auge behalten und gleichzeitig die gebotene Diskretion wahren konnte. In den Monaten nach Ranieris Wahlsieg hatte er sich als aufgeweckter, ambitionierter Bursche erwiesen, als einer, der vor allem Taten sprechen ließ. Und so wie die Dinge lagen, war es vielleicht an der Zeit, einen Profi hinzuzuziehen.

Sechsunddreißig
Luciani
Bogliasco, heute

Es stand vier beide im dritten Satz, und am Spielfeldrand hatte sich eine Handvoll Zuschauer versammelt, um die Schlussphase des Matches zu verfolgen. Im Club von Bogliasco kam es nicht oft vor, dass Igino Cevasco unter Druck geriet. Er war die unangefochtene Nummer eins und der absolute Favorit auf den Sieg im Vereinsturnier. Aber Marco Luciani schien einen seiner besten Tage zu haben. Er war entschlossen, in diesem Halbfinale bis zum letzten Ball zu fighten, auch weil Cevasco, Abkömmling einer steinreichen Familie, Chefarzt in Kardiologie, verbandelt mit Politik und Pharmaindustrie, einer dieser Leute war, die er nicht ertragen konnte. Alles ging ihm leicht und locker von der Hand, wie die Vor- und Rückhandschläge, die er sicher schon als Kleinkind von den bedeutendsten Lehrern des NOK gelernt hatte. Er lebte und spielte mühelos, als stünde der Sieg ihm ganz selbstverständlich zu. Und wenn er einmal Gefahr lief zu verlieren, fand er immer ein Mittel, um das Blatt noch zu wenden.

Der Kommissar machte sich an den Aufschlag und versuchte, nicht daran zu denken, dass sein Gegner, falls diesem jetzt ein Break gelang, anschließend zum Matchgewinn servierte. Aber schon durch den Versuch, nicht daran zu denken, verschlug er das erste Service, und das zweite geriet zu schwach, wodurch Cevasco vorrücken und auf Lucianis Rückhand returnieren konnte. 0:15. Marco Luciani hatte nur einmal seinen Aufschlag abgegeben, zu Beginn des Matches, und das hatte ihn den ersten Satz gekostet. Danach hatte er mit Hilfe seiner ein Meter siebenundneunzig ein Sperrfeuer an Assen und Serve-and-Volleys losgelassen, hatte immer attackiert, bevor sein Gegner in Tritt kommen konnte. Er hatte den zweiten Satz 6:2 gewonnen, im dritten hatte er mühelos sein Service durchgebracht und sogar drei Breakbälle verschenkt. Er hatte wieder ersten Aufschlag, der um Haaresbreite ins Aus ging, und als er den zweiten länger servieren wollte, beging er einen Doppelfehler: 0:30. Cevasco wechselte tänzelnd auf die rechte Seite, schon bereit, den nächsten Aufschlag zu returnieren. Der Kommissar fing einen Blick des Geometers Casareto auf, seines geheimen Coaches, der besorgt dreinschaute. Du darfst nicht ausgerechnet jetzt einbrechen, schien er zu sagen, mach dir nicht im entscheidenden Moment ins Hemd! Marco Luciani atmete tief ein, holte voll aus und jagte einen Hammerball in den Winkel des Aufschlagfeldes, ein perfektes Ass. Cevasco rührte sich nicht. »Netz«, sagte er, während der Kommissar schon auf die andere Halbfeldseite wechseln wollte. »Bitte?!« – »Netz. Er hat die Kante berührt. Tut mir leid.«

Red doch keinen Scheiß, dachte Luciani und schaute hilfesuchend ins Publikum. Das war schon der dritte Punkt, den Cevasco ihm im dritten Satz klaute, aber niemand schien in einem so heiklen Augenblick gewillt, zu intervenieren. Auch Casareto zog eine Grimasse, als wollte er sagen: »In seiner Spielfeldhälfte ist er der Schiri.« Linke Bazille, dachte der Kommissar und bedachte Cevasco mit einem Blick, aus dem Mordlust blitzte. Wieder zog er den ersten Aufschlag voll durch. Aus. Sein Gegenüber rückte zwei Schritte ins Feld, um sich den Punkt mit einem starken Return zu holen, und Marco Luciani schlug den zweiten Aufschlag ins Netz. Noch ein Doppelfehler. 0:40.

Cevasco setzte ein spitzes Lächeln auf und ballte die Faust. Er sagte leise: »Jetzt ist er fällig«, aber nicht leise genug, um vom Kommissar nicht gehört zu werden. Er war stark, selbstsicher und gewohnt, sich zu nehmen, was er wollte. Und wenn er es nicht mit legalen Mitteln bekam, dann scheute er auch nicht davor zurück, die Regeln zu seinen Gunsten zu ändern. Das war seine Art, auf dem Spielfeld wie im Leben.

Der Kommissar atmete tief durch, und aus irgendeinem merkwürdigen Grund fiel ihm gerade jetzt Mariettos Brief ein. Die Mannschaft der Reichen zu schlagen ist schwer, extrem schwer. Man muss nicht nur stärker sein als sie, sondern auch stärker als ihre Selbstsicherheit, als ihre von Dienstmädchen gebügelten Trikots, als ihre Aura der Unbesiegbarkeit. Er schaute sich das Publikum am Spielfeldrand an, die Vereinsmitglieder hatten ihn durch Beifall unterstützt, ihn bewundernd angelächelt, sie hatten sich an diesem unerwartet spannenden Match ergötzt, aber jetzt waren sie auf die Seite des Champions umgeschwenkt, bereit, dessen unvermeidlichen Sieg zu bejubeln. Es war schön und erregend, wenn die Ordnung in Frage gestellt wurde, aber am Ende mussten doch die tradierten Werte obsiegen. Die Starken behielten die Oberhand, solange die anderen sie für stark hielten, die Reichen blieben reich, solange die Armen ihnen weiterhin Schmiergelder zahlten, schwarz für sie arbeiteten und keine Rechnungen stellten.

Marco Luciani dachte an Marietto, geschlagen, am Strand abgeladen wie ein Haufen Müll. So werde ich nicht enden, sagte er leise. Er schlug das erste Ass ganz flach, so dass die gegnerische Rückhand ins Leere ging. 15:40. Das zweite schlug er von rechts, mit so viel Effet, dass es Cevasco gegen den Zaun warf. 30:40. Das dritte kam zentral, sein Gegner reagierte nicht einmal. 40 beide. »Spitze!«, schrie Casareto, der Geometer, vom Rand. Marco Luciani hörte ihn nicht, er nahm nichts mehr wahr, außer seinem gleichmäßigen Herzschlag und einer angenehmen Leichtigkeit. Er schlug noch ein starkes erstes Service, und den allzu hohen Return nutzte er zu einem Rückhand-Volley und zum Punktgewinn. Zum Abschluss servierte er von links einen hammerharten Ball, den Cevasco gerade noch streifen konnte.

Jetzt stand es 5:4, und der Druck lastete allein auf dem Gegner. Der Kommissar blieb eine Minute reglos auf seinem Stuhl sitzen, den Kopf unterm Handtuch, und versuchte, die Konzentration aufrechtzuerhalten. Heute bin ich der Stärkere, dachte er, heute habe ich besser gespielt und verdiene zu gewinnen. Wenn wir auf dem Fußballplatz wären, hätte Marietto recht, der Schiedsrichter würde noch in der neunzigsten Minute eine Gelegenheit finden, einen Elfer gegen mich zu pfeifen, und ich wäre machtlos. Aber das hier ist Tennis, die Spielregeln sind gedacht, um dem Besseren zum Sieg zu verhelfen. Man braucht zwei Punkte Vorsprung, um ein Spiel zu gewinnen, zwei Spiele Vorsprung für einen Satzgewinn, und zwei Sätze, um ein Match zu gewinnen.

Cevasco begann mit einem exzellenten Aufschlag, aber Marco Luciani traf den Ball sauber vor dem Körper und jagte ihn genau auf die Seitenauslinie. Sein bester Return im bisherigen Match. 0:15. Sein Gegner schüttelte den Kopf, als wäre das alles nur Zufall und Glück. Er schlug erneut auf Lucianis Rückhandseite auf und attackierte am Netz, doch der Kommissar setzte einen perfekten Crossball, genau in die zehn Zentimeter breite Lücke, die der Gegner ihm ließ. 0:30. Der amtierende Champion war zwei Punkte von der Niederlage entfernt und geriet mental ins Wanken, zum ersten Mal seit Beginn der Partie. Er verzog den ersten Aufschlag, und beim zweiten attackierte Luciani mit einem Longline-Vorhandball. Cevasco musste einen Lob spielen, Luciani antwortete mit einem Smash und holte sich den Punkt. 0:40. Cevasco setzte ein ungläubiges Lächeln auf, ging sein Gesicht abtrocknen, öffnete einen Schnürsenkel und band ihn wieder zu und ließ so eine gute Minute verstreichen, um Lucianis Konzentration zu zerstören. Der Kommissar war aber im totalen Leistungsrausch, jeder Ball schien von seinem Schläger wie mit dem Rasiermesser gezeichnet, er schlitzte die Leinwand auf, eröffnete den Blick auf andere mögliche Welten, Welten, in denen die Letzten tatsächlich die Ersten wurden, zumindest für einen Tag, wo es Gerechtigkeit für den Einzelnen gab und in der die alten Anarchisten noch davon träumen konnten, den Tyrannen zu stürzen. Cevasco warf noch einmal seine ganze Klasse in die Waagschale und zauberte einen weiteren exzellenten ersten Aufschlag hervor. Den etwas kurzen Return nutzte er zu einem harten Vorhandball, mit dem er den Punkt machen wollte, aber Marco Luciani hatte das antizipiert, seine Rückhand flog die Seitenauslinie entlang wie ein Zug auf einem Bahngleis und klatschte auf den Schnittpunkt mit der Grundlinie.

»Aus«, sagte Cevasco, einen Finger in die Luft gereckt. Marco Luciani ließ sich nicht beeindrucken, ging in großen Schritten über das Feld, am Netz vorbei, und zeigte mit dem Schläger die Stelle an, wo der Ball aufgekommen war. »Das ist nicht die Stelle«, sagte sein Gegner, »der war mindestens fünf Zentimeter im Aus.« Einen Moment lang war die Spannung mit Händen zu greifen, und der Kommissar dachte an die unsterblichen Worte in »Die Warriors« von Walter Hill, dem größten Regisseur aller Zeiten, als Swan zu dem Typen der Baseball Furies vor sich sagt: »Ich schieb dir diesen Schläger in den Arsch und schwenk dich wie eine Flagge«, und als er schon Cevasco mit dem Schlägergriff entjungfern wollte, hörte er deutlich die Stimme des Geometers Casareto, der sagte: »Der Ball war gut, das haben wir alle gesehen.« Beifälliges Gemurmel ging durch das Publikum, doch der Chefarzt winkte nur genervt ab. »Es wäre korrekt, wenn der Ball wiederholt würde, aber mir ist die Lust am Spielen vergangen«, sagte er und verließ das Feld, ohne dem Kommissar die Hand zu geben.

Marco Luciani kehrte nach Camogli zurück und streckte sich zu Hause auf der Gartenliege aus, um die letzten nachmittäglichen Sonnenstrahlen zu genießen. Trotz der zweieinhalbstündigen Schlacht fühlte er sich körperlich in glänzender Verfassung. Ob das der neuen weizenfreien Diät geschuldet war? Die Kopfschmerzen waren verschwunden, seinem Bauch ging es gut, und er hatte sich nicht mehr übergeben müssen. Auch seine Laune hatte sich gebessert, aber das konnte daher kommen, dass er einen Schweinepriester wie Cevasco geschlagen hatte. Nirgendwo stand geschrieben, dass die Dinge immer gleich ablaufen mussten. Es war nur manchmal bequemer, die Dinge einfach gleich ablaufen zu lassen. Man brauchte Mumm, um Risiken einzugehen, um die Mächtigen herauszufordern, um beim Matchpoint auch das zweite Service aggressiv zu schlagen. Man brauchte Mumm, um auf einen Klepper zu steigen und gegen die Windmühlen anzureiten. Aber man musste die richtige Gelegenheit abwarten, wenn man sich Hoffnungen auf einen Sieg machen wollte.

Siebenunddreißig
Sabrina
Rom, 30. Dezember

»Was erlauben Sie sich? Ich bin verheiratet. Und ich liebe meinen Mann.«

»Oh, sicher liebst du ihn. Aber du hast nicht ihn gerufen, um die Gastherme zu reparieren.«

»Nein, er ist ein Intellektueller. Er ist handwerklich nicht sehr geschickt.«

»Ein Intellektueller? Dann hat er wohl eine schnelle Zunge, was?«

Sabrina seufzte. »Hmm, ja, das schon«, sagte sie und strich sich über die Schenkel. Sie hatte die schwarzen halterlosen Strümpfe gewählt und trug keinen Slip.

Sie spielten Klempner und Hausfrau. Patrick kam näher und pumpte die Muskeln unter seinem blauen Unterhemd auf.

»Mit der Zunge spielen kann jeder«, sagte er, »aber den Unterschied macht etwas anderes aus.« Sie knöpfte ihm die Jeans auf und wich erschrocken zurück.

»O. Mein. Gott«, stammelte sie. »Der ist viel größer als der von meinem Mann. Ich kann nicht ...«

»Und ob du kannst. Und wie.«

Sabrina befeuchtete sich die Fingerspitzen und streichelte ihn behutsam. »Aber dieses Werkzeug wird nicht extra berechnet, oder?«

»Ist alles im Preis inbegriffen.« Er lächelte, die Vorstellung, dass diese blonde Göttin ihn begehrte, brachte ihn außer Rand und Band. Er küsste sie, und während ihre Zungen sich ineinander verschlangen, legte er sie aufs Bett. Er roch, dass sie schon feucht war, und drang langsam in sie ein, jeweils nur um ein paar Zentimeter. Der Gedanke, dass sie noch nie so ein dickes Ding gespürt hatte, erfüllte ihn mit Stolz. »Vorsichtig«, wiederholte sie, »vorsichtig«, aber bei jedem Stoß öffnete sie sich ein bisschen weiter. Das Klempnerspiel hatte sie erregt, und Patrick wollte, dass sie so kam, während sie sich küssten, er wollte gleichzeitig stark und zärtlich sein, und dass es lange dauerte. Er schloss die Augen, konzentrierte sich auf die Bewegungen und schaffte es, dass sie drei Mal kam, ohne dass ihn selbst die Welle des Orgasmus mitriss. Als sie sich dann löste und ihm ins Ohr flüsterte: »Ich will jetzt, dass du kommst, ich will, dass du in mir kommst«, erhöhte er die Schlagzahl und kam, er füllte sie mit seinem heißen Sperma, während Sabrina die Kontrolle verlor und schrie, er sei ein Gott, er mache sie glücklich, niemand habe sie je so gebumst. Schließlich stieß sie einen langen kehligen Laut aus, presste ihn an sich und ließ sich mit einem wonnigen Lächeln in die Kissen sinken.

Das Schrillen der Klingel weckte sie. Sie brauchte einen Moment, um zu begreifen, wo sie sich befand. In den letzten Tagen war sie in zu vielen Städten herumgereist. Die Klingel gab keine Ruhe. Sie schaute auf die Uhr und auf das leere Bett. Elf Uhr abends. Patrick musste gegangen sein, ohne sie zu wecken. Sie spürte sein Sperma zwischen ihren Beinen und wischte sich schnell mit dem Laken ab, schlüpfte in Tanga und seidenen Morgenmantel und ging zur Tür. »Ich komme, ich komme!«, schrie sie, da das Klingeln nicht aufhörte.

Sie schaute durch den Türspion. Zum Glück war es nicht Ludovico, sondern nur sein Lakai, dieses Arschloch, das aussah wie Belmondo, mit demselben mürrischen und anmaßenden Blick. Hätte sie nichts Besseres im Sinn gehabt, hätte sie ihm zum Spaß einmal den Kopf verdreht. Und wenn es ihr nützen konnte, würde sie es eines Tages vielleicht noch tun.

Sie öffnete die Tür, raffte den Hausmantel um die Taille, ließ den Ausschnitt aber weit genug offen, um ihn abzulenken.

»Sag bloß ... Ich wette, der Herr Abgeordnete lässt ausrichten, dass er es morgen Abend einfach nicht schafft und dass er sich demütigst entschuldigt.«

Er linste mit schuldbewusster Miene in ihr Dekolleté. »Tut mir leid, Signorina. Genau so ist es.«

»Du hättest dich nicht extra herbemühen müssen. Ein Anruf hätte es auch getan.«

Er hüstelte. »Im Grunde bin ich gerade wegen eines Telefonats gekommen«, sagte er und holte ein Handy hervor. »Der Herr Abgeordnete wird sie unter dieser Nummer anrufen ... in genau einer Minute.«

»Traut er jetzt schon nicht einmal mehr meiner Telefonnummer!«, schrie sie. »Wovor hat er Angst? Dass ich die Gespräche mitschneide?«

Belmondo senkte den Blick. »Nehmen Sie es ihm nicht übel. Je mächtiger sie werden, desto paranoider werden sie auch. Und mittlerweile werden wir ja wirklich alle abgehört.«

»Pff, ich habe nicht die Absicht, mit ihm zu sprechen!«, sagte sie und wollte die Tür zuschlagen.

»Ich bitte Sie. Ich bin einen weiten Weg gekommen, um es Ihnen persönlich zu überbringen.«

In diesem Augenblick klingelte das Handy, das er ihr mit flehender Miene hinhielt. Sabrina nahm es wütend entgegen und wandte sich ab, um zu antworten.

»Hallo! Hallo, hallo?!«

Im Nu war er in der Wohnung, hatte die Tür zugezogen, die Mauser aus der Jackentasche geholt und sie Sabrina an den Nacken gesetzt.

Ihr blieb nicht einmal mehr die Zeit, sich umzudrehen, sie fiel mit dem Gesicht nach vorn, während ihr Kopf explodierte und das Blut Wände und Fußboden verzierte.

»Nimm's nicht persönlich«, sagte Belmondo und schoss ihr noch zwei Mal in den Rücken. Dann schob er die Pistole wieder in die Tasche, setzte den rechten Schuh zur Hälfte in eine Blutlache und überprüfte, dass der Abdruck deutlich genug war. Gib ihnen einen Schuhabdruck der Größe 46, und sie sind wunschlos glücklich, dachte er grinsend. Vor allem wenn die Schuhgröße auf einen unglückseligen Neger passt, der wohl jede Menge kompromittierender Spuren zurückgelassen hat. Er nahm sein Handy und das von Sabrina an sich, ging zur Wohnungstür, kontrollierte, ob auf der Straße alles ruhig war, öffnete mit einem Taschentuch und glitt hinaus in die Nacht.

Dritter Teil

Achtunddreißig
Ventotene, Oktober 1968

»Und was machen wir jetzt?« Der Kalabreser hatte das Schweigen gebrochen, das seit über einer halben Stunde herrschte. Zu lange, selbst auf einem Kutter, wo gewöhnlich viel gearbeitet und wenig geredet wurde.

»Zuallererst müssen wir sie zudecken«, sagte der Bootsführer und gab sich einen Ruck. Er hatte unbeweglich dagestanden und ihren Schatz angestarrt, ohne ihn zu berühren, ohne den Blick zu den anderen zu heben, die auf ein Wort von ihm warteten. Er nahm eine grüne Ölplane und breitete sie mit Hilfe des Mannes aus Taranto über die Statue. »Man kann nie wissen, ob nicht jemand seine Nase in unser Boot steckt.«

»Wir müssen bald wieder reinfahren«, sagte der ältere der Gugliano-Brüder.

»Stimmt«, sagte der andere, auf die Sonne am Horizont schauend.

»Und wir kommen ohne Langusten zurück«, sagte der aus Taranto, seinen deformierten Schädel kratzend, das unschöne Souvenir der Geburtszange.

Der Genueser sagte nichts. Seit sie die Statue an Bord gehievt und Atem geschöpft hatten, war noch kein Wort über seine Lippen gekommen. Er wusste genau, was seinen Gefährten durch den Kopf ging, und das gefiel ihm ganz und gar nicht.

»Je weniger Leute sie sehen, desto besser«, sagte der Bootsführer. »Das heißt, eigentlich darf niemand sie sehen. Und niemand darf etwas davon erfahren.« Er unterstrich den letzten Satz, indem er jeden einzelnen seiner Gefährten mit dem Blick durchbohrte. Nur der Genueser hielt seinen Augen stand.

»Leute, ich bin kein Experte«, setzte der Chef wieder an, »aber soweit ich das beurteilen kann, ist das Ding hier eine Menge Zaster wert. Haltet den Mund, und am Ende gibt es für alle was zu feiern.« Aus dem Tonfall ging hervor, dass er diesen besonderen Fang als sein Eigentum betrachtete und die anderen sich mit einem Handgeld zufriedengeben durften. Die zwei Brüder sahen einander an, und der ältere redete mit leiser, aber absolut verständlicher Stimme.

»Die war nicht leicht an Bord zu holen. Und wir haben alle gleich viel geschwitzt.«

»Das gilt für die Arbeit, nicht für den Angstschweiß, den sie mich noch kosten wird. Mich und den Bootseigner.«

Der aus Taranto hob seinen krummen Schädel. »Niemand will dir deinen Anteil streitig machen. Aber der Eigentümer braucht von der Sache nichts zu erfahren.«

Der jüngere Bruder nickte, und auch der Kalabreser war ganz dieser Meinung. Der Genueser schwieg noch immer.

Der Bootsführer nickte. »Wenn keiner herumrennt und damit prahlt, wird es der Patron nicht erfahren. Wenn aber etwas durchsickert, dann kostet es zuerst mich den Kopf. Und dann euch. Diese Leute kennen kein Pardon.«

Instinktiv zogen die Fischer die Schultern hoch. Keinem von ihnen fehlte es an Courage, aber sie wussten, dass es zu Wasser und zu Lande Mächte gab, denen sie heillos unterlegen waren. Und die sollte man nicht herausfordern.

Gut eine Minute lang herrschte Stille auf dem Boot, bis der Anführer wieder das Wort ergriff.

»Ich bekomme den üblichen Anteil und ihr auch. Die Quote des Eigners wird, wenn alles nach Plan läuft, aufgeteilt.«

Alle fingen stumm zu rechnen an. Zwanzig Prozent aus den Fangerlösen standen dem Bootseigner zu, einem respektablen Mann aus Neapel, der die »Sconsegnata« unterhielt. Weitere zwanzig Prozent kassierte der Bootsführer – abgesehen von dem, was er vom Anteil des Eigners abzweigte –, und die restlichen sechzig Prozent teilte die Mannschaft unter sich auf. Es gab keine festen Löhne, schlechtes Wetter und schlechter Fang schlugen allen auf den Geldbeutel, und wenn es aufs Wasser ging, wollte jeder hart arbeiten, in der Hoffnung, ein bisschen mehr zu verdienen.

»Wie viel steht uns also zu?«, fragte der aus Taranto.

»Eure zwölf Prozent plus fünfzig Prozent vom Anteil des Eigners«, sagte der Anführer.

»Das heißt ... zweiundsechzig Prozent!«, rief der jüngere Gugliano-Bruder aus.

»Nein, du Depp, die fünfzig Prozent müssen geteilt werden.«

»Und wie viel ist fünfzig geteilt durch fünf? Plus unsere zwölf?«

»Schluss jetzt!«, rief der Bootsführer aus. »Zerbrecht euch nicht den Kopf darüber, wie wir die Haut des Bären verteilen, ehe er erlegt ist. Erst müssen wir diese holde Maid an Land schaffen und einen Käufer finden«, sagte er, trat auf die Statue zu und streichelte sie vorsichtig durch die Plane.

»Wie viel? Wie viel mag sie wert sein?«, fragte der aus Taranto. Seine zwölf Prozent reichten ihm nicht zum Leben; er hatte im Laufe der Zeit hundertfünfzigtausend Lire Schulden bei seinem Bootsführer und zweihunderttausend bei seinem Vermieter angehäuft.

»Ich weiß nicht. Ich weiß aber von einem in Mazara, der hat vor Jahren etwas Ähnliches gefunden, und damit hatte er ausgesorgt.«

»Wir müssen sie jemandem zeigen, der sich mit so was auskennt«, sagte der ältere der Brüder, »vielleicht Pater Siro.«

Der Bootsführer spie ins Wasser. »Dann können wir sie

auch gleich bei den Carabinieri abliefern. Pfaffen und Bullen hole ich mir nicht ins Boot, ist das klar?«

»Wem sonst?«, fragte der andere.

Der aus Taranto schnippte mit den Fingern: »Es gibt diese Leute, die bei Villa Giulia Ausgrabungen machen. Archäologen aus Rom. Wenn die es nicht wissen …«

Der Vorschlag löste eine Debatte unter den Männern aus. Im Prinzip war die Idee richtig. Wie aber konnten sie wissen, ob die Archäologen vertrauenswürdig waren? Und welcher Archäologe im Besonderen? Das waren Leute, die den ganzen Tag in der Erde wühlten, die sich das Kreuz brachen, nur um eine Tonscherbe zu finden. Und das taten sie nicht mal wegen des Geldes, sondern um des Ruhmes willen. Wenn die so ein Ding aus Bronze sahen, dann schafften die es doch nie und nimmer, die Klappe zu halten. Die Brüder erinnerten sich an einen ihrer Cousins, der den Archäologen bei schweren Erdarbeiten geholfen hatte, ihn konnte man fragen, aber der aus Taranto erwiderte, wenn man es dem Cousin sagte, dann könne man es auch gleich in die Zeitung setzen.

»Schluss«, beendete der Bootsführer die Debatte, »darum kümmere ich mich. Ich werde mich an jemanden in Rom wenden, den ich kenne. Er hat mir einmal von einem Antiquitätenhändler erzählt, einem zuverlässigen und verschwiegenen Mann.«

»Wir können die Statue nicht bis nach Rom bringen.«

»Natürlich nicht. Ich werde ihn herholen. Hört zu, wir fahren jetzt nach Santo Stefano, verstecken sie an einem sicheren Ort, kehren in den Hafen zurück …«

»Ohne Langusten?«, erwiderte der aus Taranto.

Sein Gegenüber war auf den Einwurf vorbereitet: »Vier von uns kümmern sich um die Statue. Die ist schwer, aber sie können es schaffen. Die beiden anderen sehen zu, dass sie mit dem kleinen Netz etwas erwischen. Morgen früh nehme ich die Fähre nach Formia, fahre nach Rom und suche meinen Freund auf. Das ist einer, der es zu Reichtum gebracht hat mit solchen Sachen.«

»Und ich kenne einen, der es ins Sing Sing gebracht hat mit solchen Sachen.«

Schließlich hatte der Genueser doch gesprochen. Mit seinem skeptischen Tonfall und seinem ewigen Widerspruchsgeist.

Er hatte den Fehdehandschuh geworfen, nun war es am Bootsführer, ihn aufzunehmen. Der schwieg eine Weile und überlegte, welche Taktik die klügste war. Zunge oder Messer.

»Machst du dir ins Hemd, Genueser?«

Sein Gegenüber antwortete nicht.

»Lass hören. Was würdest du machen? Zu den Carabinieri gehen? Oder sie direkt in ein Museum bringen?«

»Für solche Sachen muss es doch eine Belohnung geben«, sagte der jüngere der Gugliano-Brüder, der schon einmal wegen einer Dummheit im Bau gesessen hatte und auf keinen Fall wieder einrücken wollte. Der Ältere warf ihm einen tödlichen Blick zu. Der Streit betraf den Chef und den Genueser, und es war klar, auf welche Seite sie sich zu schlagen hatten.

Der Bootsführer stand auf und spuckte ein Stück Zigarre ins Meer. »Brosamen. Ich schaff mir den Buckel krumm, seit ich geboren bin, und davor mein Vater, und vor ihm sein Vater. Wir arbeiten alle wie die Tiere, und was kriegen wir dafür? Einen Scheiß. Ich bin sogar noch rechtzeitig gekommen, um zu kämpfen und das Land von den Faschisten zu befreien. Das hätte mich fast ein Bein gekostet, und habe ich dafür eine Rente bekommen? Nein. Wenigstens ein Dankeschön? Nein. Eine Gelegenheit wie diese bietet sich dir im Leben ein einziges Mal. Wenn überhaupt. Und die will ich nicht auslassen.«

»Ich auch nicht«, pflichtete der aus Taranto bei. Er hatte betont beiläufig das Messer gezogen und angefangen, an einem Stück Holz zu schnitzen, was er oft tat. In diesen Dingen war er von ihnen allen am geschicktesten, auch wenn er seit seiner Kindheit, dank eines Granateneinschlags, an der linken Hand nur noch Daumen, Zeigefinger und ein Glied des Mittelfingers hatte.

Die Brüder nickten. Der Kalabreser schwieg zum Zeichen der Zustimmung. Alle drehten sich zum Genueser um.

»Macht, was ihr wollt. Ich bin draußen.«

Man brauchte Mumm, um die fünf Seeleute so herauszufordern. Die Luft schien zu gefrieren, Hände ballten sich.

»Willst du nicht einmal wissen, wie viel sie wert ist?«, fragte der junge Gugliano, der sich unwohl fühlte, wenn es Streit gab, und deshalb immer zu vermitteln suchte.

»Es geht hier nicht ums Geld. Das ist eine Frage des Prinzips.« Auch wenn die Plane sie bedeckte, so hatte er doch das Bild der Statue klar vor Augen. Sie war zum Großteil von Muscheln und Algen bedeckt, das Gesicht aber, vor allem die Augen, waren unberührt. Er war es gewesen, der das Netz unbedingt noch einmal an besagter Stelle hatte auswerfen wollen, statt in ein anderes Gebiet zu fahren. Er hatte etwas wie einen Lockruf vernommen, und die Gefährten hatten gewitzelt, er höre den Ruf der Sirenen, doch als das Netz die Statue zutage gefördert hatte, war ihnen die Spucke weggeblieben.

Der Genueser würde ihn nie wieder vergessen können, diesen dankbaren und verführerischen Blick, den sie ihm zugeworfen hatte, als sie sich aus dem Wasser erhob. Sie war eine griechische Göttin, da hatte er keinen Zweifel. Im Gegensatz zu seinen Gefährten hatte er die Mittelschule abgeschlossen, und im Gefängnis hatte er viel gelesen, deshalb wusste er einiges mehr als sie. Zum Beispiel, dass einen der Blick einer griechischen Göttin in Stein verwandeln oder vor dem Verderben retten konnte. Und er wusste, wenn eine griechische Göttin sich einem Mann zeigte, dann hatte das einen präzisen Grund, sie hatte ihn erwählt. Er war erwählt, das spürte er.

Der Bootsführer war wieder am Zug. Er fühlte, dass Worte nichts ausrichten würden. Der Genueser würde seine Meinung nicht ändern. Aber konnten sie ihm trauen? Konnten sie zulassen, dass er einfach ausstieg, nach allem, was er gesehen hatte?

Der Tarantino schien seine Gedanken zu lesen, oder vielleicht wollte er ihn nur nicht zaudern sehen. Er setzte einen Moment mit seiner Schnitzerei aus und betrachtete den Genueser: »Für einen Rückzieher ist es zu spät. Die Würfel sind gefallen, die Statue ist im Boot. Woher sollen wir wissen, dass du das nicht in der Gegend herumposaunst?«

Der Genueser betrachtete ihn verblüfft und verächtlich, als ob allein der Verdacht, er könnte reden, unvorstellbar wäre. Und das war er auch, wie im Grunde ihres Herzens alle wussten.

»Ich gehe sparsam mit Worten um. Und ich kann auch dann noch die Klappe halten, wenn ich ein Glas zu viel getrunken habe.« Die Anspielung war deutlich, der Tarantino hatte Misstrauen gegenüber dem Gefährten säen wollen, und nun stand er plötzlich selbst unter Verdacht. Jeder wusste, dass er gern trank und spielte. Und dass er ab dem fünften Glas sein Mundwerk nicht mehr unter Kontrolle hatte.

Er warf das Holzstück weg und stand auf, in der Hand das Messer. »Du warst ein Bulle und bist es immer geblieben«, knurrte er. Blitzschnell griff der andere den Thunfischhaken, den er schon eine Weile im Auge hatte, und winkte ihm, er solle nur näher kommen. Der Bootsführer sah die Szene deutlich vor sich: Erst taxierten sich die Gegner, dann kamen die ersten Hiebe, die zunächst ins Leere gingen, dann die erste Wunde. Der Schmerz, die blinde Wut, ein Mann am Boden, verletzt oder womöglich tot, der andere mit Schrammen. Das Einlaufen in den Hafen, die Fragen, die Carabinieri, die Nachforschungen. Und die Statue im Stauraum des Kutters.

»Halt!«, schrie er, ehe es zu spät war. »Halt! Ich will nicht wegen euch zwei Hitzköpfen alles verlieren.« Die beiden schauten sich weiter herausfordernd an, keiner ließ seine Waffe los. Der Grund der Auseinandersetzung war nicht ausgeräumt, und nun musste der Bootsführer die Verantwortung für einen Schiedsspruch übernehmen, der keinen der beiden verdross.

»Was mich betrifft«, sagte er schließlich, »ich traue dem Genueser. Mittlerweile kennen wir ihn, wir wissen, dass er kein Verräter ist. Er hat keine Ahnung von dieser Geschichte, er hat nichts gesehen und wird nicht reden. Aber der Tarantino hat recht, wenn du jetzt aussteigst, kannst du nicht auf unserem Boot bleiben. Ich werde dir noch heute deinen Lohn ausbezahlen, und damit ist die Sache geregelt.«

Sein Gegenüber nickte. Er war einverstanden.

Der Tarantino brauchte länger, aber unter dem herrischen Blick des Bootsführers nickte schließlich auch er. »Das ist hier nicht der Ort und nicht der richtige Zeitpunkt«, sagte er, »aber wir zwei sprechen uns noch.«

»Wann du willst«, sagte der Genueser mit einem Achselzucken und legte den Stahlhaken weg. Es folgte ein langes Schweigen, dann hörte man die Stimme des Kalabresers.

»Wer bewacht die Statue?«

Der Bootsführer schaute ihn verblüfft an, dann verstand er, was der Maschinist sagen wollte. Er fürchtete nicht, dass ein Unbekannter sie finden, sondern dass einer von ihnen zurückkommen und sie holen könnte. Man sitzt nur gemeinsam in einem Boot, solange man auf dem Wasser ist.

»Der Genueser wird hierbleiben«, sagte er.

»Was?!«, platzte der Tarantino heraus.

»Er hat keine Familie, und niemand wartet zu Hause auf ihn. Niemand wird Fragen stellen, wenn man ihn nicht zurückkommen sieht. Außerdem können wir so sicher sein, dass er mit niemandem redet. Und wenn etwas schiefgeht, kann er behaupten, dass er gar nicht auf dem Boot war.« Er schwieg einen Augenblick, zufrieden mit seiner Lösung. »Wir sind uns einig«, sagte er, ohne die Meinung der anderen abzuwarten.

Sie fuhren auf die Rückseite der Insel Santo Stefano und liefen in den Porticciolo ein. Er war als Anlegestelle nicht so bequem wie die Marinella, aber hier war die Gefahr geringer, dass man sie sah. Schwitzend und stöhnend schleppten sie die Statue aufs Festland, aber als sie sie ablegten, brach der vom Muschelfraß angegriffene Hals. Kopf und Rumpf waren in zwei Teile zerbrochen.

Über fünf Minuten lang spie der Bootsführer Gift und Galle und deckte seine Mannschaft mit Beschimpfungen ein. Er verwünschte sein Pech, bis der Genueser sich in aller Ruhe eine Zigarette ansteckte und ihn beschwichtigte.

»Vielleicht schadet es nicht, dass sie zerbrochen ist.«

»Was soll das denn heißen?«

»Das soll heißen, dass wir nicht recht wissen, was so ein Ding wert ist. Wenn dieser Antiquitätenhändler aus Rom kommt und dir einen Betrag nennt, kannst du zwar ein bisschen feilschen, aber am Ende musst du einschlagen. So dagegen könntest du ihm nur die Statue ohne Kopf zeigen und einen Preis aushandeln. Er wird eine niedrige Summe nennen, sich beschweren, dass sie unvollständig ist, und du wirst ihn fragen, was sie denn einbringen würde, wenn der

Kopf dran wäre. So erfährst du, wie viel sie tatsächlich wert ist.« Der Bootsführer schwieg und überlegte. »Man merkt, dass ihr Genueser die geborenen Geschäftemacher seid. Dann machen wir es so: Wir vergraben die beiden Teile an zwei verschiedenen Orten. Du kannst an Bord bleiben.«

»In Ordnung. Aber wie soll ich dann die Statue bewachen, wenn ich nicht weiß, wo sie ist?«

»Wir werden dir grob die Stelle sagen«, sagte der Bootsführer lapidar. Dann wandte er sich an die anderen: »Also, wir trennen uns. Ich gehe den Kopf vergraben. Ihr zwei, mit dem Kalabreser und Tarantino, den Körper.« Der Kopf war der einzige Teil, den jemand allein hätte wegtragen können, und in dieser Hinsicht traute er nur sich selbst. »So könnt ihr sicher sein, dass ich euch nicht reinlegen kann.«

»Aber so wissen wir nicht, wenn dir etwas zustößt, wo der Kopf ist«, wandte der Kalabreser ein. Der Bootsführer dachte kurz nach. »Richtig. Also sorgt dafür, dass mir nichts zustößt.«

Der Genueser sagte, er würde das kleine Schleppnetz auswerfen und versuchen, wenigstens ein bisschen Fisch zu fangen. Gerade die Tatsache, dass sie wenig gefangen hatten, konnten sie als Rechtfertigung für ihre späte Rückkehr anführen.

Als er das Netz ein paar Stunden später wieder einholte, sah er, dass er einen guten Fang gemacht hatte. Sardinen, Meeräschen, Brandbrassen. Und fünf schöne Seebarsche, dachte er mit befriedigtem Lächeln.

Die Kollegen kamen wenig später. Sie waren verschwitzt und gereizt, aber zufrieden, dass die Arbeit getan war. Sie stiegen wieder an Bord, und der Genueser ging an Land, im Quersack vier lebende Fische, die verzweifelt nach Luft schnappten.

»Also, worauf soll ich achtgeben?«

»Du musst die Gegend zwischen Friedhof und Gefängnis im Auge behalten«, sagte der Bootsführer, »die genaue Stelle brauchst du nicht zu kennen, pass nur auf, dass nicht irgendein Schlaumeier auftaucht. Falls doch, hast du dein Messer?«

Der Genueser nickte. Sie überließen ihm die gesamten Süßwasservorräte, denn auf der Insel gab es keine Quelle.

»Spätestens in drei Tagen hole ich dich wieder ab, dann werde ich jemanden aus Rom dabeihaben.«

»Wenn du es nicht schaffst, dann denkt dran, mir noch einmal Wasser zu bringen.«

Er sah sie ablegen und fragte sich, ob er die richtige Wahl getroffen hatte. Aber genau genommen hatte er gar keine Wahl gehabt. Er allein gegen fünf, ihm blieb nichts anderes übrig, als zu gehorchen und auf seinen Moment zu warten. Er spürte, dass er die Göttin gegen ihre Gier schützen musste, er spürte, dass sie den Fluten nicht entstiegen war, um ungebildete Fischer reich zu machen und nach Amerika verfrachtet zu werden, sondern um den Menschen eine Botschaft zu bringen. Er hob den Blick und sah über sich die gewaltige Silhouette des Gefängnisses, in dem er fünf lange Jahre verbracht hatte.

Neununddreißig
Ranieri
Rom, heute

»Sensationeller Fund auf der Insel Santo Stefano: Mitarbeiter der Luxemburger Gesellschaft Wilhelmina, die vor wenigen Monaten die Insel gekauft hat, haben eine antike Bronzestatue ans Tageslicht befördert. Der Statue, die einen Frauenkörper darstellt, fehlt der Kopf. Wie jedoch aus anonymer Quelle aus dem Umfeld der Gesellschaft, die sie aus der Nähe prüfen konnte, zu erfahren war, könnte es sich um ein Werk von unschätzbarem Wert handeln, in ihrer Bedeutung nur mit den Bronzen von Riace vergleichbar. Bis dato sind keine Bilder des Fundstückes publik geworden. Aus Sicherheitsgründen sind auch weder Zeitpunkt noch genaue Lage des Fundes mitgeteilt worden, da die Restaurierungsarbeiten auf der Insel noch im Gange sind. Die Wilhelmina ist mit einer Reihe von Ausgrabungen befasst, die das künstlerische und archäologische Erbe der Insel sichern sollen, zu dem unter anderem die Reste der römischen Wehrmauern und die berühmte Vasca Giulia gehören, wo die Tochter von Kaiser Oktavian Augustus ihr Bad zu nehmen pflegte. Bald wird die Firma auch die Restaurierung des alten ringförmigen Gefängnisses in Angriff nehmen, dessen Erscheinung Santo Stefano prägt. Der neue Kulturminister Ludovico Ranieri wollte die Entdeckung weder kommentieren noch bestätigen. Er verwies lediglich auf ein offizielles Pressekommuniqué, das in Kürze verbreitet werden soll. Dass der Fund wenige Monate nach dem Verkauf der Insel gemacht wurde, ist ein herber Schlag für den italienischen Staat, der jetzt einen weiteren Kunstschatz einbüßen könnte.«

Ludovico schüttelte den Kopf und stellte den Ton am Fernseher ab. »Könnte von mir sein, dieser Schlusssatz. Der mit dem herben Schlag. Können die nicht ein Mal eine Nachricht verbreiten ohne ihre schwachsinnigen Kommentare?«

Seine Frau Elena legte ihm eine Hand auf die Schulter. »Vergiss es. Das Essen steht auf dem Tisch. Wenigstens am Sonntag solltest du ein wenig ausspannen.«

Er tätschelte seine Töchter, die artig am Tisch saßen und auf das gemeinsame Mahl warteten. Als alle vier Platz genommen hatten, schlossen sie die Augen und senkten die Köpfe.

»Herr, Dir sei Dank für die Speise, die Du uns gegeben«, sagte Ludovico. »Halte Deine schützende Hand über diese Familie und hilf jenen, die nichts zu essen haben.« – »Amen«, antworteten Frau und Kinder. Ludovico blieb mit gesenktem Kopf und gefalteten Händen sitzen. Er betrachtete seine Familie aus dem Augenwinkel, und ihn durchströmte ein Gefühl der Dankbarkeit. Der Himmel hatte ihm in einem schwierigen Moment beigestanden. Der Tod seines Vaters Settimo hatte ihn stärker gebeutelt, als er erwartet hatte, und nur deshalb, aus Angst vor Alter und Tod, war er wieder in die Fehler der Vergangenheit verfallen, hatte er sich erneut von Sabrina bestricken lassen. Einem Mädchen, das zu ehrgeizig und unvorsichtig war und sich auf ein Spiel eingelassen hatte, dem es nicht gewachsen war. Für einen Augenblick nagte wieder der Gedanke an das Kind, das Sabrina erwartet hatte, an ihm. Davon hatte er nichts gewusst, und er fragte sich, ob sie ihn hatte erpressen wollen oder ob sie es abgetrieben hätte. Und ob sie sich absichtlich hatte schwängern lassen, damit er sein Zuhause und seine Familie aufgab und seine Karriere aufs Spiel setzte. Oder ob sie ihn sogar, wenn man die Ermittlungsergebnisse in Betracht zog, dazu zwingen wollte, ein Kind zu unterhalten, das gar nicht seines war, sondern von ihrem Stecher, diesem Neger. Es war schwer, ihr zu verzeihen, aber Ludovico gab sich alle Mühe, es zu tun. Herr, dachte er, nimm sie auf in Deiner grenzenlosen Barmherzigkeit, und nimm auch dieses arme, unschuldige Kind auf.

»Amen«, sagte er seinerseits, dann hob er den Kopf und lehnte sich ein wenig zur Seite, damit das Zimmermädchen den Nudelauflauf servieren konnte.

Vierzig
Luciani
Genua, heute

»Ein Kompliment an alle, Jungs. Ihr habt gute Arbeit geleistet. Wir sehen uns morgen.« Marco Luciani beendete schnell die Besprechung. Er konnte es nicht erwarten, zu verschwinden und einen langen Lauf hinzulegen, um seine Wut abzubauen. Er trat hinaus auf den Korridor, wo ein paar Kollegen auf Sicherheitsabstand gingen, so finster war seine Miene und ebenso bedrohlich wirkten Calabrò, Iannece, Livasi und Vitone. Die Leute von der Mordkommission waren alle auf Zack, aber wenn sie so dreinschauten, dann machte man besser einen Bogen um sie.

Ein naiver Beobachter hätte denken können, dass sie von einem Serienmörder, der schlauer war als sie, an der Nase herumgeführt wurden, wie man es aus Filmen kannte: anonyme Schreiben mit verkopften Hinweisen aus Bibel- oder Dante-Zitaten, abstrus verstümmelte Opfer, und die Ermittler, die immer den entscheidenden Moment zu spät zum Tatort kamen. Die Wirklichkeit sah anders aus. In der Wirklichkeit kamen viele Mörder ungeschoren davon, nicht, weil sie schlauer als die Ermittler waren, sondern weil sie einmal zuschlugen und dann von der Bildfläche verschwanden, nie wieder in Erscheinung traten.

In diesem Fall jedoch stimmte nicht einmal das. Die Männer von der Mordkommission hatten den Mörder sofort nach der Tat geschnappt. Und dennoch war keiner von ihnen zufrieden.

Die Journalisten warteten jetzt schon seit Stunden draußen im Korridor. Als sie den Kommissar heraustreten sahen, versuchten sie ihn aufzuhalten, aber er würdigte sie keines Blickes. »Heute schieße ich auf Kopfhöhe«, knurrte er und ging weiter.

»Dann bin ich ganz beruhigt«, gab Salvo Ferroni zurück, ein alter Kriminalreporter, der nur knapp eins sechzig groß war.

Marco Luciani drehte sich um und warf ihm einen vernichtenden Blick zu. »Seid bloß vorsichtig mit dem, was ihr zu dieser Geschichte schreibt. Ich will morgen nicht den üblichen Mist lesen.«

»Aber wenn ihr uns doch nichts sagt, was sollen wir dann groß schreiben?«

Livasi trat an seinen Chef heran und wisperte: »Ich weiß, dass du nicht gern mit der Presse redest, wenn du willst, kümmere ich mich darum.«

Der Kommissar schnaubte verdrossen. Es stimmte, er hasste es, mit der Presse zu reden, und als Giampieri noch da war, überließ er fast immer ihm diese leidige Aufgabe. Aber seinem neuen Vize traute Luciani nicht über den Weg, und nun war der Moment gekommen, ein paar Dinge klarzustellen. Eigentlich war das sogar die Gelegenheit, auf die der Kommissar schon lange gewartet hatte.

»Okay«, sagte er, an die Reporter gerichtet, »aber nur zwei Minuten.«

Der Anruf war gegen neun Uhr morgens gekommen, fing er zu erzählen an. Ein Mann hatte den Notruf gewählt und gesagt, er habe einen anderen Mann getötet. Er hatte die Adresse angegeben, unter der er sich befand, hatte sich in die Küche gesetzt und auf die Polizei gewartet. Er trug noch seinen Regenmantel, die Pistole hatte er auf den Tisch gelegt. Die Leiche lag in der Diele, hinter der halbgeöffneten Tür. Fünf Einschusslöcher in der Brust und eines im Unterleib. Der Täter war R.M., 48 Jahre, Betreiber einer Bar in Rozzano.

»Darf man den Namen nicht erfahren?«, fragte ein junger Journalist.

»Nein, den darf man nicht erfahren. Wir müssen die Tochter schützen. Fünfzehn Jahre alt, nennt sie Giulia, aber das ist nur ein Phantasiename«, erläuterte der Kommissar. Das Opfer war Abdullah Kader, achtundzwanzig Jahre, albanischer Bauarbeiter, der mit regulärer Aufenthaltserlaubnis in Italien lebte. Am vorletzten Samstag hatte Giulia gesagt, sie wolle auf die Geburtstagsfete einer Freundin in Mailand gehen, in Wahrheit hatten sie gemeinsam eine Disko besucht, wo sie Kader und seine Freunde kennengelernt hatten. Diese wirkten freundlich und nett. Sie spendierten den Mädchen ein paar Drinks, und gegen halb drei stiegen Giulia und ihre Freundin zu ihnen ins Auto, um sich nach Hause fahren zu lassen. Aber kaum waren sie im Wagen, zückten die drei ihre Messer, und für die Mädchen begann ein Martyrium. In der Wohnung von Kader – die Nachbarn wollten nichts gesehen und nichts gehört haben – wurden sie bis in die Morgenstunden geschlagen, gedemütigt und vergewaltigt. Um zehn Uhr wurden sie auf die Straße gesetzt, wobei man sie und ihre Familien mit dem Tod bedrohte, falls sie wagen würden, Anzeige zu erstatten.

Die Kollegen aus Mailand fanden die drei Männer sofort. Keiner von ihnen versuchte zu leugnen, aber alle drei behaupteten, Giulia und die Freundin hätten freiwillig mitgemacht. Es sei ein normaler Abend in der Disko gewesen, sie hätten Gefallen aneinander gefunden, und die Mädchen hätten eine Einladung in die Wohnung angenommen. Die Italienerinnen sind freizügig, hatten sie gesagt, wobei dieses »freizügig« aus ihrem Mund wie »Flittchen« klang.

Nun kam der einzig erfreuliche Teil der Erzählung, das heißt die Abreibung, die sich die drei Vergewaltiger auf der Dienststelle eingehandelt hatten, aber das musste Marco

Luciani für sich behalten. Solche Sachen durfte man Journalisten nicht erzählen.

Das alles war in der Vorwoche geschehen. Die Zeitungen hatten ein bisschen darüber berichtet, sich aber nicht besonders echauffiert. Solche Sachen passierten nun einmal in einer Großstadt wie Mailand, zudem waren die Mädchen ziemlich unvorsichtig gewesen. Sie hatten es zwar nicht darauf angelegt, aber auch nicht genug getan, um ihr Unglück zu verhindern.

Vor zwei Tagen waren die Albaner aus der Untersuchungshaft entlassen und lediglich unter Hausarrest gestellt worden, und das hatten einige Zeitungen stärker aufgebauscht. Laut Untersuchungsrichter bestand keine Fluchtgefahr, weil die drei legal im Land lebten, auch keine Rückfallgefahr, weil sie in ihren Wohnungen bleiben mussten. Was die Beweise anging, die waren evident und im gerichtsmedizinischen Gutachten festgehalten, also bestand auch keine Verdunkelungsgefahr.

Kader konnte nicht in seine Wohnung zurück, weil sich vor seiner Haustür eine aufgebrachte Meute versammelt hatte. Freunde der Mädchen waren darunter, ebenso die Nachbarn des Albaners, die Repressalien durch das Viertel fürchteten. Es sah so aus, als müsste er zurück ins Gefängnis, da erbot sich ein betreutes Wohnprojekt aus Genua, ihn aufzunehmen. Sie stellten ihm ein Mini-Appartement aus Schlafzimmer, Bad und Wohnzimmer mit Kochnische zur Verfügung.

Eben dort war der Vater des Mädchens an jenem Morgen vorstellig geworden, mit einer Browning mit abgeschliffener Registriernummer, deren komplette Ladung er Kader in den Leib gejagt hatte.

»Woher wusste der Vater, wo der Mann steckte?«, fragte ein Reporter.

»Dazu ermitteln wir noch«, sagte der Kommissar, obwohl er genau wusste, wie es gelaufen war. Ein Schwager des Barbetreibers war bei der Polizei. Er gab es zwar nicht zu, aber er musste ihm die Adresse gegeben haben. Und womöglich auch die Waffe.

»Dieser Vater, was ist das für ein Typ?«, fragte ein anderer Journalist.

»Normal. Ein Vater, dessen Tochter vergewaltigt wurde. Keine Vorstrafen. Einer, der in der Zeitung gelesen hat, dass man den Täter freigelassen hatte.« Er setzte eine Pause. »Was meint ihr, was er sich gedacht hat?«

»Dass er abhauen könnte«, sagte Ferroni.

»Oder zurückkommen, um sich zu rächen«, sagte ein Dritter.

Marco Luciani nickte. Im Raum herrschte betretenes Schweigen.

»Das hört sich an, als wollten Sie ihn rechtfertigen, Herr Kommissar«, sagte plötzlich eine junge Journalistin. Sie war noch nicht oft da gewesen und wollte ihre Unabhängigkeit demonstrieren, als wäre der Kommissar auf ihr Plazet angewiesen und nicht sie auf die Informationen des Kommissars. »Wenn dieser Mann aber von zu Hause mit einer Waffe aufgebrochen ist, um den Albaner umzubringen, dann ist das vorsätzlicher Mord, und nun riskiert er zwanzig Jahre Gefängnis.«

»So sieht's aus. Und genau deshalb bin ich heute einen Tick angepisst. Es gibt Verhaftungen, die ich lieber nicht vornehmen würde.« Luciani wandte sich zum Gehen, als Zeichen, dass die improvisierte Pressekonferenz zu Ende war. Aber die junge Dame hob den Kugelschreiber. »Entschuldigen Sie, Herr Kommissar. Das wirkt jetzt aber so, als ob ... ich meine, als ob die Leute zu Selbstjustiz greifen sollten.« Marco Lucianis eisblaue Augen fixierten sie und ließen sie erschaudern. »Wenn Sie eine offizielle Stellungnahme wollen, dann kann ich Ihnen sagen, dass die Polizei da ist, um denjenigen der Justiz zu übergeben, der das Recht gebrochen hat, und um die Bürger zu schützen. Und dass jemand, der Selbstjustiz übt, unter keinen Umständen gerechtfertigt werden kann. Wenn Sie eine Stellungnahme ›off the record‹ wollen, dann sage ich, wäre das meiner Tochter passiert, hätte ich genau dasselbe getan.«

Einundvierzig
Ventotene, Oktober 1968

Sieben Tage waren vergangen, seit die Kameraden ihn auf der Insel zurückgelassen hatten. Wie konnte ich nur so naiv sein, dachte der Genueser immer wieder. Da sie zu feige waren, ihm wie Männer entgegenzutreten, auch wenn sie fünf gegen einen waren, hatten sie beschlossen, ihn einfach verdursten zu lassen. Ein schlauer Plan, den musste sich der Bootsführer ausgedacht haben, der Einzige, der ein bisschen Grips im Hirn hatte. Und er war wie ein Vollidiot darauf hereingefallen. Hätte er es früher durchschaut, hätte er versuchen können, den Meeresarm von Santo Stefano nach Ventotene zu durchschwimmen. Im Grunde nur eine knappe Meile, ein Kilometer und siebenhundert Meter. Aber inzwischen war er so entkräftet, dass daran nicht mehr zu denken war. Kein Boot hatte an der Insel angelegt, keines war nah genug herangekommen, als dass er um Hilfe hätte rufen können. Um genau zu sein, waren am dritten Tag ein paar aufgetaucht, aber da wartete er noch auf die Rückkehr seiner Leute und hielt sich versteckt. Dann hatte es drei Tage hohe See gegeben, und es war schwierig geworden, an der ehemaligen Gefängnisinsel anzulegen. Aber an einer runden Insel, mit vier klug verteilten Anlegeplätzen, fand man immer eine Stelle im Windschatten. Vorausgesetzt natürlich, dass man sie finden wollte.

Der Wind und die Wolken hatten nicht einmal Regen gebracht, auch wenn er sie die ganze Zeit beobachtet und beschworen hatte. Irgendwann war er sogar mit offenem Mund auf dem Rücken liegend eingeschlafen, in der Hoffnung, dass ein paar Tropfen hineinfallen könnten. Er hatte das Wasser, das sie ihm gelassen hatten, aufs Äußerste rationiert, hatte sogar aus einem Kaktusstamm ein paar Tropfen klebrige Flüssigkeit gepresst, aber die letzten zwei Tage hatte er gar nichts mehr getrunken. Er betrachtete die Silhouette von Ventotene, und zwangsläufig fiel sein Blick auch auf die Stelle der Acqua Roce. Dort schoss ein dünner Süßwasserstrahl aus den Klippen, und manchmal versorgten sie sich da vor dem Auslaufen mit Trinkwasser.

Vor Durst zu krepieren, mitten im Wasser, war eine ausgesprochene Tortur. Er war ein paar Mal ans Meer gegangen, versucht, ein paar kleine Schlucke Salzwasser zu trinken, hatte aber widerstanden, denn er wusste, das hätte ihn in den Wahnsinn getrieben. Er spürte, dass er höchstens noch einen Tag überstehen würde. Aber hieß das nicht nur, die Qualen zu verlängern? Wenn sie kommen und ich noch am Leben bin, dann werden sie die Sache leicht zu Ende bringen, so schwach, wie ich bin.

Er lag im Schatten eines Baumes, schloss die Augen und lächelte. Wenn sie zu spät kämen, wenn sie ihn tot vorfinden würden, dann würden sie bittere Tränen weinen. Er hatte nämlich hier in Santo Stefano soeben eine Lebensversicherung abgeschlossen.

Ein Schwall kaltes Wasser traf ihn ins Gesicht und ließ ihn aufschrecken.

»Genueser! Wach auf, Genueser!«

Er öffnete die staubverklebten Augen, und kaum hatte er den Blick scharf gestellt, sah er das finstere Gesicht des Bootsführers, der über ihn gebeugt war, mit einer Hand seinen Kopf und mit der anderen die Trinkflasche haltend.

»Du Schwein ...«, flüsterte er.

»Entschuldige, Genueser. Ich hatte ein paar Probleme, aber wie ich sehe, hast du dich wacker geschlagen. Trink langsam ... langsam! Es schadet dir sonst.«

Diesen ersten kleinen Schluck zu trinken war furchtbar. Seine Kehle war trocken und hart wie Zement. Die Stimme, die herauskam, hörte sich auch nicht mehr wie seine an.

»Du wolltest mich ... umbringen, du Schwein.«

»Was redest du denn, Bruder? Wo wir dir doch gerade das Leben retten!«

Der Genueser ließ den Blick schweifen. Hinter dem Bootsführer stand der Tarantino, dessen krumme Visage eine befriedigte Grimasse zeigte. Wenn ihm nur ein Tropfen Speichel geblieben wäre, hätte der Genueser ihm gern ins Gesicht gespuckt.

Sie warteten, bis er sich erholt hatte, und nachdem er ein wenig Brot und Käse gegessen und noch ein bisschen Wasser getrunken hatte, setzte der Bootsführer für ihn sein breitestes Lächeln auf.

»Also, Genueser, wo ist der Kopf hingekommen?«

Der nickte. »Ihr wolltet mich umbringen. Das ist der Beweis.«

»Was sagst du da? Hast du jetzt den Verstand verloren? Da hätte ich doch neulich auf dem Boot einfach zusehen können, wie der Tarantino dir den Wanst aufschlitzt.«

»Es ist nicht gesagt, dass es so ausgegangen wäre.«

»In Ordnung«, räumte der andere ein, »wo ist der Kopf?«

»Zuerst seid ihr ihn suchen gegangen, und erst danach seid ihr gekommen, um mir zu helfen.« Er machte eine Geste, als spucke er auf den Boden. »Scheißkerle!«

Der Tarantino zog das Messer und hielt es ihm an die Kehle. »Sag uns, wo du ihn versteckt hast, oder ich schlitze dich bis über beide Ohren auf.«

Der Genueser hob herausfordernd das Kinn. »Stich zu, du Drecksau. Verräter. Ausgeburt der Natur. Deine Mutter hat sich von den Affen bumsen lassen, um so eine Visage in die Welt zu setzen.«

Er spürte, wie die Klinge gegen den Kehlkopf drückte,

aber die Hand des Bootsführers fiel wie ein Hammer herab und blockierte den Arm des Tarantinos.

»Halt deine Nerven im Zaum! Morgen Abend sind sie da.« Er schob den Kameraden weg und stellte sich wieder vor den Genueser. »Sag mir, wo du ihn hin hast.«

»Wenn ich dir das sage, bin ich tot.«

»Du bist tot, wenn du es mir nicht sagst. Meine Geduld ist fast am Ende.«

»Als ihr mich im Boot zurückgelassen habt, bin ich dir nach einer Weile gefolgt. Ich habe gesehen, dass du sie am Friedhof verbuddelt hast. Als ich merkte, dass ihr mich meinem Schicksal überlassen wolltet, bin ich hingegangen und habe sie woanders versteckt.«

»Ich habe dir schon gesagt, dass wir dich nicht umbringen wollten. Jetzt gib uns diesen verflixten Kopf zurück, und du kannst gehen, wohin du willst.«

Der Genueser lachte. »Euch soll ich noch einmal trauen? Ich denke nicht daran. Zuerst lasst ihr mich gehen, und wenn ich in Sicherheit bin, sage ich euch, wo der Kopf steckt.«

»Hör zu, wie wir es machen. Wir schneiden dir sofort die Kehle durch, und dann finden wir den Kopf alleine. Vielleicht nicht bis heute Abend, aber mit ein bisschen Geduld ...«

»Das kannst du versuchen. Wenn ich ihn aber zu gut versteckt habe? Wenn die aus Rom kommen und sich von euch verarscht fühlen? Wenn ihr die ganze Insel umpflügt und euch jemand dabei sieht? Überleg mal. Wie viel ist der Rumpf ohne Kopf wert? Und wie viel der Kopf alleine? Ich will nichts, ich will nur weg und diese ganze Geschichte vergessen. Wie ich von Anfang an gesagt habe. Aber da du mich verrecken lassen wolltest, wirst du mir einen zusätzlichen Wochenlohn auszahlen müssen.«

Der Bootsführer ballte die Fäuste vor Wut, er musste

sich beherrschen, dass er ihm nicht den Hals brach. Dann traf er seine Entscheidung.

»Tarantino, du bleibst hier und behältst die Gegend im Auge.«

»Aber was …«

»Keine Diskussion. Ich weiß, was ich tue. Morgen Abend bin ich wieder hier. Wenn du mich mit den Römern kommen siehst, dann halt dich versteckt und gib mir Rückendeckung. Ich glaube nicht, dass sie mir einen Streich spielen wollen, aber Vorsicht ist besser als Nachsicht. Und du, schaffst du es aufzustehen?«

»Sicher.«

»Dann marsch. Du und ich, wir fahren nach Ventotene zurück.«

Sie gingen in die Osteria, wo der Genueser sich mit einem halben Liter Rotwein und einem riesigen Teller Pasta mit Tomatensoße stärkte. Dann legte der Bootsführer ein Bündel Geldscheine auf den Tisch.

»Hier bitte. Das ist der Lohn dieser Woche, und aus eigener Tasche habe ich noch einmal fünfzigtausend Lire draufgelegt für das, was du auf Santo Stefano durchgemacht hast. Ich wollte wirklich nicht so lange wegbleiben. Ich hatte dem Tarantino gesagt, er soll dir Lebensmittel bringen, aber er muss so getan haben, als hätte er es vergessen.«

Der Genueser kassierte das Geld und die Rechtfertigung ein und war mit beidem zufrieden.

»Wie viel werden sie dir für die Statue zahlen?«

Der andere kniff die Augen zusammen. »Was kümmert dich das?«

»Nur so, aus Neugier.«

»Zwei Millionen. Fünf, wenn ich ihnen auch den Kopf liefere.«

Der Genueser stieß einen Pfiff aus. »Eine schöne Summe. Auch wenn du sie mit den anderen teilen musst.«

»Was ist los? Bereust du es jetzt? Willst du deinen Anteil?«

»Nein, nein!«, winkte der andere ab, »Ich wollte nur den Preis wissen. Es heißt, wir alle haben einen. Mir gefällt der Gedanke, dass meiner bei über fünf Millionen liegt.«

»Schön blöd. Meiner nicht. Willst du mir jetzt verraten, wo dieser Scheißkopf ist?«

Der Genueser schaute auf die Uhr. »Die Fähre nach Formia geht in einer Stunde. Hilf mir, meine Sachen aus der Wohnung zu holen, und bring mich dann zur Mole.«

Fünfzig Minuten später streckte der Bootsführer dem Genueser die Hand hin. »Wir scheiden im Guten?«

»Wir scheiden im Guten«, erwiderte der andere und schlug ein. »Und wenn du einen Rat willst, dann hüte dich vor dem Tarantino.«

Der andere nickte. »Du hast mir doch keinen Bären aufgebunden? Wenn der Kopf nicht da ist, wo du gesagt hast ...«

Der Genueser schaute ihn beleidigt an. »Ich bin ein Mann, der nicht mit gespaltener Zunge redet. Das müsstest du inzwischen wissen. Und mir gefällt die Vorstellung nicht, dass ich für den Rest meines Lebens auf der Hut sein muss. Der Kopf ist immer noch auf dem Friedhof, in einem Grab ohne Namen neben dem von Mario Martone. Macht damit, was ihr wollt, es interessiert mich nicht. Und jetzt lass mich gehen, sonst verpasse ich die Fähre.«

Der Bootsführer brachte ihn bis an den Fahrkartenschalter, versicherte sich, dass er an Bord ging, und blieb stehen, bis die Fähre abgelegt hatte. Der Genueser zündete sich eine Zigarette an, lächelte befriedigt und winkte ihm zum Abschied.

Zweiundvierzig
Ranieri
Rom, heute

»In den Pressemappen werden Sie zwei Bilder der Statue finden. Noch darf sie nicht zugänglich gemacht oder fotografiert werden, denn sie könnte Schaden nehmen. Aber wir hoffen, dass wir sie Ihnen bald präsentieren können. Ich übergebe Minister Ranieri das Wort.«

Ludovico dankte seinem Pressesprecher und näherte sich den Mikrofonen, die Radio- und Fernsehsender auf dem Tisch aufgereiht hatten. Er betrachtete das Publikum: Mindestens fünfzig Journalisten, auch die Korrespondenten der ausländischen Agenturen hatten sich den Termin nicht entgehen lassen. Sein Sprecher hatte gute Arbeit geleistet, er hatte überall angerufen und erklärt, dass es sich um einen »historischen« Fund handle und der Minister eine »sensationelle« Stellungnahme abgeben werde. Ludovico zweifelte nicht daran, dass die Entdeckung ein enormes Echo in der Weltpresse auslösen würde.

»Allen einen guten Tag und danke, dass Sie gekommen sind«, setzte er an, »wie Sie gesehen haben, entsprachen die Gerüchte über den Fund einer Bronzestatue auf der Insel Santo Stefano der Wahrheit. Ich möchte klarstellen, dass die italienische Regierung stets informiert war über die Entdeckung und Schritt für Schritt alle Ausgrabungs- und Sicherungsmaßnahmen des Werkes, das derzeit in einem Speziallabor den ersten Untersuchungen unterzogen wird, mitverfolgt hat. Die Bronze von Santo Stefano ist, wie Sie aus den ersten Bildern, die wir Ihnen aushändigen, ersehen können, ein Werk von außergewöhnlichem Wert, und auch wenn es zu früh ist, sie einem bestimmten Künstler zu-

zuordnen, so denke ich doch, dass man sie in ihrer Bedeutung ohne jegliche Übertreibung mit den Bronzen von Riace vergleichen kann.«

Er sprach noch einige Minuten vom außerordentlichen Reichtum des künstlerischen Erbes Italiens, von der Notwendigkeit, es zu schützen, und dem Wunsch, dass die dem Kulturministerium zur Verfügung stehenden Mittel ausreichen mögen, um das Vorhandene zu bewahren und die aktuellen Grabungen zu Ende zu führen. Er erklärte, dass sich in den italienischen Museen eine Vielzahl an Meisterwerken befinde, wie nirgendwo sonst auf der Welt, er zitierte die berühmte und nie widerlegte Platitude, wonach Italien fünfzig Prozent des Weltkulturerbes besitze, fügte an, dass dieser neue Fund alle Italiener mit Stolz erfüllen und an das Ungeheure erinnern müsse, wozu sie in der Vergangenheit fähig gewesen seien, und er verlieh dem Wunsch Ausdruck, dass dies ein gutes Omen sein möge für all das, was diese Regierung in Gegenwart und Zukunft noch zu tun gedachte. Schließlich verlas er die Glückwunschbotschaft des Regierungschefs, der sich auf einer Auslandsreise befand. »Und nun stehe ich für Ihre Fragen zur Verfügung.«

Der Korrespondent der »Repubblica« meldete sich zuerst: »Herr Minister, kommt es Ihnen nicht verdächtig vor, dass wenige Monate nach dem Verkauf der Insel ein derart bedeutendes Meisterwerk gefunden wird?«

Da geht's schon los, dachte Ludovico. Wie immer sind diese Arschlöcher an nichts anderem interessiert, als Krawall zu schlagen. »Mir kommt das nicht verdächtig vor, sondern logisch«, antwortete er mit seinem ausgesuchtesten Lächeln. »Wenn der Staat das Geld für die Baumaßnahmen auf der Insel gehabt hätte, wäre die Statue früher gefunden worden. Sie wartete nur darauf. Es war die Intervention einer Privatgesellschaft nötig, um sie zutage zu fördern, und das ist ein kleiner Wermutstropfen, gleichzeitig aber die Bestätigung dafür, dass der Verkauf der Insel opportun und richtig war.«

»Die Wilhelmina wird jetzt aber das Eigentum an der Statue beanspruchen.«

»Davon ist nicht auszugehen. Die Wilhelmina verhält sich ausgesprochen korrekt. Man hat uns sofort von dem Fund informiert, hat die Arbeiten ausgesetzt, um uns neue Erhebungen zu gestatten, und die Zusammenarbeit klappte zu jedem Zeitpunkt optimal. Ein Team der obersten Denkmalbehörde in Rom ist bereits auf der Insel eingetroffen, um den Archäologen vor Ort zur Seite zu stehen.«

»Entschuldigen Sie, Herr Minister, könnten Sie etwas deutlicher werden? Ist nun der Staat der Eigentümer oder die Privatgesellschaft?«, fragte ein Reporter von Sky TV.

»Die Insel ist Eigentum der Gesellschaft. Wie der Vorgarten an einem Haus oder die Felder eines Privatbesitzers. Wenn jedoch in diesem Garten oder auf einem Feld ein Werk von nationalem Interesse gefunden wird, dann gehört das Werk dem Staat. In dieser Hinsicht ist das Gesetz ganz eindeutig.«

»Steht der Gesellschaft für den Fund eine Prämie zu?«
»Natürlich. Auch das ist durch das Gesetz geregelt.«
»Also, Herr Minister, wie viel muss der italienische Staat für diese Statue berappen?« Ludovico seufzte und bemühte sich weiter zu lächeln. »Meine Herrschaften, für diese Fragen ist es noch zu früh. Noch gibt es keine sichere Zuordnung des Werkes, das erst restauriert und geschätzt werden muss. Ich bin sicher, dass wir eine Einigung erzielen werden, aber jetzt würde ich lieber über die Tragweite dieses Fundes reden, ohne all Ihre Verschwörungstheorien.«

»Wurde die Statue im Meer oder im Erdreich gefunden?«
»Dies kann ich Ihnen im Moment nicht sagen. Derzeit

wird sowohl im Wasser wie zu Land gegraben, und wir wollen etwaige weitere Funde nicht aufs Spiel setzen.«

»Wird nach dem Kopf gesucht?«

»Es wird nach allem gesucht, was die Geschichte der Statue zu rekonstruieren hilft. In ferner wie in jüngster Vergangenheit.«

Das Wort »jüngster« löste ein Raunen im Saal aus.

»Wollen Sie damit sagen, Herr Minister, dass jemand von der Existenz der Statue gewusst haben könnte?«

»Legen Sie mir nicht Sachen in den Mund, die ich nicht gesagt habe. Wir können keine Hypothese ausschließen. Was mich angeht, ich glaube, dass die Statue schon lange an der Stelle lag, an der sie gefunden wurde. Lange könnte bedeuten: seit dem vierten Jahrhundert vor Christus, seit dem vierten nach Christus oder schlichtweg seit 1800. Wir haben keine Ahnung, wie sie dort hingelangt sein könnte. Deshalb bitte ich jeden, der diesbezüglich Informationen hat, sie uns mitzuteilen.«

»Gilt das auch für den Kopf?«

»Natürlich.«

»Entschuldigen Sie, Herr Minister, könnte der Kopf nicht schon früher gefunden worden sein und jetzt in irgendeinem Museum stehen?«

Ludovico Ranieri kniff die Lippen zusammen. »Ich kann das nicht ausschließen, halte es jedoch für unwahrscheinlich. Ich will mich nicht zu weit vorwagen, aber ich glaube, wir haben es hier mit dem Werk eines der größten Bildhauer der Antike zu tun, und die Tatsache, dass es aus Bronze ist, macht es noch wertvoller. Auf der ganzen Welt gibt es nicht mehr als fünf oder sechs Werke diesen Ranges, und die sind wohlbekannt. Jedenfalls bitte ich noch einmal darum: Falls jemand über Kenntnisse oder Informationen zu dieser Statue verfügen sollte, so wird er gebeten, sie weiterzugeben. Und jeder, der uns hilft, den Kopf oder andere fehlende Teile zu finden, wird eine adäquate Belohnung erhalten. Falls Sie keine weiteren Fragen mehr haben ...«

»Ein letztes Detail, Professor Ranieri. Sie sind gerade erst Minister geworden, und jetzt gibt es gleich diesen Fund. Haben Sie immer so viel Glück?«

Die Frage des Korrespondenten von »La Stampa« war freundlich, der Tonfall kein bisschen. Ludovico tat, als hätte er es nicht bemerkt. »Ich bin ein Glückspilz, keine Frage. Ich habe eine wunderbare Familie, mir bietet sich die Möglichkeit, meinem Land zu dienen, jeden Tag stehe ich staunend vor den Meisterwerken der größten Künstler. Ich bin jedoch auch gläubig und denke, dass Gott mich großzügig beschenken und gleichzeitig prüfen wollte, um zu sehen, ob ich dessen auch würdig bin.«

Dreiundvierzig
Luciani
Camogli, heute

Der Kommissar jagte über die Strandpromenade von Camogli, seine Füße ratterten die Tempoläufe über tausend, zwölfhundert und vierzehnhundert Meter herunter, als wollten sie die alten Saucony in Stücke zerlegen. Ihr widerlichen Dreckskerle!, dachte er wütend. Allen voran die drei Albaner, aber auch der Richter, der sie auf freien Fuß gesetzt hatte. Jetzt, nachdem diese ganze Chose gelaufen war, jetzt, da einer der Vergewaltiger bekommen hatte, was er verdiente, würde man die beiden anderen schnell wieder einbuchten und wahrscheinlich auch mit einer saftigen Strafe belegen. Oder auch nicht, vielleicht würde der gewaltsame Tod ihres Spießgesellen wieder irgendeinen Richter rühren, und sie würden glimpflich davonkommen. Und wer weiß, was aus diesem Vater wird, dachte er. Er hatte ihn persönlich verhört, aber das war in Wirklichkeit kein Verhör, sondern eher eine Generalbeichte gewesen.

Die Tochter lag im Krankenhaus, grün und blau geprügelt, und wagte nicht, ihrem Vater ins Gesicht zu sehen. Sie fühlte sich schuldig. Ausgerechnet sie fühlte sich schuldig. Auch seine Frau schaute ihn nicht mehr an, aber aus einem anderen Grund. Sie schien ihm vorzuwerfen, dass er unfähig gewesen war, seine Tochter, seine Familie zu beschützen. Dass er in seiner Vaterrolle versagt habe. »Ich habe seit drei Tagen nicht geschlafen«, hatte der Barbetreiber dem Kommissar erzählt. »Ich habe die ganze Zeit geheult und mir immer wieder gesagt, dass ich sie alle umbringen müsste, aber ich spürte, dass ich dazu niemals den Mut aufbringen würde. Mein Schwager hat mir tausendmal gesagt, dass ich mir die Hände nicht schmutzig machen dürfe, dass er und seine Kollegen ihnen schon die erste Ration verabreicht hätten, und den Rest würde man im Knast erledigen, denn solche Kerle müssten früher oder später dran glauben. Ich fühlte mich wie ein Feigling, weil ich nicht zu ihnen hinging, aber ich konnte mir immer einreden, dass der Staat genau für so etwas da ist, dass jemand, dem ein Leid zugefügt wurde, nicht zum Mörder werden muss, dass es ein Zeichen von Zivilisiertheit ist, wenn man es dem Staat überlässt, für Gerechtigkeit zu sorgen. Dass uns das von den Tieren unterscheidet, auch von denen, die nach Italien kommen, um nur ihre Gelüste zu befriedigen, und die nicht die geringste Achtung vor dem Leben haben. Man hat mir beigebracht, dass es sich auszahlt, das Gesetz zu respektieren, Verbrechen zu begehen, hingegen nicht.«

Dann waren die drei Vergewaltiger aus der Haft entlassen worden, und seine Tochter war in helle Panik geraten. Sie hatte geschrien, sie würde nie wieder nach Hause zurückkehren, solange sie wüsste, dass der frei herumspazierte, dass er ihr jederzeit über den Weg laufen konnte. Er stand unter Hausarrest, okay, aber wer konnte ihn daran hindern, die Wohnung zu verlassen und sich zu rächen, weil sie ihn angezeigt hatte? Das hatten die drei ihnen versprochen: Versucht uns anzuzeigen, und ihr seid tot. »Meine Frau, Signor Commissario, hat mich angeschaut, als wäre ich ein Stück Scheiße, ein Nichts. Wir können von Emanzipation faseln, solange wir wollen, aber wenn es zum Treffen kommt, wollen die Frauen doch, dass der Mann seinen Mann steht. Dass er sie schützt. Dass er sich seiner Verantwortung stellt.«

Der Barbetreiber hatte sich die Adresse und eine Waffe besorgt. Wie, das brauche die Polizei nicht zu wissen. Er war am Vorabend nach Genua gefahren und war die ganze Nacht herumgeirrt, hatte sich Mut angetrunken. Im

Morgengrauen schließlich klingelte er mehrmals an der Tür des Albaners, und als er schon dachte, der wäre abgehauen, und nicht wusste, ob er darüber enttäuscht oder erleichtert sein sollte, machte der Kerl ihm auf, im Schlafanzug und mit grimmiger Miene.

»Ich bin der Vater von Chiara«, hatte er gesagt, denn das war der wahre Name des Mädchens: Chiara, »die du vergewaltigt hast.«

Der andere schaute die Waffe an und zog eine Grimasse, die man nicht so leicht vergaß. Angst und Verblüffung waren darin zu lesen, aber nur zum geringsten Teil. In Wahrheit sah der Vater darin vor allem Unausweichlichkeit: Ich weiß, was ich getan habe, ich weiß, jetzt habe ich dafür zu bezahlen. Dieser Blick war es, der ihm die Kraft zum Schießen gab. Die ersten zwei Schüsse in die Brust, und der Kerl ging zu Boden. Er bewegte sich aber noch, und wie. Er war vollkommen bei Bewusstsein, und in seinen Augen stand nun dieselbe Panik, die er in denen seiner Tochter gesehen hatte. Die panische Angst vor dem Tod. Er ließ sich aber nicht erweichen, mittlerweile kostete es mehr Mut, ihm zu helfen, als ihn kaltzumachen. Er schoss ihm in die Hoden, und der Schrei des Albaners wurde vom Blut erstickt, das aus seiner Kehle sprudelte. Der Vater schoss weiter, bis keine Kugel mehr übrig war, und als der andere sich nicht mehr bewegte, setzte er sich in die Küche, völlig leer, gleichzeitig aber so stolz auf sich, wie nie zuvor, sein ganzer Leib schien vor Freude zu brüllen.

Marco Luciani konnte diesen Vater einfach nicht verurteilen. Im Laufe der Geschichte war die Justiz des Staates an die Stelle der Selbstjustiz getreten, nicht weil diese höher oder gerechter gewesen wäre, sondern einfach weil sie wirkungsvoller war. Im Prinzip ergab es absolut Sinn, dass Freunde oder Verwandte eines Mordopfers den Täter bestraften. Es war ihr Recht, wenn nicht sogar ihre Pflicht.

Aber oft waren ihnen die Hände gebunden, weil ihnen der Mut und die Mittel fehlten oder einfach weil die Mörder stärker waren als sie. Deshalb musste die staatliche Justiz eingreifen. Der Sheriff. Der Polizist. Der Richter. Ihm wurde die Aufgabe übertragen, den Schuldigen festzunehmen und ihm die angemessene Strafe zukommen zu lassen. Wenn aber die Bestrafung schon erfolgt war, zum Beispiel durch den Vater des Opfers, dann sollte die Sache damit erledigt sein, ohne eine Fehde zwischen dem Staat und dem Betreffenden auszulösen. Der die reinste und wahrste Gerechtigkeit geübt hatte, jene, die jeder von uns von klein auf in sich spürt. Die Justiz von Tex Willer, der so oft wie möglich das Gesetz der Menschen anwandte, aber auch bereit war, darüber hinauszugehen, wenn dieses nicht genügte.

Vierundvierzig
Ventotene, Oktober 1968

Er lag geduckt zwischen den Felsen, bewegte sich nicht, versuchte, nicht einmal zu atmen. Seine sonnengegerbte Haut war von Dornen aufgerissen und juckte nach den Hieben der Brennnesseln, aber er widerstand der Versuchung, sich zu kratzen. Von seinem Beobachtungsposten aus konnte er perfekt die Yacht und das kleine Boot überblicken, und er konnte zumindest den Sinn eines Großteils der Sätze verstehen, die gesprochen wurden. Er hatte die Schaluppe von Gennaro Fierro wiedererkannt, und zweifellos stand dieser auch selbst am Ruder. Auch wenn er seine Stimme nicht gehört hätte, Fierros Art, sich zu bewegen, war unverwechselbar. Jedoch war das Mondlicht zu schwach, als dass er die Gesichter der drei Männer auf der Yacht hätte erkennen können.

Alles lief glatt, bis zur Verladung der Statue. Zu viert und mit viel Mühe hievten sie sie hoch. Ein Mann, groß und kräftig, gab die Befehle, der andere dagegen schien an körperliche Arbeit nicht recht gewöhnt zu sein, sonst hätte er die Statue nicht so unbeholfen gegriffen und das Gewicht ganz anders auf Beine und Schultern verteilt. Schließlich trug Fierro auch noch das Bündel mit dem Kopf auf die Yacht. Sie strahlten diesen mit den Taschenlampen an, der Blick der Göttin leuchtete in der Nacht und jagte ihm einen alarmierenden Schauder über den Rücken. Einer der Römer stieg unter Deck, während ein anderer einen Koffer öffnete und auf das Tischchen der Brücke einige Bündel brauner Banknoten packte. Der Bootsführer nahm eines in die Hand und lächelte zufrieden. Er sagte etwas, die anderen lachten.

Alles in Ordnung, dachte der Tarantino erleichtert. Den ganzen Abend über hatte er eine böse Vorahnung gehabt. Dabei hätte er nicht einmal sagen können, ob es diese Städter waren, denen er nicht traute, oder eher Fierro. Fünf Millionen sind eine starke Versuchung. Zwar hatte der Bootsführer Frau und Kinder in Ventotene, aber so manch einer wäre für diese Summe jederzeit bereit, seine Familie im Stich zu lassen. Er fragte sich, was er wohl gemacht hätte, mit all diesem Geld für sich alleine.

In diesem Moment erhob der Bootsführer die Stimme, dann noch einmal. Irgendetwas stimmte nicht. Sie redeten von Millionen. Drei, zwei, fünf. Vielleicht hatten die Römer sich nicht an die Absprachen gehalten und weniger Scheine mitgebracht als vereinbart. Wenn die Sache sich zuspitzen würde, war er bereit einzugreifen. Da unten standen jetzt zwei gegen einen, aber Fierro war nicht auf den Kopf gefallen, und mit dem Messer konnte er umgehen wie kaum ein Zweiter. Der Tarantino holte sein eigenes aus der Scheide, einen Dolch mit handbreiter Klinge, stets perfekt geschliffen.

Dann ging alles zu schnell. Er sah, wie einer der Männer auf der Yacht, der große, kräftige, einen Arm ausstreckte. Die Geste war eindeutig, er legte eine Pistole an. Doch der andere warf sich dazwischen und schrie: »Nein!« Der Bootsführer nutzte den Moment, um sein Messer zu zücken, den Mann an der Gurgel zu packen und hinter ihm in Deckung zu gehen. Rasch begann der Tarantino zum Strand hinabzuklettern. Dabei löste er einen Steinschlag aus, der in der Stille der Nacht wie Donnergrollen hallte.

»Da ist jemand«, hörte er einen der Römer sagen. »Wer ist da?«

Er antwortete nicht, kletterte aber weiter.

»Lass ihn los! Wir müssen weg. Sofort!«, sagte der mit der Pistole zum Bootsführer.

»Nein. Zuerst schafft ihr den Kopf wieder auf mein Boot.«

»Das kannst du vergessen. Nimm deine drei Millionen und zieh Leine.«

Der Tarantino kletterte jetzt ohne jede Vorsicht die Felswand hinab, so schnell er konnte. »Heilige Maria, Mutter Gottes, beschütz mich«, sagte er immer wieder. »Heilige Maria, Heilige Maria.«

Aus dem Augenwinkel sah er, wie sich der Bootsführer niederbeugte, um mit der linken Hand den Kopf der Statue zu greifen, während er mit der anderen dem Hänfling weiter das Messer an die Kehle hielt.

Der Knall kam für alle überraschend. Der dritte Mann war unter Deck hervorgekommen und hatte geschossen, Fierro wankte, kippte über die Reling und fiel ins Meer, den wertvollsten Teil der Statue mit sich reißend.

»Nein!«, schrie der Mann mit der Pistole. »Der Kopf!«

»Neiiiin!«, schrie auch er und schaltete instinktiv die Taucherlampe ein, die er am Gürtel trug. Er richtete den Strahl auf die Brücke der Yacht und brüllte: »Halt!« Die Männer dachten vielleicht, die Küstenwache hätte sie überrascht, jedenfalls gerieten sie sofort in Panik. Er hörte sie schreien: »Hauen wir ab!« – »Der Kopf!« – »Nichts wie weg!«, außerdem Flüche und Anrufungen des Himmels ausstoßen.

Schließlich kümmerte sich der Tarantino nicht mehr um die Yacht, sprang auf einen Felsen und von dort ins Meer. Er zielte auf die Stelle, wo der Bootsführer versunken war.

Mit eisigen Klauen zwickte das Wasser ihm in Arme und Beine, drang fast bis auf die Knochen. Er zwang sich, nicht darauf zu achten. Er schwenkte die Lampe, ließ sie immer wieder aufblitzen, und beim vierten oder fünften Versuch sah er Fierro in etwa drei Meter Tiefe auf einem Steinblock liegen, den Kopf der Statue immer noch im linken Arm. Noch zwei kräftige Züge, und er war bei ihm. Fierro schien ohnmächtig. Er leuchtete die Wunde an, die die Schrotkugeln in dessen Flanke gerissen hatten. Ihm blieb nicht mehr viel Kraft. Zu wenig jedenfalls, um die gesamte Last hochzuschleppen. Er versuchte, Fierro den schweren Bronzekopf zu entwinden, der ihn wie ein Senkblei in die Tiefe gezogen hatte. In diesem Moment schlug der Bootsführer die Augen auf. Er versuchte zu atmen, geriet in Panik und umklammerte den Kopf noch fester. Verflucht, dachte der Tarantino, warum tut ein Ertrinkender alles, damit er nicht gerettet wird?

Ihm kam eine Idee. Er drehte den Lichtstrahl und richtete ihn auf sein eigenes krummes Gesicht. Als der Bootsführer ihn erkannte, lockerte sich sein Griff ein wenig. Er hatte den Kopf instinktiv an sich gepresst, weil er dachte, dass einer der Römer dahinterher wäre. Aber nun sah er klar. Man musste seine Haut retten, zum Teufel mit dem Kopf, den konnten sie auch ein andermal holen. Einen Moment bevor er ohnmächtig wurde, spürte er, dass sein Kamerad ihn an sich zog.

Der Tarantino war völlig fertig, als er endlich wieder auftauchte, in seinen Ohren pfiff es. Er sah gerade noch die Yacht wegfahren. Sie hauten ab, mit der Statue und dem Geld, aber er hatte den Namen des Bootes lesen können, »Pinuccia«, und es würde kein Problem sein, sie wiederzufinden. Er schwamm auf dem Rücken, mit Beinschlag und einem Arm. Mit dem anderen hielt er das Kinn des leblosen Körpers, den er hinter sich herschleppte, Lampe und Messer hatte er aufgegeben.

Es dauerte eine Weile, bis er an der Mole war, die Wellen des Rückflusses zogen ihn vom Ufer weg und die, die Richtung Insel rollten, waren zu heftig: Wenn man sich einfach mitspülen ließ, lief man Gefahr, gegen die Klippen geschleudert zu werden. Mindestens zwanzig Minuten lang kämpfte er in der Dunkelheit, bis eine sanfte Welle ihm die Zeit ließ, sich an einen Felsen zu klammern.

»Hier, lass dir helfen.«

Erschrocken hob er den Kopf in Richtung des Schattens, der zu ihm gesprochen hatte.

»Wer zum Teufel bist du?«, schrie er.

Der Schatten schaltete eine Taschenlampe an und hielt sie auf sein Gesicht gerichtet. Genau wie er es unter Wasser vor dem Bootsführer getan hatte.

Ich war nicht der Einzige, der den anderen nicht traute, dachte der Tarantino.

Er reichte ihm die Last, die er geborgen hatte, und der Schatten half ihm, sie auf den Felsen zu legen.

»Und Gennaro?«

»Nichts zu machen«, der Tarantino schüttelte den Kopf, »den haben sie ausgeknipst.«

Er ergriff die Hand, die der Mann ihm reichte, setzte einen Fuß auf den Felsen und konnte aufs Trockene springen. Aber nur, um in das Messer zu rennen, das der andere in seiner Rechten hielt.

Er spürte, wie es in seine Brust drang, durch die Rippen bis ins Herz. Ein einziger Stich, hart und perfekt, wie der, den er vor einigen Minuten dem Bootsführer versetzt hatte, um ihn für immer unter Wasser zu lassen.

Er sank auf die Knie und wäre wieder ins Meer gekippt, hätte der Genueser ihn nicht an den Haaren festgehalten.

»Wart mal. Ich bin noch nicht fertig mit dir.«

Fünfundvierzig
Ranieri
Rom, heute

»Bei der Bronzestatue, die vor einigen Tagen auf der Insel Santo Stefano gefunden wurde, handelt es sich um ein Werk Lysipps. Professor John Taylor, Konservator am British Museum und einer der größten Kenner des berühmten griechischen Bildhauers, der ungefähr zwischen 390 und 300 vor Christus lebte, ist sich dessen sicher. Auf Einladung der Luxemburger Gesellschaft, die das Werk entdeckt hat, konnte der Professor es leibhaftig in der Restauratorenwerkstatt in Mittelitalien, wo es derzeit verwahrt wird, in Augenschein nehmen. ›Die Statue ist zweifellos das Werk eines der größten Künstler aller Zeiten. Er verstand es, die Bronze mit unglaublicher Souveränität zu bearbeiten und im Betrachter tiefe Emotionen zu wecken‹, erklärt Professor Taylor. Die Zuordnung zu Lysipp ist Technik und Stil, mit der die Bronze bearbeitet ist, geschuldet, aber auch einer Reihe von historischen Fakten. Lysipp arbeitete lange in Griechenland, in Olymp, Rhodos, Delphi und Athen, aber wir haben auch Belege dafür, dass er sich in Italien aufhielt und in Rom und Taranto sogar eine eigene Werkstatt unterhielt.

›Meiner Meinung nach stellt die Statue eine Göttin dar‹, erklärt der Professor, ›das verwendete Material, die Haltung, die Größe, alles lässt darauf schließen, das diese Statue geschaffen wurde, um in der Öffentlichkeit ausgestellt zu werden, vermutlich auf einer großen Piazza. Leider werden uns durch das Fehlen des Kopfes wichtige Hinweise vorenthalten, aber trotzdem lassen sich einige, nicht streng wissenschaftliche Vermutungen anstellen. Die dargestellte Frau steht aufrecht, in feierlicher Haltung. Fast mahnend. Meine Hypothese ist, dass die Statue die Göttin Themis darstellt, die Verkörperung der Gerechtigkeit; dies würde auch ihre Präsenz in der Gegend von Ventotene erklären, wohin Familienmitglieder der römischen Kaiser verbannt wurden, die sich etwas hatten zuschulden kommen lassen. Oder die man loswerden wollte. Die Göttin der Gerechtigkeit sollte sie gemahnen, nicht wieder der Sünde zu verfallen und über die verhängte Strafe nachzudenken.‹«

Befriedigt beendete Minister Ludovico Ranieri die Lektüre der Zeitung. Sein alter Freund, Professor Taylor, hatte sich ganz vorzüglich verhalten. Und der Journalist hatte gute Arbeit geleistet. Auch die beiden neuen Fotos, die er der Zeitung hatte zukommen lassen, kamen voll zur Geltung. Man hatte ihnen eine Graphik zur Seite gestellt, die Ausmaße und Charakteristiken des Meisterwerks illustrierte. Um sich beim Minister für die Exklusivrechte erkenntlich zu zeigen, hatte der Verantwortliche des Kulturteils noch einen persönlichen Kommentar dazugestellt, in dem Ranieris Amtsvorgänger gerüffelt wurde.

»Vergangenes Jahr hat Italien, mit dem Segen des damaligen Kulturministers Augusto De Giovanni, die Insel Santo Stefano für ein Butterbrot an eine Luxemburger Firma verkauft, an die Wilhelmina, deren Eigentümer im Hintergrund bleiben. Santo Stefano war immer ein Kleinod, sowohl in ökologischer (nicht von ungefähr stehen ihre Gewässer unter Naturschutz) wie kultureller Hinsicht. Die Insel hat eine lange Geschichte, voller ruhmreicher und auch schmerzlicher Kapitel. Sie beherbergt eines der faszinierendsten und mysteriösesten Gebäude des Mittelmeerraums, einen Gefängnisbau in der Form eines Panopticons, in dem Persönlichkeiten einsaßen, die in Italien Geschichte geschrieben haben, von Luigi Settembrini bis Sandro Pertini. Alle Aufrufe gegen einen Verkauf blieben ungehört, und jetzt geschieht, was zu erwarten war: Die Ausgrabungsarbeiten haben zu einem sensationellen Fund geführt, auf den noch weitere folgen könnten. Juristisch betrachtet, bleibt der italienische Staat der rechtmäßige Eigentümer der Statue, wie der derzeitige Minister Ludovico Ranieri erklärte, doch falls die Wilhelmina einen Rechtsstreit über die Entschädigungszahlung anstrengen sollte, könnte die Entdeckung den Steuerzahler teuer zu stehen kommen. Laut Umfeld des Ministers ist man sich nicht sicher, ob man tatsächlich in den Staatssäckel greifen soll (auch die Restaurierung wird sehr kostspielig sein) und bis zu welcher Summe. Sicher muss der Gefahr begegnet werden, dass die Bronze von Santo Stefano aus Italien verschwindet, um in irgendeinem ausländischen Museum ausgestellt zu werden, wie es vielen unserer Meisterwerke ergangen ist, von der Venus von Morgantina bis zum Athleten des Lysipp, der einzigen originalen Bronzeskulptur, die dem griechischen Bildhauer bis dato zugeschrieben wurde. Der Minister und die gesamte Regierung werden darüber zu wachen haben, dass die Operation der Veräußerung der Insel – an sich schon ein Fehler – nicht Konsequenzen zeitigt, die schlimmer sind, als man erwarten durfte. Oder als zumindest wir erwarten konnten.«

In cauda venenum, dachte Ludovico. Das ganze Gift steckte im letzten Satz: *Wir* hatten keine Ahnung, was sich auf der Insel befinden könnte, jemand anders vielleicht schon. Vielleicht wusste dieser Jemand es sogar genau und hat sie deshalb verkauft. Zum Glück war der Verkauf von Grossi, dem Finanzminister, abgewickelt worden, im Zweifelsfall würden sie über ihn herfallen. Wie auch immer, den Satz hätte er sich schenken können, dieser hinterfotzige Journalist. Ranieri rief seinen Pressesprecher herbei, der freudestrahlend angetrabt kam, doch statt des erwarteten Lobes erntete er ein ungeheuerliches Donnerwetter. Artikel hatten vor ihrem Erscheinen immer kontrolliert zu werden, und zwar bis zur letzten Zeile.

»›Die Bronze von Santo Stefano wurde auf italienischem Territorium gefunden, und der italienische Staat ist ihr rechtmäßiger Eigentümer. Die Statue wird unser Land nicht verlassen.‹ Mit diesen Worten hat Kulturminister Ludovico Ranieri erneut das Skandalgeschrei beruhigt, das der Fund der wertvollen Skulptur, nur wenige Monate nach dem Verkauf der Insel an die Luxemburger Investmentgesellschaft Wilhelmina, ausgelöst hat. Die Bronzeskulptur, die von verschiedenen Fachleuten dem Ausnahmekünstler Lysipp zugeschrieben wird, ist von unschätzbarem Wert, und manch einer war besorgt, sie könnte im Ausland landen. ›Der einzige Eigentümer der Bronze von Santo Stefano ist der Staat‹, hat der Minister hinzugefügt. ›Im Kaufvertrag steht ausdrücklich, dass Italien das Vorkaufsrecht an allen Kunstschätzen hat, die auf der Insel oder in ihren Gewässern gefunden werden. Dies gilt für Santo Stefano ebenso wie für jedes andere Grundstück, das der Staat an einen Privatmann abtritt.‹

Der Pressesprecher der Luxemburger Gesellschaft hat die Erklärungen des Ministers telefonisch bestätigt. ›Das Skandalgeschrei entbehrt jeglicher Grundlage. Wir für unseren Teil sind glücklich, ein Werk von derart außergewöhnlicher Schönheit ans Licht befördert zu haben. Wenn es auf der Insel verbleiben könnte, um dieser zu einem neuen Aufschwung zu verhelfen, würden wir uns freuen, doch diese Entscheidung liegt allein beim italienischen Staat.‹ Der Wilhelmina wird der übliche Prozentsatz zukommen, der laut Gesetz dem Finder archäologischer Stücke von nationalem Interesse zusteht. 25 Prozent des Wertes für den Finder und 25 Prozent für den Eigentümer des Grundstücks. In diesem Fall ein und dieselbe Person.

Es sei darauf hingewiesen, dass die Entschädigungszahlungen, zumindest in der Vergangenheit, weit unter dem Marktwert lagen. Gleichzeitig sei daran erinnert, dass vor kaum einem Jahr ein Gesetz verabschiedet wurde, das die alten Prozentsätze bestätigt, aber am realen Marktwert ausrichtet, um den illegalen Handel mit Fundstücken zu unterbinden. Das Gesetz trägt, und für ihn ist die Sache von bitterer Ironie, auch die Unterschrift des derzeitigen Kulturministers.«

Diesmal hatten die Journalisten gut gearbeitet, dachte Ludovico. Sie hatten ehrlich gearbeitet. Aber der Teil, der ihm am besten gefiel, waren die Kästchen an der Seite, mit den kleinen Fotos, auf denen die schönsten und berühmtesten Statuen der Welt gezeigt wurden. Da waren die Bronzen von Riace, der tanzende Satyr, die Venus von Morgantina, die Nike von Samothrake, der David von Donatello und die Pietà von Michelangelo. Bronzen und Marmorstatuen waren ein bisschen durcheinandergeraten, ebenso die verschiedensten historischen Epochen, aber man durfte nicht zu viel verlangen. Wichtig war nur, dass die Bronze von Santo Stefano in guter, nein in allerbester Gesellschaft war. Den nächsten Schritt musste nun sein amerikanischer Freund tun.

Sechsundvierzig
Luciani
Im Zug von Genua nach Rom, heute

Die junge Reporterin hatte Wort für Wort den »Off the record«-Ausbruch des Kommissars wiedergegeben. Es war immer dasselbe Lied mit den Praktikanten. Sie kamen in die Redaktionen zurück, erzählten alles haarklein, und wenn sie dem Chefredakteur dann sagten: »Das können wir aber nicht schreiben«, fing dieser zu toben an: »Wer sagt das denn? Wir entscheiden, was wir schreiben! Und wir schreiben alles.«

Marco Luciani lächelte, als er die Schlagzeile las: »›Ich hätte dasselbe getan‹ – Der Kommissar und die Selbstjustiz.« Darunter hatten sie auch noch ein Foto von ihm gesetzt, es war ein paar Monate alt, aus der Zeit, als er noch einen Bart trug.

Kaum war der Zug aus dem Bahnhof von La Spezia gerollt, schaltete er das Handy ein, und innerhalb einer Minute gingen vier Benachrichtigungen von der Servicenummer ein. Der erste Anruf auf der Mailbox war von Polizeichef Iaquinta, der nachfragte, ob er den Verstand verloren habe. Er sagte, Luciani solle den »Secolo XIX« lesen und ihn sofort zurückrufen. Der zweite war von Iannece, der ihm mitteilte, dass Iaquinta ihn sprechen wolle und dass dieser fuchsteufelswild sei. Der dritte war wieder von Iaquinta, in derselben Tonlage wie der erste. Der vierte von Doktor Sassi, dem Staatsanwalt, der den Fall betreute und um sofortigen Rückruf bat.

Luciani beschloss, mit Iaquinta anzufangen.

»Sie sind vollkommen wahnsinnig, Commissario. Haben Sie wirklich diese Dinge gesagt?«

»Welche Dinge?«

»Die in der Zeitung stehen. Haben Sie die nicht gelesen?«

»Ich habe Ihre Nachricht gerade erst gehört. Was sagt die Zeitung denn?«

»Was sagen Sie denn? Dass es richtig ist, selbst für Gerechtigkeit zu sorgen, dass Sie an Stelle dieses Vaters den Albaner ebenfalls abgeknallt hätten.«

Der Kommissar grinste bis über beide Ohren. »Das war ein Ausbruch außerhalb der Pressekonferenz«, sagte er mit geheuchelter Verwunderung, »haben die das wirklich geschrieben? Das ist aber ein grober Regelverstoß.«

»Ich scheiß auf Ihren Regelverstoß! Meine Telefone laufen heiß. Ein solches Chaos hat es in Rom noch nicht gegeben. Regierungslager und Opposition werden sich heute an die Gurgel gehen beim Thema Hausarrest, Gewährleistung des Strafvollzugs et cetera pp.«

»Prima«, entfleuchte es Marco Luciani.

»Ja, Scheiße noch eins! Sie wissen ganz genau, was für Arschlöcher Journalisten sind, Sie sind doch kein frischgebackener Inspektor bei seinem ersten Fall!«

»Was soll ich Ihnen sagen, Chef? Ich wäre nie auf den Gedanken gekommen … Ich werde ein Dementi abgeben und sagen, dass man mich falsch interpretiert hat.«

»Sie werden nichts dergleichen tun. Sie werden die Klappe halten und nicht noch mehr Porzellan zerschlagen. Heute werde besser ich reden. Nein, besser noch, Sie lassen sich heute gar nicht blicken. Verschwinden Sie. Nehmen Sie sich ein paar Tage Urlaub.«

»Ich habe keinen mehr.«

»Dann lassen Sie sich krankschreiben. Ich schreibe Ihnen ein Attest für eine Geisteskrankheit.«

»Einverstanden. Ich werde in Camogli bleiben.«

»Nein! Sie geistern schon durch sämtliche Nachrichtensendungen, in einer Stunde wird Ihr Haus von Aufnahmeteams belagert sein. Verschwinden Sie, fahren Sie weg, gehen Sie, wohin Sie wollen, bis der Sturm sich gelegt hat.«

Marco Luciani schaute aus dem Fenster. In Kürze würden sie Castiglioncello erreichen. Er mochte es, den Pinienhain durch das Zugfenster vorbeiziehen zu sehen. »Okay. Ich schaue, was ich machen kann.«

Er beendete das Gespräch und rief den Staatsanwalt an.

»Ja sind Sie denn von allen guten Geistern verlassen, Commissario? Was ist denn in Sie gefahren, solche Sachen zu sagen?«

Sasso hielt ihm eine Gardinenpredigt von geschlagenen fünf Minuten, in denen Luciani das Panorama betrachtete und hin und wieder ein »Hmm« oder ein »Selbstverständlich« murmelte, zum Zeichen, dass er noch da war.

»Wenn Sie wollen, kann ich ein Dementi abgeben«, sagte er schließlich.

»Nein, im Moment ist Schweigen besser. Eventuell werde später ich etwas sagen. Versuchen Sie, der Journaille aus dem Weg zu gehen.«

»Kein Problem. Ich schalte das Handy aus und tauche für ein paar Tage ab. Wenn Sie mich brauchen, dann sprechen Sie auf die Mailbox.«

Danach rief er Iannece an, der ihn mit Komplimenten und Jubelgeschrei überschüttete. »Wir sind hier alle auf Ihrer Seite, Signor Commissario! Dutzende Leute rufen bei uns an, wollen Sie sprechen, Ihnen sagen, dass Sie recht getan haben, so etwas auszusprechen.«

»Danke, Iannece. Halt du die Stellung, ich bin für eine Weile weg.«

»Wo fahren Sie denn hin, Commissario?«

»Ich gönne mir einen kleinen Urlaub, Iannece. Auf einer Insel.«

»Ausgerechnet jetzt? Seien Sie vorsichtig, wer mal abschalten will, der wird schnell ausgeschaltet. Und der

Polizeichef kann's gar nicht erwarten, Ihnen den Saft abzudrehen.«

»Genau der Polizeichef hat mir befohlen, für eine Weile auf Tauchstation zu gehen. Er und dieses Genie von Sassi.«

»Gott hat sie gegeben, Gott wird sie auch wieder nehmen, Commissario.«

»Hoffen wir's, Iannece. Hör mal, ist Livasi da? Gib ihn mir mal, ich muss ihm das Kommando übertragen.«

Livasi kam ans Telefon gerannt. »Marco. Denen hast du's aber ordentlich gezeigt«, sagte er, um für Schönwetter zu sorgen.

»Wohl, aber jetzt sag nicht, du bist meiner Meinung.«

»Nun, vor den Journalisten hätte ich nicht derart ... deutliche Worte benutzt. Andererseits wissen wir alle, unter uns gesagt, ganz genau, dass die in unser Land kommen und meinen, sie könnten treiben, was sie wollen: Sie vergewaltigen unsere Frauen, nehmen uns die Arbeit weg ...«

Marco Luciani spürte, wie der Schleim aus dem Handy in seinen Ärmel troff. »Livasi, es stimmt zwar, dass wir es auch alleine geschafft hätten, unsere Frauen zu vergewaltigen, aber das jetzt sogar als Arbeit zu bezeichnen ...«

Sein Stellvertreter wurde knallrot, stammelte, nein, Luciani hätte da was falsch verstanden, und der Kommissar sehnte sich einmal mehr nach Giampieri zurück, der diese derbe Zote mit demselben schwarzen Humor pariert hätte.

Siebenundvierzig
Ventotene, Oktober 1968

Die Witwe des Bootsführers lag im Bett, von Beruhigungsmitteln betäubt. Als der Leutnant der Carabinieri sie aufgesucht und ihr mitgeteilt hatte, dass man die Leiche ihres Mannes gefunden habe, hatte sie zu schreien angefangen, sich die Haare ausgerissen und sich das Gesicht zerkratzt, während ihre Schwestern und Cousinen versuchten, sie zurückzuhalten. Leutnant Marzaro kam aus dem Norden, und man hatte ihn gewarnt vor dieser archaischen, rückständigen Welt, die ihren ureigenen Gesetzen folgte, welche häufig in Konflikt standen mit den Gesetzen des Staates. Marzaro hatte sie studiert, hatte sich eingelesen, er wollte verstehen, bevor er ein Urteil fällte. Und daher hatte er vor diesen Schmerzensbekundungen, die so theatralisch waren, dass sie fast grotesk wirkten, respektvoll das Haupt geneigt. Dass man schrie, herumtobte und das eigene Fleisch malträtierte, war nicht nur ein pittoresker Brauch, um Trauer zu zeigen, oder schlimmer: die heuchlerische Darbietung von jemandem, der fürchtet, die anderen könnten ihm seine Betroffenheit nicht abnehmen. Sich körperliche Schmerzen zuzufügen, sich Arme und Brust zu zerkratzen, wie es die primitiven Kulturen taten, war vielmehr die beste Methode, um seelischen Schmerz zu überwinden. Das Nervensystem schüttete enorme Mengen an Endorphinen aus, die gesamte geistige und körperliche Energie wurde darauf konzentriert, dem Körper beizustehen. Das Geschrei schreckte das eigene Bewusstsein auf, lenkte es ab, verhinderte, dass es in eine Schockstarre und Irrsinn verfiel.

Die Carabinieri hatten abgewartet, bis die Frauen der

Familie sich ausgetobt hatten und die schwarzgekleideten Klageweiber ins Haus gekommen waren, um zusätzliches Geschrei zu veranstalten und den Jammer zu verstärken. Bis jetzt hatten die Ermittler die Schussverletzung an Gennaro Fierros Hüfte nicht erwähnt, denn sie hofften, dass sich irgendjemand mit Details verplappern würde, die sie noch gar nicht hatten durchsickern lassen. Diese Geschichte war wirklich allzu merkwürdig. Fischer, die ihre Netze auswarfen, hatten am Nachmittag ein kleines Ruderboot bemerkt, das bei Santo Stefano ankerte. Niemand war an Bord, aber das hatte anfangs keinen bekümmert. Am nächsten Morgen, als sie die Netze einholen wollten, war die Schaluppe allerdings noch immer da und noch immer herrenlos. Alarmiert umrundeten sie die Insel, auf der Suche nach irgendeinem Hinweis auf den Besitzer, und da entdeckten sie bei der Untiefe von Molara eine Leiche. Es war Gennaro Fierro, mit einem Messer in der Brust.

Ja, an dieser Geschichte war vieles merkwürdig. Das fing schon damit an, dass Fierro und seine Leute in jener Nacht nicht hinausgefahren waren. Der Kutter war defekt, hatte ihnen der Maschinist erklärt, ein Kalabreser mit einem Pokerface, der log, sobald er den Mund aufmachte. Am Abend der Tat hatte er bis Einbruch der Dunkelheit am Motor gearbeitet, dann war er mit zwei anderen aus der Besatzung ins Wirtshaus gegangen, um bis tief in die Nacht zu trinken und Karten zu spielen. Eine Menge Leute hatten sie gesehen, ehe sie nach Hause gegangen waren. Niemand dagegen hatte Giovanni Quondampietro gesehen, einen Vorbestraften, der aus Taranto stammte. Erst nach vielen Stunden Ermittlungsarbeit hatte Leutnant Marzaro herausbekommen, dass dieser ein Messer besaß, welches dem in der Brust des Bootsführers zum Verwechseln ähnlich sah.

Es war nicht schwer, eins und eins zusammenzuzählen. In Sachen Tatmotiv jedoch, da tappten sie völlig im Dunkeln. Die restlichen Besatzungsmitglieder hatten in diesem Punkt nicht die geringste Ahnung, und keiner von ihnen wusste, was die beiden Kameraden auf Santo Stefano gewollt hatten. Sie logen, das wusste er, und wenn sie logen, dann deshalb, weil sie etwas zu verbergen hatten. Wahrscheinlich Schmuggelei. Ein Geschäft, das schiefgegangen war, vielleicht als die Beute geteilt werden sollte.

Das Dorf hielt dicht wie eine Auster, alle schworen, dass Fierro nicht schmuggelte, und hielten sein Andenken hoch. Nur wenige dagegen hatten ein gutes Wort für den Tarantino übrig, eine Laune der Natur, einen, der gerne trank und mit dem Messer herumfuchtelte. In Leutnant Marzaro keimte Hoffnung auf, als er entdeckte, dass es in der Besatzung einen sechsten Mann gab. Dieser hatte gerade abgeheuert, und das war verdächtig, auch wenn die anderen übereinstimmend behaupteten, er habe keine Meinungsverschiedenheiten mit dem Bootsführer gehabt, nur einen alten Zwist mit dem Tarantino. Abgesehen davon hatte Giuseppe Risso die Insel schon am Tag vor der Tat verlassen.

Drei Tage später, im Morgengrauen, sah sich der Genueser an seiner Haustür in Camogli zwei Carabinieri gegenüber. Es ist so weit, dachte er, sein Herzschlag stockte, aber er rang sich ein Lächeln ab.

»Was gibt es?«

»Signor Risso Giuseppe?«

»Himmel noch mal, Giangi, du weißt doch, dass ich es bin. Du kennst mich seit dreißig Jahren.«

Der Maresciallo errötete.

»Tut mir leid, Guiseppe, du musst mit in die Kaserne kommen.«

»Einverstanden. Aber ich habe das den anderen schon gesagt. Ich heiße jetzt Marietto.«

Leutnant Marzaro war eigens nach Camogli gekommen, nur um ihn zu vernehmen. Nicht, dass er kein Vertrauen in seine Kollegen gehabt hätte, aber das war ein Mordfall, und den wollte er gewissenhaft und schnellstmöglich lösen.

»Kannten Sie Gennaro Fierro?«

»Klar.«

»Wissen Sie, dass er ermordet wurde?«

Marietto nickte. »Einer meiner Kameraden hat angerufen, um es mir zu sagen.«

»Wer hat Sie angerufen?«

»Ciro Gugliano.« Der jüngere der beiden Brüder.

»Vertrugen Sie sich? Sie und die anderen, meine ich.«

»Ich vertrage mich mit allen, wenn sie mir nicht auf den Pelz rücken.«

»Auch mit Giovanni Quondampietro?«

»Der Tarantino? Das ist ein Verbrecher. Ein Knastbruder. Es überrascht mich nicht, was er getan hat.«

Der Leutnant musterte ihn aufmerksam. »Warum glauben Sie, dass er es getan hat?«

»Wer denn sonst? Wie ich hörte, steckte sein Messer in Fierros Herz, und er selbst ist verschwunden.«

»Aber warum sollte er es getan haben?«

Marietto breitete die Arme aus und machte ein verblüfftes Gesicht. »Wissen Sie das wirklich nicht?«

»Sagen Sie es mir.«

»Weil der Bootsführer ein aufrichtiger Mensch war. Und der Tarantino ein Verbrecher ist. Wie der Kalabreser, und in gewissem Maße auch der ältere der Gugliano-Brüder. Solche Kerle bringt man nicht auf die rechte Bahn zurück. Das ist Gesindel, das sich an keine Regeln hält. Die wollen ihre eigenen Regeln aufstellen und verlangen, dass die anderen sich danach richten.«

»Hatten sie deswegen gestritten?«

»Die stritten immer. Wegen Nichtigkeiten. Es war eine Machtfrage. Ich sage Ihnen was: Der Direktor von Santo Stefano hat sich eingebildet, dass alle zusammenarbeiten könnten, wie Brüder. Das hat zuerst auch einigermaßen funktioniert, aber dann haben die Rivalitäten wieder die Oberhand gewonnen. Genau aus diesem Grund hatte ich mich ausgeklinkt, man konnte einfach nicht mehr vernünftig arbeiten.«

»Kamen Sie auch nicht mit dem Bootsführer aus?«

»Nein, mit ihm hatte ich fast nie Meinungsverschiedenheiten. Das Problem waren die anderen. Seit 1962 fuhr die ›Sconsegnata‹ auf See, wie gesagt, das war eine Idee des Gefängnisdirektors gewesen. Das Zuchthaus stand damals kurz vor der Schließung, und das Projekt sollte den Beweis erbringen, dass Neapolitaner, Kalabreser und Puglieser, mögen sie sich innerhalb von Gefängnismauern auch abschlachten, sobald sie erst einmal in einem Boot sitzen, zwangsläufig an einem Strang ziehen. Fierro hatte diese kuriose Besatzung aus disziplinlosen Anfängern akzeptiert, weil zunächst der Staat deren Lohn zahlte. Fierro konnte, gemeinsam mit dem Bootseigner, den ganzen Fang für sich behalten. Und auch später, als ein Privatmann den Kutter übernahm, gaben sich die ehemaligen Häftlinge mit einem Handgeld zufrieden, denn eine andere Arbeit war für sie kaum aufzutreiben. Als das Zuchthaus geschlossen wurde, wollte auch ich anheuern. Ein Mann war gerade abgesprungen. Fierro willigte ein, ich glaube, er war auch froh, mich dabeizuhaben, so fühlte er sich sicherer. Aber die anderen nannten mich weiterhin den Bullen, ich wurde in ihrer Mitte nie akzeptiert.«

Leutnant Marzaro dachte eine Weile nach.

»Wissen Sie, was der Bootsführer und Quondampietro in jener Nacht auf Santo Stefano wollten?«

»Ich nehme an, sie wollten Pfeilkalmare fischen, Herr Leutnant.«

Der Carabiniere verzog das Gesicht, und der Genueser antwortete mit einem Lachen.

»Wenn sie auch ein bisschen geschmuggelt haben sollten, Herr Leutnant, das war Kleinkram, um sich ein paar Lire dazuzuverdienen.«

»Ein Mann ist getötet worden wegen dieses Kleinkrams.«

»Eben. Man sollte sich um das eigentliche Verbrechen kümmern und die Nichtigkeiten beiseitelassen.«

Als Leutnant Marzaro nach Ventotene zurückkam, versuchte er noch einmal, Fierros Witwe zu vernehmen. Sie bestätigte, dass ihr Mann wenige Tage vor der Tat in Rom gewesen war, wusste aber nicht, warum. »Eine Angelegenheit unter Männern«, hatte sie lapidar geantwortet. Der Leutnant hatte fast den Eindruck gewonnen, dass sie eine Liebschaft dahinter vermutete, darüber aber nicht reden wollte. Die Witwe sagte noch einmal, dass ihr Mann an jenem Abend das Haus verlassen habe und am Tag davor einen bissigen Kommentar über den Tarantino abgegeben habe. Fierro habe gesagt, der Tarantino hätte etwas auf Santo Stefano erledigen sollen, es aber nicht getan, und er sei eben jemand, auf den man sich nicht verlassen könne.

Das passt alles zusammen, dachte der Leutnant, aber solange wir den aus Taranto nicht finden, werden wir nie erfahren, wie es sich genau abgespielt hat. Auch die Kollegen in Rom suchten ihn, und wenn er noch in Italien war, dann würde man ihn früher oder später aufspüren. Wenn er es dagegen bereits über die Grenze geschafft hatte, dann war es schwieriger, ihn zu erwischen.

Achtundvierzig
Ranieri
Rom, heute

»Ein sensationelles Angebot für die Bronze von Santo Stefano kommt vom Getty Museum in Los Angeles, ebenjenem Museum, das seit Jahren mit unserem Land um Lysipps Athleten von Fano streitet, der 1964 im Wasser der Adria gefunden wurde. Ein Mitglied des Aufsichtsrats, James Shepard, schlägt einen Tausch der beiden Werke vor. Der Athlet würde, flankiert von einem üppigen Scheck über 20–25 Millionen Euro – falls man den Kopf findet, auch deutlich mehr –, nach Italien zurückkehren, während die Bronze von Santo Stefano an das amerikanische Museum ginge, das sich auch um deren Restaurierung kümmern würde. Shepard hat klargestellt, dass er als Privatmann spreche, aber die Reaktionen ließen nicht lange auf sich warten. Kulturminister Ludovico Ranieri sagte, er sei ›überrascht‹ über dieses Angebot, ihm sei keinerlei offizielles Schreiben zugegangen. Rein hypothetisch, fügte er hinzu, fuße dieses Angebot auf beachtlichen Summen, bestätige den Wert des Kunstwerks, und man wolle es, sofern es auf offiziellem Wege eingehe, mit Interesse prüfen.

›Die Bronze von Santo Stefano ist zweifellos ein Meisterwerk‹, sagte Ranieri, ›ihre Zuordnung ist aber noch unsicher. Zudem werden die Restaurierungsarbeiten zeit- und kostenaufwendig sein. Der Athlet des Lysipp ist eines der meistbewunderten Werke auf der Welt, und sollte er nach Italien zurückkehren, so könnte er zu einem touristischen Aufschwung beitragen, in einer für unser Land schwierigen Phase.‹«

»Hände weg von der Bronze von Santo Stefano.« Der Leitartikel der »Repubblica« meldete nicht nur Vorbehalte an, er war Gift in Reinform. »Das Paul Getty Museum, das seit Jahrzehnten eines der wertvollsten je in unserem Land gefundenen Kunstwerke, den Athleten von Fano, in Geiselhaft hält und das bald sowieso kraft des Gesetzes gezwungen sein wird, diesen zurückzuerstatten, versucht jetzt, die Rückgabe als eine Art Zugeständnis darzustellen, und schlägt vor, das Werk gegen eines von vergleichbarem Rang einzutauschen. Minister Ludovico Ranieri scheint, statt den Vorschlag empört zurückzuweisen, leider geneigt, ihn in Betracht zu ziehen. Es stimmt, dass die (wohlgemerkt, inoffiziell) gebotene Summe beträchtlich ist, aber hier steht etwas auf dem Spiel, was über eine Marktwertanalyse hinausgeht. Das Prestige unseres Landes steht auf dem Spiel, der Wille, seine Kunstschätze, auch um den Preis gewisser Opfer, zu schützen. In Krisenzeiten lebt man vor allem von Brot, aber auch von der Würde. Wenn man den Eindruck vermittelt, dass alles käuflich sei, auch die Schönheit, die Geschichte und die Tradition, dann ist das sehr gefährlich und bahnt den Weg für andere Operationen dieser Art, die womöglich unter der Hand ablaufen. Wenn der Staat seine Schätze veräußert, mit welcher Autorität oder Glaubwürdigkeit will er dann Grabräuber und Kunstschieber verfolgen? Die Vorgängerregierung hatte keine Nachsicht walten lassen und angekündigt, geraubte Schätze zurückzuholen. Wir wünschen uns, dass die neue Regierung nun nicht wieder einen Rückzieher macht. Politische Zugehörigkeiten können zu unterschiedlichen Haltungen in Fragen der Wirtschaft, der Justiz und des Sozialstaats führen, der Schutz des kulturellen Erbes darf davon jedoch nicht berührt werden. Italien muss die Rückerstattung des Athleten verlangen und gleichzeitig mit der Restaurierung der Bronze von Santo Stefano fortfahren. Andernfalls werden wir ein Land mit ruhmreicher Geschichte und unrühmlicher Zukunft bleiben.«

»Was für ein Hornochse ... das glaub ich einfach nicht!«, sagte Ludovico und schlug die Zeitung zu. Dieser Leitartikel war das Sahnehäubchen, das noch gefehlt hatte, nachdem er tags zuvor schon unter dem Dauerbeschuss von Opposition, Kunstkritikern, Künstlern, Umweltschützern, Tierschützern und Gewerkschaftlern gestanden hatte, weil er den Verkauf der Bronze von Santo Stefano als Hypothese in den Raum gestellt hatte. Der Pressesprecher schielte besorgt zu ihm hinüber. »Reg dich nicht auf, Ludovico«, setzte er schüchtern an, »inzwischen ist klar, dass er über dich herfällt, egal, was du tust.«

»Aufregen? Machst du Witze? Ich könnte ihn umarmen, diesen Idioten! Diesen König aller Idioten!« Er schüttete sich vor Lachen aus, so herzhaft, wie schon lange nicht mehr, und sein Gegenüber betrachtete ihn, als hätte er den Verstand verloren. »Weißt du was, mein Freund? Heute schenke ich dir ein neues Handy!«

Der Pressesprecher lächelte. »Im Ernst?«

»Sicher! So kannst du sofort den Pressesprecher der Wilhelmina anrufen und ein paar Interviews mit ihm klarmachen. Alles läuft wie am Schnürchen. Aber wir müssen das Eisen schmieden, solange es heiß ist.«

»»Das Angebot des Paul Getty Museum für die Statue von Santo Stefano ist beachtlich und kann uns nur mit Stolz erfüllen. Es bestätigt nämlich, dass wir Italien ein Werk von enormem Wert wiedergegeben haben. Dennoch fragen wir uns, ob es, bei allem Respekt vor dem italienischen Gesetz, vom Staat richtig wäre, das Eigentum an der Bronze zu beanspruchen, um diese dann an den Meistbietenden weiterzuverkaufen. Wir sind gern bereit, auf das Werk zu verzichten, damit alle in seinen Genuss kommen. Wenn es jedoch ins Ausland gebracht werden soll, würden wir ein Vorkaufsrecht an der Bronze einfordern. Und in jedem Fall würden wir die Zahlung von 50 Prozent seines geschätzten Gesamtwerts verlangen. Auch unsere bisher exzellenten Beziehungen zu Italien würden dadurch, offen gestanden, beeinträchtigt werden.‹ Dies erklärte François Courbet, der Pressesprecher der Luxemburger Gesellschaft, die Eigentümerin der Insel Santo Stefano ist. Courbet sagte weiter, in dieser Sache liefen derzeit Gespräche mit dem Kultur- und dem Finanzminister. Minister Ludovico Ranieri wollte keinen Kommentar abgeben, auch nicht zu dem Gerücht, wonach ebenfalls Verhandlungen mit anderen ausländischen Museen geführt würden.«

Am nächsten Tag war Ludovico wieder Zielscheibe der Presse. Durch die Bank war man indigniert ob der Vorstellung, dass Italien mit dem Getty Museum feilschen könnte, man beanspruchte das Eigentum an der Bronzeskulptur und schlug sich auf die Seite der Luxemburger, die man wenige Tage zuvor noch verdächtigt hatte. »Die Auktion der Schande«, lautete eine Schlagzeile, weil man vermutete, dass Ranieri den Preis der Statue hochtreiben wolle. »Die Statue der Kopflosen«, polterte eine andere. Ludovico ließ sie zwei Tage lang toben, er verweigerte Interviews, enthielt sich jeglichen Kommentars und ließ die Wut immer höher kochen. Die Rettung der Statue wurde zum Tagesthema, andere wichtige Museen sondierten inoffiziell das Feld, um zu erfahren, ob die Statue tatsächlich zum Verkauf stehe, und am Ende musste der Regierungschef persönlich eingreifen, um alle zu beruhigen, wozu er im Flughafen in Rom eine improvisierte Pressekonferenz einberief.

»Gestern Abend habe ich persönlich die Restauratorenwerkstatt aufgesucht, um mir die Themis von Lysipp anzusehen. Es ist ein Werk von außerordentlichem Wert, das wir um jeden Preis in Italien halten wollen. Minister Ranieri hat nie gesagt, dass die Statue verkauft wird, ich weiß, dass er so etwas als Fachmann und Kunstliebhaber niemals tun würde. Als verantwortungsbewusster Staatsdiener hat er jedoch darauf hingewiesen, dass diese Operation sehr kostspielig sein wird, und die berechtigte Frage gestellt, ob Italien sich in diesem Moment der Krise eine solche Ausgabe erlauben kann. Wenn ich einen Vergleich anstellen darf, so ist das wie im Fußball, wenn man ein exzellentes Angebot für einen Ausnahmespieler bekommt. Der Instinkt würde es zurückweisen, es ist aber kein Fehler, wenn man einen Moment darüber nachdenkt, was für den Club und die Mannschaft das Beste wäre. Manchmal kann man durch den Verzicht auf ein einzelnes wertvolles Element das Kollektiv in seiner Gesamtheit stärken. Ich sage allerdings noch einmal, unser Ziel ist es, dieses Meisterwerk zu behalten, zu restaurieren und in seinem vollen Glanz erstrahlen zu lassen. Wir prüfen gerade in enger Absprache mit unserem Finanzminister, wie wir dieses Ziel erreichen können, und zwar auf eine Weise, die alle zufriedenstellt, angefangen bei der Wilhelmina, der wir eine gewichtige Abfindung werden zahlen müssen. Deshalb appelliere ich schon jetzt an den Stolz des italienischen Volkes, auf dass es seine wahre Verbundenheit mit unserem kulturellen Erbe zeige, und bitte in dieser Hinsicht auch unsere geschätzten Journalisten um Unterstützung.«

»Eine SMS für die Gerechtigkeit«, war der Slogan, der wenige Tage später die Zeitungen und Fernsehkanäle beherrschte. Mit einem Euro, den man per SMS spendete, konnte man die Statue und die Ehre Italiens retten. Die Aktion lief sofort auf Hochtouren, Dutzende von Promis stellten sich vor die Kameras und baten die Zuschauer um Spenden, Spenden, Spenden. Einige von ihnen gingen gar so weit, persönlich eine Handvoll Euro zu geben und sich damit Schlagzeilen in den Wochenzeitungen zu sichern. Es wurden Sammlungen in den Büros organisiert, in den Stadien und vor Konzerten. Der Premier hatte sich sehr geschickt angestellt; indem er die Statue »Die Gerechtigkeit« taufte, hatte er die empfindlichste Saite der öffentlichen Meinung angeschlagen. Minister Ludovico Ranieri war bereit, in dieselbe Kerbe zu schlagen, und eine Woche später, als das Gesamtvolumen der Spendenaktion bereits zwölf Millionen Euro überstiegen hatte, berief er eine Pressekonferenz ein.

»Ich habe lange über die Ereignisse dieser letzten Tage nachgedacht. Das außerordentliche Engagement der Italiener und die Verbundenheit mit unserem Land, die sie zeigen, haben mich tief bewegt. Sie müssen mir bitte glauben, dass ich nie, auch nur für einen Augenblick, vorhatte, Italien um einen solchen Schatz zu bringen. Ich studiere und liebe die Kunst seit meinen Kindertagen, und Sie können sich vorstellen, was es für mich bedeutet, nur einen Steinwurf von meinem Elternhaus entfernt ein Werk Lysipps zu finden. Meine Bedenken waren einzig von wirtschaftlichen Überlegungen diktiert, von der Vorstellung, dass man es in Krisenzeiten, in denen wir allen schwere Opfer abverlangen, unangemessen finden könnte, für eine Bronzefrau Geld auszugeben, statt für die vielen Menschen aus Fleisch und Blut, die mit ihrem Gehalt nicht über die Runden kommen. Im Laufe dieser Tage haben sich meine Befürchtungen jedoch als haltlos erwiesen. Die Italiener haben erkannt, dass diese Statue nicht nur eine Statue ist, sondern weit mehr als das: Mittlerweile ist sie zum Symbol für dieses Land geworden. Ich bin ein gläubiger Mensch und fest davon überzeugt, dass der Fund dieses Werkes, das die Gerechtigkeit darstellt, just in diesem Moment, kein Zufall ist. Der Ruf nach Gerechtigkeit, der aus dem Herzen unserer Gesellschaft dringt, ist heute der erste, auf den wir, die Regierenden, eine Antwort zu geben haben. Wir müssen wieder Vertrauen in die Institutionen und in die Justiz gewinnen, wir müssen sehen, dass ihre Mechanismen unausweichlich greifen, dass die Schuldigen bestraft und die Opfer geschützt werden. Sicher wird es nicht die Gerechtigkeit von Lysipp sein, die alle unsere Probleme löst, aber dieses Werk und die Emotionen, die es wachgerufen hat, können uns den rechten Weg weisen, sie können uns daran erinnern, wer wir sind und wozu wir imstande sind.

Ich bin glücklich, Ihnen mitteilen zu dürfen, dass wir auch dank der großzügigen Spenden der Italiener, die in den nächsten Tagen hoffentlich weitergehen, eine Einigung erzielt haben, die, wie ich glaube, zu aller Zufriedenheit gereicht.«

Er schöpfte Atem, setzte eine wirkungsvolle Pause und begann, von einem Blatt abzulesen.

»Die Statue der Gerechtigkeit, ein Werk des griechischen Bildhauers Lysipp, das im Februar dieses Jahres auf Santo Stefano gefunden wurde, wird beim italienischen Staat verbleiben, der an die Wilhelmina, den Eigentümer der Insel, eine Entschädigung von 25 Millionen Euro zahlt. Wir sind zuversichtlich, dass ein Großteil der Summe von dem Geld gedeckt wird, das mit so viel Freigebigkeit von den Italienern gesammelt wurde und weiterhin wird. Wir prüfen derzeit auch die Möglichkeit einer Staatslotterie, die die Kosten der Restaurierung tragen soll. Sobald diese abgeschlossen sein wird, wird die Statue öffentlich ausgestellt. Wo und wie, wird noch zu bestimmen sein. An diesem Punkt fände ich es begrüßenswert, wenn der Gewinn aus den Eintrittskarten dazu verwendet würde, zumindest teilweise die Lasten der Gefängnissanierung auf Santo Stefano auszugleichen, einer Sanierung, die in Übereinkunft mit der Wilhelmina vorangetrieben wird. Wenn ich zusammenfassen darf: Die gesamte Operation wird den Staat, der alleiniger Eigentümer des Kunstwerks bleibt, keinen Cent kosten – ein Beweis dafür, dass öffentliche und private Hand in einer Weise zusammenarbeiten und sich befruchten können, die allen Vorteile bringt.«

Als Ludovico den Blick wieder auf die Zuhörerschaft hob, bereit, ihre Fragen zu beantworten, sah er, dass sich die Journalisten erhoben hatten und applaudierten.

Neunundvierzig
Luciani
Rom, heute

Marco Luciani schlug die Zeitung wieder zu, erhob sich von der Bank an der Piazza Navona und warf den ganzen Stapel in den nächsten Mülleimer. Seine Philippika wurde nicht nur von allen wichtigen Tageszeitungen des Landes wiedergegeben, sondern sie nahm einen absolut unangemessenen Raum ein. Empörung war der Leitfaden, der sich durch alle Reaktionen zog, von der Regierung zur Opposition, von Juristen, Rechtsanwälten, Gewerkschaften bis hin zu den Organisationen zum Schutz der diversen verfolgten Kaine. Manche verlangten Berufsverbot für Luciani, andere eine Entmündigung, sogar der Außenminister Albaniens war aktiv geworden, um für die Ehre seiner emigrierten Mitbürger einzutreten. Einige hatten ganz leise und mit der tausendfach wiederholten Prämisse, dass es immer und unter allen Umständen inakzeptabel und falsch sei, Selbstjustiz zu üben, versucht, den Ausraster des Polizisten zu rechtfertigen, der jeden Tag mit ansehen musste, wie Verbrecher reihenweise freigelassen wurden. Am Ende forderten fast alle wieder einhellig, dass man die Strafverfolgung sicherstellen, dass man Exempel statuieren müsse und keine Nachsicht üben dürfe.

Der Skandal um den Kommissar hatte für einen Tag die Statue des Lysipp von den Titelseiten verdrängt. Hier ging es ebenfalls um die Gerechtigkeit, und nicht von ungefähr hatten verschiedene Kommentatoren die beiden Geschichten verknüpft und darin eine Art Wink des Schicksals gesehen. Wir nennen das Schicksal, was wir nicht haben steuern können, dachte Marco Luciani, während er, nicht ohne Furcht, die Treppe zur Chiesa di Sant'Agostino hinaufstieg. Aber er hatte diese Geschichte um Veräußerungen, Funde, Auktionen und internationale Abkommen äußerst aufmerksam verfolgt, und sie schien ihm alles andere als schicksalhaft zu sein.

Seit einem Jahr hatte er keinen Fuß mehr in eine Kirche gesetzt, seit er dem heiligen Judas für einen Gefallen gedankt hatte, den dieser ihm erwiesen hatte. Nein, eigentlich war das letzte Mal anlässlich der Beerdigung von Giampieri gewesen, auf der er auch Sofia Lanni wiedergesehen hatte. Wie viel Zeit war seitdem vergangen? Weniger als ein Jahr. Die Messe besuchte er nie, und Gott nahm in seinen Gedanken so gut wie keinen Raum ein, ja er fragte sich nicht einmal, ob er an ihn glaubte oder nicht. Je weniger Fragen du dir stellst, desto besser, das war sein Motto, vor allem wenn du die Antwort nicht kennst. Trotzdem war er, auf seine Art, gläubig. Während viele aus der Tatsache, dass es auf Erden so ungerecht und leidvoll zuging, die Nicht-Existenz von Gott ableiteten, sah er darin den Verweis auf etwas Besseres und Gerechteres, das uns nach dem Tod erwarten musste.

Er zündete zwei Kerzen an, eine für Marietto und die andere für Sabrina Dongo. Der alte anarchistische Fischer glaubte sicher nicht an Gott, und die Kopfgeldjägerin war zu jung gewesen, um sich um derlei zu scheren, aber die beiden Flämmchen würden ihnen gewiss nicht schaden, vielleicht aber die blinden Flecken erhellen, die noch auf der Oberfläche des Gemäldes waren und ihm den Blick auf des Rätsels Lösung verwehrten.

Er bewunderte die schlanken, bunten, atemberaubenden Säulen, die den Blick fast magisch in Richtung der freskengeschmückten Zentralkuppel zogen. Dann bog er in das rechte Kirchenschiff ein und ging schnurstracks zum ersten Beichtstuhl. Der Vorhang war zugezogen, eine alte Frau erzählte dem Priester auf Knien ihre Sünden. Der Kommissar schlenderte eine Weile in der Kirche herum, und sein Blick wurde von einer Statue der Madonna mit Kind angezogen. Es war die »Madonna del Parto« von Sansovino, wie er auf der Plakette las. Der Säugling war entzückend, und wieder überfiel ihn die Vorstellung, Vater zu werden. Dies passierte ihm aus unerfindlichen Gründen in letzter Zeit häufiger, obwohl er nicht den geringsten Wert darauf legte, die Rolle des heiligen Joseph zu spielen.

Er sah, wie die Alte sich bekreuzigte, mit einiger Mühe aufstand und gesenkten Hauptes eine Kirchenbank ansteuerte, wo sie sofort zur Buße ihre Ave-Maria betete. Der Kommissar nahm einen tiefen Atemzug und kniete sich in den Beichtstuhl.

»Pater, vergebt mir, denn ich habe gesündigt«, sagte er.

Durch das Gitter konnte er im Profil die Silhouette des Priesters erkennen.

»Wann hast du das letzte Mal gebeichtet, mein Sohn?«

»Vergessen Sie das, Pater. Denn heute sind Sie es, der mir etwas zu beichten hat.«

Pater Antiochus zuckte zusammen. »Endlich sind Sie gekommen, Signor Commissario.«

Sie sprachen lange, mit leiser Stimme, beschützt von der weihevollen Pracht des Gotteshauses und dem heiligen Sakrament der Beichte.

Pater Antiochus erzählte die Geschichte von Anfang an. Weit schien inzwischen jener Abend zurückzuliegen, an dem er bis spät in die Nacht durch die Altstadt Assisis gewandert war, von Zweifeln über seine Zukunft geplagt, bis ein sichtlich nervöser Mann ihn fast gewaltsam mit in sein Haus gezerrt hatte, wo er einem sterbendem Greis die Beichte abnehmen sollte. Er fuhr fort, erzählte, wie sie die versteckte Statue in einer Truhe im Keller gefunden hatten.

Dieselbe Statue, die er jetzt bei Ventotene wieder hatte auftauchen sehen, als ob man sie gerade erst in der Erde entdeckt hätte.

»Erklären Sie mir eines, Pater«, unterbrach Marco Luciani ihn, »wenn Ranieri die Statue schon vorletzten Sommer gefunden hat, warum hat er es damals nicht sofort gesagt?«

»Anfangs dachte ich, er wollte sich nicht in Schwierigkeiten bringen. Doch dann verstand ich, dass er erst die Rahmenbedingungen für den Fund schaffen musste, um ihn richtig ausschlachten zu können. Deshalb hat er die Insel Santo Stefano gekauft oder von jemandem aus seinem Umfeld kaufen lassen. Außerdem wollte er sicher sein, dass ihn auch nach so vielen Jahren niemand entlarven konnte, deshalb musste er überprüfen, ob es noch Zeugen für den ursprünglichen Fund gab. Und wenn ja, musste er sie eliminieren.«

Pater Antiochus fuhr in seiner Erzählung fort. Am Tag nach dem Fund der Statue intervenierte der Erzbischof höchstpersönlich, ließ ihm mittels seines Priors danken und sich den Schlüssel zur Truhe übergeben. Er versicherte, die Sache liege nun in besten Händen. Monatelang hörte Pater Antiochus nichts mehr, und als er nachfragte, antwortete man ihm, das sei eine alte Geschichte, die könne man getrost vergessen. Da er sich nicht zum Komplizen eines Betrugs machen, sich aber auch nicht an die Polizei wenden wollte, hatte er Sabrina Dongo davon erzählt. Wie und warum er sie kennengelernt hatte, tue nichts zur Sache. Jetzt jedoch fühlte er sich verantwortlich für das, was ihr zugestoßen war. Ihr Tod hatte ihn alarmiert, und deshalb hatte er eine andere Detektivin kontaktiert, Sofia Lanni. Doch erst jetzt, nach dem Fund der Statue, war er zu seinem Prior gegangen, um Rechenschaft zu verlangen. Die einzige Antwort sei ein Verweis auf die Heiligkeit des

Beichtgeheimnisses und die Unergründlichkeit des göttlichen Ratschlusses gewesen, der bisweilen dunkle und verschlungene Pfade wähle, um letztlich zur Erlösung zu führen.

Zwei Tage später wurde ihm ein Brief zugestellt, mit der Mitteilung, dass seiner Bitte um Versetzung in eine Mission in Burkina Faso stattgegeben worden sei. Er habe sich umgehend auf die Abreise vorzubereiten. Seltsam daran war, dass er dieses Gesuch schon Jahre zuvor eingereicht hatte, die Zustimmung ihm jedoch stets verweigert worden war.

»Morgen«, schloss Pater Antiochus, »morgen werde ich abreisen, um Gottes Stimme in diesen unglücklichen und wunderschönen Kontinent zu tragen. Und ich glaube, ich werde endlich meinen Platz finden. Inzwischen hatte ich die Hoffnung aufgegeben, dass Sie noch kommen würden, Commissario, doch der Herr hat dafür gesorgt, dass wir uns noch vor meiner Abreise treffen konnten. Ich bin sicher, dass Er Ihnen weiterhin den Weg weisen und Sie beschützen wird.«

Marco Luciani stand auf. Die Knie taten ihm weh, aber es hatte sich gelohnt. Er sah sich in der Kirche um und drückte dem Priester durch den halbgeöffneten Vorhang die Hand.

»Denken Sie daran, Pater«, sagte er, »ich habe Sie nie angerufen, und wir haben uns nie getroffen. Sofia muss weiterhin glauben, dass ich mich in diese Affäre nicht eingemischt habe. Ich will nicht, dass sie in Gefahr gerät.«

»Natürlich. Vor allem jetzt«, nickte der Priester.

Der Kommissar ließ den Blick ein letztes Mal über das Kirchengewölbe schweifen. Er spürte, dass die Lösung nahe war, dass er jedoch auf die Insel musste, damit alle Pinselstriche auf dem Gemälde an ihren Platz rückten. Er ging hinaus und stieg die Treppe hinab, auf der er sich immer noch unsicher fühlte. Dann sah er, dass es zu spät war, um noch nach Formia zu fahren und die letzte Fähre nach Ventotene zu erwischen, und so rief er Inspektor Valerio an. »Gilt deine Einladung zum Abendessen noch?«

»Was? Bist du in Rom? Zum Henker noch mal, ich bin mit meinem Mädchen zusammen. Warum hast du mir nicht früher Bescheid gesagt? Dann hätte sie eine Freundin mitgebracht.«

»Halb so wild, Vale.«

»Was heißt, halb so wild? Hamse dich jetzt auch auf Schwuchtel gepolt? Komm, sag mir, wo du steckst, wir lesen dich auf.«

Fünfzig

Ventotene, 1973

Leutnant Marzaro lehnte an der Reling der Fähre und betrachtete lange die Insel, die allmählich aus seinem Blickfeld verschwand. Er verließ Ventotene für immer Richtung Venetien, wo eine neue Stelle auf ihn wartete. Das Meer hinterlässt keine Spuren, dachte er. Seine Poebene war viel besser, dort wurden vergossenes Blut und die Spuren der Mörder lange von der Erde konserviert. Dort sprachen die Leute dieselbe Sprache wie er und vertrauten auf das Gesetz. Es waren anstrengende und wichtige Jahre gewesen, und alles in allem war die Bilanz positiv. Er hatte viel gelernt, und nur ein Fall war ungelöst geblieben. Nicht weil er nicht herausgefunden hätte, wer der Mörder war, sondern weil man diesen nicht geschnappt hatte. Giovanni Quondampietro, genannt Il Tarantino, war abgetaucht. Verschwunden. Er war ungeschoren davongekommen. Und deshalb fühlte sich Leutnant Marzaro irgendwie schuldig. Er bekreuzigte sich und flüsterte ein »Herr, nimm ihn auf« für diesen Fischer, den er nur von einem Foto kannte, in der Hoffnung, dass Gottes Richtspruch dort walten würde, wo die Justiz der Menschen versagt hatte.

Camogli, 1973

Giuseppe Risso war in Ventotene geblieben. In Camogli gab es jetzt nur noch Marietto, den Kampfnamen, der ihn in sein neues Leben führte. Wenn du dem Blick der Gerechtigkeit begegnet bist, und sei es nur ein einziges Mal, dann ist nichts mehr wie vorher. Er hatte keinen Zweifel, dass diese Göttin wirklich sie war, aber nicht die Justitia, in deren Namen unschuldige Menschen eingesperrt und gefoltert wurden. Sondern Themis, die wahre, wahrhaftige Gerechtigkeit, die alle Menschen guten Willens instinktiv liebten und suchten und die manchmal gegen die Unersättlichkeit der Mächtigen verteidigt werden musste oder gegen die, die sie für dreißig Silberlinge verscherbeln wollten. Jahrhundertelang war die Gerechtigkeit unter Wasser geblieben und hatte mit angesehen, was auf der Insel geschah. Und sicher war es kein Zufall, dass sie unmittelbar nach der Schließung des Gefängnisses aufgetaucht war, als wollte sie sagen, jawohl, jetzt kann ich mich wieder den Menschen zeigen, und vor allem ihm. Marietto spürte, dass er berufen war, dieser Instinkt, der ihm gesagt hatte, er solle das Netz genau an jener Stelle auswerfen, das konnte kein Zufall sein. Die Göttin hatte auf ihn gewartet, die Göttin wollte, dass genau er sie fände.

Von diesem Augenblick an hatte Marietto versucht, die richtigen Entscheidungen zu treffen. Er hatte sie gegen die Habgier der Kameraden verteidigt und sein Leben dafür riskiert. Er hatte sie versteckt und dann wieder hervorgeholt, und er bedauerte nicht, dass er hatte töten müssen, um das zu tun. Die Gerechtigkeit verlangte Opfer, manchmal auch Menschenopfer, und in jenem Gefängnis hatte er viele Menschen sterben sehen, die besser und aufrechter gewesen waren als der Tarantino.

Nur eines quälte ihn: In jener Nacht hatten ihn auf der Insel Angst und Aufregung übermannt. Im Wasser lagen zwei Tote, drei Zeugen waren auf der Flucht, und er hatte schnell begriffen, dass man ihn dort besser nicht antreffen sollte. Vielleicht würden die Römer nicht reden, vielleicht aber würde es ihnen auch gelingen, den Fischern die Schuld in die Schuhe zu schieben und sich obendrein den Kopf zurückzuholen. In Santo Stefano hatte er viele Häftlinge kennengelernt, die die Strafe für einen absaßen, der reicher und schlauer war als sie. Wenn einem ein oder zwei Morde und der Diebstahl an Staatseigentum angehängt wurden, dann hieß das, man blieb bis zum Ende seiner Tage hinter Gittern.

In jener Nacht hatte Marietto einige Minuten nicht gewusst, was er tun sollte, er hatte der Versuchung widerstanden, den Kopf der Göttin auf Fierros Schaluppe zu laden und zur Küste zurückzurudern. Das Risiko, dass jemand ihn sah, war zu groß, das Boot kannten viele, und der Kopf war ein allzu kompromittierendes Beweisstück.

Am Ende hatte er, wenn auch schweren Herzens, eine andere Lösung gewählt: Er hatte den Kopf der Themis erneut an einer sicheren Stelle vergraben, um eines Tages zurückzukommen und ihn zu holen. Dann hatte er sich schwimmend nach Ventotene geflüchtet, war zu einem Boot zurückgekehrt, das er gestohlen und in einer tiefen Grotte bei Punta Eolo versteckt hatte. Von dort war er an die Küste gelangt und in den ersten Zug gestiegen, der in seine Heimat fuhr.

Tag für Tag suchte er seitdem nach dem Mut, nach Santo Stefano zurückzukehren, um sich schließlich ein ums andere Mal zu sagen, dass die Göttin sich jemandem offenbaren würde, der würdiger war als er.

Ventotene, heute

Ludovico Ranieri stand auf der Brücke seiner Vierzehn-Meter-Yacht. Den ersten Anruf mit dem neuen Satellitentelefon hatte er sich aufgehoben, um das größte Geschäft seines Lebens zu feiern.

»Sehen Sie, Monsignore? Alles ist in schönster Ordnung. Ich muss Ihnen noch einmal für Ihre Hilfsbereitschaft danken.«

»Oh, ich habe nichts getan, Herr Minister. Ich habe nur zugelassen, dass die Dinge ihren ganz natürlichen und für alle befriedigenden Lauf nehmen. Der Staat hat ein Werk von außerordentlichem Wert erworben. Die Statue wird wieder in ihrem ursprünglichen Glanz erstrahlen, wird von allen bewundert werden und im menschlichen Gemüt edle Empfindungen wachrufen können. Unsere Gesellschaft hat, zum Ruhme Gottes, eine Insel gewonnen, und die Besserungsanstalt, die darauf errichtet wird, mag bald ein leuchtendes Vorbild für die ganze Welt sein. Und Sie, Herr Minister, haben Ihre finanziellen Probleme gelöst und erfreuen sich nun eines enormen Kredits bei der italienischen Wählerschaft. Ganz zu schweigen von dem guten Werk, das Sie getan haben und für das Sie im Himmelreich Ihren gerechten Lohn empfangen werden. Ich glaube auch sagen zu können, dass Ihres Vaters Wille in Geist und Gehalt erfüllt worden ist.«

Nichts zu machen, die Jesuiten haben den anderen einfach etwas voraus, sagte Ludovico sich, während er das Gespräch beendete. Es war eine phantastische Operation gewesen. Die fünfundzwanzig Millionen, die der Staat als Entschädigung für die Themis aufgebracht hatte, würden in den Kassen der Wilhelmina, das hieß, seiner Freunde im Talar, landen und den Ankauf der Insel wettmachen. Mit seinem Anteil würde er die Schulden seines Vaters tilgen und trotzdem noch reichlich Geld übrig haben, ganz zu schweigen davon, dass sein Wählerpotential enorm gestiegen war, weil alle Italiener ihn nun bestens kannten. Sicher, viele hatten ihn kritisiert und attackiert, aber das war in der Politik nicht unbedingt ein Schaden, denn wenn die gesamte Presse über einen herfiel, dann gewann man am Ende bei den Leuten Sympathiepunkte. Die Statue würde bald restauriert werden, anschließend würde das Gefängnis drankommen, und das alles zeitgleich mit dem Beginn der Wahlkampagne.

Er hatte seinen Royal Flush ausgespielt und sich den ganzen Topf geholt. Niemand hatte gesehen, wie er das Ass aus dem Ärmel gezogen hatte, und niemand konnte einen höheren Einsatz bringen. Sein Vater ruhte in Frieden, die Männer vom Fischkutter ebenfalls. Sabrina, seine Herzdame, war, schmerzlich, aber unvermeidlich, aus dem Spiel ausgeschieden. Den Einzigen, die die Geschichte der Statue außer ihm noch kannten, konnte nur daran gelegen sein zu schweigen. Kurz, die Dinge waren in schönster Ordnung. Nur einen winzig kleinen Wermutstropfen gab es: So fleißig sie auch zu Wasser und zu Land gesucht hatten – vom Kopf der Themis fehlte jede Spur.

Vierter Teil

Einundfünfzig

Marietto Risso
Camogli, 28. Dezember

Marietto Risso öffnete den Spind, nahm seinen Seesack und packte die Gummistiefel, eine Hose, ein Hemd und Ersatzunterwäsche ein. Sie konnten jeden Moment kommen, und er hatte nicht die Absicht, hier zu hocken und auf sie zu warten. Er wusste, wie die Sache lief: Jedes Mal wenn sie jemanden holten, ließen sie sich von einem Arzt begleiten. Sie redeten mit der Direktorin und sagten, ihr Heimbewohner sei zur Gefahr geworden, sie würden ihn an einen sichereren Ort bringen, um ihn zu behandeln. Zu seinem Wohl. Er hatte viele gesehen, die verschwunden und nie wieder aufgetaucht waren. Er hatte die Ketten gesehen, die Pritschen mit den Gurten und die Eimer mit Salzwasser. Nachts hörte er manchmal noch die Schreie und die dumpfen Schläge des Prügels.

Er schloss die Augen und klammerte sich an die Stuhllehne. Ihr werdet mich nicht kriegen, dachte er, mich kriegt ihr nicht.

Er gab sich einen Ruck und überprüfte den Inhalt des Seesacks. Dann nahm er das Bündel, das er im oberen Fach des Spindes aufbewahrte, schlug das Wachstuch auseinander und wickelte den Hirschlederlappen ab. Die Pistole schien in Ordnung, niemand hatte sie angerührt. Er rollte das Bündel wieder zusammen und wollte es gerade in den Sack stecken, als er aus dem Augenwinkel Gaetano sah, der ihn von der Türschwelle aus fassungslos betrachtete. »Was machst du denn da?«

»Ich fahre für ein paar Tage weg. Ich komme aber zurück, keine Angst.«

»Weg? Und wohin? Bei dem Wetter?«

»Ich mache einen kleinen Ausflug. Was denn, ist das jetzt verboten? Ich bin hier kein Gefangener. Ich kann kommen und gehen, wie ich will!«

Er war laut geworden und hatte es sofort bereut, aber er hatte keine Zeit, sich deswegen Gedanken zu machen. Er klopfte seinem Kameraden auf die Schulter. »Wirklich, ich fahre nach Rom, meine Nichte besuchen, in zwei oder drei Tagen bin ich wieder da.«

»Und wozu nimmst du die Pistole mit?«

Einen Moment lang schien Mariettos Selbstsicherheit verpufft, aber er hatte sich schnell wieder gefangen.

»Hör zu, Gaetano. Ich kann dir nichts sagen, wirklich. Je weniger du weißt, desto besser. Wer in unserem Alter noch einmal die Chance bekommt, einen Fehler wiedergutzumachen, der muss sie ergreifen.«

Und ehe der andere etwas erwidern konnte, war er schon hinausgewitscht, soweit ihm das noch möglich war mit seinen schmerzenden Beinen, die an jenem Tag aber leichter waren als gewöhnlich. Die Faschisten waren zurück, seine Frau war in Gefahr, und es war seine Aufgabe, sie zu retten.

Er lief durch den Korridor und wollte zum Ausgang, doch dann fiel ihm wieder dieser komische Kerl ein, der neben dem Auto mit der offenen Tür gestanden hatte. Ein paar Tage vor Weihnachten hatte er ihn vor dem Tor gesehen. Der Kerl hatte etwas gefragt, was Marietto nicht verstanden hatte, und er wollte schon näher kommen, aber zum Glück war genau in diesem Moment ein Polizist auf einem Motorrad vorbeigefahren und hatte dem Mann gesagt, dass er dort nicht halten dürfe. Da war dieser ins Auto gestiegen und schleunigst weggefahren. »Er war gekommen, um mich zu entführen«, dachte Marietto, »im Auto müssen seine Komplizen gewesen sein.«

Er trat ans Fenster und schaute auf die Straße. Ein graues Auto parkte in zweiter Reihe, mit offenem Kofferraum. Eine Frau tat so, als hantiere sie mit vollen Einkaufstüten.

»Ihr legt mich nicht aufs Kreuz«, flüsterte er und wandte sich zum Hinterausgang. Dieser lag im Garten, von der Vegetation halb verdeckt, und wurde nie benutzt. Marietto hatte gut daran getan, sich vor vielen Jahren einen Nachschlüssel machen zu lassen.

Er ging einen schmalen Pfad entlang, der sich zwischen Olivenbäumen über den Hügel zog und von der Hauptstraße aus nicht zu sehen war. Dann stieg er eine steile Treppe hinab, die praktisch direkt zum Bahnhof führte. Aber als er auf die letzte Stufe trat, wurde er von einem Kerl fast umgerannt. »Vorsicht!«, schrie dieser und schaffte es gerade noch, ihm seitlich auszuweichen. »Scheißkerl!«, schrie Marietto ihm nach. »Verbrecher!« Der andere schien ihn nicht gehört zu haben, auf seinen langen Beinen war er schon zehn Meter weiter. Einen Moment war die Gestalt dem alten Fischer bekannt vorgekommen, aber ihm fiel nicht ein, woher. Er zuckte mit den Achseln, betrat den Bahnhof und löste eine Fahrkarte nach Rom.

Zweiundfünfzig
Luciani und Ranieri
Ventotene, April

Der schwarze Himmel schleuderte immer noch Wind und Regen herab. Die ankernden Boote schaukelten auf dem Wasser, schauten zu, wie die großen Wellen sich an der Barriere des Hafens brachen, und zitterten wie Hühner vor dem Fuchs, der mit gierigen Augen den Zaun nach einem Schlupfloch absucht.

Die aufgewühlte See zu betrachten, das ist, wie wenn man ein Kaminfeuer anstarrt, dachte der Kommissar, während er das Schauspiel vom Kirchplatz aus genoss. Man möchte gar nicht wieder aufhören. Er war vor wenigen Stunden auf Ventotene angekommen, der einzige Tourist auf einer Fähre, die ein Dutzend Inselbewohner nach Hause zurückgebracht hatte und dem Sturm um Haaresbreite entgangen war. Während es Abend wurde, hatte er sie Richtung Formia wieder ablegen sehen, und einen Moment lang hatte er sich hilflos gefühlt, gefangen auf einer winzigen Insel, auf der er noch nie gewesen war und wo er niemanden kannte. Aber dieser Gedanke wandelte sich sofort in Erleichterung: Wenn er nicht fortkonnte, so konnte auch niemand ihn dort erreichen. Weder seine Mutter noch der Polizeichef oder die Presse. Nicht einmal die Kopfschmerzen, die, seit er die weizenfreie Diät einhielt, verschwunden waren. Inzwischen verzichtete er eisern auf Pasta und Brot, nicht einmal vom Drängen Valerios hatte er sich korrumpieren lassen, der ihn am Vorabend in eine echte römische Trattoria mitgenommen hatte. Als der Wirt Marco Luciani sah, hatte er sich die Haare gerauft und Richtung Küche geschrien: »Schnell, schnell, bringt sofort etwas zu essen, da ist einer, der verhungert mir gleich!«

Valerio war mit Irina aufgelaufen, einer brünetten Vertreterin der russischen Terrorabwehr, blaue Augen und Wahnsinnsfigur, und er hatte sie den ganzen Abend mit seinen absurden Bemerkungen zum Lachen gebracht. Als er erfuhr, dass Luciani nach Ventotene wollte, strahlte er übers ganze Gesicht: »Meine Großeltern waren aus Ventotene!« Danach empfahl er ihm eine Stunde lang Hotels, Restaurants und Strände, um schließlich mit ernster Miene hinzuzufügen: »Und falls du da nicht nur zum Urlaubmachen hinfährst, Lucio, denk dran, dass ich auf der Insel jedermann kenne. Ich weiß alles über jeden, und was auch immer du brauchst, egal wann, du musst mich nur anrufen. Oder weißt du was? Wir kommen vielleicht gleich nach. Was meinst du, Irina? Wollen wir ein Wochenende auf der Insel verbringen?«

Sie seufzte träumerisch und schmiegte sich an ihn, und an Marco Luciani nagte der Neid.

Aus einer Bar an der linken Ecke der Piazza kam ein Licht, das seine Gedanken von der Brünetten ablenkte. Das Lokal war gemütlich und fast leer, der Barmann musterte ihn aufmerksam.

»Heute angekommen?«

»Genau. Was meinen Sie, wie lange das dauern wird?«, fragte er, nach draußen deutend und hoffend, der Mann würde antworten: »Für immer.«

»Na, da werden Sie sich gedulden müssen«, sagte sein Gegenüber. »Ein paar Tage mindestens.«

Marco Luciani blickte enttäuscht drein. Der Barmann dachte, ihm dauere es zu lange.

»Trösten Sie sich, das ist zwar ein hübscher Sturm, aber gar nichts im Vergleich zum letzten Jahr, da ist der halbe

Hafen abgesoffen. Sehen Sie diese Piazza? Da stand einer von diesen großen Müllwagen, die das Altglas einsammeln. Das Meer hat ihn sich geholt, als wäre er ein Spielzeuglaster.«

Der Kommissar nickte und stieg die Treppe zur Veranda hinab. Er suchte nach einem ruhigen Platz, von dem aus er die stürmische See betrachten konnte. Ein freies Tischchen stand dort, und er wollte sich setzen, aber da baute sich ein hochgehantelter Schönling in dunklem Anzug, schwarzer Krawatte und Ray-Bans vor ihm auf. Der Kommissar zog verblüfft eine Braue hoch, doch der Typ sagte nur kühl: »Hier ist besetzt.«

»Besetzt von wem?«

»Aus Sicherheitsgründen«, sagte der Bodyguard und wies mit einer Kopfbewegung auf einen Mann, der am Nebentisch saß. »Ich möchte nicht, dass jemand dem Minister zu nahe kommt.« Der Kommissar dachte, dass er dem Typen gern dieses arrogante Jean-Paul-Belmondo-Grinsen von der Visage gewischt hätte.

Da klappte Ludovico Ranieri sein Handy zusammen und wandte sich an seinen Leibwächter.

»Rudi, erkennst du denn Commissario Luciani nicht? Nehmen Sie Platz, Commissario, und entschuldigen Sie ihn bitte, er macht nur seine Arbeit.«

Marco Luciani tat nicht verblüfft. »Herr Minister. Ich hätte nicht gedacht, dass ich so berühmt bin.«

Ranieri lächelte und reichte ihm die Hand. »Auf einer so kleinen Insel spricht sich alles in Windeseile herum. Und zu dieser Jahreszeit ist ein Besucher nicht zu übersehen. Noch dazu, wenn er zwei Meter groß ist und sein Foto auf allen Titelseiten prangt. Was nehmen Sie?«

»Ein Lemonsoda, danke.«

Der Minister gab dem Bodyguard ein Zeichen, und dieser winkte sofort dem Barmann.

»Leben Sie nur noch unter Personenschutz?«, fragte Marco Luciani und setzte sich.

»Seit einiger Zeit, um ehrlich zu sein. Es gibt ein paar Irre, die mich bedrohen. Ich versuche, in der Kunst- und Archäologie-Szene einige Veränderungen herbeizuführen, sie zu erneuern. Auch da gibt es Fanatiker und starke wirtschaftliche Interessen, wie auf allen Gebieten. Aber lassen Sie uns von etwas anderem reden, bitte, zumindest wenn ich hier bin, will ich mich wie im Urlaub fühlen. Sind Sie zum ersten Mal auf der Insel?«

Der Minister begann, ihm Ventotene zu beschreiben, wie schön die Insel im Sommer sei und wie verlassen im Winter, deswegen aber nicht weniger anziehend. Jetzt, da die Badesaison vor der Tür stehe, gleiche sie einer Braut am Vorabend der Hochzeit, strahlend und verheißungsvoll.

»Ich komme zum Lesen her, wenn ich drei oder vier Tage Zeit habe«, sagte Ranieri. »Früher brachte ich zu korrigierende Magisterarbeiten mit, jetzt sind es meine Bücher. Kein Telefon, kein Fernsehen, keiner, der mich stört. Und an klaren Wintertagen setze ich mich auf die Terrasse und genieße die Aussicht.«

Marco Luciani lächelte, als das Lemonsoda in einem der Fläschchen kam, die so rar geworden waren. Nicht zu vergleichen mit Lemonsoda aus der Dose, das aber dennoch jeder anderen Limonade, Tonic Water oder sonstigen Brausen, die man ihm manchmal als Ersatz geben wollte, haushoch überlegen war.

Auf der Veranda war Stille eingekehrt, und der Kommissar fühlte sich darin sofort in seinem Element, während der Minister, sosehr er sich auch bemühte, ihr doch nicht lange standhielt.

»Darf ich Sie fragen, was Sie hierherführt, Commissario?«

»Urlaub.«

»In Ordnung. Verzeihen Sie, ich war indiskret.«

»Nein, ganz im Ernst. Ich musste unbedingt angesparten Urlaub aufbrauchen. Ich suchte einen Ort, an dem meine Gläubiger mich nicht behelligen würden«, sagte er lächelnd. »Und während ich noch darüber nachdenke, schalte ich den Fernseher ein, und was sehe ich da?«

»Ich weiß nicht. Was sehen Sie da?«

»Sie. Auf Canale 5, glaube ich. Wie Sie die Geschichte von der wiedergefundenen Statue erzählen, vom Gefängnis auf Santo Stefano, von Ventotene. Nun, da habe ich mir gesagt, das ist ein Wink des Schicksals. Dieses Gefängnis möchte ich gerne einmal besichtigen. Im Grunde ist das ja meine Arbeit, Gäste für die staatlichen Pensionen zu beschaffen. Ich habe in meiner Laufbahn viele Gefängnisse gesehen, aber das hier scheint wirklich einzigartig zu sein. Und die Rede, die Sie einmal gehalten haben … über die Gewährleistung der Strafe, über die wirksame Resozialisierung der Gefangenen, der stimme ich vollkommen zu.«

Er hatte die Strategie von Columbo gewählt. Er spielte den etwas beschränkten Bewunderer der Person, die er verdächtigte, um diese aus der Reserve zu locken und dafür zu sorgen, dass sie sich selbst in den Abgrund manövrierte. Die Politiker waren dermaßen an Schmeicheleien gewöhnt, dass sie es nicht merkten, wenn man sie verarschte.

»Ich dagegen kann dem nicht beipflichten, was Sie über die Selbstjustiz gesagt haben, Commissario«, sagte der Minister lächelnd.

Marco Luciani wusste, dass sie früher oder später auch auf dieses Thema zu sprechen kommen mussten.

»Es war ein Wutanfall, ein Ausraster.«

Ranieri presste die Lippen zusammen. »Das ist nur natürlich. Besonders bei jemandem, der jeden Tag für Gerechtigkeit kämpft. Die Antwort kann aber nie individuell sein. Wir brauchen allgemein akzeptierte Gesetze, die sich auf den Gemeinsinn stützen und eben auf die Gewissheit der Sanktion. Ich denke, das sind die Grundlagen für eine moralische Erneuerung des Landes.«

»Wissen Sie, was ich denke, Herr Minister? Mit diesen Ideen werden Sie Karriere machen. Ich glaube, dass Sie im Kulturministerium bald schon unterfordert sein werden.«

Ranieri lächelte und blähte sich vor Stolz. »Warum nicht? Ich bin ein Befürworter der demokratischen Gesellschaft, aber auch der Leistungsgesellschaft. Und ich denke, der Einzelne und der Staat sollten nicht immer im Gegensatz stehen, sondern zu einem höheren Zweck zusammenarbeiten, von dem beide profitieren. Dies gilt für meine Karriere wie für die Bronze von Lysipp und für jeden, der Ideen und Initiative zeigt. Wir Italiener können weiter Individualisten bleiben, aber wir müssen aufhören, den Staat als Feind zu betrachten.«

Marco Luciani nahm noch einen Schluck Lemonsoda.

»Verraten Sie mir eines, Herr Professor. Warum ist diese Statue für Ihr Projekt so wichtig? Reicht nicht das Gefängnis, dessen Struktur und seine Konzeption?«

Der Minister suchte eine bequemere Position auf dem Stuhl.

»Theoretisch schon, Commissario. Ein Gefängnis ohne Hoffnung ist aber nur ein Zuchthaus. Können Sie sich eine Kirche ohne Kruzifix oder einen Hafen ohne den Leuchtturm in der Nacht vorstellen? Oder New York ohne Freiheitsstatue? Die Schönheit leitet uns, auch wenn wir das nicht immer merken. Genau das ist die Aufgabe der Kunst: uns Hoffnung zu geben und uns daran zu erinnern, dass wir nicht geschaffen wurden, um wie das Vieh zu leben.«

»In Italien herrscht kein Mangel an Statuen und schönen Dingen. Unsere Museen sind voll davon.«

»Die Museen töten die Schönheit ab, Herr Kommissar. Sie sind wie der Zoo für die Tiere. Okay, besser als nichts, aber wie wollen Sie einen Löwen, den Sie im Käfig betrachten, mit einem in der Savanne vergleichen? Die Museen sind kein Ort des Studiums mehr, sondern die Leute rennen da zu einem Event, sie trotten hinter einem Führer mit Fähnchen her, von einem Saal in den nächsten, an einem Vormittag stolpern sie durch zwanzig Jahrhunderte Menschheitsgeschichte, und wenn sie nach Hause zurückkehren, bleiben ihnen nur zwei Postkarten, die sie in irgendeiner Schublade vergessen, und furchtbare Fußschmerzen. Wozu soll das gut sein?«

Marco Luciani lächelte schwach. Der Minister übertrieb, aber er hatte nicht ganz unrecht.

»Sehen Sie«, setzte dieser wieder an, »das Problem ist, dass die Kunstwerke ihre soziale Funktion verloren haben. Ich rede vor allem von Malerei und Bildhauerei. Die Architektur ist teilweise noch nützlich, weil sie eine ordentliche Portion Schmiergelder sichert, aber das ist ein anderes Thema. Tatsache ist, dass die Künstler früher für einen privaten Auftraggeber arbeiteten und daher Porträts schufen, die für die Salons der Reichen bestimmt waren. Oder für einen öffentlichen Auftraggeber, die Stadt oder die Kirche. In diesem Fall konnte ihr Werk viele Funktionen haben. Eine Geschichte erzählen, wie zum Beispiel die Erschaffung der Welt an den Wänden des Doms zu Modena. Einen Sieg feiern und damit Nationalstolz, Vaterlands- und Gemeinsinn festigen, wie der Arc de Triomphe. Oder den Gläubigen die Taten der Heiligen nahebringen, wie die Cappella degli Scrovegni, oder ihnen als ewige Mahnung dienen, wie das Jüngste Gericht. Was ich sagen will, ist, dass die Kunstwerke einst in der Gemeinschaft lebten, frei, und eine Funktion erfüllten, die tatsächlich auf das Alltagsleben einwirkte. Sie waren nicht nur ›schöne Dinge‹, Exponate fürs Museum. Wenn jemand eine wohltuende Auszeit an einem stressigen, von der Hässlichkeit dominierten Tag braucht, dann sollte er lieber in einen Whirlpool steigen.«

Er lächelte ob seiner Pointe, die er wohl schon zigmal angebracht hatte, dann zündete er sich einen Toscano an, ohne zu fragen, ob das den Kommissar störte.

»Als der erhabene Lysipp diese Statue schuf, tat er das sicher nicht für einen Privatmann«, fuhr er fort. »Ich glaube, dass sie vor einem Gerichtsgebäude aufgestellt werden sollte oder vielleicht besser noch auf einem Podest mitten auf der zentralen Piazza der Stadt. Ich glaube auch, dass sie nach Ventotene geschickt wurde, um eben dort ihre Funktion zu erfüllen. Einer der römischen Kaiser, die ihre allzu lebhaften Töchter oder ihre Frauen dorthin verbannten, muss gemeint haben, dass die Sünderinnen vor dem Blick der Gerechtigkeit die Augen senken würden, bis zu dem Tag, an dem sie ihre Verfehlungen vollkommen einsehen würden. Ventotene ist immer die Insel der Gerechtigkeit gewesen, und ich träume davon, dieses Prinzip von hier aus nach ganz Italien zu tragen. Aus unserem Land endlich einen Ort mit allgemein akzeptierten Regeln zu machen, wo unsere Kinder in Frieden und Sicherheit leben können.«

Der Kommissar gab sich Mühe zu nicken, auch wenn diese Wahlpropaganda ihn zu Tode langweilte. Er machte es noch ein paar Minuten mit, dann, bei der ersten passenden Pause, stemmte er seine hundertsiebenundneunzig Zentimeter vom Stuhl. »Sie werden gestatten, dass ich mich verabschiede, Herr Minister, aber ich habe seit drei Tagen kaum ein Auge zugetan und muss unbedingt ins Bett.«

»Schlafen Sie gut, Herr Kommissar. Und erschrecken Sie nicht, wenn Ihnen die Sirenen erscheinen. Dies war ihre Insel, und wer zum ersten Mal hier nächtigt, wird oft von ihnen heimgesucht.«

Dreiundfünfzig
Marietto
Unterwegs, 28. Dezember

Sie waren hinter ihm her. Es waren viele. Sie bewegten sich schnell, unsichtbar. Er aber erkannte sie schon von weitem und konnte ihnen ausweichen. Der Mann mit der Zeitung. Der falsche Müllmann. Der Bettler. Zu gut gekleidet, um wirklich einer zu sein. Er hatte sie alle abgehängt. Er war schlauer als sie, war es immer gewesen. Die Jahre im Wald schärfen deine Sinne, verleihen dir einen besonderen Instinkt. Den Faschisten, den er getötet hatte, hatte er so drangekriegt. Er hatte ihn zuerst entdeckt, während dieser durch die Schlucht hochstieg, und war in einem weiten Bogen in seinen Rücken gelangt. Er hatte ihn eine Weile im Auge behalten, und als der Faschist stehen geblieben war, um sich zu erleichtern, war er aus der Macchia hervorgesprungen und hatte ihm drei Schüsse verpasst: Bum, bum, bum. Den ersten in den Rücken, die beiden anderen in die Brust. Dasselbe wollte er mit dem Schaffner machen. Als er ihn kommen sah, die Hand in der Umhängetasche, schlossen sich seine Finger um den Griff der Pistole in seiner Parkatasche. Kurz bevor Marietto schießen konnte, hatte der andere dann eine Art Taschenrechner aus dem Beutel gezogen. Falscher Alarm. Der Kerl hatte seine Fahrkarte abgestempelt, ohne ihn richtig anzusehen. Offensichtlich war sein Fahndungsfoto noch nicht an die Polizeistellen gegangen.

Es reicht, wenn ich sie noch einen Tag zum Narren halte, sagte er sich immer wieder. Nur einen Tag. Er schaute aus dem Fenster, sie waren gerade durch Civitavecchia gekommen, Rom war nicht mehr weit. Dort würde er den Schaffner bitten, seine Fahrkarte bis Formia zu verlängern, wo er übernachten wollte, um am nächsten Morgen die erste Fähre nach Ventotene zu nehmen. Das Tempo war entscheidend, er musste sich auf den Feind stürzen, wenn dieser meinte, er sei noch Hunderte Kilometer entfernt. Napoleon hatte durch die Raschheit und Unvorhersehbarkeit, mit der er seine Truppen bewegte, ein Imperium erschaffen. Und auch die Faschisten würden nie auf die Idee kommen, dass er das Heim verlassen könnte, um sie ausgerechnet auf ihrem eigenen Territorium zu stellen.

Der Wind kräuselte das Meer an diesem späten Dezembertag, hin und wieder spritzte ein wenig eisige Gischt aufs Deck. Es war kalt, und die beiden einzigen Passagiere außer ihm auf der Fähre von Formia nach Ventotene hatten sich sofort in die Kabine geflüchtet, Marietto aber hatte es vorgezogen, draußen zu bleiben. Er spürte gerne das Salzwasser auf der Haut, liebte den Geruch des Meeres, der sich mit den Kerosinschwaden mischte. Zu seiner Linken erhob sich drohend die Insel mit ihren unzugänglichen Felswänden, der Silhouette des Gefängnisses, dessen Fassade genauso zerfurcht war wie sein Gesicht. Da wären wir wieder, dachte er, vierzig Jahre später. Zwei alte Ruinen, die sich nicht geschlagen geben wollen.

Fünf lange Jahre hatte er in diesem Gefängnis verbracht, er kannte dort jede Zelle, jeden Riss in der Wand. Als der Krieg endete, war Giuseppe fünfzehn Jahre alt gewesen. Er hatte seine erste Frau gehabt und seinen ersten Mann getötet. Er hatte gestohlen, um zu essen, gelogen, um zu überleben, er hatte Männer gesehen, die die heroischsten Taten vollführten und die schäbigsten. Nichts taugt so gut wie der Krieg, um einen Menschen zu beurteilen, um bei jedem von uns den besten oder schlechtesten Zug zum Vorschein zu bringen. Dein engster Freund kann dich verraten, dein größter Feind kann dir die Haut retten.

Er meinte damals, er wüsste nun alles vom Leben, aber er hatte sich getäuscht. Das Gefängnis hatte er noch nicht erlebt. Dort hatte er gelernt, was Leiden und Ungerechtigkeit wirklich bedeuteten. Es gab Dinge, die schlimmer waren als die Angst vor dem Tod und wozu sie einen trieb. Denn im Grunde starb man auch im Krieg nur einmal; selbst wenn man mit den Eingeweiden in der Hand starb, heulend und nach der Mutter schreiend, so starb man doch einen Heldentod, fürs Vaterland, für ein Ideal. Oder zumindest konnte man sich dieser Illusion hingeben. Im Gefängnis dagegen lebte und starb man würdelos, man war kein menschliches Wesen mehr, sondern Fleisch ohne Seele, das getreten, zerstückelt und verbrannt werden durfte. Verdorbenes Fleisch, das keiner reklamieren würde.

Er ging hinunter nach Ventotene, die Mütze tief ins Gesicht gezogen und den Jackenkragen hochgeschlagen. Kaum jemand konnte ihn wiedererkennen, nach all den Jahren. Sein Haar war jetzt grau, er war abgemagert und geschrumpft, und wahrscheinlich war von seinen alten Kameraden keiner mehr auf der Insel. Trotzdem war es besser, vorsichtig zu sein.

Er musste vom Zentrum weg und sich irgendwo bis zum Abend verstecken. Bei Einbruch der Dunkelheit würde er dann versuchen, nach Santo Stefano zu gelangen. Wie, das hatte er noch nicht entschieden. Am einfachsten war, sich ein kleines Boot »auszuleihen« und lautlos wegzurudern. Wenn das Meer ihm hold war, konnte er in vier oder fünf Stunden die Insel erreichen, den Schatz holen, vor der Morgendämmerung nach Ventotene zurückkehren und das Boot wieder an seinen Platz bringen. Der Eigentümer würde es nicht einmal merken, und mit der ersten Fähre wäre er schon wieder weg, würde durch die Maschen des von den Faschisten ausgelegten Netzes schlüpfen, wie er es im Krieg in den Bergen Liguriens gemacht hatte.

Vierundfünfzig
Luciani
Ventotene, April

Er betrat sein Hotelzimmer und zuckte zusammen, als er auf dem Bett eine Gestalt liegen sah. Er wich instinktiv einen Schritt zurück, erkannte aber sofort Sofia Lanni. Sie saß gegen das Kopfteil gelehnt, ein Kissen im Rücken, das Haar hochgesteckt. Ihre langen nackten Beine waren angewinkelt und stützten das Buch, das sie las. Sie trug Marco Lucianis Pyjamaoberteil und lugte ihn von unten her durch ihre rechteckige Lesebrille an. Diese Pose der versauten Intellektuellen hatte ihn immer um den Verstand gebracht.

»Marco. Das hat aber gedauert.«

»Was machst du denn hier? Wie bist du hereingekommen?«

Sie lächelte. »Ich habe dem Portier gesagt, dass ich deine Verlobte bin.«

»Aber woher wusstest du denn ...«

»Ich habe es ihr gesagt.« Eine weitere Frau war durch die Badtür ins Zimmer gekommen. Sie trug einen hellblauen Morgenmantel, die langen blonden Haare, vom Wasser gekräuselt, fielen über Hals und Schultern.

»Aber, sind Sie nicht ...«

»Sabrina Dongo. Sehr erfreut«, sagte das Mädchen und streckte ihm die Hand hin.

Marco Luciani drehte sich zu Sofia um, sein Gesicht war ein einziges Fragezeichen.

»Keine Angst, ich werde dir alles erklären«, sagte sie lächelnd. Sie hatte sich auf das Bett gekniet, Sabrinas Hand ergriffen und sie neben sich Platz nehmen lassen. »Wie ich dir gesagt habe, sind wir Kolleginnen. Kopfgeldjägerinnen.

Frauen kommen weiter als Männer, und zwei Frauen kommen weiter als eine allein.«

Sie strich eine blonde Haarsträhne von Sabrinas Wange, die ihren Hals leicht zur Seite neigte, so dass Sofia ihre Lippen darauflegen konnte. Sabrina schloss die Augen, während die Freundin sie küsste, ein bisschen an ihrem Ohr knabberte und es mit der Zunge erforschte. Marco Luciani stand wie vom Donner gerührt und konnte die Augen nicht von Sofias Mund lassen, der dem von Sabrina immer näher kam. Ihre Zungen schossen jetzt hervor, tauschten Zärtlichkeiten, und dieses Schauspiel war allein für ihn bestimmt. Ich träume, ein Traum wird wahr, dachte er, während Sabrina Sofias Pyjamaoberteil aufknöpfte und Sofia ihr den Bademantel von den Schultern zog. Ihre Brüste berührten sich, weich und aggressiv wie Tigerjunge.

Der Kommissar wusste nicht, sollte er mitmischen oder einfach das Schauspiel genießen? Die jungen Frauen balgten sich ein wenig, mit Küssen und Bissen, bis Sofia Sabrina niedergerungen und auf dem Bett festgenagelt hatte. Die Blonde ließ ihre Arme auf die Matratze sinken und fügte sich dem Unausweichlichen. Sie wimmerte jedes Mal, wenn die Fingernägel der Brünetten eine neue Spur über ihren Leib zogen, und jedes Mal, wenn die Zunge kam, um sie zu kühlen. Sofia spielte mit den blonden Locken ihrer Scham, tauchte hinab und reizte Sabrinas Klitoris, worauf diese vor Lust aufjaulte.

Dann reckte sie sich nach hinten wie eine Katze und suchte mit der Zunge nach Sabrinas Honigaroma, wobei sie Marco Luciani ihren runden kleinen Po entgegenstreckte, der den rosa, perfekt depilierten Spalt einrahmte.

»Ich will, dass ihr zusammen kommt«, sagte Sofia, und noch ehe sie den Satz beendet hatte, nestelte Marco Luciani schon hektisch am Reißverschluss seiner Hose, er betete, dass er es noch schaffte, denn was er sah, war zu viel für ihn, wäre für jedermann zu viel gewesen. Und noch bevor er sich ausziehen konnte, spürte er, dass er kam, erleichtert und enttäuscht.

Er wachte in seinem Hotelbett auf, alleine und nass, und es dauerte eine Weile, ehe er kapierte, dass ihn die Sirenen besucht hatten. Er lauschte, und inmitten des heulenden Windes und des Regengeprassels meinte er, ihre Stimmen zu hören, die ihn immer noch aufforderten, sich zu ihnen zu gesellen.

»Gut geschlafen?«

»Na ja. Wie man's nimmt.«

Der Barmann lächelte. »Die Wolken ziehen ab. Sie werden sehen, dass es gegen Mittag aufklart, und schon am Nachmittag wird es schön sein.«

Der Kommissar trank seinen Tee aus, dankte, schlug seinen Jackenkragen hoch und ging hinauf zur Piazza. Er hatte keinen Schirm, und schon nach dreißig Sekunden war er komplett durchnässt. Fast alle Läden waren geschlossen, obwohl es bereits zehn war. Einziger Hoffnungsschimmer für Reisende war die offene Tür einer Buchhandlung.

Er trat ein und fragte, ob er seine Jacke irgendwo hinhängen könne, um die Bücher zu schonen. Der Besitzer legte sie auf einen Stuhl, und der Kommissar schaute sich staunend um. Der Laden war klein, aber wunderhübsch, er ähnelte einer Bootskajüte, und an den Wänden hingen große Fotos von der Insel zu allen Jahreszeiten.

»Ist das das Gefängnis von Santo Stefano?«, fragte er den Buchhändler, auf das Foto eines Rundbaus deutend, mit gelben, abgeblätterten Mauern und langen zur Mitte hin ausgerichteten Lukenreihen, die ein bisschen an die Logen in einem Opernhaus erinnerten.

»Ja. Das Zuchthaus.«

»Das dachte ich mir. Wissen Sie, ob man es besichtigen kann?«

»Theoretisch, nein. Seit man die Statue gefunden hat, ist der Zutritt untersagt. Auch die Führungen sind ausgesetzt worden. Man muss sich damit begnügen, es aus der Ferne zu betrachten.« Der Buchhändler kam um den Internetarbeitsplatz herum und zeigte dem Gast die beachtliche Abteilung, die Ventotene und Santo Stefano gewidmet war. »Ein Buch speziell zum Gefängnis habe ich nicht, aber wenn Sie wollen, gibt es zu den Inseln im Allgemeinen exzellente Publikationen. Die hier enthält auch schöne Bilder vom Zuchthaus«, sagte er und zeigte einen gebundenen Schinken, der sündhaft teuer wirkte.

»Ansonsten, wenn Sie an Geschichte interessiert sind, gibt es die Berichte der Leute, die dort gesessen haben. Angefangen bei Luigi Settembrini und Umberto Terracini[*]. Aber hier nach Ventotene wurden viele in die Verbannung geschickt, zum Beispiel Pertini. Und auch Gaetano Bresci.«

Marco Luciani hörte ihm aufmerksam zu. Der Buchhändler war ein sympathischer Kerl, sein Blick wirkte viel jugendlicher als sein graues Haar, und irgendwie hatte Luciani das Gefühl, er könne ihm trauen. »Das alles ist höchst interessant. Sie hatten aber gesagt, theoretisch ...«

»Wie?«

»Sie haben gesagt, dass man das Gefängnis theoretisch nicht besichtigen kann. Das bedeutet, dass es praktisch geht.«

Sein Gegenüber antwortete nicht sofort. Vermutlich wollte er erst einmal abschätzen, mit wem er es zu tun hatte.

»Nun«, sagte er schließlich, »klar, wenn einer ein Boot hat und versucht, dort anzulegen ... samstags oder sonntags vielleicht, wenn die Arbeiter nicht da sind ... Das

---

[*] Umberto Terracini (1895–1983), Mitbegründer der Kommunistischen Partei Italiens, wurde von den Faschisten zu 22 Jahren Haft verurteilt.

Gefängnis ist aber in einem üblen Zustand, in manchen Zellen ist der Fußboden durchgebrochen, und es kann einem immer mal ein Brocken auf den Schädel fallen.«

Der Kommissar lächelte. »Heute ist Samstag. Und ich wette, Sie haben ein Boot.«

Fünfundfünfzig
Ranieri
Ventotene, April

Belmondo nahm die Beretta und brachte sich in Position. Er verteilte sein Gewicht auf beide Beine, entspannte die Schultern und streichelte den Abzug. Man hörte einen trockenen Knall, dann das Scheppern der Dose, die zwanzig Meter entfernt von einem Pfosten geflogen war. In weniger als einer Minute gab er sechs Schuss ab, wobei er fünf Volltreffer erzielte und die sechste Dose streifte. Er forderte den Minister auf, weiter vor zu gehen, doch Ranieri wollte keinen Vorteil, sondern ein faires Duell. Auch er schoss mit seiner Beretta in knapp einer Minute sechs Mal. Die ersten vier Dosen traf er, die beiden letzten nicht.

»Exzellente Leistung, Herr Professor«, sagte der Bodyguard lächelnd.

»Am Ende habe ich es verschenkt. Zu viel Hektik.«

»Ein bisschen Anspannung ist normal. Hätten Sie mich geschlagen, wäre das für mich eine bittere Pille gewesen. Ich soll schließlich Sie beschützen, nicht umgekehrt.«

»Das heißt, im Notfall können wir uns gegenseitig den Rücken freihalten.«

Belmondo wollte ihm ein wenig schmeicheln. »Mit einem Schützen wie Ihnen würde ich mich sicher fühlen. Sie haben hervorragend geschossen. Hätte ich nie erwartet, von einem Menschen, der so …«

»Friedfertig ist?«

»Na ja, halt ein Gelehrter. Wo haben Sie so schießen gelernt?«

»Mein Großvater hat es mir beigebracht, da war ich vielleicht zehn. Und der Vater eines Jungen von der Insel hier, der hat uns ins offene Gelände geführt und auf Flaschen und Dosen ballern lassen. Er war ein großer Jäger. Als man das hier noch durfte, holte er die Zugvögel zu Hunderten herunter. Die Leidenschaft für Waffen ist mir geblieben, aber ich habe noch nie auf ein Lebewesen geschossen, nicht einmal auf einen Spatz.«

»Nun, das ist ein anderes Paar Stiefel. Ein Tier zu schießen, meine ich. Als ich in Afrika arbeitete, habe ich es manchmal getan. Und ich versichere Ihnen, da bleibt einem fast das Herz stehen. Es ist viel leichter, auf einen Menschen zu schießen.«

»Warum?«, fragte der Professor mit einem erstaunten Lächeln.

»Weil das zu meiner Arbeit gehört. Weil er der Gegner ist, und wenn ich ihn nicht erschieße, erschießt er mich.«

»Ich weiß nicht, ob ich das könnte«, flüsterte Ranieri.

»Wenn Sie gezwungen wären … Sie müssen versuchen, ihn nicht als Menschen zu sehen, sondern als Zielscheibe. Mit lauter weißen und schwarzen Ringen.«

Sechsundfünfzig
Marietto
Zuchthaus Santo Stefano, 1963

Giuseppe Risso saß auf einem Felsen und beobachtete die Gefangenen, die den Boden mit harten, rhythmischen Schlägen lockerten. Es war Vulkanboden, widerspenstig, aber äußerst fruchtbar, und alle schienen gern zu arbeiten. Besser, man schindete sich im Freien, ertrug Sonne und Regen, als dass man endlose Stunden in der Zelle eingesperrt blieb, sich langweilte und wütend nachgrübelte über all das, was man verloren hatte.

Mario Martone kam angeschlurft. »Ich brauche eine Pause«, flüsterte er.

»Setz aus und komm hierher in den Schatten. Heute ist es zu heiß.«

Die anderen Gefangenen hoben den Kopf und schauten zu ihm herüber.

»Pause auch für euch, Jungs. Holt euch ein bisschen Wasser.«

Martone blickte ihn an. »Für einen Bullen bist du kein schlechter Kerl.«

Risso lächelte und fegte ein bisschen Staub von seiner Aufseheruniform.

»Ich möchte gerecht sein. Das ist alles. Manchmal ist es reine Glückssache, ob man auf dieser Seite der Barrikade steht oder auf eurer.«

Er zündete eine Zigarette an und reichte sie dem alten Zuchthäusler, dann zündete er noch eine an. Mittlerweile lebten sie seit fast vier Jahren Seite an Seite, und sie hatten gelernt, einander zu respektieren. Kaum ein Wärter glaubte mehr als Risso an das Projekt des Gefängnisdirektors, der es sich in den Kopf gesetzt hatte, Santo Stefano in einen modernen und menschlichen Strafvollzug zu verwandeln, wo sich die Freigänger unbeaufsichtigt auf der ganzen Insel bewegen und alle Häftlinge arbeiten, sich nützlich machen konnten. Sie wurden wie Menschen behandelt, die gefehlt hatten, nicht wie Vieh, das man in einen Käfig sperren und malträtieren musste.

Risso hatte die Arbeit als Aufseher angenommen, weil er bedauerte, den Krieg verpasst zu haben, und davon träumte, Uniform und Waffe zu tragen. 1950 hatte er im Gefängnis von Marassi angefangen, aber die Vorgesetzten hatten ihm bald gesagt, er sei zu weich. Er schlug nicht fest genug zu, konnte die Häftlinge nicht einschüchtern. »Wenn die spüren, dass du ein lockeres Regiment führst, dann haben sie dich bald unter der Knute«, hieß es immer. Er wurde von Gefängnis zu Gefängnis versetzt, und jedes Mal ging ein bisschen von der Bindung zu den Kollegen verloren, während die zu den Gefangenen wuchs. Wohlgemerkt, die meisten waren hoffnungslose Fälle, tumbe Bestien von sinnloser Brutalität. Ignoranten, mit denen man kein vernünftiges Wort reden konnte. Es gab aber auch andere, und das waren nicht wenige, bei denen man wirklich nicht verstand, wie sie im Knast hatten landen können. Gebildete, intelligente und großzügige Menschen, die ihren Zeitgenossen helfen und aus Italien ein besseres Land hätten machen können. Manchmal kam Risso sogar der Verdacht, dass man sie genau deshalb weggesperrt hatte.

Giuseppe Risso hatte nie seinen Vater kennengelernt, einen Fischer, der auf See gestorben war, als er gerade mal acht Monate alt war. In Mario Martone hatte er ein Vorbild gefunden. Sie hatten eine Weile gebraucht, um das gegenseitige Misstrauen abzubauen, aber schließlich waren sie Freunde geworden, oder etwas Ähnliches. Mario war schon unter dem Faschismus ins Gefängnis gekommen, nach dem

Krieg war er befreit, aber nach kürzester Zeit wieder inhaftiert worden, weil er angeblich gegen die Regierung konspiriert hatte. Sie hatten ihm zehn Jahre aufgebrummt dafür, dass er Dokumente gedruckt und verteilt hatte, in denen er zur Revolution aufrief, außerdem Pläne für einen Staatsstreich und die massive Einmischung fremder Regierungen in die italienische Politik entlarvte.

»Ein Anarchist«, hatte Martone ihm eines Tages erklärt, »ist jemand, der meint, dass die Regierung der größte Feind ihrer Bürger ist.« In seinem weiteren Leben hatte Giuseppe Risso ihm wieder und wieder beipflichten müssen.

»Das ist nicht gerecht«, hatte er eines Tages zu Mario gesagt. »Jedem müsste freistehen, zu denken, was er will. Solange man anderen Menschen kein Unrecht zufügt, kann man nicht verurteilt werden. Was für einen Sinn soll es haben, dir zehn Jahre zu geben, und ebenfalls zehn Jahre einem, der jemanden umgebracht hat?«

Der alte Häftling hatte den Kopf geschüttelt. »Ich weiß. Aber so einfach ist das nicht. Der Staat gründet sich nicht nur auf einen Sicherheitspakt zwischen Bürgern, sondern auch auf allgemeingültige Ideen und Prinzipien. Wenn du einen Menschen tötest, gefährdest du den Staat nicht. Wenn du aber dessen Ideologie in Zweifel ziehst, dann wirst du sehr wohl zur Bedrohung.«

Aus den zehn Jahren waren zwanzig geworden, nach einem Aufstand, bei dem Santo Stefano sich in ein Pulverfass verwandelt hatte, das jeden Moment in die Luft zu fliegen drohte. Wächter wurden als Geiseln genommen, Zellen angezündet, der Direktor auf der Flucht, Polizei und Militär im Anmarsch. Mario verabscheute Gewalt und war nicht unter den Anstiftern der Rebellion, aber nachdem sie einmal ausgebrochen war, exponierte er sich trotzdem, hatten die Häftlinge doch ihre guten Gründe, und außerdem wollte er, dass das Ganze ohne Blutvergießen abginge.

Natürlich wurde er am Ende als einer der Hauptverantwortlichen angesehen und mit der Höchststrafe belegt.

Je vertrauter sie miteinander wurden, desto mehr Geschichten erzählte Mario Giuseppe, vom Krieg und vor allem von seinen Aktionen in den Bergen. Wie er den Suchkommandos der Nazis entkommen war, wie er einen Faschisten getötet hatte, indem er ihm, während dieser pinkelte, in den Rücken fiel, wie er einem Deutschen eine Pistole gestohlen hatte.

Er kämpfte auf Seiten der Anarchisten, die mutiger, selbstloser und verhasster als alle anderen waren. »Alle schossen sie auf uns: Faschisten, Nazis, Amerikaner und allen voran die Kommunisten. Wir aber waren Brüder, jenseits aller Nationengrenzen. Wir kämpften in Italien, Frankreich und Spanien. Für uns war es absurd, in den Tod zu gehen, um Land als Geschenk für die Reichen zu erobern. Wir kämpften für die Freiheit, für Ideale, für eine gerechtere Welt, und wir waren immer bereit loszuziehen, um für die Schwächsten einzutreten.« Er hatte ihm von der Anarchie erzählt. Von ihren Prinzipien. Von ihren Helden. Und zum ersten Mal im Leben hatte Giuseppe Risso sich zu Hause gefühlt, umgeben von Freunden.

Mario Martone war auch der beste Tätowierer im Gefängnis gewesen. Er hatte die Körper Hunderter Gefangener mit Totenköpfen, Engeln, Frauennamen, Herzen und Dolchen verziert. Und als der Wärter ihn bat, ihm eine Tätowierung zu machen, hatte er ihn verblüfft und tadelnd angesehen: »Das kannst du nicht. Das verbietet die Vorschrift.«

»Zum Teufel mit der Vorschrift.«

»Die könnten dich rausschmeißen.«

Giuseppe zuckte mit den Schultern. »Wir fliegen sowieso bald alle raus. Das wissen wir beide. Der Direktor ist ein anständiger Mensch, und was wir hier erleben, ist ein schöner Traum, aber wie alle schönen Träume wird er nicht von Dauer sein. Deshalb will ich ein Andenken an diese Jahre.«

Mario hatte nur gesagt: »Zieh das Hemd aus!« Dann hatte er Nadel und Tinte geholt.

Es hatte viele Tage gedauert, bis die Zeichnung des Gefängnisses auf Giuseppe Rissos Brust fertig war. Als dieser sich im Spiegel sah, lächelte er zufrieden und bat ihn noch, Namen und Eintrittsdatum hinzuzufügen: Santo Stefano 1960.

Kaum hatte der Häftling die letzte Ziffer geschrieben, hielt er mit der Nadel in der Luft inne und schaute den Freund mit ernster Miene an. »Ich muss dir etwas anvertrauen. Etwas, was Gaetano Bresci betrifft.«

Siebenundfünfzig
Luciani
Ventotene, April

»Sind Sie sicher, dass Sie Polizeikommissar sind?«

Marco Luciani schrie, um den Lärm des kleinen Außenbordmotors zu übertönen: »Ich habe Ihnen zwei Mal den Ausweis gezeigt. Warum behalten Sie ihn nicht? Dann können Sie jedes Mal nachsehen, wenn Ihnen Zweifel kommen!«

Der Buchhändler, der offensichtlich länger keine Zeitung mehr gelesen hatte, hob entschuldigend die Hand. »Okay, es kommt mir halt nur komisch vor … Sie hätten sich doch eine Genehmigung besorgen können.«

»Ich will es mir aber ohne allzu viel Publicity ansehen.«

Der Schiffer, der bisher noch kein Wort gesagt hatte, schüttelte den Kopf. »Egal, was du auf einer Insel wie dieser tust, es erfährt sofort alle Welt. Jede Wette, dass uns irgendjemand genau in diesem Moment beobachtet.«

Minister Ranieri stand auf der Terrasse seiner Villa und folgte mit dem Fernglas der weißen Kielwasserspur, die das Boot hinter sich herzog, während es bereits auf halbem Weg nach Santo Stefano war. »So manch einem hat die Neugier schon das Genick gebrochen, Commissario«, flüsterte er. Dann ging er zurück ins Haus und rief Belmondo.

»Wie viele mögliche Anlegestellen gibt es?«, fragte der Kommissar, als sie dicht an der Insel waren.

»Die bequemste, um zum Gefängnis zu kommen, liegt vor uns: die Marinella. Fährt man weiter nach Norden, kommt der Anlegeplatz Nummer vier, wenn wir in die Gegenrichtung abdrehen, kommt die Vasca Giulia. Die anderen sind von Erdrutschen verschüttet.«

Marco Luciani betrachtete skeptisch den Anlegeplatz, der vor ihnen lag: Es gab eine Art Treppe, die in den Stein geschlagen war, dann einen steilen Pfad, der ins Binnenland führte.

»Gibt es denn keine Strände?«

»Nein, alles Felsküste«, antwortete der Schiffer. »Ich versuche, so nah wie möglich ranzukommen, haltet euch bereit, um an Land zu springen.«

Der Buchhändler schaffte es problemlos, Luciani wäre fast abgerutscht und landete auf den Händen und einem Knie, wofür er sich ein bisschen schämte. Sie baten den Bootseigner, in ein paar Stunden zurückzukommen, dann kletterten sie den Pfad hinauf.

»Sind wir sicher, dass niemand da ist?«

»Die Arbeiter und die Archäologen fahren am Wochenende nach Hause, und da die Wettervorhersage schlecht war, sind sie schon seit Donnerstag weg. Es dürfte nur der Gebäudewart da sein. Aber machen Sie sich keine Sorgen, er ist mein Cousin.«

Der Gebäudewart hatte sie tatsächlich schon vom Fenster seines Hauses aus gesehen und kam ihnen entgegen. Der Buchhändler stellte die Männer einander vor und erklärte, dass der Kommissar das Gefängnis sehen wolle. Der Mann zögerte einen Moment, aber angesichts des Dienstausweises holte er dann doch den Schlüssel für das Vorhängeschloss am Eingangstor. Er ließ sie eintreten und brummte: »Tut euch nicht weh, sonst sitze ich in der Tinte.« Dann kehrte er zu seiner Siesta zurück.

Der Gefängnisbau war gewaltig, aber das Rosa der überstrichenen Fassade und das Pastellgelb der restlichen Mauern standen in merkwürdigem Widerspruch zur Brutalität seines Zwecks. Marco Luciani hatte schon einige Strafvollzugsanstalten gesehen, aber diese hier war wirklich einzigartig. Der Stein vermittelte ein Gefühl von Endgültigkeit der Strafe, und angesichts der drei übereinanderliegenden Zellenreihen dachte Luciani nun nicht mehr an die Logenränge eines Theaters, sondern an die Dante'schen Höllenkreise.

»Das Erdgeschoss nannte man auch tatsächlich die Hölle«, sagte der Buchhändler lächelnd. »Die beiden anderen waren Fegefeuer und Paradies. Selbst an einem Ort wie diesem muss man den Menschen die Hoffnung auf Besserung ihrer Lage, auf einen möglichen Aufstieg lassen.«

Von wegen Paradies, dachte Marco Luciani, der sich umblickte und ein leichtes Schwindelgefühl spürte. Auch im obersten Stock mussten Hitze und Gestank infernalisch gewesen sein, und die trichterförmigen Oberlichter verhinderten, dass die Häftlinge sich mit dem Anblick des Meeres trösten konnten.

»In jeder Zelle lebten zwei Gefangene«, erklärte der Buchhändler weiter, »eigentlich waren die Räume anfangs doppelt so groß, vier auf viereinhalb Meter, aber dann wurden alle noch einmal geteilt.«

Die Eingänge der Zellen waren für ihn zu niedrig, der Kommissar musste sich jedes Mal niederbeugen, um einzutreten. Egal in welcher Zelle er stand, vor sich sah er immer den Rundbau der Kapelle aufragen, die man in die Mitte des Innenhofes gebaut und ebenfalls durch eine kreisförmige, mehrere Meter hohe Mauer gesichert hatte. Der Innenhof war in Sektionen geteilt, in denen die Gefangenen ihren Hofgang machen konnten.

»Dies war das Auge Gottes, das alles sieht«, sagte sein Führer und zeigte lächelnd auf die Kapelle. »Man fühlte sich rund um die Uhr unter Beobachtung, jeden Tag des Jahres, jedes Jahr, das man abzusitzen hatte. Und die Theaterakustik sorgte dafür, dass alle alles hören konnten. Dagegen ist ›Big Brother‹ Kinderkram.«

Marco Luciani schaute sich alles haargenau an, prägte sich jedes Detail ein. Die doppelten Zellentüren, die aus einem Metallgitter bestanden und einer inzwischen verrosteten Eisentür davor. Die Eisenpritschen aus dem neunzehnten Jahrhundert. Die Graffiti auf den Wänden. Sein Job war es, böse Menschen an solche Orte zu verfrachten, und er hatte keinen Zweifel, dass dies gerecht und angebracht war. Trotzdem, jedes Mal wenn er ein Gefängnis betrat, selbst ein verlassenes wie das auf Santo Stefano, dann drängten sich ihm Fragen auf. Und die wichtigste war: Gab es ein Gefängnis, das wirklich seine drei Hauptaufgaben erfüllte? Nämlich, demjenigen Genugtuung zu verschaffen, dem ein Leid zugefügt worden war, Sicherheit für die Gesellschaft zu garantieren und dafür zu sorgen, dass derjenige, der sich vergangen hatte, seinen Fehler einsah und sich eines Besseren besann? Seine Erfahrung sagte ihm, dass Punkt eins systematisch missachtet wurde. Die Angehörigen der Opfer wie die Opfer selbst hatten keinerlei Rechte. Sie hatten kein Mitspracherecht beim Strafmaß, und oft galt das ganze Mitgefühl von Medien und Behörden den Mördern statt den Opfern. Punkt zwei war schlichtweg utopisch, denn die Gesellschaft trug die Keime der Unsicherheit in sich selbst, sie züchtete sie im Labor, sie ließ sie gedeihen, um die Menschen in ständiger Alarmbereitschaft zu halten und besser kontrollieren zu können. Die Gesellschaft produzierte also weiterhin schneller Verbrecher, als die Polizeiorgane sie dingfest machen konnten. Derselbe Mechanismus, der für die Konsumgüter galt. Was Punkt drei anging, die Resozialisierung der Häftlinge – die Statistiken sagten, dass achtzig Prozent aller Straftaten von Tätern begangen wurden, die bereits Vorstrafen hatten, und damit war dieses Thema erledigt.

Sie beendeten den Rundgang durch das Gefängnis, stiegen über die Absperrungen der Baustelle und die von den Arbeitern zurückgelassenen Werkzeuge und kehrten zum Eingang zurück. Der Buchhändler zeigte auf eine Wand: »Wissen Sie, was am Gefängnistor steht? ›*Donec sancta Themis scelerum tot monstra catenis/ victa tenet, stat res, stat tibi tuta domus.*‹«

»Ich muss zugeben, dass mein Latein ein bisschen eingerostet ist«, sagte Marco Luciani und verzog das Gesicht. »Bei meiner Arbeit brauche ich es eher selten.«

»Solange die Gerechtigkeit diese ruchlosen Verbrecher in Ketten hält, sind dein Haus und dein Besitz in Sicherheit. Was sagen Sie dazu?«

»Das Haus und der Besitz ... bemerkenswert. Scheint, als hätten sie mehr bedeutet als das Leben.«

»So war es auch. Aber natürlich kann man *res* und *domus* auch in einem weiteren Wortsinn interpretieren: als die Grundlagen des Staates. Wollen Sie auch den Friedhof und die anderen Gebäude sehen?«

Der Kommissar nickte. Er wusste selbst nicht, wonach er genau suchte, und in solchen Fällen blieb ihm nichts anderes übrig, als einfach weiterzugehen, herumzuschnüffeln, sich zu zeigen, damit schließlich das Gesuchte ihn finden konnte.

Sie gingen den gepflasterten Weg entlang, und der Buchhändler zeigte ihm die Überreste der Ställe, der Lagerräume und der Werkstätten, wo die Gefangenen Holz, Eisen, Glas und andere Materialien bearbeiteten, außerdem den Bereich für die freien Stunden. Es gab sogar ein Fußballfeld mit Zuschauertribünen, das an drei Seiten von einer Mauer eingeschlossen und von meterhohem Unkraut überwuchert war. Eine verblasste Schrift markierte den Eingang zu den Umkleidekabinen. »Wir sind hier alle fußballverrückt«, sagte der Buchhändler. »Ich glaube, die Wärter hatten auch eine

Mannschaft. Natürlich nicht so stark wie unsere aus Ventotene«, präzisierte er mit einem stolzen Lächeln.

Der Kommissar ließ den Blick über die Insel mit ihrer üppigen Vegetation schweifen, aus der hie und da ein Feuerwerk aus weißen, gelben und violetten Blüten hervorleuchtete. Er versuchte sie mit Hilfe des Wissens aus dem mütterlichen Garten zu identifizieren. Aber er war nun einmal ein Kind des Betons und kam nicht über Ginster, Klatschmohn und Fenchel hinaus. Sie wurden von den Schreien der Möwen verfolgt, einige segelten sogar bedrohlich nah an ihnen vorbei. »Lassen Sie sich keine Angst einjagen. Jetzt ist die Zeit, in der sie Junge haben, und da manteln sie sich ein bisschen auf, aber sie greifen selten an. Vor allem keine Gruppen.«

Für Marco Lucianis Geschmack war »selten« immer noch zu oft, und zwei Leute als Gruppe anzusehen, erschien ihm ziemlich optimistisch.

Sie gingen weiter, bis sie den Friedhof erreichten, einfache Gräber, die ins Gras gebuddelt waren. Es mochten vierzig sein, auf vier Abschnitte verteilt. Auf jedem stand ein Holzkreuz, und ein größeres markierte das Zentrum des Gottesackers.

»Es steht nicht ein Name da«, sagte der Kommissar, ein bisschen traurig.

»Bei einigen war nie einer dran gewesen«, erklärte der Buchhändler, »bei anderen stand der Name auf Betonkreuzen, die aber in der Hitze zersprungen sind. Jetzt sind die Toten alle namenlos.«

Schweigend betrachteten sie die Gräber. Ein schöner Ort für die ewige Ruhe, aber die Vorstellung, dass kein Verwandter, kein Freund jemals herkam, um die Toten zu besuchen, löste eine gewisse Beklemmung aus.

Der Buchhändler seufzte und setzte zu einem langen Vortrag über Gaetano Bresci an, den Anarchisten, der

König Umberto I. getötet hatte. »Man weiß nicht einmal, ob man seine Leiche hier beerdigt oder einfach ins Meer geworfen hat. Sicher ist, dass die Wärter ihn zu Tode geprügelt haben. Nachdem er fünf Monate hier war, wurde er Opfer eines ›Santantonio‹. Wissen Sie, was das ist?«

»Ehrlich gesagt, nein.«

»Man wirft eine Decke über den Häftling und knüppelt so lange auf ihn ein, bis er tot ist. Dann taten sie so, als hätte er sich mit einem Laken am Zellengitter aufgehängt. Das war 1901, und verzeihen Sie, wenn ich das sage, aber in den letzten Jahren deutet vieles darauf hin, dass sich die Dinge seit damals nicht groß geändert haben.«

Marco Luciani verzog das Gesicht. Er hatte keine Lust, eine Diskussion über dieses Thema anzufangen. »Wer einen Staatschef tötet, in diesem Fall sogar einen König, der stirbt im Allgemeinen entweder schon beim Attentat, oder er wird sofort danach getötet«, sagte er. »Das gehört zum Spiel dazu, und das weiß der Betreffende.«

Der Buchhändler nickte. »Keine Frage, so ist es. Ich denke auch, dass Bresci damit rechnete. Aber gerade deshalb bewunderten sie ihn umso mehr. Ich weiß, dass er im Sinne des Gesetzes ein Mörder war, aber in Wahrheit war er ein Kämpfer für die Gerechtigkeit. Ein Tyrannenmörder, der das Blutbad von Mailand rächte, die Kanonen von General Bava Beccaris, der Hunderte Wehrloser niedergemetzelt hatte, die nur Brot und bessere Lebensbedingungen verlangten. Der König hatte ihm dafür einen Orden verliehen, und wen konnte man dann noch um Gerechtigkeit anrufen? Niemanden. Wenn der Staat seinen Bürgern die Gerechtigkeit verweigert, dann kann man sie sich nur noch selbst verschaffen.«

Marco Luciani dachte an den Barbesitzer von Rozzano. »Da beißt die Maus keinen Faden ab«, lächelte er. »Wollen wir ein Gebet für ihn sprechen?«

Der Buchhändler schaute ihn überrascht an. Ob der Kommissar ihn auf den Arm nahm?

»Sagen Sie nicht, ich bin an einen anarchistischen Polizisten geraten.«

»Wir wollen mal nicht übertreiben. Ich stehe gern auf der Seite der Guten und auf Seiten des Gesetzes. Manchmal fallen die beiden Dinge aber nicht zusammen. Und dann stehe ich, wenn ich wirklich wählen muss, lieber auf der Seite der Guten.«

Nach einigen Sekunden des Schweigens bekreuzigte sich der Buchhändler, legte die Hand auf eines der anonymen Gräber und sagte leise: »Schenke ihm die ewige Ruhe, o Herr, und das ewige Licht leuchte ihm. Lass ihn ruhen in Frieden, amen.«

»Amen«, erwiderte Marco Luciani. Sollte der Monarch in der Hölle schmoren.

Achtundfünfzig

Ventotene, 29. Dezember

Giuseppe Risso, genannt Marietto, hatte sich hinten in die Kirche gesetzt, den Kopf zwischen die Schultern gezogen. Dies schien ihm der beste Ort, um nicht aufzufallen, während er den Einbruch der Dunkelheit abwartete. Er betete nicht, aber er betrachtete das Kreuz und dachte an die vielen armen Christensöhne, die er in seinem Leben getroffen hatte, an die Friedensprediger, die verfolgt und getötet worden waren, und an die, die man als gefährliche Revoluzzer oder Terroristen hingestellt hatte. Wer Macht hat, ist ein Ungeheuer. Die Macht an sich ist ein Ungeheuer. Er spürte, dass das Ende seines Abenteuers nahe war, das bestätigten ihm die mitleidigen Blicke, mit denen der Gekreuzigte ihn bedachte. Gern hätte er geglaubt, dass ihn im Jenseits irgendetwas erwartete, aber das Geschenk des Glaubens war ihm nie zuteilgeworden, und das bedauerte er nicht, denn er hatte dafür eine andere, konkretere und menschlichere Wahrheit gefunden. Im Grunde war auch ihm ein Prophet erschienen, der ihm den Weg gewiesen hatte, und eine Göttin hatte ihn mit ihrem Blick auf immer verändert.

Er dachte wieder an Mario Martone zurück. Mario, der, kaum war die Tätowierung fertig, die noch feuchte Nadel hinlegte, sich eine Zigarette anzündete, sie Giuseppe reichte und eine weitere für sich selbst ansteckte. Nach drei tiefen Zügen rang er sich endlich durch, ihm sein Geheimnis anzuvertrauen. Im Gefängnis von Santo Stefano hatte es früher ein kleines Museum gegeben, mit Dingen, die den illustren Gästen des Zuchthauses gehört hatten. In diesem Museum wurden auch Uniform und Kappe von Gaetano Bresci aufbewahrt. Häftlingsnummer 515. »Mich störte das nicht«, sagte er, »es schien mir eine Art, seiner zu gedenken, für andere Häftlinge war aber diese Zurschaustellung der Trophäen eine Beleidigung, als wollte man den Skalp des getöteten Feindes ausstellen. Andere wussten nicht einmal, wer Bresci gewesen war, denen war es egal. Während des letzten Aufstandes brachen die Gefangenen in das Museum ein und verwüsteten alles. Sie legten Feuer und zerstörten es. Ich kam nicht rechtzeitig, um noch die Uniform zu retten, aber die Kappe konnte ich an mich nehmen, und bevor die Wärter zurückkamen, versteckte ich sie an einem sicheren Ort.«

Giuseppe hatte sich aufmerksam die Beschreibung angehört, wie man zu dem Versteck gelangte, und am Ende fragte er: »Warum hast du mir das gesagt?«

»Weil ich möchte, dass du sie holst. Und damit machst, was du für richtig hältst.«

Giuseppe schwieg eine Weile. »Und warum sagst du es mir jetzt?«

Von Mario kam keine Antwort. Sie kam erst ein paar Tage später, als der diensthabende Wärter ihn beim Weckruf reglos auf der Pritsche fand, auf dem Gesicht ein entspanntes Lächeln. Er war im Schlaf gestorben, wahrscheinlich ohne zu leiden. Er hatte gewusst, dass es mit ihm zu Ende ging, und hatte es noch geschafft, den Staffelstab weiterzugeben, sein Geheimnis zu teilen. Giuseppe Risso bekam die Erlaubnis, ihn mit Hilfe einiger Gefangener persönlich zu bestatten. Er hob die Grube neben dem Gipfelpfad der Insel aus, damit Mario immer das Meer sehen konnte.

Wenige Monate später setzte die Flucht zweier Freigänger dem Traum von einem menschlicheren Strafvollzug ein

Ende. Auch wenn die beiden wieder eingefangen wurden – in Rom hatten viele auf einen solchen Ausrutscher gewartet, und so wurde dem Gefängnisleiter das Vertrauen, das er in die Häftlinge gesetzt hatte, zum Verhängnis. Giuseppe Risso kündigte, bevor der neue Direktor kam, und blieb noch einige Zeit als Fischer in Ventotene. Er wollte warten, bis das Gefängnis geräumt würde und er seinen kleinen Schatz holen konnte. Allerdings fand er nicht den Mut dazu. Ein ums andere Mal schob er es auf, weil er sich noch nicht bereit, dieser Ehre noch nicht würdig fühlte. Erst als die Göttin ihm erschien, aus den Tiefen der See, wusste er, dass der Zeitpunkt gekommen war.

Er hatte selbst bei der Tätowierung das Datum der Entlassung aus dem Gefängnis, 1965, hinzugefügt, in der Hoffnung, dies markiere den Anfang seines neuen Lebens. Aber erst nach dem Fund der Themis und der Rückkehr nach Camogli hatte er wirklich ein neues Kapitel aufgeschlagen. Er nannte sich nicht mehr Giuseppe, sondern hatte einen Kampfnamen angenommen, Marietto. Er war kein orientierungsloser Jüngling mehr, sondern ein Mann, der gekämpft hatte, der Prinzipien und viele Geschichten aus dem Krieg zu erzählen hatte. Kein Mensch steht über dem anderen, hatte Mario ihm gesagt, die Ideale sind es, die uns besser machen, und sie an die weiterzugeben, die nach uns kommen, ist die authentischste und sinnvollste Form der Unsterblichkeit. Sein Freund lebte noch immer in ihm, er war inzwischen Teil seiner selbst, denn im Herzen eines Menschen ist immer Platz für einen anderen.

Er hob die Augen zum Kreuz, sie waren mit Tränen verhangen, und deshalb konnte er, im dämmrigen Schein der Lampen und Kerzen, die Gestalt nicht klar erkennen, die vor dem Altar gekniet hatte und jetzt auf ihn zukam.

Er fuhr sich mit dem Jackenärmel über die Augen und sah einen kleinen Mann mit grauem Haar und Schnurrbart, der ihn zuerst zweifelnd, dann ungläubig betrachtete. Schließlich verzog sich sein Mund zu einem zahnlosen Lächeln: »Genueser?!«

Neunundfünfzig
Luciani und Ranieri
Ventotene, April

»Scirocco und Levante, die geben dir die Kante.« Der Schiffer stand aufrecht; ohne zu straucheln, hielt er mit einer Hand das Ruder, während ein einigermaßen verängstigter Kommissar sich am Bootsrand festklammerte und jedes Mal, wenn sie über eine Welle fuhren, den Atem anhielt. Er war am Morgen aufgestanden und, ohne zu frühstücken, hinunter an den Hafen gegangen, seinem Magen schien das aber nicht zu helfen.

»Das nervt nur ein bisschen, bis wir in Calanave ankommen. Sie werden sehen, danach ist das Meer ruhig.«

Wenn wir ankommen, dachte Marco Luciani, der einfach nicht begriff, wie das Boot so herumtanzen konnte, ohne zu kentern.

»Gibt es eine besondere Stelle, zu der Sie wollen?«, fragte der Bootseigner. Er war sehr freundlich, vor allem seit Luciani Valerios Namen erwähnt hatte.

»Nein, ich würde gern die Insel umrunden. Um mir einen Begriff zu machen. Um zu sehen, ob es irgendeinen Badestrand gibt.«

»Es gibt ein paar. Aber nicht viele. An einigen ist das Anlegen verboten, wegen des Steinschlags.«

Sie passierten die Lücke zwischen den Felsen, die den Eingang zum Calanave markierten, dem beliebtesten Strand der Insel. Marco Luciani hatte am Vortag einen Spaziergang dorthin gemacht, aber keine interessanten Spuren gefunden. Außerdem lag der Strand genau unter der Piazza des Dorfes, an der viele Wohnhäuser und Hotels standen. Er brauchte etwas Abgelegeneres, das nur auf dem

Wasserweg zu erreichen oder von der Straße aus nicht einzusehen war.

Die See war hier wirklich viel ruhiger, der Kommissar konnte sich endlich entspannen und die Schönheit der Insel genießen. Gelber Tuffstein, von Meer und Wind bizarr geformt, und dunkler Basalt aus der lange zurückliegenden Eruption eines Vulkans. Was von dem Kegel übrig war, bildete den Gipfelpunkt auf Ventotene, der Rest war eine gewaltige Lavaschicht, auf der eine extrem artenreiche Vegetation gewachsen war.

Marco Luciani war gerade erst angekommen, aber die Atmosphäre der Insel hatte ihn sofort gefesselt. Man wurde höflich und zwanglos aufgenommen, die wenigen Touristen, die er traf, liefen in Jeans und Pullover herum. Kein In-Lokal, keine Protzerei, nur der Wunsch nach ein bisschen Ruhe.

Der Schiffer steuerte das Boot und erzählte von vergangenen Zeiten, vom Fischfang, von der Jagd, von der Tatsache, dass Ventotene vor dem Tourismusboom eher von seinem Ackerland als vom Meer gelebt hatte.

Sie kamen unter zerfurchten Felsen mit faszinierenden Namen vorbei: Fontanelle, Cala Battaglia, Cala Postina. Der Schiffer zeigte auf die Grotten, die Klippen, die Spalte im Tuff, wo früher die Tankschiffe Trinkwasser in die Militärzisternen gepumpt hatten.

Als der Strand auftauchte, spürte Marco Luciani ein flaues Gefühl im Magen. Der passte genau zu dem Bild, das er sich ausgemalt hatte.

»Können Sie hier landen?«

»Ehrlich gesagt nicht. Der ist privat, hier darf ich nicht anlegen.«

Der Kommissar nickte. »Halten Sie an. Es dauert nur fünf Minuten.«

Der Schiffer kniff die Augen zusammen und schaute besorgt gen Himmel. Dieser Kommissar wollte ihn wirklich in die Bredouille bringen.

Er fuhr möglichst dicht an die Küste, Marco Luciani schlüpfte schnell aus den Kleidern und sprang in Badehose über Bord.

Das Wasser war eiskalt, aber er spürte es nicht einmal. Er war ausschließlich auf diesen grauen Küstenstreifen konzentriert, der ihn rief. Mit gewaltigen Armzügen arbeitete er sich durch die Strömung. Nach wenigen Minuten war er da. Als er aus dem Wasser stieg, peitschte der Wind erbarmungslos auf ihn ein, aber auch das schien der Kommissar nicht zu spüren. Der graue Kiesstrand war vollkommen verlassen, es sah aus, als wäre seit Ewigkeiten niemand da gewesen. Bei näherer Betrachtung wirkte er aber auch ungewöhnlich sauber, bis auf ein bisschen Treibholz, das das Meer angeschwemmt hatte. Komisch, dass es kein Papier, keine Dosen oder illegal entsorgte Mülltüten gab, die auch einfach von der Straße heruntergeflogen sein konnten. Er hob die Augen. Der Strand war tatsächlich vor Blicken völlig verborgen, die einzige Spur menschlicher Zivilisation war ein Schlauchboot in einer Art Remise, zu der man eine Naturhöhle umfunktioniert hatte. Vom Meer aus war Luciani das entgangen. Er schaute nach oben und sah, im Tuffstein verborgen, zwei kleine weiße Fenster. Dort droben stand ein Haus, von da hatte man vielleicht Zugang zu Schlauchboot und Strand.

Er ging am Wasser entlang und betrachtete aufmerksam den Sandstreifen, der in Kies überging. Es gab Glasscherben in Hülle und Fülle, in allen Farben, von denen eine jedoch besonders stark vertreten war. Er beugte sich nieder, wühlte mit den Händen im Kies und betrachtete eine davon im Gegenlicht. Dunkelblaues Apothekerglas, wiederholte er still für sich. Seit vierzig, fünfzig Jahren im Meer. Er kniff die Augen zusammen und sah zur Insel

Santo Stefano hinüber, deren Silhouette in einiger Entfernung wie eine uralte Schildkröte aus dem Wasser ragte. Die Häftlinge verarbeiteten Eisen, Leder und Holz. Und Glas. Flaschen für die Apotheken im Gebiet von Neapel. Ausschuss und Bruch wurden ins Meer geworfen, und von da transportierten die Strömungen sie auf diesen Strand, auf keinen sonst.

»Commissario!«

Er schreckte hoch und steckte das Glas reflexartig in die Tasche. Fragend drehte er sich zum Bootseigner um, der mit dem Finger auf den Gipfel der Klippen zeigte. »Commissario! Hier bin ich!« Minister Ranieri rief nach ihm, aus einem der Fenster gebeugt, die senkrecht über dem Strand hingen. Marco Luciani wurde schwindlig, seine Beine wurden weich.

»Kommen Sie hoch!«, schrie der Minister und wedelte mit einem Arm. »Sehen Sie die Treppe?«

Marco Luciani schaute nach links und erkannte, dass das, was er für eine Felsspalte gehalten hatte, in Wirklichkeit eine von Menschenhand geschaffene Schneise war, die seitlich an dem Felsvorsprung hochstieg, ohne Geländer, ohne Schutz, wenn man von einem fragmentarischen hölzernen Handlauf einmal absah, der höchst instabil wirkte. Wie viele der Menschen, die den Aufstieg versuchten, stürzten hier wohl zu Tode? Achtzig Prozent bestimmt.

»Ich warte hier auf Sie!«, rief der Schiffer. Der Kommissar schüttelte den Kopf und schrie, er solle in den Hafen zurückkehren. Luciani würde vielleicht den Aufstieg überleben, aber dass er wieder heruntersteig, kam nicht in Frage. Er schleppte sich bis zur Treppe und war froh, dass er die Gummisandalen anbehalten hatte. Eine Schulter an den Fels gelehnt, den Blick starr geradeaus gerichtet, stieg er hinan, wobei er krampfhaft versuchte, nicht hinunter auf den Strand zu schauen, der immer weiter in die Tiefe rutschte, fünf Meter, zehn Meter, zwanzig.

Der Minister erwartete ihn vor der Haustür. Er trug Hosen und Hemd aus weißem Leinen, dazu weiche Ledermokassins und eine Sonnenbrille, ein Damenmodell oder vielleicht nur ein besonders modisches.

»Kommen Sie herein, Commissario«, sagte er, »ich hatte Ihren Besuch erwartet, allerdings nicht vom Meer her.«

»Das war Zufall. Ich wusste nicht, dass Sie hier wohnen. Ich drehte gerade eine Runde um die Insel, sah diesen Traumstrand und konnte der Versuchung nicht widerstehen zu baden. Ich weiß, dass es verboten ist, aber …«

Ludovico Ranieri zuckte mit den Achseln: »Nicht der Rede wert. Sorgen Sie lieber dafür, dass Sie sich nicht erkälten.«

Er gab ihm ein Handtuch und ging voraus ins Haus. »Wir sind hier im Souterrain«, sagte er und stieg eine Treppe hinauf, die ins Freie führte, auf einen großen Vorhof, der sich an die Villa anschloss. Stieg man von dort noch ein paar Stufen höher, kam man auf die Terrasse über dem Meer. »Setzen Sie sich«, sagte er und deutete auf einen gedeckten Tisch aus dunklem Rattan, mit dazu passenden Stühlen und einer Liege. Er stand mitten auf der riesigen Terrasse, unter einem ausladenden weißen Sonnenschirm. Ich habe gerade gefrühstückt. Kann ich Ihnen etwas anbieten? Auch wenn ich eigentlich böse auf Sie sein müsste …«

Marco Luciani zitterte vor Kälte, und ihm war noch schlecht vor Höhenangst, aber kaum saß er, fühlte er sich besser. »Böse mit mir?«

»Ich habe erfahren, dass Sie nach Santo Stefano gefahren sind.«

»Sofort haben Sie mich ertappt. Als Verbrecher wäre ich eine Null«, antwortete er mit gespieltem Schuldbewusstsein.

»Ich sage das nur, weil ich Sie gerne begleitet hätte. Auf die Insel und bei der Besichtigung des Gefängnisses. Ein Wort hätte genügt.«

»Sie haben recht. Aber neulich abends hatte ich angedeutet, dass ich es sehen wollte. Sie hatten nichts darauf erwidert, deshalb dachte ich, Sie wären damit nicht einverstanden.«

Der Minister nickte. »Folglich meine Schuld. Ich hätte mich als Führer anbieten sollen.«

»Außerdem wären wir, wenn das Schlauchboot, das ich da unten gesehen habe, Ihnen gehört, in zwei Minuten dort gewesen. Und ich wäre nicht seekrank geworden.«

»Oh, das ist nur ein kleines Beiboot, um ein bisschen in der Umgebung herumzuschippern.«

»Man bräuchte ein richtiges Boot.«

»Das habe ich im Hafen liegen«, sagte Ranieri lächelnd.

»Traumhaft. Ich liebe Boote«, log der Kommissar. »Wie lang ist es denn?«

»Nichts Besonderes, eine Vierzehn-Meter-Yacht. Wir mögen es auf dieser Insel nicht, wenn man protzt. Sie ist aber mit zwei 500-PS-Motoren bestückt. Dreißig Knoten erreicht sie spielend.«

»Sapperlot. Aber klar, wenn's da ans Volltanken geht ...«

»Ach ja, ich weiß. In den Tank gehen zweitausend Liter. Andererseits sage ich immer: Schöne Dinge haben eben ihren Preis, und das betrifft nicht einmal so sehr die Anschaffung wie ihre Unterhaltung. Sie haben mir aber nicht gesagt, ob Sie einen Kaffee möchten. Oder einen Tee?«

»Einen Tee sehr gerne.«

Der Minister gab ihn bei der Hausdame in Auftrag, schenkte sich noch einen Espresso ein und ging wieder zum Angriff über.

»Und, was halten Sie von der Insel? Und vom Gefängnis?«

»Die Insel ist traumhaft, das Gefängnis ist ... ich weiß nicht. Auf der einen Seite herrlich, auf der anderen beklemmend.«

»Bedenken Sie, dass es aus dem späten 18. Jahrhundert stammt. Gefängnisse waren damals nicht sehr anheimelnd.«

»Keine Frage. Es gibt aber unnötige Grausamkeiten. Wie zum Beispiel die Fenster nach draußen, durch die man das Meer nicht sehen kann. Im Grunde hätte man sich auf einer Insel allein damit trösten können, dass man Himmel und Meer sah.«

Der Minister schwieg einen Moment, um nach den richtigen Worten zu suchen, auch wenn er diesen Vortrag schon oft gehalten hatte.

»Sehen Sie, Commissario, das Zuchthaus von Santo Stefano ist eine einzigartige Verschmelzung von Philosophie, Kunst und Architektur, wo nichts dem Zufall überlassen ist. Ich könnte einwenden, dass es die Strafe verschlimmern könnte, statt zu lindern, wenn man jeden Augenblick das Meer, den Himmel, die verlorene Freiheit vor Augen hat. Dies hängt jedoch vom Geist des Einzelnen ab. Sicher aber hätten Fenster, die sich nach draußen öffnen, den Häftling von seiner Hauptaufgabe abgelenkt, nämlich seine Strafe zu verbüßen.«

»Inwiefern?«

»Wir sagen immer, dass die Strafe dem Gefangenen zur Buße auferlegt wird. Dies bedeutet für mich, dass das Gefängnis dem Sträfling helfen muss, über sein Vergehen nachzudenken, sich auf sich selbst zu besinnen, auf den Ort, an dem er sich befindet, auf das, was er da drinnen tun kann, statt seine geistigen Energien an das zu verschwenden, was er hinter sich gelassen hat, an die Außenwelt, an seine Freiheitsträume.« Er schlürfte ein wenig Kaffee und fuhr fort. »Ihre Miene verrät mir, dass Sie nicht überzeugt sind, Commissario. Und deswegen hätte ich für Sie auf

Santo Stefano gerne den Führer gespielt. Unser Buchhändler ist klug und belesen, aber ich glaube nicht, dass er Ihnen von der esoterischen Bedeutung gesprochen hat, die sich in der Struktur des Gefängnisbaus verbirgt. Von der Gnosis.«

»Offen gestanden, nein«, sagte Marco Luciani.

»Eben. Es heißt, der Baumeister, Francesco Carpi, sei ein glühender Freimaurer gewesen. Der Beweis lässt sich durch seinen Baustil erbringen: Am Eingang der Insel stehen zwei Säulen, die an die Freimaurertempel erinnern, welche wiederum vom Tempel König Salomons inspiriert sind. Es sind fünfzehn Stufen hinauf zum Weg, so wie es fünfzehn Stufen sind, die der Initiierte zu überwinden hat, um in den Rang des Meisters aufzusteigen. Die drei Etagen mit Zellen und die dreiunddreißig Zellen je Stockwerk berufen sich auf die Kabbala und die Vollkommenheit der Dreieinigkeit. Der Grundriss des Gefängnisses entspricht dem Omega, dem letzten Buchstaben des griechischen Alphabets, dem Ende des weltlichen Daseins und dem Beginn des Wegs zur Erlösung. Carpis Hoffnung war, dass die Menschen, die dort eintraten, einen Weg der Buße und Erlösung gehen könnten. Vor allem Erlösung von sich selbst. Deshalb wird das Licht so eingesetzt, dass es die Zellen von oben erleuchtet, wie das Licht Gottes, ohne dass man es direkt anblicken könnte. Das Auge Gottes, die Zentralkapelle, ruht permanent auf den Gefangenen, und dessen müssen sie sich bewusst sein. Die Zuwendung zum eigenen Inneren, auf das eigene Gewissen hin, ist fundamental.«

»Das ist interessant«, räumte Marco Luciani ein, »aber wie viele der Gefangenen konnten einen so hohen Bewusstseinsgrad erreichen? Ich glaube, dass die meisten unter der Strafe litten, nichts sonst. Die Liegen zum Festschnallen, die Prügel, die Dunkelheit, die Stockschläge, ich glaube nicht, dass die zu höherem Bewusstsein führten.«

»Das kommt darauf an, Commissario. Heute erscheinen

uns auch sie als pure Grausamkeit. Dies ist aber nur der x-te Beweis für den Verlust unserer christlichen Wurzeln. Nur in unserer Epoche wird das Wort ›Leiden‹ meist mit dem Adjektiv ›sinnlos‹ gepaart. Dies war früher nicht so, im Gegenteil. Man war der Ansicht, dass das Leiden stärkt, zur Reife führt. Ich sage nicht, dass man es absichtlich herbeiführte, es wurde aber auch nicht so obsessiv gemieden. *Virescit vulnere virtus*, sagten die Lateiner, das Leiden erhebt uns. Das Leiden war ein Opfer, das man Gott brachte, es ließ auf einen Lohn hoffen, und oft kam dieser Lohn sofort, indem das Leiden aus dem, der gelitten hatte, einen besseren Menschen machte. Versuchen Sie diesen Aspekt zu berücksichtigen, und Sie werden sehen, dass das Gefängnis von Santo Stefano ein perfekter Entwurf war. Da drinnen spürt man Gottes Präsenz gehörig. Klar, dass es dann am Häftling war, ein besserer Mensch zu werden.«

»Wenn er lebendig herauskam.«

Der Minister tat den Einwurf mit einer Handbewegung ab. »Das macht keinen Unterschied, Commissario. Der Tod kann uns jeden Augenblick ereilen, und wir müssen immer bereit sein. Der spirituelle Weg hat einen Wert an sich, er ist nicht an die Freilassung am Ende gebunden. Als meine Studenten Einwände gegen die Todesstrafe hatten, führte ich oft als Beispiel den Film ›Dead Man Walking‹ an, den mehr oder weniger jeder kennt.«

Marco Luciani nickte.

»Nun, der wird im Allgemeinen als Film gegen die Todesstrafe gesehen. Meiner Meinung nach ist er gerade deshalb so herausragend, weil er für die Todesstrafe plädiert. Sean Penn ist der klassische Mörder ohne Reue, der stur seine Schuld leugnet und sich als Opfer eines Komplotts sieht. Er ist ein asozialer junger Mann, dem positive Wertvorstellungen fehlen, der aus niederen Beweggründen einen grausamen Mord begangen hat. Er ist völlig unfähig, das Leiden der anderen nachzuempfinden. Wenn man ihn zu lebenslanger Haft verurteilen würde, käme er nach dreißig Jahren aus dem Knast und wäre höchstwahrscheinlich dasselbe narzisstische Arschloch wie vorher. Stattdessen wird er zum Tode verurteilt, und es ist allein der Todeserwartung zu verdanken, der Tatsache, dass er im Morgengrauen des Folgetages sterben wird, dass Sean Penn am Ende über das nachdenkt, was er getan hat, dass er seine Schuld einsieht und zugibt und schließlich fähig wird, die Eltern der jungen Leute, die er umgebracht hat, um Vergebung zu bitten. Bitte, dieser Mann ist durch das Tor der Todeszelle ans Tor des Himmelreichs gelangt.«

»Und wer nicht an Gott glaubt?«, fragte Marco Luciani.

»Wer nicht an Gott glaubt, der glaubt nicht an den transzendenten Wert des Lebens. Folglich dürfte er auch bei der Todesstrafe keine Skrupel haben.«

Sie tranken ihren Tee und ihren Kaffee und genossen eine Weile das Panorama. Doch während der Minister die Insel Santo Stefano, das Zuchthaus, den von niedrigen Wolken schraffierten azurblauen Himmel vor Augen hatte, sah der Kommissar endlich das fertige Bild, in dem nur noch einige kleine Details, einige Schattierungen fehlten.

»Und Sie meinen, dass man dieses Gebäude wirklich wieder nutzen kann? Als Gefängnis, meine ich.«

»Dessen bin ich mir sicher. Seine Konzeption ist absolut modern, sie muss nur in technologischer Hinsicht auf den neuesten Stand gebracht werden. Das Auge Gottes kann heute, dank der Überwachungskameras, unser aller Auge sein.«

Der Minister stand auf, lehnte sich an die Brüstung und redete weiter, den Blick auf die gelbliche Silhouette des Gefängnisbaus in der Ferne gerichtet.

»Wollen Sie wissen, wovon ich träume, Commissario?

Justizminister zu werden und auf diesem Gebiet eine kopernikanische Revolution zu bewirken. Wir brauchen neue Gefängnisse, mit neuem Konzept. Oder besser gesagt, mit altem Konzept, aber durch moderne Technologie perfektioniert. In Santo Stefano konnte man von einem einzigen Punkt aus in das Innere aller Zellen blicken. Er war das Auge der Justiz, dem sich der Verurteilte nicht einen Moment entziehen konnte. Ich will bei Santo Stefano anfangen, will es sanieren, nicht um es, wie viele geschrieben haben, in ein Touristenparadies zu verwandeln, sondern um es wieder seiner ursprünglichen Funktion zuzuführen. Es wird wieder ein Gefängnis sein, nichts sonst. Ein modernes Gefängnis mit sauberen Zweier- oder höchstens Dreierzellen, mit Gemeinschaftsaktivitäten, mit der Möglichkeit, oder besser, der Pflicht der Häftlinge, zu arbeiten, um sich zu erhalten und zum Wohl der Gemeinschaft. Wir werden wieder die Weinberge anlegen, die Felder und die Werkstätten. Es wird in allen Gemeinschaftsbereichen und in jeder Zelle Kameras geben. Die Angehörigen der Opfer werden kostenlosen Zugang haben, alle anderen Interessenten werden dafür bezahlen. Alle werden alles beobachten können: Keine korrupten Wärter mehr, keine krummen Geschäfte, keine Handys oder Drogen. Nur Arbeit und Besinnung auf die eigenen Verfehlungen. Eine Strafe, die wirklich darauf abzielt, den Verurteilten zu resozialisieren, und die jedem als Warnung dient, der mit dem Gedanken liebäugelt, ein Verbrechen zu begehen.«

»So etwas wird niemals funktionieren«, sagte der Kommissar. »Die Häftlinge werden das nie akzeptieren.«

»Glauben Sie nicht? Ich wüsste nicht, warum. Vor einer Kamera versuchen wir alle, demjenigen zu gefallen, der dahinter steht, indem wir ihm das geben, wovon wir glauben, dass er es von uns erwartet. Wie sagte Jeremy Bentham, der Philosoph, der das Panopticon untersuchte? Es garantiert die Herrschaft eines Bewusstseins über ein anderes Bewusstsein. Das schwächere wird am Ende die Wünsche des stärkeren befriedigen.«

Er dachte an seine Studentinnen zurück, daran, wie er sie, nach den ersten Intimitäten, fragte, ob er sie filmen dürfe. Einige, genau genommen: die wenigsten, lehnten entschieden ab, andere dagegen stimmten zu, weil sie es als Spiel oder eine Gefälligkeit ansahen. Wenn die Kamera lief, wurden sie schnell zu völlig anderen Menschen, sie bewegten sich wie die Frauen, die sie im Fernsehen gesehen hatten, sie passten sich dem Bild an, das das Publikum von ihnen erwartete. Der Kommissar schwieg. Dieser Mann war vielleicht gefährlicher, als er dachte, und nicht nur, weil er Minister der Republik war.

»Sie reden von Justiz, Herr Minister. Aber ich verstehe nicht recht, welche Justiz Sie meinen. Die der Menschen? Die Gottes? Oder Ihre persönliche?«

»Ich bin ein gläubiger Mensch, Herr Kommissar. Ich bin überzeugt, dass die Statue der Gerechtigkeit nicht zufällig gerade jetzt gefunden wurde. Warum wollte sie sich ausgerechnet heute zeigen, nachdem sie jahrhundertelang verborgen geblieben war? Vielleicht dachte sie, ich wäre der richtige Mann, um das Land auf einen neuen Weg zu führen. Das ist das Zeichen, das der Herr mir gesandt hat. Aber ich will sicher nicht Gottes Platz einnehmen. Ich weiß, dass die Justiz, die wir gewährleisten können, nur eine ist: die vom Gesetz bestimmte. Und man muss dafür sorgen, dass diese respektiert wird.«

»Und wenn das Gesetz falsch ist?«

»Dann muss man es trotzdem respektieren, zumindest solange man es nicht ändern kann. In der Demokratie siegt die Mehrheit, und wer entscheidet, was richtig und was falsch ist, das können allein die Sieger sein. Genau wie im Krieg. Und wie in der Liebe.«

Marco Luciani schüttelte den Kopf. »Nein, Herr Minister. Die Sieger entscheiden, wer schuldig und wer unschuldig ist. Aber was richtig und was falsch ist, das entscheidet unser Gewissen.«

Er hoffte, mit dieser hübschen Sentenz die Debatte beendet zu haben, als er aber sah, wie Ranieri, ehrlich beeindruckt, die Augenbrauen hob, wusste er, dass er besser die Klappe gehalten und sich einen weiteren gelehrten Vortrag erspart hätte.

»Dies ist ein sehr interessanter Punkt, Herr Kommissar«, setzte der Minister wieder an. »Sie haben eben den klassischen Konflikt der griechischen Tragödie herausgestellt: Dike gegen Themis, die Gesetze des Staates gegen die unveränderlichen Gesetze des Menschen. Sehen Sie, in der griechischen Mythologie ist die Themis eine der ältesten Göttinnen, sie unterhielt noch vor Apollo das Orakel in Delphi. Sie ist die Stimme des Fatums, sie ist der Sinn dessen, was richtig ist, der jedem von uns innewohnt. Das Gesetz der Moral beziehungsweise der Natur. Dike, die Justiz, ist dagegen nur eine ihre Töchter, ebenso wie Eunomia, die gesetzliche Ordnung, und Eirene, sprich der Friede. Dies sind die drei Horen, die den Menschen dem Chaos entrissen haben, an ihnen muss sich orientieren, wer regiert. Und er muss danach streben, dass unsere Gesetze sich möglichst eng an die der Natur anlehnen ... Langweile ich Sie?«

»O nein, ganz im Gegenteil«, log Marco Luciani.

»Nun ja, Sie wissen sicherlich, weshalb die Justitia in vielen Darstellungen eine Waage und ein Schwert in der Hand hält. Sie vereint in sich alle Elemente, von denen wir gesprochen haben: Das Schwert erinnert an die Strafe, die Waage an die Ausgewogenheit von Gesetzgeber und Richter.«

»Bevor ich mich auf die Ausgewogenheit der Richter verlasse, sorge ich lieber selbst für Gerechtigkeit«, sagte der Kommissar mit schmerzverzerrtem Gesicht.

»Glauben Sie wirklich, Commissario, dass man eine Gesellschaft führen könnte, wenn man zuließe, dass jeder Bürger sich von seinem Gewissen leiten lässt? Glauben Sie wirklich, dass alle ein Gewissen haben? Man muss Gesetze schaffen, und die Bürger müssen diese respektieren. Vielleicht sind Sie und ich fähig, im absoluten Sinne das Richtige vom Falschen zu unterscheiden, vielleicht sagt Antigone zu Recht, dass Kreon ein Tyrann ist, aber wenn es nicht ihr Bruder wäre, der beerdigt werden muss, würde es sie dann kümmern? Am Ende wettern die großen Rebellen nur dann gegen das Unrecht, wenn dieses Unrecht sie betrifft. Wer dagegen die Verantwortung für die Regierung eines Staates trägt, der darf nur nach Gerechtigkeit streben und nicht nach Rache.«

Marco Luciani hasste diese abgedroschene Phrase. »Und wonach strebte Marietto Risso?«, fragte er unvermittelt, ohne den Blick von Ranieri zu wenden. Dieser wich ihm aus und fixierte einen vagen Punkt am Himmel, dann runzelte er die Augenbrauen, als überlege er, zu wem dieser Name gehörte. Aber er konnte nicht verhindern, dass der Kommissar ihn vernehmlich schlucken hörte.

»Bitte?«

»Ich weiß, dass der Name Ihnen nichts sagt. Das war bloß ein alter Fischer, ein Mann, der nur noch wenige Jahre zu leben hatte. Scheinbar Opfer eines Selbstmordes, weil er keine Lust mehr hatte, auf den Tod zu warten. Und wissen Sie, warum er mir eingefallen ist? Weil auch er in die Gerechtigkeit vernarrt war. Marietto Risso hat sich nicht selbst umgebracht, sondern wurde ermordet. Und sein Mörder läuft noch frei herum. Genau wie der Mörder von Sabrina Dongo. Aber vielleicht sagt Ihnen dieser Name auch nichts.«

Der Minister versuchte, keine Miene zu verziehen, aber der Kommissar bemerkte, unter welcher Anspannung sein Rücken und sein Kiefer standen, so dass Ranieri zu keiner Antwort fähig war.

Marco Luciani stand auf. Er strich mit einer Hand über die Tasche seiner Badehose und kontrollierte, ob die blaue Glasscherbe noch da war.

»Auch ich bin ein gläubiger Mensch, Herr Minister, auf meine Art. Und auch ich habe ein Zeichen erhalten. Ein kleines, unscheinbares Kieselsteinchen, das mich auf den richtigen Weg führen wird.«

Während der Kommissar in Badehosen und Sandalen Richtung Dorf davonging, stand Ludovico Ranieri da und starrte seiner langen, kerzengeraden Gestalt hinterher. Er dachte, dass sich sein Gast zu weit vorgewagt hatte. Vielleicht verstand er nicht, um welch hohen Einsatz er spielte.

»Der ist gefährlich.«

Der Minister fuhr erschrocken herum. Belmondo war unbemerkt hinter ihm aufgetaucht.

»Er ahnt etwas, aber er hat nichts in der Hand. Der Fall ist praktisch abgeschlossen, und er wird nicht weitermachen können.«

»Doch. Er wird weitermachen. Ich kenne ihn, ich hatte schon mit seinem ehemaligen Vize Giampieri zu tun. Er ist allein, er liebt niemanden, ihn interessiert nichts anderes als seine Arbeit und das Bild des unbeugsamen Richters, das er von sich hat.«

Der Minister seufzte. »Das heißt?«

»Das heißt, ich warte auf Anweisungen. Sie haben zu entscheiden. Wie immer.«

Ludovico Ranieri lehnte sich auf die Brüstung der Terrasse und betrachtete das Meer. Die Wellen brachen sich an den Felsen zu seiner Rechten, die Wasserspritzer versuchten, die Klippen zu erklimmen. Um das Meer zu beherrschen, musste man es so betrachten, von oben herab, man musste rational bleiben, durfte sich nicht von den Wellen beuteln lassen. Manchmal war es aufgewühlt und schäumte vor Wut, manchmal war sein Furor wirklich beängstigend, aber am Ende musste es sich zwangsläufig wieder beruhigen, sich in seine natürlichen Grenzen zurückziehen. Er brauchte nur in Sicherheit zu bleiben, bis der Sturm sich gelegt hatte, und dann würde er auf dem Gipfel der Klippen erscheinen, mit ausgebreiteten Armen, als wäre er es gewesen, der ihn besänftigt hatte. Das Land brauchte Gerechtigkeit und eine sichere Hand, und die Zeit war fast gekommen.

Sechzig

Marietto
Ventotene, in der Nacht des 29. Dezember

»Es ist ein Glück, dass du mich gefunden hast. Wie hättest du denn sonst auf die Insel kommen wollen?«

Getrieben von den vierzig PS seines kleinen Außenbordmotors, schnitt sich das Boot des Kalabresers durch das dunkle Wasser und den kalten Wind. Der Mond war fast voll und beschien das Meer und die Silhouette der Insel Santo Stefano, die nur noch wenige Minuten entfernt war.

»Irgendwie hätte ich es schon geschafft.«

»Nicht, ohne aufzufallen. Darf man jetzt erfahren, was diese Geheimniskrämerei eigentlich soll?«

»Habe ich doch gesagt. Ich bin gekommen, um ein Versprechen einzulösen, das ich vor vielen Jahren der heiligen Candida gegeben habe.«

Der Kalabreser drehte sich um und schaute ihm in die Augen. »Du bringst mich doch nicht in Schwierigkeiten?«

»Ich sage es dir noch einmal: nein. Das betrifft nur mich allein. Du sollst mich nur hinbringen, auf dem Boot warten und mich wieder zurückbringen. Hundert Euro scheinen mir dafür ein ordentlicher Lohn, auch dafür, dass du keine Fragen stellst.«

Der andere verzog das Gesicht. »Ich hätte es auch umsonst getan. Schließlich waren wir mal Kameraden. Aber ich brauche das Geld wirklich.«

Marietto bereute, dass er so grob gewesen war. Aber er traute dem Kalabreser kein bisschen, und er wusste nicht, ob sie sich tatsächlich nur zufällig begegnet waren. Die Faschisten waren überall, und jeder, auch der eigene Bruder, konnte ein Spion sein.

»Klar. Kameraden. Solange es Mühe, Entbehrungen und Wut zu teilen gab. Aber kaum habt ihr eine Chance gesehen, reich zu werden, dachte jeder nur noch an sich.«

»Ich nicht, Genueser. Ich war immer loyal, das weißt du. Außerdem warst du es, der seinen Anteil nicht wollte, du hast immer gemeint, du bist was Besseres als wir anderen.«

Marietto senkte den Kopf. »Das war es nicht. Sondern … sie ist nun einmal mir erschienen. Mir. Aber das kannst du nicht verstehen.«

Der Kalabreser zuckte mit den Achseln. »Und ob ich das verstehe. Wir sind alt, wir haben viele Fehler gemacht. Auch ich möchte ihr, bevor ich sterbe, gern noch einmal in die Augen sehen und ihre Vergebung erhalten.«

Sie legten ohne Probleme in der Marinella an, und wieder erbot der Kalabreser sich, Marietto zu helfen.

»Danke dir. Aber es ist besser, wenn du mich später holen kommst. Ich werde nicht lange brauchen, höchstens ein paar Stunden.«

Er kletterte die Treppe hoch und stieg mühsam den Pfad hinan, der viel steiler war als in seiner Erinnerung. Er musste mehrmals stehen bleiben, die Hände auf die Oberschenkel gestützt, sein Mund stieß weiße Atemwolken aus und sog die kalte Luft in schmerzhaften Wellen ein. Er brauchte rund zehn Minuten bis zum Gefängnis. Dort angekommen, blieb er stehen und betrachtete es lange, eher um Atem zu schöpfen, als um die Geister der Vergangenheit zu beschwören. Endlich hatte er nun die Steigung hinter sich. Er passierte das Zuchthaus und ging entschlossen auf die anderen Gebäude zu. Aber plötzlich spürte er im Magen deutlich das Gefühl von Gefahr, das er aus Kriegstagen in den Bergen kannte. Das ist eine Falle, dachte er. Er blieb stehen, als müsste er wieder Kraft schöpfen, streckte den Rücken und atmete tief durch. Er wartete und lauschte angestrengt mit dem linken Ohr, das noch Geräusche unterscheiden konnte. Zwar hörte er nichts, aber die Ahnung der Gefahr war beileibe nicht verschwunden. Es gab da etwas, etwas, das der Kalabreser gesagt hatte, was nicht koscher war. Er versuchte, sich an ihr Gespräch zu erinnern. Zum Glück waren sie wortkarge Männer, und die wenigen Worte, die sie sprachen, hatten mehr Bedeutung und prägten sich besser ein. »Auch ich möchte ihr gerne noch einmal in die Augen sehen.« Woher wusste er, dass Marietto deswegen gekommen war: um den Kopf zu holen? Und wie hatte er ihn, nach all den Jahren, in der Kirche so zielsicher wiedererkennen können? Marietto war es gelungen, durch die Maschen im Netz seiner Feinde zu schlüpfen, aber es war logisch, dass sie jemanden hier postiert hatten, um auf ihn zu warten. Er lächelte still und dachte: Auch wenn der Überraschungsangriff gescheitert ist – jeder gute Kommandant hat einen Plan B in der Hinterhand.

»Ihr wollt den Kopf, stimmt's, ihr verdammten Scheißkerle?«, flüsterte er. »Gut, ihr werdet ihn bekommen.«

Schnellen Schrittes ging er weiter Richtung Friedhof.

Er konnte sich genau an die Stelle erinnern, wo er ihn begraben hatte. Der Bootsführer hatte eine gute Wahl getroffen mit diesem alten Friedhof. Die Leute hielten sich fern, in dem weichen Erdreich konnte man gut buddeln, und es gab reichlich Orientierungspunkte, um ein Versteck später wiederzufinden. Als sie damals zu Marietto gesagt hatten, er solle im Boot bleiben, hatte er nicht protestiert, er hatte sogar gesagt, das sei ihm lieber, er wolle außen vor bleiben, gar nichts von alledem wissen. Stattdessen war er den anderen, kaum hatten sie sich entfernt, in sicherem Abstand gefolgt. Ja, das konnte er, einen Mann beschatten, ohne auf sich aufmerksam zu machen. Der Kalabreser, die

Brüder Gugliano und der Tarantino hatten die Statue wie eine Leiche weggetragen. Zwei hielten sie an den Armen, zwei an den Beinen. Der Bootsführer dagegen hatte sich den Kopf auf die rechte Schulter geladen und ging ein bisschen gebeugt, wie ein zweiköpfiges Ungeheuer.

Kaum waren sie am Gefängnis angelangt, trennten sie sich. Die vier schlugen sich in die Felder, um eine günstige Stelle zu suchen, der Bootsführer ging den Weg weiter Richtung Friedhof. Der Genueser war auf Abstand geblieben, hatte einen weiten Bogen geschlagen, bis zu einer erhöhten Stelle, von der aus er ihn beobachten konnte. Damals hatte er exzellente Augen. Er war immer der Erste, der in der Ferne Delphinschwärme oder die Schnellboote der Finanzpolizei erkannte. Er sah, wie der Bootsführer neben einem Grab eine runde Grube aushob, in die er den Kopf legte, eingewickelt in einen seiner alten rot-weiß gestreiften Pullover und eine Persenning.

Kaum hatten die Kameraden abgelegt und ihn allein auf der Insel zurückgelassen, kehrte der Genueser zum Friedhof zurück und wechselte das Versteck. Und als er sich den Kopf noch ein zweites Mal wiederholte, in jener Nacht der langen Messer, als er ihn dem Tarantino aus den Händen riss, hatte er für ein noch sichereres Versteck gesorgt. An einer Stelle, die für ihn leicht, für die anderen äußerst schwierig, wenn nicht unmöglich zu finden war.

Es war nicht so einfach, ihn herauszuholen. Marietto war äußerst vorsichtig, um ihn nicht zu beschädigen. Das Erdreich hielt das Bündel fest in seinen Klauen und wollte es nicht wieder hergeben, aber als Marietto schließlich die Plane und den Pullover, in die er eingewickelt war, entfernte, erschien ein befriedigtes Lächeln auf seinem Gesicht. Der Kopf war gut erhalten, nicht zerbrochen. Die leeren Augenhöhlen schienen nach Rache zu schreien. Der

Genueser deckte ihn mit dem Lumpen wieder zu und steckte ihn, immer noch ganz behutsam, in den blauen Sack. Um die offene Grube scherte er sich nicht, er wollte die Sache jetzt so schnell wie möglich zu Ende bringen. Seine Feinde warteten irgendwo auf ihn. Er musste zurück zum Boot, die Augen offenhalten, die Pistole griffbereit.

Einundsechzig
Luciani
Ventotene, April

Als Luciani an diesem Abend in T-Shirt und kurzer Hose auf der ansteigenden Straße zwischen Feldern voller Kopfsalat und Linsen ins Hinterland von Ventotene rannte, dachte er an des Ministers Einlassungen über das Leiden zurück. So ungern er sich das eingestand, musste er ihm teilweise doch beipflichten: Die weltliche Mentalität hatte die Oberhand gewonnen. Und trotzdem setzten die Leute sich weiterhin einem gewissen Maß an Peinigung aus, in der Hoffnung auf einen alles andere als sicheren Lohn: Diäten um der guten Figur willen, Krafttraining für einen gestählten Oberkörper und in seinem Fall das Lauftraining für das erhoffte Glücksgefühl, eines Tages einen Marathon bestreiten zu können. Wenn du während des Trainings nicht leidest, wirst du im Rennen nichts bringen. Wenn du bei der Prüfung durch das irdische Dasein nicht leidest, wirst du dir das ewige Leben nicht verdienen. Marco Luciani mochte die Kirche nicht, und er misstraute den Priestern, aber er glaubte an eine höhere Ordnung. Er hatte einmal gehört, der Tod sei nicht der Gegenpol des Lebens, sondern der Geburt; diesen Satz hätte er sofort unterschrieben. Es gab etwas in uns, was der Fleischwerdung vorausging und was den Zerfall des Fleisches überdauern würde. Und es war dieses Etwas, das uns die Gerechtigkeit lieben und begehren ließ, so wie wir eine bildschöne Frau lieben. Dieses Etwas konnte uns zu besseren Menschen machen, entglitt uns aber ständig, weil es einem einzelnen Menschen nicht gegeben war, und auch nicht allen.

Wir sind ein Haufen selbstsüchtigen Fleisches, das

wusste er nur zu gut. Sah er doch jeden Tag Leute, die ihre Triebe nicht zu zügeln verstanden. Vergewaltiger. Mörder. Männer, die ihre Frauen und Kinder schlugen. Vorstadtrowdys, die Keilereien anzettelten. Säufer, die mit zweihundert Sachen durch die Gegend bretterten. Pfaffen, die sich an Kindern vergriffen, stinkreiche Ärzte, Politiker und Banker, die nur immer noch mächtiger und reicher werden wollten.

Es hatte eine Epoche gegeben, in der der Mensch permanent Gottes Auge auf sich ruhen spürte. Das half, niedere Instinkte im Zaum zu halten. Und falls das nicht genügte, dann war die Strafe unausweichlich und fürchterlich: Gefängnis, Zwangsarbeit und Tod. Das Exempel ist fundamental. Die Versuchskaninchen in den Labors erkennen an den Schmerzen ihrer Kameraden, auf welchem Weg man unbescholten am Stromstoß vorbeikommen kann. Aber wer glaubte heute noch an Gott? Wer glaubte wirklich an ihn? An die Teufel mit ihrem Dreizack, an die ewige Marter? An die Vorstellung, dass man für immer in den Flammen der Hölle schmorte? Uns wurde das Bild von einem guten Gott eingeimpft, von einem Gott der Liebe, dachte Luciani. Und da wir nach seinem Ebenbild geschaffen sind, ist es logisch zu denken, dass auch wir gut sind. Wenn wir Fehler machen, dann ist das nur Pech, Schwäche oder Schuld der Gesellschaft, der Armut und der Unbildung. Und wenn wir aus diesen Gründen fehlen, wäre es absurd, wenn Gott uns bestrafte, noch dazu auf immer und ewig. Aber wenn Gott uns nicht bestraft, wie können wir es dann tun? Mit welcher Befugnis?

Das ist der Grund, warum es so weit mit uns gekommen ist, dachte er verbittert. Bis zur »Freiheit für alle«. Die Mordfälle nehmen zu, das Strafmaß nimmt ab. Und umgekehrt. Ein Naturgesetz.

Vielleicht war letztlich das Problem, dass das Glück überschätzt wurde. Das Glücksgefühl, das wir meinen, ist nur Mühelosigkeit, der bequemste Weg, der, der uns adäquat erscheint. Und um seinetwillen fügen wir den anderen die schlimmsten Dinge zu.

Ich weiß wenigstens, dass ich nicht gemacht bin, um glücklich zu sein, sagte er sich, während er sich den letzten Abschnitt der Steigung hochkämpfte, ich bin nicht für ein einfaches Leben geschaffen. Um mich wohl zu fühlen, muss ich immer einen Berg hinauf, Bonuspunkte sammeln, vielleicht bin ich im Grunde nur ein anmaßendes Monster, das sich den anderen überlegen fühlen muss. Ich peinige mich, damit ich mich berechtigt fühle, den anderen Handschellen anzulegen und sie in den Bau zu schicken.

Er kam an den Gipfelpunkt, hielt einen Moment an, um die Aussicht zu genießen, dann kehrte er um, lief bergab, bremste mit den Oberschenkeln und nahm lächelnd den Schmerz im Quadriceps wahr. Mittlerweile hatte er begriffen, was passiert war. Den Ablauf. Die Tatorte. Das Motiv. Die Tatwaffe. Der Faden, der Mariettos Tod mit dem von Sabrina verband, war endlich gesponnen. Nun musste er nur noch herausfinden, wer konkret den Abzug bedient hatte, aber das machte, alles in allem, keinen großen Unterschied mehr.

Die entscheidende Spur war schließlich dank einer blauen Glasscherbe sichtbar geworden, dem Fragment einer Flasche, die man vor vierzig, vielleicht fünfzig Jahren ins Meer geworfen hatte, die im Wasser gelegen, sich abgestoßen und abgerieben hatte. Diese Scherbe hatte eine so weite Reise hinter sich, als käme sie von jenseits des Ozeans, nur um pünktlich zum Rendezvous mit Mariettos Faust zu erscheinen. Wie hoch war die Wahrscheinlichkeit, dass nur der Zufall dahintersteckte? Und wie hoch, dass eine höhere Macht, vielleicht eine Göttin, dies ermöglicht hatte?

Wer meinte, er könne einen Minister auf Grundlage einer blauen Glasscherbe anklagen, der war absolut wahnsinnig. Wer meinte, ein Staatsanwalt würde seine Karriere aufs Spiel setzen, um zwei bereits gelöste Fälle wieder aufzurollen, der war noch wahnsinniger. Deshalb hatte der Kommissar während des Gesprächs auf der Terrasse seinen Verzweiflungsversuch gestartet und geblufft, hatte die Namen von Marietto und Sabrina hingeworfen, damit dem Minister die Nerven durchgingen. Ranieri hatte sicher ein grandioses Blatt in der Hand, aber beim Pokern ist keine Kartenkombination bombensicher. Man kann einen Royal Flush mit Ass in Herz haben, aber wenn der andere einem Angst einflößt, dann fragt man sich irgendwann, ob dieser andere womöglich einen Royal Flush mit dem kleinen Ass in Pik hat. Und so könnte man eine falsche Entscheidung treffen.

Marco Luciani beendete sein Training, kehrte ins Hotel zurück, duschte sich, dann schaltete er das Handy ein und hörte ein zweifaches Piepsen, das zwei Nachrichten auf der Mailbox meldete. Er rief die 4919 an und erkannte den römischen Akzent von Valerio, der fragte, ob alles klar sei und ob Luciani etwas brauche. Dann eine zweite Stimme, mit süditalienischem Akzent, die ihn auf dem Bett hochfahren ließ: »Signor Commissario, Sie kennen mich nicht, aber ich muss mit Ihnen sprechen. Die Sache ist wichtig. Sie betrifft die Statue und einen Mord, der viele Jahre zurückliegt.«

Er wählte die Nummer, die sein Handy gespeichert hatte. Der andere nahm beim ersten Klingeln ab.

Marco Luciani kontrollierte Waffe und Munition und steckte seine Jacke, eine Taschenlampe, eine Flasche Wasser, Spülhandschuhe und einen kleinen Stahlspaten, den er am Nachmittag gekauft hatte, in den Sack. Er zog das Regencape an, um sich gegen die Gischt und den Wind zu schützen, der abends auf dem Meer ordentlich auffrischte.

»Gehen wir«, sagte er.

Der Kalabreser schaute ihn von unten her an. »Muss das wirklich sein? Können Sie nicht die Hafenpolizei anrufen und sich von denen hinbringen lassen?«

»Nein. Kann ich nicht. Wir fahren auf ein Privatgelände, und ich habe keinen Durchsuchungsbefehl. Wenn ich ihn beantrage, werde ich ihn nicht kriegen. Und wenn sie ihn mir doch geben sollten, kommt er zu spät. Der Moment ist da, und Sie sind der Einzige, der mir helfen kann. Das sind Sie Marietto schuldig. Und auch sich selbst.«

Der Kalabreser nickte. »Und was wird aus mir?«

»Wenn das, was Sie mir erzählt haben, wahr ist und wenn wir den Fall damit abschließen können, dann schreibe ich, dass Ihre Mithilfe entscheidend war. In Anbetracht dessen sowie Ihres Alters, denke ich, werden die Richter Milde walten lassen.«

»Ich habe Ihnen die reine Wahrheit gesagt«, sagte der Kalabreser und stand mit Mühe von dem Stuhl auf, auf dem er die letzten beiden Stunden gesessen und alles erzählt hatte, was er über den Fund der Statue wusste. Der Kommissar hatte ihm im Stehen, an die Wand gelehnt, zugehört und ihn nur hin und wieder unterbrochen, um irgendein Detail zu erfragen. Und so hatte er durch die Worte des alten Maschinisten Mariettos Ende miterlebt.

Zweiundsechzig

Marietto
Ventotene, in der Nacht des 29. Dezember

Das Meer schien aus schwarzem Gummi, der einzig wahrnehmbare Laut war der Atem des Kalabresers. Er hatte den Motor auf halbem Weg abgestellt, und nun kehrte er rudernd nach Ventotene zurück.

»Wohin fahren wir?«, fragte Marietto. Er hielt den Sack mit dem Kopf neben sich, die Schnur straff um sein Handgelenk gebunden.

»Ich wollte nicht in den Hafen. Je weniger Leute uns sehen, desto besser.«

»Das heißt?«

»Wir legen an einem verlassenen Strand an und kehren zu Fuß in den Ort zurück. Wo übernachtest du eigentlich?«

»Ich fahre mit der ersten Fähre zurück.«

Der Kalabreser drehte sich zu ihm um. »Du hast kein Hotel?! Komm mit zu mir, du kannst die Nacht doch nicht im Freien verbringen.«

»Das lass mal meine Sorge sein.«

Sie schwiegen eine Weile. Der Kalabreser schielte nach den Lichtern an der Küste, um sich zu orientieren, aber diese Strecke war er schon tausendmal gefahren, er würde die Stelle sicher nicht verfehlen.

Marietto spürte, dass er in Gefahr war, aber es war ihm egal, er hatte sich daran gewöhnt, als er in den Bergen kämpfte und nichts zu verlieren hatte außer dem nackten Leben oder dem bisschen, was davon übrig war. In meinem Alter lebt man von Augenblicken, sagte er sich, und dies verspricht, der beste Augenblick in den letzten zwanzig, dreißig oder noch mehr Jahren zu werden. Die Sache war es wert, ein gewisses Risiko einzugehen, ja sogar zu sterben, wenn er nur endlich Rache an den Faschisten nehmen konnte.

Der Kalabreser überließ Marietto die Ruder, schaltete die Taschenlampe an und ließ den Lichtstrahl über den Strand schweifen. Er war leer, auch die beiden Fenster über den Felsen waren dunkel.

»Hier sind wir. Das ist ein Privatstrand, und die Eigentümer sind nicht da. Hilf mir mal, wir ziehen das Boot an Land. Ich hole es dann morgen.«

Sie stiegen ins flache Wasser, Marietto spürte, wie seine Gummistiefel vollliefen. Eisig umklammerte das Nass seine Knöchel und ließ ihn schaudern. Sie warteten eine Welle ab und stemmten sich dann gegen das Boot, um es an Land zu schieben. Die See war ruhig und würde es nicht fortschwemmen.

Die Haut seines Gesichts schien im Wind zu gefrieren, aber Marietto schlug die Kapuze nicht hoch. Er hörte sowieso kaum noch, vor allem auf dem rechten Ohr, und wollte sich kein verdächtiges Geräusch entgehen lassen. Da ging hinten am Strand in einer Grotte ein Licht an. Jemand erwartete sie.

»Herzlich willkommen, Herr Risso. Hatten Sie eine angenehme Reise?«

Stimme und Art, sich zu bewegen, ließen darauf schließen, dass der Mann so um die fünfzig war. Marietto wurde von der Taschenlampe geblendet und konnte sein Gesicht nicht sehen.

»Ich glaube, Sie haben etwas, was mir gehört«, sagte der Mann und richtete den Lichtschein auf den Sack.

»Ihnen? Oder dem italienischen Staat?«

»Oh, dem Staat natürlich. Aber wie der Zufall es will, bin ich einer seiner illustren Vertreter. Geben Sie ihn her, Herr Risso, und ich werde Sie gehen lassen.«

Zum Schlussakt hat der Herr Abgeordnete sich persönlich herbemüht, dachte Marietto. Wie jeder General ließ er die Truppen die Drecksarbeit machen, und dann kam er persönlich, um den Ruhm einzuheimsen. »Und wenn ich das nicht will?«

Ludovico Ranieri schob eine Hand in die Jackentasche. Als er sie wieder hervorholte, hielt sie eine Pistole.

»Ich möchte nicht unangenehm werden, Herr Risso. Wenn Sie mich aber zwingen, dann zögere ich nicht zu schießen. Sie sind in diesem Moment ein Dieb, auf frischer Tat ertappt, das Diebesgut in Händen. Ich sage es Ihnen noch einmal: Geben Sie ihn mir, und keinem wird ein Haar gekrümmt werden. Sie können nach Hause fahren und diese Geschichte vergessen. Sie haben mein Wort.«

Der Genueser seufzte resigniert. »Einverstanden«, sagte er. Er nahm den Sack von der Schulter, legte ihn auf den Boden, öffnete ihn und nahm den eingewickelten Kopf ganz vorsichtig zwischen seine Hände. Dann legte er ihn auf den Kies, einen halben Meter vor die Füße des Ministers, und trat, von der Pistole in Schach gehalten, einige Schritte zurück.

Ranieri steckte die halbautomatische Waffe wieder in die Tasche und legte die Lampe so ab, dass ihr Lichtkegel auf das Bündel gerichtet war und er selbst die Hände frei hatte. Erregt strich er über den gestreiften Pullover, aber als er ihn aufschlagen wollte, hob er den Blick zum Genueser und sah, dass dieser eine Pistole in der Hand hielt.

»Sie haben sich ablenken lassen und den Sack vergessen«, sagte der andere lächelnd. »Typischer Anfängerfehler. Ihr Faschisten seid immer zu gierig gewesen. Aber lassen Sie sich nicht aufhalten! Nur zu, schauen Sie sich Ihren Schatz an!«

Er sah, wie der Blick seines Gegners nach links schwenkte und sich aufhellte, dann erst hörte er die Schritte im Kies, konnte aber nicht mehr die Pistole auf den Schatten richten, der sich auf ihn warf. Der Schlag gegen den Kopf ließ seine Beine einknicken, die Pistole entglitt seiner Hand, und sein ganzer Leib schien zu zerfließen. Er fiel auf die Knie und dachte: Es war zu schnell vorbei, sie haben mir nicht einmal die Zeit gelassen, meinen Sieg auszukosten, Ranieris Miene angesichts des wiedergefundenen Schatzes zu sehen. Darüber war er wütend, viel mehr als über die Tatsache, dass sein Ende gekommen war.

Sein Angreifer fasste ihn an den Haaren und zog seinen Kopf nach hinten, und als Marietto den Mund aufriss, um zu schreien, schob ihm der Mann die Pistole, die er flugs vom Boden aufgelesen hatte, in den Hals. Ranieris »Nein!« und der Knall verschmolzen zu einem einzigen trockenen Laut. Marietto kippte vornüber, spürte noch den Kies an seiner Wange, und mit allerletzter Kraft umklammerte er zuckend die runden Kieselsteinchen des Strandes. Voller Wehmut dachte er, dass es andere Steine waren als die, auf denen er so lange gegangen war.

»Bist du verrückt geworden?!«, schrie Ranieri, außer sich vor Zorn und Entsetzen.

Belmondo antwortete mit einem ebenso wütenden Blick. »Verrückt, ich? Der hätte Sie fast erschossen.«

»Ich glaube nicht, dass er das getan hätte. Du hattest ihn doch schon k. o. geschlagen.«

»Er weiß zu viel, hat zu viel gesehen – wir konnten ihn nicht am Leben lassen. Ich tue nur meine Arbeit, Herr Abgeordneter. Ich beschütze Sie, Ihr Heim, Ihre Familie. Ihre Karriere.«

Ludovico schaute zitternd den Körper des Alten an, der sich noch auf dem Strand bewegte. Blut floss gurgelnd aus Mariettos Mund und erstickte seine Worte.

»Du hast ihn nicht einmal getötet.«

»Diese Pistole ist zum Kotzen«, sagte Belmondo und

schaute auf die alte Mauser in seiner Hand, die merkwürdig qualmte. »Ich kann aber nicht noch mal schießen, wenn es wie Selbstmord aussehen soll.«

Er dachte einen Moment nach, dann winkte er dem Kalabreser, der wie erstarrt neben dem Boot stand, er solle ihm helfen. Sie packten den Alten an den Beinen und zerrten ihn zum Wasser.

Das Letzte, was er wahrnahm, war der Geschmack des Salzwassers, das ihm die Lungen füllte, und im Moment des Todes sah er ihr Gesicht vor sich, den konzentrierten, verführerischen Blick, mit dem sie ihn betrachtet hatte, als sie den Fluten entstieg, ihren Stolz über die Verblüffung eines jungen Seemanns, dem eine Göttin erschienen war. Sie, ihr lockiges Haar, von einem perfekten Scheitel geteilt und von einem Band in Form gehalten, und dieser Bronzeleib, den er nur ein einziges Mal umarmt hatte, einen viel zu kurzen Moment. Sie, die wichtigste Frau in seinem Leben, die Frau, die ihn erwählt hatte, die ihm aber Männer, die mächtiger und reicher waren als er, vor vielen Jahren in einer verfluchten Nacht entrissen hatten. Giuseppe Risso, genannt Marietto, starb mit einem Lächeln auf den Lippen und mit dem Gedanken, dass sie ihm nie mehr gehören würde, aber auch keinem anderen.

Dreiundsechzig
Luciani und Ranieri
Santo Stefano, April

»Ich würde lieber im Boot auf Sie warten. Sie müssen jetzt nur noch den Weg gehen, den ich Ihnen beschrieben habe«, sagte der Kalabreser, nachdem er geankert hatte. Sie waren problemlos zur Marinella gelangt, aber jetzt kam der schwierigste und gefährlichste Teil.

»Das kommt nicht in Frage«, antwortete Marco Luciani. »Sie sind ein zu wichtiger Zeuge und müssen bei mir bleiben. Wenn uns Ihre Komplizen haben wegfahren sehen und uns gefolgt sind, wer soll Sie dann beschützen?«

Der Kalabreser dachte einen Moment nach, dann fügte er sich in die Kletterpartie zum Gefängnis. Er vertäute das Boot an der ruhigsten Stelle und hängte ein paar Fender an den Rumpf.

Dann schalteten sie ihre Taschenlampen an und leuchteten auf den Weg. »Gehen Sie vor«, sagte der Kommissar.

Fünfzehn Minuten später standen sie vor dem verschlossenen Gefängnistor.

»Wenn Sie hineinwollen, müssen Sie da drüberklettern, Signor Commissario. Da kann ich aber wirklich nicht mitkommen.«

Marco Luciani nickte.

»Erklären Sie mir noch einmal, wo genau ich hinmuss.«

»Vom Haupttor aus nach rechts und dann die erste Treppe hoch. Wenn Sie im ersten Obergeschoss sind, gehen Sie wieder nach rechts und zählen dabei vierzehn Zellen ab. Das ist die richtige Zelle. Darin war ganz hinten rechts, in der Außenwand, eine Nische. Nachdem er den armen

Marietto umgebracht hatte, wollte der Herr Abgeordnete den Kopf der Statue nicht mit nach Hause nehmen; deshalb haben wir Ziegelsteine und Mörtel von der Baustelle geholt und ihn dort eingemauert. Wir wollten den richtigen Moment abpassen, um ihn später wieder herauszuholen.«

Er erzählte die Geschichte genau so wie beim ersten Mal. Diese Entscheidung war folgerichtig und umsichtig gewesen. Der Mann, der den Minister beschützte, war ein Profi, immer auf die Lösung mit dem geringsten Risiko bedacht. Der Kommissar fand, dass Belmondo nur eine einzige unlogische Entscheidung getroffen hatte: den Kalabreser am Leben zu lassen.

»Gut. Verstecken Sie sich jetzt in einer der ehemaligen Werkstätten. Und bis ich Sie rufe, rühren Sie sich nicht von der Stelle.«

»Wohin wollen Sie denn?«, fragte der Kalabreser erstaunt, als der Kommissar am Eingangstor vorbeiging und anfing, die Fenster der Vorbauten zu studieren.

»Ich suche nach einem anderen Einstieg. Ich glaube nicht, dass sie uns erwarten, aber sicher ist sicher.«

Er ging um das erste Gebäude herum und bemerkte auf dem Boden eine Leiter. Auf den ersten Blick erschien sie ihm lang genug, um an den ersten Stock heranzureichen. Dort standen viele Fenster offen, viele Scheiben waren eingeschlagen.

Der Sack war ihm hinderlich, und der Aufstieg kostete ihn einige Mühe. Endlich befand er sich auf der Außengalerie des Gefängnisses, die den Wärtern diente. Links von ihm waren die Zellen des ersten Stocks, jede mit ihrem schrägen trichterförmigen Oberlicht, das von einem Gitter verschlossen war. Er ging weiter, die Zellen zählend, bis er eines ohne Gitter fand. Er schaute hinein, strahlte mit der Taschenlampe in den schräg abfallenden Lichtschacht und sah, dass er nicht verstopft war, auch das innere Gitter fehlte. Deshalb nannte man sie also trichterförmig, dachte er, weil man sich über eine schiefe Ebene wie in den Hals einer Flasche zwängen musste. Aber für einen anorektischen Polizeikommissar sollten sie kein Hindernis darstellen.

Er seufzte, entsicherte die Pistole und nahm sie in die Rechte, dann warf er den Sack in den schrägen Schacht und wartete. Er hörte den Aufprall, wartete einige Sekunden, ob irgendeine Reaktion käme, und sprang dann hinterher. Er versuchte, nicht an die Finsternis, an die Ratten und die Tatsache zu denken, dass er schnurstracks in die Falle sauste, die man ihm gestellt hatte. Es gelang ihm, den Schwung der Rutschpartie zu bremsen, dann stürzte er an der Innenwand hinab und landete auf Ellbogen und Rücken. Dies war der gefährlichste Augenblick. Mit gezogener Pistole fuhr er herum, aber nichts geschah. Wenige Sekunden, dann hörte er um sich her nur noch das Geräusch des eigenen Atems. Er stand vorsichtig auf. Wenn er richtig gerechnet hatte, war er jetzt in der achtzehnten Zelle nach der Treppe. Nun musste er nur noch hinaus in den Korridor und nach links gehen, vier Zellen zurück. Man sah die Hand vor Augen nicht, es war feucht, Marco Luciani lief ein Angstschauer über den Rücken. Er öffnete den Sack, steckte seine Jacke hinein, schaltete die Taschenlampe an und leuchtete einen Augenblick in den Raum, um sich zu orientieren. Dann knipste er sie sofort wieder aus, damit man ihn nicht orten konnte.

Minister Ludovico Ranieri stand in der Zentralkapelle, dem »Auge Gottes, das alles sieht«, an die Brüstung gelehnt. Er hätte nicht gedacht, dass der Kommissar in die Falle tappen würde, bis er das Boot des Kalabresers gesehen hatte, das von Ventotene Kurs auf Santo Stefano nahm. Belmondo dagegen hatte wieder einmal richtiggelegen: Luciani war derart von sich eingenommen, selbst wenn er ihre Falle gewittert hatte, meinte er anscheinend, ihr entwischen zu können.

Ranieris Standpunkt war ideal. Er hatte die vierzehnte Zelle des Fegefeuers im Visier, aber auch in den anderen achtundneunzig Zellen konnte er jedes noch so geringe Lebenszeichen registrieren. Seit fast einer Stunde wartete er, unbeweglich und doch bemüht, hin und wieder Arme und Beine zu lockern, und in dieser Zeit war er mehr als einmal von Geräuschen aus dem Inneren des Gefängnisses aufgeschreckt worden. Ratten. Wildkaninchen. Vögel. Nichts, wovor man sich fürchten musste, denn ein wildes Raubtier, ein Zweibeiner, gab Ranieri Rückendeckung.

Belmondo erwartete den Kommissar am Haupteingang. Er sollte ihn liquidieren, sobald er über das Tor kletterte und somit gehandicapt war.

Der Minister wusste aber, dass der Kommissar kein Trottel war. Wenn Luciani etwas ahnte, dann konnte er eine andere Stelle zum Einsteigen finden. Aber auch wenn er etwas ahnte, so änderte das wenig, denn befand sich Marco Luciani erst einmal im Zuchthaus, dann war er in seiner Gewalt.

Es gab keinen Ort auf Erden, an dem man sich Gottes Blick entziehen konnte.

Er hörte einen dumpfen Schlag, auf zehn Uhr, lud die Waffe und richtete den Lauf auf die entsprechende Position.

Es folgten zehn Sekunden Stille in totaler Finsternis, dann sah Minister Ranieri das kurze Aufflackern einer Taschenlampe. »Da bist du!«, flüsterte er und richtete das Infrarot-Zielfernrohr auf den Schatten im Innern der Zelle. Er war ausgesprochen stolz, als er merkte, dass seine Hand nicht zitterte. Es machte tatsächlich keinen Unterschied, ob man auf eine Zielscheibe oder einen Menschen schoss.

Der einzige Unterschied war, dass ihm hier nur ein einziger Versuch zur Verfügung stand, einen Fehlschuss konnte er sich nicht erlauben. Er musste auf das Zentrum des Ziels halten, auf Brust oder Bauch, denn der Kommissar war zu groß, und sein Kopf wurde durch den Türsturz verdeckt.

Er strich über den Abzug und feuerte. Der Knall des Schusses verschmolz mit Marco Lucianis Schrei.

Vierundsechzig

Marietto
Ventotene, in der Nacht des 29. Dezember

Die drei Männer standen am Strand, im Flachwasser in ihrem Rücken trieb Mariettos Leiche. Belmondo starrte Ranieri an, dann wanderte sein Blick zum Kalabreser und wieder zum Abgeordneten zurück, wie um zu fragen, ob er nicht auch den anderen Zeugen eliminieren sollte.

Der Kalabreser spürte einen Stich im Magen, schaute Ranieri an und dann dessen Leibwächter. Sie waren zu zweit, beide bewaffnet. Er hatte nur eine Chance: er musste sie überzeugen, dass sie ihn noch brauchten.

»Es wird wie ein Selbstmord aussehen. Aber wenn etwas schiefgehen sollte, Herr Professor, dann werde ich die Schuld auf mich nehmen. Ich werde sagen, dass wir einst Freunde waren und noch eine alte Rechnung offen hatten. In meinem Alter wird man mich nicht mehr ins Gefängnis stecken.«

»Du magst vielleicht alt sein, aber dein Hirn ist noch in Schuss«, grinste Belmondo. »Und wieso sollten wir dir glauben, dass du den Mund hältst?«

»Weil der Professor meine Schulden bezahlen wird. Und dafür sorgen wird, dass es mir gutgeht in den paar Jahren, die mir noch bleiben. Es ist ja auch mein Verdienst, dass er seinen Schatz wiederhat.«

Ludovico Ranieri drehte sich um und betrachtete das Bündel, das auf dem Strand lag. Durch den Schock hatte er es ganz vergessen. Die drei setzten sich gleichzeitig in Bewegung, der Professor kniete sich vor den Kopf, die beiden anderen blieben hinter ihm stehen und richteten die Taschenlampen aus, bereit, das Wunder mitzuerleben.

»Warte«, sagte Ranieri zu sich selbst, »warte. Sie ist vierzig Jahre in der Erde vergraben gewesen, man muss sie gut behandeln. Mit Feingefühl. Mit Fingerspitzengefühl.«

Er verschob den Kopf einige Zentimeter und war erstaunt, wie leicht er war. Langsam schlug er den rot-weiß gestreiften Stofffetzen auseinander, und als der Lichtschein auf dessen Inhalt fiel, wichen alle drei Männer erschrocken zurück. Ein Totenschädel, ein widerlicher deformierter Totenkopf starrte sie aus leeren Augenhöhlen und mit einem höhnischen Grinsen an.

»Was zum Geier ...«, sagte Belmondo.

»Was ... aber was soll das denn?«, flüsterte Ranieri ungläubig.

Der Kalabreser richtete die Taschenlampe wieder auf den Totenkopf, betrachtete ihn eine Weile und sagte schließlich leise: »Hier hast du also gesteckt, Tarantino.«

So blieben sie stehen, gelähmt und benommen, bis die Erkenntnis in ihr Bewusstsein eingesickert war, dass Marietto Risso sie hereingelegt hatte. Dann, wie auf Befehl, stürzten alle drei Richtung Meer, aber als sie sich Rissos Körper geangelt hatten, war es bereits zu spät. Das Gesicht des alten Fischers war bläulich angelaufen, in seinen Augen stand die Angst vor dem nahenden Gottesgericht.

Ranieri übernahm sofort wieder die Leitung der Operationen. Zuerst einmal beschimpfte er Belmondo, weil dieser Marietto grundlos getötet hatte. »Wie sollen wir jetzt den Kopf finden, du Vollidiot? Dieser Saftsack hat uns verarscht. Er muss gemerkt haben, dass wir ihm auf den Fersen waren, und da hat er uns, statt des Kopfes der Themis, den seines alten Spießgesellen gebracht. Vorausgesetzt, es ist wirklich seiner.«

»Klar ist es seiner«, sagte der Kalabreser. »Wie oft haben Sie schon so einen Schädel gesehen?«

»Und was ist aus dem Rest der Leiche geworden?«

»Woher soll ich das wissen? Ich war leider in dieser vermaledeiten Nacht nicht dabei.«

Ranieri dachte ein paar Minuten nach. »Der Genueser ist dagegen offenkundig dabei gewesen. Alle hatten gemeint, er sei abgereist, stattdessen ... ist er heimlich auf die Insel zurückgekehrt, hat den Tarantino getötet und den Kopf an sich genommen.«

»Na dann, gute Nacht. Den wird er wer weiß wann verkauft haben«, sagte Belmondo.

»Das glaube ich nicht. Wenn er ihn verkauft hätte, wäre das bekannt geworden. Und jedenfalls hätte er sein Dasein nicht wie ein Hungerleider gefristet. Außerdem: Wozu hätte er nach Santo Stefano zurückkommen sollen, wenn er nicht hinter dem Kopf her war? Er muss noch irgendwo hier auf der Insel sein. Und wenn du Risso nicht umgebracht hättest, dann könnte er uns jetzt auch sagen, wo.«

Der Kalabreser spuckte ins Wasser. »Geschehen ist geschehen. Es bringt nichts, sich darüber den Kopf zu zerbrechen. Was wird vielmehr aus ihm?«, sagte er, auf Rissos Leiche deutend, die am Strand lag.

»Wir müssen ihn hier wegschaffen, so weit weg wie möglich. Ich möchte ungestört die Insel abgrasen, Zoll für Zoll, bis ich diesen Kopf gefunden habe.«

»Das Beste wäre, ihn nach Camogli zurückzubringen«, mischte sich Belmondo ein.

»Nach Camogli?«

»Genau. Wir lassen seinen Körper ins Wasser, irgendwo an der Felsküste. Dann wird es eine Weile dauern, ehe er angeschwemmt wird. Das Meer wird alle Spuren vernichten, und es wird schwer sein, den Todeszeitpunkt zu ermitteln. Wenn sie ihn finden, wird keiner Verdacht schöpfen. Er war nur ein verwirrter Greis, der einige Tage vorher aus dem Altersheim verschwunden ist. Nachdem er eine Weile herumgeirrt ist, hat er beschlossen, allem ein Ende zu setzen. Er hat sich mit seiner Pistole erschossen und ist ins Meer gefallen. So wird sich die ganze Affäre auf Camogli beschränken. Niemand wird eine Verbindung zu Santo Stefano herstellen.«

Der Kalabreser schüttelte den Kopf. »Mit einer Leiche bis nach Camogli? Wie sollen wir denn da hinkommen, mit dem Ruderboot?«

»Ach was, Ruderboot«, sagte Ranieri, »wir laden ihn auf meine Yacht. Die fährt dreißig Knoten und hat eine Tiefkühltruhe, die groß genug ist für eine Leiche. Von hier bis nach Ligurien sind es nicht mehr als dreihundert Meilen. Morgen Abend können wir problemlos dort sein.«

Sie nahmen Mariettos Leiche, und der Kalabreser musste zwangsläufig an den Moment denken, als sie alle zusammen den Leib der Statue getragen hatten. Am Ende war es dem Genueser genauso ergangen wie der Frau, die er so sehr liebte. Sie legten ihn ins Boot, und von dort zerrten sie ihn, nicht ohne Mühe, an Bord der Yacht. Niemand hatte etwas bemerkt, niemand hatte den Schuss gehört. Niemand würde Fragen stellen.

Als sie losfahren wollten, stieg Belmondo vom Boot. »Für diese Arbeit reichen zwei.«

»Was soll das heißen?«

»Es gibt noch ein Problem zu lösen, Herr Abgeordneter. Jemand muss den Weg zurückfahren, den Marietto gekommen ist, muss Spuren, Indizien und Zeugen beseitigen. Falsche Fährten legen für etwaige Nachforschungen. Diese Pistole verschwinden lassen«, sagte er und wog die Mauser in der Rechten. »Das ist ein Job, den nur ich erledigen kann. Mit Ihrer Erlaubnis, natürlich.«

»Okay«, sagte Ludovico und startete den Motor.

»Noch etwas, Herr Abgeordneter. In Wahrheit war Risso nicht in Camogli geblieben. Er war nach Rom aufgebrochen, erinnern Sie sich? Um seine Nichte zu besuchen.«

»Das stimmt. Und weiter?«

Belmondo sagte nichts. Er schaute ihn nur an, und der Minister verstand, was er im Sinn hatte. Er riss die Augen auf, und seiner Kehle entwich ein Schlucklaut, der einfach nicht wie ein Nein klingen wollte.

Fünfundsechzig
Luciani und Ranieri
Santo Stefano, April

Durch das Aufblitzen der Taschenlampe hatte Marco Luciani sich in der Zelle orientieren können. Aber kaum war es wieder völlig finster, sah er auf seiner Brust einen roten Punkt aufleuchten.

Ihm wurde klar, dass man mit einer Pistole oder einem Gewehr auf ihn zielte, und er stellte sich darauf ein, den Schuss zu kassieren. Der Schlag war aber heftiger als erwartet.

Vor Schmerz schrie er auf und fiel zu Boden, und einen Moment später war die Kapelle des Panopticons durch weißes Licht taghell erleuchtet.

»Halt! Polizei!«

Zwei große grelle Scheinwerfer, die von den Handwerkern zur Nachtarbeit benutzt wurden, strahlten von den Wachtürmen und blendeten den Minister.

»Werfen Sie die Pistole weg!«

Ludovico schlug die Hand vors Gesicht, das Licht und der Schreck hatten ihn völlig betäubt, dann warf er sich in der Kapelle zu Boden.

»Wirf die Pistole weg und komm raus!«

Ludovico Ranieri brauchte nur wenige Sekunden, um seine Kaltblütigkeit wiederzuerlangen. Die erste Stimme kam vom Turm zu seiner Rechten, die zweite, eine weibliche, von dem zur Linken. Sie hielten ihn mindestens zu zweit in Schach, und zum ersten Mal wurde ihm klar, dass er in dieser Position, von der aus er alles unter Kontrolle halten wollte, auch extrem verwundbar war.

»Nicht schießen! Ich bin ein Minister der Republik!«, schrie er.

Er fragte sich, wo Belmondo abgeblieben war. Wenn er nicht eingegriffen hatte, hieß das, sie hatten ihn schon ausgeschaltet oder er hielt es für klüger, nichts zu unternehmen.

»Ich werfe die Waffe weg«, schrie er und schleuderte seine Beretta hinaus in den Hof. »Ich komme jetzt heraus. Nicht schießen!« Es stimmt wirklich, wenn du im Scheinwerferlicht stehst, dann benimmst du dich wie in den Filmen, die du gesehen hast, dachte er mit einem bitteren Lächeln. Wie auch immer, Luciani konnte nicht mehr aussagen, und er musste jetzt die Situation auf den Kopf stellen, musste versuchen, sie zu täuschen.

»Ein Glück, dass Sie gekommen sind«, schrie er. »Ein Räuber hat mich verfolgt, und ich habe mich hierher geflüchtet. Ich glaube, ich habe ihn erwischt.«

Inspektor Valerio erschien in dem Lichtkegel, er bückte sich, um die Pistole des Ministers mit einem Taschentuch aufzuheben, und steckte sie ein. Dann trat er an Ranieri heran, flüsterte: »Rühren Sie sich nicht!«, und durchsuchte ihn nach weiteren Waffen.

»Was machen Sie denn da? Verstehen Sie nicht, was ich sage? Ich bin Minister Ludovico Ranieri! Stecken Sie die Waffe weg. Wer zum Henker bist … sind Sie denn? Ich will Ihre Namen!« Eine Brünette um die dreißig, in hautengem schwarzem Overall, war in der Mitte des Hofes erschienen, Belmondo vor sich herschiebend. Er war in Handschellen, die Arme auf dem Rücken.

»Können Sie uns sagen, wer dieser Mann ist?«

»Mein Leibwächter. Er kann Ihnen alles bestätigen. Da war dieser Räuber, der uns verfolgte, und wir sind …«

Er konnte den Satz nicht zu Ende sprechen. Eine Ohrfeige Valerios verdrehte ihm den Kopf und warf ihn zu

Boden. Dann presste der Inspektor ihm ein Knie in den Rücken und legte ihm Handschellen an.

»Du bist kein Minister. Du bist ein Mörder, der einen alten Mann und ein junges Mädchen getötet hat. Und gerade hast du auf einen Polizeikommissar geschossen.«

Ein schmaler, baumlanger Schatten glitt über die Wegplatten im Hof, bis er fast Ranieris Kopf berührte. Marco Luciani stand aufrecht, eingerahmt von gleißendem Scheinwerferlicht, er hatte die kugelsichere Weste ausgezogen und massierte vorsichtig das kleine Hämatom in Höhe seines Herzens.

»Alles okay, Lucio?«

»Alles okay, Vale.«

»Ich sag's ja immer: Du hast ein Herz aus Stein.«

Der Minister betrachtete ihre höhnischen Mienen. Es hatte keinen Sinn mehr, Theater zu spielen.

Marco Luciani ging den Kalabreser holen, den Irina geknebelt und an einen Baum gefesselt hatte. Er brachte ihn in den Hof.

»Komm mit mir nach oben, ich will etwas überprüfen. Auch wenn ich denke, es wird sinnlos sein.«

Er ging die Treppe hoch zum Kreis des Fegefeuers, zählte vierzehn Türen ab und schlüpfte in die betreffende Zelle. Die Nische gab es wirklich, sie war in die Außenmauer der Zelle gehauen, aber sie war leer. Wenn etwas darin verborgen gewesen sein sollte, hatte man es bereits geholt.

»Was war da drin?«, fragte er den Kalabreser.

Der andere zuckte mit den Achseln. »Ich weiß es nicht.«

»Habt ihr ihn fortgeschafft? Oder ist euch jemand zuvorgekommen?«

Der andere zuckte wieder mit den Schultern, aber ehe er antworten konnte, hörte man Schüsse und Rufe aus dem Hof, dann Valerios Schrei: »Halt!«

Der Kommissar sah Irina am Boden, Belmondo rannte zum Ausgang, Valerio rappelte sich auf und nahm die Beretta.

»Nicht schießen!«, schrie Luciani. »Den hole ich mir, pass du auf die Gefangenen auf!«

Er rannte zur Treppe und nahm jeweils sechs Stufen auf einmal, ohne Rücksicht auf seine Sprunggelenke.

»Sei vorsichtig, Lucio!«, schrie Valerio ihm nach. »Der ist gefesselt, aber er schlägt aus wie ein Pferd.«

Belmondo kämpfte sich den Weg entlang, der zum Friedhof führte. Die auf den Rücken gefesselten Arme zwangen ihn zu einem unnatürlichen Laufstil, und Luciani machte schnell Boden gut. Als Belmondo hörte, dass der Kommissar nur noch einen Steinwurf entfernt war, nutzte er eine Wegbiegung, um sich blindlings in das Buschwerk zur Linken zu werfen. Er kauerte sich auf den Boden und versuchte, sein Keuchen zu unterdrücken.

Marco Luciani lief durch die Kurve und merkte, dass vor ihm das Geräusch der Schritte fehlte. Er wandte sich instinktiv nach links, aber Belmondo war ebenso schnell wie vernichtend, sein Tritt traf Luciani genau auf die Venen des rechten Handgelenks, und die Pistole flog davon. Eine Art Stromschlag ging durch den Arm des Kommissars, ein Schrei entfuhr ihm. Er versuchte, den Arm zu heben, um den zweiten Tritt abzuwehren, aber er war wie gelähmt, und der Schuh des Bodyguards traf ihn seitlich am Mund. Er hörte einen Zahn brechen, sackte auf ein Knie und kämpfte gegen die drohende Ohnmacht an.

Belmondo holte mit dem Bein zum definitiven Schlag aus, aber Marco Luciani ließ sich instinktiv hinfallen, fuhr mit dem rechten Bein knapp über dem Boden entlang und kickte dem Gegner das Standbein weg. Belmondo fiel auf den Rücken, die Hände immer noch in Handschellen, und einen Augenblick später war der Kommissar über ihm, er stellte ihm einen Fuß auf die Kehle, um klarzumachen, dass das Spiel vorbei war.

Sie blieben mindestens eine Minute so und rangen nach Luft, bis Belmondo den Blick senkte. Seine Miene verriet, dass er sich fügte. »Hilf mir hoch. Ich werde es nicht wieder versuchen.« Marco Luciani packte ihn am Hemdkragen und stellte ihn auf die Füße. Er hatte den Geschmack von Blut im Mund, seine Wange schwoll an und strahlte einen dumpfen Schmerz aus.

»Du meinst, du hast gewonnen, oder?«, grinste der andere.

Der Kommissar tat, als hörte er ihn nicht.

»Wenn du dich gegen uns stellst, wird es dir schlecht ergehen. Morgen bist du auf allen Titelblättern, du wirst einen Tag lang berühmt sein, aber wir haben das Gedächtnis eines Elefanten. Auch wenn du schon längst nicht mehr an diese Geschichte denkst, jemand wird sich daran erinnern. Wird sich an dich erinnern. Und wird dich suchen kommen.«

Marco Luciani schubste ihn vor sich her. »Geh schon.«

»Denk gut drüber nach. Du hast immer noch die Chance davonzukommen. Du kannst erzählen, dass ich dich niedergeschlagen habe und abgehauen bin, dass ich die Felsen runtergeflogen bin. Sie werden eine Weile nach meiner Leiche suchen und es dann aufgeben. Ich weiß, wo ich mich verstecken kann. Ich gebe dir mein Wort, dass du nie wieder von mir hören wirst und dass wir dich in Frieden leben lassen.«

»Geh schon«, wiederholte Marco Luciani. »Jetzt, da du in der Scheiße sitzt, wird sich keiner deiner Freunde um den Nachtschlaf bringen, nur um dich aus der Patsche zu holen. Du hast nur eine Chance: Du musst sie fallenlassen und gegen sie aussagen.«

Belmondo drehte sich um und schaute ihn an. »Du bist

ein Arschloch. Genau wie dein Freund Giampieri. Und du wirst genauso enden wie er.«

Marco Luciani spürte, wie eine Welle animalischer Wut jeden Muskel seines Körpers straffte. Er packte Belmondo am Kragen und hob ihn zehn Zentimeter über die Erde.

»Wieso, wie ist Giampieri denn geendet?«

»Lucio! Was ist passiert, Lucio?«

Valerio kam, stolpernd und schnaufend, er kniete sich neben Marco Luciani und half ihm aufzustehen.

»Mamma mia, was ist denn mit dir passiert?«

»Er hat mich gelinkt, Vale. Ich hatte ihn schon erwischt und habe mich ablenken lassen.«

Er betastete seine Wange und spuckte einen Brocken Blut und Speichel aus.

»Wo ist er hin?«, fragte der Inspektor und legte die Hand an die Waffe.

Marco Luciani schüttelte den Kopf. »Er hat versucht, in die Richtung abzuhauen, aber er hatte Pech.«

»Das heißt?«

»Er muss die Möwen gestört haben, die dort brüten. Sie haben sich plötzlich auf ihn gestürzt, haben ihn angegriffen. Das war ... irre. Wie eine Szene aus dem Hitchcock-Film. Er wollte ihnen ausweichen, tat zwei Schritte rückwärts, genau an der Stelle, wo der Weg sich verengt, und ist abgestürzt.«

Valerio riss die Augen auf. »Das also war dieser tierische Schrei, den ich gehört habe. Einen Moment habe ich schon befürchtet, du wärst abgestürzt.«

Marco Luciani trat an den Wegrand, aber alles drehte sich um ihn, und er traute sich nicht hinabzuschauen. »Siehst du etwas?«, fragte er.

»Nicht die Bohne. Ich rufe ein Rettungsteam.«

Zwei Stunden später, während der Horizont allmählich heller wurde, luden sie Minister Ranieri, den Kalabreser und die Leiche Rodolfo Russos, genannt »Belmondo«, auf das Schnellboot der Hafenpolizei. Auch wenn Letzterer, nachdem er am Ende seines Sturzes aus fünfzig Meter Höhe Meer und Felsen geküsst hatte, dem französischen Schauspieler nicht mehr allzu ähnlich sah.

Die Möwen flogen kreischend um die Insel herum, als wollten sie klarstellen, wer hier der Herr im Hause war.

»Jetzt haltet doch mal den Schnabel, geht auf eure eigenen Eier, ihr Jonathäner«, bellte Valerio, während er humpelnd an Bord stieg.

»Bring mich nicht zum Lachen, das tut weh«, sagte Irina, die einen Eisbeutel auf ihre geschwollene Wange hielt.

»Kommst du nicht an Bord, Lucio?«

»Fahrt ihr mal voraus, Leute«, sagte Marco Luciani, »ich habe noch was zu erledigen.«

Sechsundsechzig

Luciani
Santo Stefano, April

Marco Luciani holte die Leiter, die er an der Gefängnismauer gelassen hatte, und lud sie sich auf die Schulter. In der Linken hielt er den Sack mit seinem Werkzeug, außerdem einen Pickel, den er sich von den Archäologen ausgeborgt hatte.

Er spürte, dass er einen genialen Einfall gehabt hatte und dass dieser triumphale Tag mit dem Gipfel des Triumphes enden würde. Betrachtete er die Sache allerdings rational, dann bestand doch eine recht hohe Wahrscheinlichkeit, dass er sich gerade total zum Otto machte. Und deshalb hatte er auch auf Zeugen verzichtet: Wenn er sich schon blamierte, dann nur vor sich selbst, ohne sein Image bei den eigenen Leuten zu ruinieren.

In Zelle Nummer vierzehn des Fegefeuers gab es eine Nische, aber sie war offen und leer. Wenn dort jemand etwas versteckt hatte, dann vor sehr langer Zeit. Und dieser Jemand oder ein anderer war dann zurückgekehrt, um es sich zu holen. Der Jemand war jedoch sicher nicht Ranieri gewesen.

Der Kommissar ging den Weg weiter, ließ den Friedhof hinter sich und steuerte die Gebäude an, in denen einst die Ställe und Werkstätten untergebracht gewesen waren. Erst als er beim Fußballfeld ankam, blieb er stehen, um den gewaltigen Gefängnisbau zu betrachten. Die Insel summte nur so von den Geräuschen der Nacht. Um nichts in der Welt wollte er sich aber im Finsteren in das hohe Gras vorwagen, in dem es wohl vor ekligem Geschmeiß nur so wimmelte, und deshalb legte er Leiter und Werkzeug ab, setzte sich auf ein Mäuerchen und wartete auf den Morgen. Noch einmal rekonstruierte er im Geiste, was in jener Nacht, vor vierzig Jahren, geschehen sein konnte.

Marietto Risso war der Schlacht von Santo Stefano entkommen, mit dem Kopf des enthaupteten Tarantino und dem der Themis, aber die Feinde hatten ihn umzingelt, und um zu entwischen, musste er seine Trophäe an einem sicheren Ort verstecken, um irgendwann zurückzukehren und sie zu holen. Er hatte kein Werkzeug dabei, nur ein Messer. Er konnte nichts in die Wände des Gefängnisses einmauern, nur in der Erde graben. Und er musste es schnell tun, nachts, musste einen unscheinbaren Ort suchen, mit festen Orientierungspunkten, die auch noch nach vielen Jahren gestatteten, die Stelle zu lokalisieren.
Staunend betrachtete der Kommissar, wie die Morgendämmerung mit ihren rosa Fingern über das Meer strich, und dachte, dass dieser spektakuläre Tagesanbruch tatsächlich von der Rückkehr einer Göttin künden könnte. Schließlich kletterte er von der Mauer und maß mit seinen langen Schritten die Längsseite des Fußballfeldes ab. Es waren siebenundsiebzig Schritte, er hätte dasselbe auch gerne mit der Stirnseite gemacht, aber er wagte nicht, auf der Umgrenzungsmauer entlangzubalancieren. Er musste es also am Grund abmessen. Der Spielfeldrand bildete kein genaues Rechteck, sondern ein Trapez, aber das war Marco Luciani egal. Ihn interessierte der Schnittpunkt der mittleren Geraden, die das Feld in Längs- und Querrichtung teilten. Er maß an der Seitenauslinie wieder achtunddreißig Schritt ab. Die Stelle korrespondierte grob mit dem Schriftzug »Umkleiden«, den man immer noch auf der gegenüberliegenden Wand lesen konnte. Er atmete tief ein und tauchte vorsichtig in das Meer aus taufeuchtem Unkraut, wobei er tropfnass wurde. Er zählte die Schritte der Stirn-

seite bis kurz vor den Umkleiden, ging den halben Weg zurück und blieb genau in der Mitte des Platzes stehen. Er breitete die Arme aus, drehte sich vier, fünf Mal um sich selbst, bis er einen leichten Schwindel spürte.

Er lachte laut, fühlte sich leicht und glücklich. So musste sich die Prophetin von Delphi gefühlt haben, wenn sie sich auf den Omphalos setzte, den Nabel der Welt, und die Dämpfe einatmete, die aus dem Zentrum der Erde aufstiegen und ihr die Botschaften des Gottes Apoll zutrugen. Oder, noch früher, die der Themis.

Er holte die Gummihandschuhe aus der Tasche und fing an, das Unkraut auszurupfen. Das Jucken an den Fesseln machte ihn schon wahnsinnig, und nachdem er gut zwei Quadratmeter Fläche freigeschafft hatte, überkam ihn ein Niesanfall, der nicht mehr aufhören wollte.

Er ruhte zehn Minuten aus, wartete, dass die Augen zu tränen aufhörten, dann nahm er den Pickel, holte weit über den Kopf aus und führte den ersten satten Schlag.

»Solange der Ball im Anstoßkreis liegt, ist noch alles möglich«, hatte Marietto in dem Brief geschrieben, den er ihm hinterlassen hatte. »Das ist ein magischer Punkt, und ein magischer Zeitpunkt, der einzige, an dem die Waagschalen der Gerechtigkeit in absolutem Gleichgewicht sind.«

Die Arbeit war anstrengend, aber weniger anstrengend als erwartet, da die ausgiebigen Regenfälle der letzten Tage den Boden aufgeweicht hatten. Marco Luciani grub ein Loch von ungefähr anderthalb Meter Durchmesser und dreißig Zentimeter Tiefe. Dann ließ er den Pickel fallen – Marietto konnte nicht allzu tief gekommen sein – und machte vorsichtig mit dem kleinen Stahlspaten weiter. Es war fast elf, als er auf etwas Hartes stieß und sofort merkte, dass es nicht der soundsovielte Stein war. Sein Herz fing an, heftig zu schlagen, und Marco Luciani schob sich wieder in das Loch, das inzwischen fast einen halben Meter tief war. Er buddelte, kratzte und hebelte, und nach etwa einer weiteren halben Stunde Plackerei konnte er endlich ein in blaues Wachstuch gewickeltes Bündel aus dem Erdreich befreien. Er bedauerte, dass Calabrò, Iannece, Vitone und auch Valerio jetzt nicht bei ihm waren, sie waren wirklich fähige Burschen, die einen Schutzring um ihn errichtet hatten, ohne irgendwo die Pferde scheu zu machen. Und ich hätte gern, dass auch Giampieri hier wäre, dachte er, denn diesmal wäre ihm wirklich die Kinnlade runtergefallen.

Wieder bekam er einen Niesanfall, und seine Augen füllten sich mit Tränen. Als er wieder normal atmen und sehen konnte, kniete er sich auf den Boden, öffnete das Bündel, doch das Erste, was er zu seinem großen Erstaunen sah, war eine völlig brüchige, schwarz-weiß gestreifte Kappe mit der Nummer 515. Als er sie anhob, begegnete der Blick der Themis zum ersten Mal nach all den Jahren wieder dem eines gerechten Mannes.

Epilog
Erster Mai

Er schloss die Sporttasche und schaute zum x-ten Mal auf die Uhr. Halb acht. Zeit zu gehen. Im Garten miaute immer noch die Katze, das tat sie, seit der Kommissar aufgestanden war. Er fand, es sei ein bisschen früh für die Paarungszeit.

Er überprüfte noch einmal, ob in seiner Jacke die Sicherheitsnadeln zum Festheften der Startnummer waren, dann schloss er die Glastür und ging hinaus. Die Katze jammerte immer noch, ein langes Miauen, das wie das Weinen eines Kindes klang. Es wurde lauter, je näher er dem Kiesweg kam.

In diesem Moment entdeckte er den Korb, genau vor dem Tor. Sein Herz setzte einen Schlag aus, in Sekundenschnelle erfasste ihn Panik. Er ließ die Tasche fallen und öffnete das Tor, während das Weinen aus dem Korb noch schriller, noch wütender schallte. Marco Luciani näherte sich und betete, dass es nicht das sein möge, was er befürchtete. Er fiel fast auf die Knie und sah zwischen Lagen von Decken und Tüchern das Gesichtchen eines Säuglings hervorlugen.

Sie betrachteten einander, und nach einem Augenblick ungläubigen Schweigens stieß das Kleine einen noch giftigeren Schrei aus. Marco Luciani schaute sich um, verzweifelt nach irgendeiner Mutterfigur suchend. Aber er fand keine.

»Mama«, sagte er in fast normalem Ton, als ob Donna Patrizia ihn hätte hören können. »Mama! Mama!!!«, schrie er immer lauter, bis ihm klar wurde, dass das Baby wahrscheinlich dasselbe brüllte. Dieser Gedanke brachte ihn wieder so weit zu sich, dass er sich an die Türklingel erinnerte.

»Psst, ganz ruhig, mein Kleines, ganz ruhig«, sagte er immer wieder, während er es Schicht für Schicht, vorsichtig darauf bedacht, es nicht zu berühren, wieder in die Decken packte, aus denen es sich freizustrampeln suchte.

Da erst bemerkte er in dem Korb ein Kuvert, auf dem sein Name stand: »Marco Luciani«. Was für ein beschissener Scherz, dachte er und schaute sich wieder um, ob nicht irgendein Kretin aus dem Gebüsch sprang und rief: »Reingefallen, du bist drauf reingefallen!« Aber niemand konnte so bescheuert sein, ein Neugeborenes stundenlang oder gar die ganze Nacht unter freiem Himmel liegen zu lassen, nur um sich einen Scherz mit ihm zu erlauben. Er überlegte, wie lange er es ahnungslos hatte schreien lassen, und die Schuldgefühle versetzten ihm einen Stich mitten in den Magen.

Er hatte das Kuvert geöffnet und schnell die wenigen Zeilen in Druckschrift überflogen: »Er heißt Alessandro. Es ist deine Pflicht, dich um ihn zu kümmern. Behandle ihn wie einen Prinzen.«

Er steckte den Brief in die Tasche, kurz bevor seine Mutter erschien. »Was ist los? Wer hat denn … O mein Gott.«

Sie hatte das Kind gesehen, und ihre erste Reaktion war, dem Sohn einen Klaps zu versetzen. »Was ist denn passiert?«

»Ich weiß es nicht, irgendjemand hat es hier abgestellt. Man hat es ausgesetzt.«

»Was stehst du denn rum wie ein Ölgötze? Nimm es schon auf den Arm, los! Armes Herzchen«, sagte sie, während sie sich auf den Kleinen warf und das ganze Bündel aus Kind und Decken mit ebenso zärtlichem wie sicherem Griff in den Arm nahm, als hätte sie bis zum Vortag nichts anderes getan. Eine Hand stützte den kleinen Hintern, die andere den Kopf, der jetzt nicht mehr wie kurz vor der Explosion in einem japanischen Zeichentrickfilm wirkte, sondern sich in ein rundes, wonniges Gesichtchen verwandelt hatte, das von zwei hellblauen Strahlern erleuchtet wurde, die versuchten, die Frau scharf zu stellen, der es seine Rettung zu verdanken hatte.

»Beeil dich, bringen wir es ins Haus. Es muss halb erfroren sein«, sagte Donna Patrizia und huschte den Weg entlang. Der Kommissar holte den Korb und fand darin eine Tasche voller Babyflaschen und Milchpulver, außerdem Windeln und ein paar Strampelanzüge.

Er stellte alles auf den Küchentisch. Das Baby hatte, nach einem ersten Moment der Dankbarkeit, wieder verzweifelt zu schluchzen und zu schreien begonnen. Es ließ sich weder durch sanfte Beschwörungen noch durch Schaukel- oder Hopsbewegungen, die die Hausherrin vollführte, beruhigen.

»Ihm ist nicht kalt, es hat Hunger. Schau mal, wie es an seinem Finger saugt. Hol ein Töpfchen und stell ihm ein bisschen Milch auf.«

Marco Luciani ging an den Kühlschrank und holte eine Flasche aus der Molkerei heraus.

»Doch nicht die! In der Tasche hat es seine eigene, habe ich gesehen, in Pulverform.«

»Ach? Und wie rührt man die an?«

Donna Patrizia hob die Augen gen Himmel. »Gütiger Gott, wie soll ich mich denn daran erinnern? Lies halt, was draufsteht, nicht?«

Der Kommissar wurde panisch. Das Baby schrie weiter, und er hielt das nicht eine Sekunde länger aus. Er überflog die Zubereitungsanleitung, setzte Wasser auf und kippte zwei Löffel Pulver in die Babyflasche. »Drei Minuten, mein Kleiner, halt nur noch drei Minuten durch«, sagte er immer wieder, wobei er im Stillen die Gasgesellschaft zur Hölle wünschte, die Luft unter das Methan mischte, so dass es drei bis vier Arbeitstage dauerte, bis zweihundert Milliliter Wasser heiß waren.

»Muss es unbedingt kochen?«

»Ja, ist besser«, sagte die Mutter. »Danach musst du es wieder abkühlen lassen, wir wollen das Baby ja nicht verbrühen.«

Als er es endlich geschafft hatte, den Sauger in den Mund des Kleinen zu schieben, der auf Donna Patrizias Armen mächtig ruderte, war Marco Luciani schweißgebadet. Schlimmer als nach dem Laufen.

»Der Halbmarathon!«, schrie er mit einem Blick auf die Uhr. Es war fast acht, verdammt. Wenn er sich nicht beeilte, würde er nicht mehr rechtzeitig an den Start kommen. Aber dann sagte er sich: Du bist verrückt, wo willst du denn jetzt hin? Hier ist ein ausgesetztes Neugeborenes, und du sorgst dich um dein Rennen?

»Schau mal, wie es nuckelt. Du hattest ordentlich Hunger, stimmt's, mein Kleines?«

Während das Baby die Flasche leerpumpte, bohrte Donna Patrizia ihre Augen in die ihres Sohnes.

»Was hast du diesmal wieder angestellt? Wer ist die Mutter?«

»Hä? Woher soll ich das wissen?!«

»Jetzt sag nicht, das haben sie aus Versehen vor unserem Tor abgestellt.«

»Ich ... ich weiß es nicht, Mama. Anscheinend wissen sie, dass ich Polizeikommissar bin.«

»Ach, wie dumm von mir, dass ich daran nicht gedacht habe! Deshalb bringen sie es zu dir statt ins Krankenhaus. Und wer soll dann deiner Meinung nach die Mutter sein?«

»Ich habe nicht die geringste Ahnung, Mama. Es wird eine der Altenpflegerinnen hier aus der Umgebung sein. Sie wird beschlossen haben, dass sie heute Abend einmal tanzen geht«, sagte er und holte das schnurlose Telefon.

»Was machst du da, Marco?«

»Ich rufe die 110 an.«

»Leg das Telefon weg. Hier wird niemand angerufen.«

»Mama, dieses Baby ist ausgesetzt worden. Es muss ärztlich untersucht und behandelt werden, wir müssen die Mutter suchen.«

Donna Patrizia schüttelte den Kopf. »Diesem Knopf geht es hervorragend. Schau mal, wie fröhlich er ist, jetzt, da er getrunken hat.« Sie hob ihn hoch und legte ihn sich an die Schulter, wobei sie ihm leichte Klapse auf den Rücken gab. Das Baby rülpste wie ein Bierkutscher und spuckte einen ordentlichen Schwall Milch auf Donna Patrizias Hausmantel. Die lächelte, als wäre es die normalste Sache der Welt, und wischte sich mit einem Geschirrtuch ab. Dann nahm sie das Baby wieder auf den Arm und wiegte es sanft. Beide lächelten, und Marco Luciani hörte deutlich, wie es in seinem Kopf immer wieder dröhnte: »Ruf die 110 an!«

»Dieses Baby ...«

»Pssscht«, zischte die Mutter, »es schläft schon ein, schau nur.«

Kurz darauf lag der Kleine wieder im Korb und schlief friedlich, die Fäustchen neben seinem Kopf.

Donna Patrizia bohrte wieder ihre Augen in die des Sohnes. »Was steht in diesem Brief, Marco?«

»Welchem Brief?«

Sie schüttelte den Kopf. »Du magst dich beim Verhör geschickt anstellen, wenn du die Fragen stellst, aber umgekehrt ... Du warst nie gut im Lügen.«

Sie schob die Hand in die Jackentasche des Kommissars und zog den Brief heraus.

»Ich rufe Nelly an. Das ist eine Kollegin von mir. Die

scheint mir die geeignete Person«, sagte er und versuchte, aus dem Zimmer zu witschen.

»Du wirst niemanden anrufen. Hier steht, dass dieses Kind dein Sohn ist. Mein Enkel. Willst du, dass mein Enkel in einem Waisenhaus landet?«

»Was heißt hier, dein Enkel?!«, schrie Marco Luciani. »Hier steht nirgends, dass es mein Sohn ist! Zeig her! Wo zum Teufel soll das stehen, verrätst du mir das?«

»Du sollst nicht fluchen, Marco. Und red nicht so laut, dein Brud… das Baby schläft.«

Sie hätte fast gesagt, dein Bruder. Dieser peinliche Moment ließ sie beide erstarren.

»Ich rufe jetzt an, Mama.«

Donna Patrizia hielt sich den Kopf und fing leise zu weinen an, dann immer lauter. Sie redete unzusammenhängendes Zeug, aus dem die Wörter »Cesare«, »Herr« und »Baby« herausstachen.

Es war nicht schwer zu verstehen, was sie meinte: Das Baby war ihr vom Himmel gesandt worden, als Ausgleich für den Verlust des Gatten. Ein unerwartetes, aber wundervolles Geschenk, durch das sie sich noch einmal jung und lebendig fühlen durfte.

»Okay, Mama«, sagte der Kommissar und legte den Hörer wieder auf. »Wir können einen Moment warten. Das Baby ist ruhig, und um diese Zeit ist noch niemand im Büro.«

»Heute ist der erste Mai, Marco. Wer soll uns denn heute anhören? Willst du, dass dieses Baby einen Feiertag im Krankenhaus verbringt? Was kostet es dich, bis morgen früh zu warten?«

Der Kommissar schüttelte den Kopf. »So etwas muss ich auf jeden Fall zur Anzeige bringen, Mama. Ich käme sonst in Teufels Küche. Und zwar zu Recht.«

»Und wenn die Mutter tatsächlich eine ist, die nur

tanzen gehen wollte? Wenn sie morgen früh hier auftaucht und es zurückhaben will? Viele bereuen so etwas sofort, weißt du. In so einem Fall ist es besser, wenn keine Anzeige vorliegt ...«

Der Kommissar schaute auf die Uhr. Halb neun.

»Hör mal, Marco. Warum läufst du nicht dein Rennen?«

»Du spinnst doch!«

»Aber nein, ich meine es ernst. Es ist doch gleich um die Ecke. Das Baby braucht jetzt nichts, es wird eine Weile friedlich schlafen. Und hier ist Milchpulver für mindestens eine Woche. Wenn es aufwacht, gebe ich ihm noch eine Flasche. Wie du siehst, kann ich es noch.«

»Das kommt überhaupt nicht in Frage, Mama.«

»Nach all dem Training wäre es doch wirklich schade, wenn du jetzt dieses Rennen nicht laufen würdest. Es war dir so wichtig.«

Marco Luciani seufzte. Er hatte eine unbändige Lust, sich zu verdrücken, ins Auto zu springen, nach Santa Margherita zu düsen und diesen verschissenen Halbmarathon zu laufen. Bei all dem Adrenalin, das er im Körper hatte, hätte er sogar für die Kenianer den Pacemaker spielen können.

Er schaute auf das schlafende Baby. War das wirklich sein Sohn? Nein, unmöglich. Er hatte keinen Sex gehabt seit ... Mai des Vorjahres. Genau vor einem Jahr.

»Wie alt ist dieses Baby, was meinst du?«

Die Mutter dachte einen Moment nach. »Drei Monate, würde ich sagen. Vielleicht älter. Ich habe dafür nicht mehr so den Blick, es hängt auch davon ab, ob es zum Termin geboren wurde oder früher. Es scheint mir jetzt gut im Futter, so wie du damals. Als du auf die Welt kamst, wogst du ...«

»Mama, fang jetzt nicht an, Vergleiche zu ziehen. Das ist nicht mein Kind. Das kann nicht sein.«

»Es hat auch blaue Augen, wie du.«

»Alle Neugeborenen haben blaue Augen.«

»Und die Nase. Das ist die Nase von Cesare, kein Zweifel.«

Marco Luciani sprang auf. Er konnte sich bei diesem Irrsinn nicht mitschuldig machen.

»Ich gehe jetzt zu meinem Rennen, sonst verliere ich den Verstand. Ich lasse mein Handy an. Egal was ist, ruf mich an. In ein paar Stunden komme ich zurück, und dann wird dieses Baby von einem Arzt untersucht.«

Er ging hinaus, ohne sich umzusehen, und versuchte, seine Schuldgefühle zu verscheuchen. Wer war dieses Baby schon? Was wollte es von ihm? Ein totaler Fremdling, der ankam und meinte, er würde wegen ihm drei Monate Training in den Wind schießen. Ein brüllender Hysteriker, den seine Mutter abgeschoben hatte, um ihn ihm unterzujubeln, was allein schon deutlich machte, dass sie meschugge war.

Vor zwölf Monaten, dachte er wieder. Vor zwölf Monaten hatte er Greta verlassen, nachdem sie ein letztes Mal miteinander geschlafen hatten. Aber sie nahm die Pille. Sie hatte immer die Pille genommen. Ihm kam nur ein Bild von ihr in den Sinn: Greta in Tränen aufgelöst, mit der Wimperntusche, die ihr über die Wangen lief. Sie standen mitten auf der Straße, und Marco Luciani schämte sich in Grund und Boden.

Wenn sie wirklich gemerkt hatte, dass ich sie verlassen wollte, und sich absichtlich schwängern ließ und nicht abgetrieben hat, mir auch nichts gesagt hat und jetzt meint, dass ich mich um dieses Kind kümmere, dann ist sie total neben der Spur.

Aber nein, dachte er wieder. Das war nicht sein Kind. Wahrscheinlich hatte es irgendeine Frau da abgeladen, mit der er bei einem Fall zu tun gehabt hatte, eine, deren Mann im Knast saß und die alles hinter sich lassen und abhauen wollte. Armer Kleiner, dachte er, bei so einer Mutter. Eine, die ihr Kind so zurücklässt, die verdient nichts, oder besser gesagt, würde sie eine exemplarische Strafe verdienen, aber wie üblich ist die italienische Justiz auf so etwas nicht ausgelegt. Die Justiz kann Mütter bestrafen, die ihre Kinder töten, alles andere ist nur eine Gewissensfrage, etwas, was unter die Kompetenz der Themis fallen würde. Die Statue war nun endlich vollständig, wurde restauriert und würde bald im Museum von Ventotene ausgestellt werden, wo ihr Blick wieder ins Herz ihrer Besucher dringen würde. Wer ihm begegnete – vorausgesetzt, er war ein Mensch, der diesen Namen verdiente –, würde lernen, auf sein Gewissen zu hören, sich richtig zu verhalten.

Er legte eine Vollbremsung hin, und sein Hintermann wäre fast auf ihn aufgefahren. Der Fahrer hupte und geiferte, aber Luciani ließ sich kein bisschen beeindrucken, wendete in aller Ruhe und bedankte sich, indem er dem anderen mit den Fingern die Hörner zeigte, die seine Frau ihm sicherlich aufsetzte.

Zehn Minuten später saß er schon wieder in der Küche und betrachtete das schlafende Baby. Unglaublich, dass dies das Ungeheuer von vorhin sein sollte.

»Tut mir leid, Marco. Du hattest so viel trainiert ...«

»Vergiss es, Mama. Ist nur ein Rennen.«

Sie lächelte und legte ihm eine Hand auf die Schulter. »Im Kühlschrank habe ich noch die Flasche Champagner von Silvester. Was hältst du davon, wenn wir auf den Kleinen anstoßen?«

»Es ist neun Uhr morgens, Mama«, antwortete er.

»Na und? Du wirst doch nicht wollen, dass dein Kind so lebt wie du bisher? Mach die Flasche auf und lächle schön.«

Das Knallen des Korkens weckte den Kleinen, der sofort wütend quiekte. Donna Patrizia nahm ihn, wiegte ihn ein bisschen, und nachdem sie ihn beruhigt hatte, legte sie ihn hinterrücks dem Sohn auf den Arm.

Marco Luciani wurde steif, suchte sofort nach einem Stuhl, und dann versuchte er, aus seinem dürren, kantigen Körper ein weiches Polster zu machen. Das Baby lächelte ihn an, und er näherte sich dem kleinen Gesichtchen. Es roch unglaublich, nach Milch, Haut und angenehmem Schweiß, ein Duft, der ihn, warum auch immer, an das blau-weiß gestrichene Holz der Strandkabinen erinnerte. Aber dahinter, tief versteckt in Kleidern und Decken, nahm er den Hauch eines Parfums wahr, das er nie hatte vergessen können.

Er blieb einige Minuten so sitzen, und als er sich seines Griffes sicher war, befreite er eine Hand, tauchte einen Finger in den Champagner und ließ Alessandro davon kosten. Das Kind riss vor Begeisterung die Augen auf. »Du hast genau denselben Blick wie deine Mutter«, flüsterte Marco Luciani und hob das Glas.

CLAUDIO PAGLIERI
Kein Espresso für
Commissario Luciani
Roman
Aus dem Italienischen
von Christian Försch
417 Seiten
ISBN 978-3-7466-2340-5

Bei Anpfiff Mord

Als man Schiedsrichter Ferretti erhängt in seiner Kabine findet, will die Staatsanwaltschaft den Fall schnell als Selbstmord ad acta legen. Zu schnell für Sturkopf Commissario Luciani, der Mord wittert und unbeirrbar allen Drohungen und Korruptionsversuchen widersteht – bis die atemberaubende Detektivin Sofia Lanni auftaucht und seine Ermittlungen auf den Kopf stellt.

»*Ein geradezu prophetischer Krimi.*« LA REPUBBLICA

Mehr Informationen erhalten Sie unter www.aufbau-verlag.de
oder in Ihrer Buchhandlung

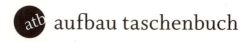

CLAUDIO PAGLIERI
Kein Schlaf für
Commissario Luciani
Roman
Aus dem Italienischen
von Christian Försch
476 Seiten
ISBN 978-3-7466-2441-9

Italiens originellster Commissario ist wieder da

Eigentlich ist der unbequeme Eigenbrötler Luciani nach seinem letzten skandalösen Fall beurlaubt. Doch sein Stellvertreter Giampieri sieht sich in eine Ermittlung verwickelt, die ihm über den Kopf zu wachsen droht. Vor allem, seit zwei Gestalten vom Geheimdienst versuchen, ihm gute Ratschläge zu geben, und ziemlich grob werden, wenn er sie missachtet.

»Unterhaltsam und spannend geschrieben, für alle Freunde des italienischen Krimis.« LESEPERLEN

Mehr Informationen erhalten Sie unter www.aufbau-verlag.de
oder in Ihrer Buchhandlung

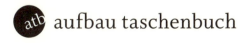

PATRICK FOGLI
Langsam, bis du stirbst
Thriller
Aus dem Italienischen
von Esther Hansen
503 Seiten
ISBN 978-3-7466-2376-4

Nichts für schwache Nerven

Ein entlaufener Mafiakiller, der auf Rache sinnt. Ein verzweifelter Cop, dessen Freundin im Koma liegt. Ein eiskalter Mörder, der mit beiden sein grausames Spiel treibt. – Alles zusammen: ein einzigartiger, atemberaubend spannender Cocktail aus italienischen Zutaten nach amerikanischem Rezept.

Mehr Informationen erhalten Sie unter www.aufbau-verlag.de
oder in Ihrer Buchhandlung

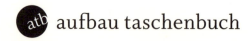

PATRICK FOGLI
Schweig, bis sie dich kriegen
Kriminalroman
Aus dem Italienischen
von Verena von Koskull
648 Seiten
ISBN 978-3-7466-2487-7

»Schnell, atemlos, wie ein Kinofilm.« Corriere della Sera

Ein Mädchen verliert die Sprache, ein Mann das Gedächtnis, drei Menschen ihr Leben. In einem glutheißen Bologneser August versucht Commissario Marra das unentwirrbare Knäuel ihrer Schicksale zu entflechten. Doch irgendjemand behindert seine Ermittlungen, begleitet ihn wie ein unsichtbarer Schatten, weiß, was er weiß – und sucht wie er die letzte Zeugin.

»Unter den Krimischriftstellern der neuen Generation ist Patrick Fogli wohl der begabteste.« La Repubblica

Mehr Informationen erhalten Sie unter www.aufbau-verlag.de
oder in Ihrer Buchhandlung

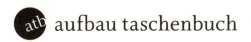

ROSA CERRATO
Schnee an der Riviera
Nelly Rosso ermittelt
Kriminalroman
Aus dem Italienischen von
Verena von Koskull und Esther Hansen
341 Seiten
ISBN 978-3-7466-2527-0

Gestatten: Rosso, Nelly Rosso

Anfang vierzig, stattliche eins achtzig, rote Locken, Sommersprossen und kein bisschen zimperlich. In ihrem ersten Fall nimmt es die eigensinnige Kommissarin mit einer skrupellosen Drogenbande, einer etwas zu einflussreichen Genueser Familie und einer Handvoll Jugendlicher auf, die nicht wissen, was sie tun. Wenn nur nicht einer davon ihr Sohn Mau wäre …

»*Ein Krimi mit Klasse, der den Leser von der ersten bis zur letzten Seite gefangen hält. Rosa Cerrato ist in jeder Hinsicht eine Grande Dame des Kriminalromans.*« IL GIORNALE

Mehr Informationen erhalten Sie unter www.aufbau-verlag.de
oder in Ihrer Buchhandlung

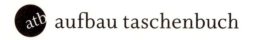

JEAN G. GOODHIND
Mord ist schlecht fürs Geschäft
Kriminalroman
Aus dem Englischen
von Ulrike Seeberger
311 Seiten
ISBN 978-3-7466-2515-7

Hier geht's um Mord, Mylord!

Honey Driver, verwitwet und mit 18-jähriger Tochter, leitet ihr eigenes kleines Hotel in Bath. Zudem ist sie die neue Verbindungsfrau des Hotelverbands zur Polizei. Da verschwindet ein amerikanischer Tourist spurlos. Honey nimmt die Ermittlungen auf, die sie bald auf einen Adelssitz führen, auf dem recht befremdliche Dinge vor sich gehen. Spannend, witzig und very British.

»Ein Hit für alle, die die britische Lebensart mögen.« KIRKUS REVIEW

»Manchmal ist es schon allein der Schauplatz, der neugierig auf einen Krimi macht. Beim Romandebüt der Engländerin Jean G. Goodhind kommen aber noch eine skurrile Handlung und viel britischer Humor dazu.« BRIGITTE

Mehr Informationen erhalten Sie unter www.aufbau-verlag.de
oder in Ihrer Buchhandlung

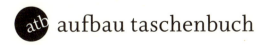

BRAD MELTZER
Das Spiel
Thriller
Aus dem Amerikanischen
von Wolfgang Thon
471 Seiten
ISBN 978-3-7466-2567-6

Tödliches Spiel ohne Grenzen

Es beginnt als harmloser Zeitvertreib ... Matthew und Harris, beide Mitarbeiter einflussreicher Politiker in Washington, beginnen auf scheinbar unwichtige Entscheidungen des Capitols zu setzen. Doch dann wird Matthew nach der letzten Wette ermordet, und Harris muss fürchten, das nächste Opfer zu sein.

Packend und voller Insider-Wissen – ein Thriller von einem der erfolgreichsten Autoren der letzten Jahre.

Mehr von Brad Meltzer (Auswahl):
Die Bank. atb 2505-8
Der Code. atb 2320-7
Shadow. atb 2420-4

**Mehr Informationen erhalten Sie unter www.aufbau-verlag.de
oder in Ihrer Buchhandlung**

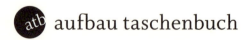

DEON MEYER
Der traurige Polizist
Roman
Aus dem Englischen
von Ulrich Hoffmann
452 Seiten
ISBN 978-3-7466-2170-8

Ein großartiger Kriminalroman von dem »Mankell Südafrikas«

Der Polizist Mat Joubert hat alles verloren. Seine Frau ist bei einem Polizeieinsatz ums Lebens gekommen. Seitdem ist er kaum noch fähig, seinen Dienst zu verrichten. Doch dann kommt ein neuer Chef in die Abteilung, der ihn am liebsten kaltstellen möchte, und gleichzeitig beginnt eine mysteriöse Mordserie, die ganz Kapstadt in Aufregung versetzt. Mit einer deutschen Pistole aus dem 19. Jahrhundert werden Weiße umgebracht, die scheinbar nichts miteinander zu tun haben.

»Deon Meyer zeigt uns auf spannende Weise, wie Südafrika riecht, schmeckt und klingt. Unwiderstehlich, tragisch, komisch.«
CHICAGO TRIBUNE

Mehr von Deon Meyer (Auswahl):
Dreizehn Stunden. R&L ISBN 978-3-352-00779-8
Der Atem des Jägers. atb 2470-9
Weißer Schatten. atb 2590-4
Schwarz. Weiß. Tot. atb 2555-3

Mehr Informationen erhalten Sie unter www.aufbau-verlag.de oder in Ihrer Buchhandlung

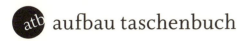